LE FILS DE LA VEUVE

De la même autrice
chez Christian Bourgois éditeur

La Veuve

À l'aide Jacques Cousteau

GIL ADAMSON

LE FILS DE LA VEUVE

Traduit de l'anglais (Canada)
par Lori SAINT-MARTIN et Paul GAGNÉ

CHRISTIAN BOURGOIS ÉDITEUR

Titre original :
Ridgerunner

ISBN : 978-2-267-04620-5

J'ai perdu mon chemin.
L'eau dans l'eau est tombée.

James Wright,
« The Assignation »

PREMIÈRE PARTIE

Sans carte

Un

William Moreland poursuivait sa route vers le sud. Quand la lune brillait, il marchait toute la nuit, pataugeant dans l'herbe sèche de la plaine. Il était seul et transportait sur son dos la totalité de ses maigres possessions. C'était le mois de novembre, et la neige s'attardait à l'ombre et dans les fossés, mais elle était vieille, sèche, friable comme de la meringue. Descendu des Rocheuses par le versant sous le vent, il foulait la prairie vallonnée qui s'étend de l'Alberta jusqu'au Montana. Ayant laissé derrière lui le seul vrai foyer qu'il eût connu, il cheminait vers la frontière.

Les journées étaient froides, mais le soleil brillait impitoyablement. À midi, Moreland cuisait dans son manteau ; la nuit, couché sur le sol glacé, il frissonnait et geignait comme un chien. Après quatre jours et quatre nuits, ses pieds étaient dans un piteux état. Il les imaginait couverts de sang, sans se décider à retirer ses bottes pour y jeter un coup d'œil.

Il avançait en rase campagne. À l'est, des herbes hautes et des arbres rabougris s'étiraient jusqu'à l'horizon, mais, à l'ouest, le terrain se fondait dans la silhouette des montagnes, semblables à des nuages. Depuis des jours déjà, il avait perdu de vue les crêtes qu'il considérait comme son chez-lui, et il voyait maintenant défiler des sommets dont il ne gardait qu'un souvenir flou et lointain du temps de sa jeunesse, des formes à demi familières, visages de connaissances anciennes. Il avait volé tout ce qu'il avait pu dans un relais de rangers aux environs de Banff, y compris un havresac, une hachette, des allumettes et un manteau sur lequel on avait écrit au pochoir ROCKY MTNS PARK sur les omoplates et STN 153 sur la poitrine. Rien pour chasser. Pas de fusil ni même de couteau.

Les émanations de la viande séchée qu'il transportait dans le sac avaient fini par traverser la barrière de toile et lui soulevaient le cœur. Tenant le sac contre son ventre, il en retourna fébrilement le contenu jusqu'à trouver les dernières bandelettes de chair, qu'il sema derrière lui. Ensuite, ce fut le carré de toile cirée puant dans lequel elles étaient emballées qui virevolta et se posa à la façon d'un minuscule parapluie sur une touffe d'herbes. Saisissant la hachette, il envisagea de la jeter, elle aussi, afin de se débarrasser de son poids, mais sa main refusa de s'ouvrir ; comme la hachette était d'une grande utilité, il la remit dans le sac. Il avait une de ces soifs, sacré nom de Dieu, et il rêvait en marchant, rêvait d'une rivière, de boire des gallons d'eau à même une rivière glacée.

Un après-midi, il tomba sur une ravine où s'entassaient de jeunes arbres. Le fond en était pratiquement à sec, mais, à force de creuser, il put s'abreuver à une sorte de flaque boueuse. Puis, roulant de côté sous le couvert des buissons, il dormit comme une souche. Quelques heures plus tard, dans le jour déclinant, il s'éveilla, les membres raidis, secoué de tremblements.

Cette nuit-là, il se retrouva sur la route qu'il cherchait. Il la suivit, comme prévu, jusqu'à la guérite du poste-frontière de Sweetgrass, entre l'Alberta et le Montana. Il s'arrêta devant le guichet plongé dans le noir, vacillant sur ses jambes engourdies. Dans le ciel, une lune pareille à une pièce d'argent. Pas un souffle de vent ; le monde était parfaitement immobile, si silencieux qu'il entendait ses oreilles bourdonner. Planté comme un idiot devant la cabane, William Moreland attendait le douanier. Il promena ses yeux vides autour de lui et en vint lentement à la conclusion qu'il devrait sans doute faire quelque chose.

Derrière la guérite se trouvaient une petite maison à pignons et un enclos sans cheval. Du côté de la cuisine, une automobile était montée sur des cales. Pas la moindre lumière, cependant. Moreland essaya d'appeler, mais sa gorge sèche ne produisit qu'un sifflement ; c'était la première fois qu'il tentait de parler en plus d'une semaine. Cet homme, comme il se doit quand on franchit une frontière, attendait donc patiemment, cherchant à attirer l'attention d'un officier pour qu'on s'occupe de lui, mais il se révélait incapable d'émettre le moindre son, tandis que le douanier dormait profondément, à l'abri des regards.

Une chouette surgit des ténèbres et se posa sur un des pignons de la maison. Elle et Moreland s'observèrent sans ciller jusqu'à ce que le rapace s'envole silencieusement vers l'ouest.

Moreland était conscient de l'absurdité de la situation : il s'agissait de la frontière entre deux pays, certes. Mais il était au milieu d'une mer d'herbes, de prairies vallonnées, de vent, d'animaux, de poussière et de graines, une mer qui s'étendait de chaque côté de cette ligne imaginaire. Quinze ans plus tôt, il ne se serait pas arrêté, n'aurait même pas songé à s'arrêter. En fait, il ne se serait pas approché du poste-frontière. En toute insouciance, il aurait poursuivi son chemin, paisible et solitaire, ni sauvage ni apprivoisé, seulement solitaire. À présent, il vivait depuis si longtemps avec d'autres qu'il avait oublié cette partie de lui-même. Il mit donc du temps à comprendre que le monde de la nature, qui avait défini des lustres plus tôt son territoire et sa conception de l'ordre, attendait simplement qu'il se détache de nouveau des êtres humains.

Il encadra son visage dans ses mains et l'appuya contre la mince fenêtre. Dans l'obscurité, il distingua un comptoir en bois et un haut tabouret. Il fit le tour de la guérite et poussa la porte. À l'intérieur, il vit une tablette sous le comptoir où se trouvaient quelques romans à l'eau de rose, une assiette propre et une fourchette, des abeilles et des miettes d'abeilles mortes depuis longtemps. Plus bas, il découvrit, vissée au plancher, une petite boîte en métal. Sur le couvercle était posé un lourd cadenas, ouvert, avec la clé fichée dedans. Il empoigna le cadenas et ouvrit la boîte.

Moreland passa un long moment à regarder le pistolet. Colt à simple action, modèle militaire. Il y avait aussi quelques cartouches, dont certaines d'un calibre différent qu'on semblait avoir rangées là par souci d'ordre domestique. Il songea à s'emparer de l'arme, mais il finit par rabattre le couvercle, remettre le cadenas dessus et refermer la porte de la cabane en laissant les lieux dans l'état où il les avait trouvés. Il sortit dans la nuit et marcha vers le sud, toujours vers le sud, naviguant au milieu d'un vaste néant d'herbes. Un océan d'herbes.

Le surlendemain, Moreland trouva à ses pieds deux rubans d'acier, ceux-là mêmes de la ligne de chemin de fer qu'il cherchait depuis le début. Il se mit à marcher au milieu. Ce jour-là et le suivant, il ne vit ni n'entendit aucun train, n'aperçut personne à l'horizon, pas la plus petite route. Que des faucons, des grouses et d'autres oiseaux qu'il n'aurait su nommer.

Dans la nuit, il se réveilla, sûr que son fils était avec lui – « Arrête de gigoter, Jack » –, mais il se découvrit seul, allongé par terre. Un lapereau explorait la manche de son manteau. Immobile, Moreland laissa l'animal grimper sur sa poitrine et mordiller ses boutons, étudier ses revers, goûter le sel au creux de son cou. Sa main s'éleva dans l'intention de lui faire une caresse, mais le minuscule animal s'enfuit. Un instant plus tard, la même main se posa sur les yeux de Moreland pour oblitérer les étoiles et il s'abandonna aux larmes.

Il la voyait sans cesse, sa femme magnifique, morte dans son lit, recroquevillée à la façon d'un enfant endormi. Il la voyait sans cesse dans cette position, il ne voyait rien d'autre.

Les journées se faisaient de plus en plus chaudes, et Moreland était sec et léger comme du petit bois, habité par la seule certitude du lieu où le menait cette voie ferrée déserte. Comme mû par la force de la gravité, il progressait vers son but, sans répit, sans pensée. Et le jour où il fit son entrée dans la ville minière de St. Croy, au Montana, et ouvrit la porte d'un petit café bondé, il ressemblait à une de ces créatures épouvantables issues de la mythologie. Brûlé par le soleil, l'air de peser la moitié de son poids naturel, il avait la couleur de la vase dans laquelle il avait dormi. L'uniforme qu'il avait volé était parsemé de fruits de bardane, et encore plus ses cheveux. Il boitillait. Tout son corps lui faisait mal. Il flotta jusqu'à une banquette, déjà enivré par de chauds arômes de cuisine, tira sur son pantalon et s'assit délicatement. On pouvait voir ses mollets, comme des bâtons, qui sortaient de ses bottes.

La serveuse terrifiée porta une main à sa gorge. Moreland esquissa un sourire qui se voulait amical, mais la tentative échoua lamentablement. Devant ce qui ressemblait davantage à une grimace, la serveuse détala bruyamment vers la cuisine, où elle alerta un homme noir de grande taille qui, campé près de la porte, s'essuyait les mains sur un linge et regardait Moreland de travers. C'était le propriétaire. Il s'avança jusqu'au box où avait pris place Moreland, déposa un menu en carton devant lui et attendit la commande. Le doigt le plus sale de la création indiqua en tremblant un soda à la cerise Cheerwine et une assiette de jambon rôti, de purée de pommes de terre et de carottes, puis revint sur le soda. Moreland semblait tenir par-dessus tout au soda. De sa main gourde, il posa trois pièces de monnaie sur la table.

D'un geste, le patron fit tomber les pièces étrangères dans sa paume comme des miettes, les retourna d'un air blasé et les rendit au client. « Sinon, ça va ? » demanda-t-il à voix basse.

Moreland perçut la générosité du mouvement. Les yeux humides, il tenta de tirer un son de sa gorge sèche. « Je lui ai fait peur. Désolé. »

Le cuisinier sembla amusé. « Ouais, elle est comme ça. Elle a peur de son ombre. Il faut dire que t'as l'air... d'un déterré.

— Navré.

— T'en fais pas. Un homme a le droit de manger. » Il enfonça les pouces dans les courroies de son tablier et toisa son client. « T'es sur la route depuis longtemps ? »

Moreland balaya la salle des yeux, comme pour faire le décompte des jours et des semaines.

« Comment tu t'appelles ? »

À cause de la fatigue, de la faim ou parce qu'il n'était pas tout à fait lui-même, William Moreland commit une erreur : il donna son vrai nom.

D'un geste, le cuisinier désigna l'uniforme de ranger trop grand avec ses lettres blanches au pochoir. « Tu viens pas du Canada, hein ? T'es pas né là-haut, je veux dire. »

Moreland sembla remarquer son habillement pour la première fois, l'étonnant spectacle qu'il offrait, et il donna l'impression de vouloir disparaître dans le col du manteau. Il secoua la tête. « Idaho, parvint-il à articuler.

— Ouais, j'en étais sûr, lança l'autre d'un air satisfait. T'as pas l'accent. » Il repartit vers la cuisine sur ses longues jambes.

Les regards curieux mais discrets des autres clients, les chuchotements. Le chuintement de la distributrice de soda et le tintement des couverts. Un buffet plein de tartes. Une rangée de sucriers, une pile de serviettes blanches pliées. Peu à peu, l'arôme du jambon frit satura la salle. Moreland ferma la bouche et essaya d'avaler sa salive.

Derrière lui, une femme parlait trop fort. « Regardez-moi ça, dit-elle. Voilà ce qui nous attend. C'est moi qui vous le dis. Notre pays est en faillite, nos meilleurs garçons, ou bien ils sont morts, ou bien ce sont des épaves, comme lui. Non, je ne me tairai pas. On s'en fout de cette guerre stupide, non ? »

Même si cela le mettait à la torture, William Moreland attendit patiemment son repas. Il glissa les mains entre ses genoux pour les empêcher de trembler. Il n'était ni un soldat de retour de la guerre, ni un ranger, ni un homme bon. Et, à son grand étonnement, il avait la ferme intention d'en devenir un pire encore.

Deux

Deux rangées de maisons de mineurs identiques se faisaient face de part et d'autre de la voie ferrée, leurs ombres obliques dans le clair de lune. D'une hauteur au sud de la mine de St. Croy, Moreland s'émerveillait des transformations subies en près de trois décennies par l'endroit où il avait autrefois travaillé. La dernière fois qu'il était venu ici, il avait une vingtaine d'années. Appuyé à la montagne, le même vieux chevalement se dressait du côté nord. Dans la vallée, il apercevait le champ où les trains décrivaient une ample boucle qui les ramènerait vers l'est. Désormais, il y avait sous le carreau un nouveau toboggan en métal, soutenu par de solides tréteaux. Son vieux baraquement avait disparu. En fait, tous les baraquements avaient été remplacés par des dizaines de maisons uniformément espacées, munies d'un toit à deux pans, de fenêtres vitrées et de toilettes extérieures. Dans certaines, on devinait même la présence d'enfants.

Où s'était-il trouvé, son baraquement? Moreland reconnaissait l'entrée de la mine dans laquelle il s'était engouffré soir après soir de même que les voies ferrées, toujours au même endroit, mais tout le reste semblait avoir été gauchi – entassé pêle-mêle, plus petit qu'avant, pas à sa place.

Il longea le flanc ouest de la mine et gravit le versant nord de manière à se placer derrière le chevalement. De là, il se laissa glisser au milieu des rochers jusqu'à un surplomb, où il put se coucher confortablement sur le ventre et examiner la plateforme du receveur, ou du moins ce qui en tenait lieu dans cette mine, que jouxtait le bureau exigu construit à l'intention des contremaîtres et des teneurs de livres. En porte-à-faux à flanc de colline, la structure de bois permettait à ces hommes d'embrasser du regard la plus grande partie du dépôt, les voies ferrées, le culbuteur, les fours à coke, tout. Des années plus tôt, c'est là qu'on gardait l'argent; pour autant qu'il pût en juger, rien n'avait changé. Combien de fois, en franchissant l'entrée de la mine, avait-il levé les yeux vers ce bureau et vu des silhouettes aller et venir dans la lueur des lampes? Et là, il le contemplait d'en haut. Le bureau était plongé dans le noir et Moreland ne dénotait aucun mouvement. Le menton appuyé sur la pierre froide, il attendit.

De longues minutes plus tard, il balança son sac au-dessus de la plateforme et le lâcha. Après une chute d'une dizaine de pieds, la hachette, toujours à l'intérieur, heurta les planches avec un *bang* si retentissant que Moreland recula en crabe jusqu'au feuillage, où il se terra en tendant l'oreille, au cas où il y aurait du mouvement dans le bureau, et balaya des yeux la route et tout le site.

Trois minutes plus tard, pas de bruits de bottes, pas de visages intrigués dans les lointaines fenêtres des maisons de mineurs, et pourtant il était paralysé, incapable de commencer. Les yeux fermés, il écouta le vent soupirer à travers les buissons. *Lève-toi, tu y es presque,* lui souffla la voix de Mary. Et enfin il rampa, à plat ventre sur son perchoir, se laissa tomber sans bruit sur la plateforme, repoussa le sac dans l'ombre du bout du pied, puis, tel un spectre, passa devant une rangée de fenêtres et atteignit enfin la porte en chêne du bureau des contremaîtres. À sa grande stupeur, la poignée ne lui offrit aucune résistance. Avec deux doigts, il poussa la porte et entra. Puis il scruta l'obscurité.

Le coffre-fort était neuf, comme beaucoup de choses à St. Croy. Inutile de verrouiller la porte de son bureau quand on dispose d'un matériel de cette qualité. Le coffre d'un noir mat, qui lui arrivait à la poitrine, était muni d'une épaisse poignée en laiton et d'une serrure à combinaison décorée d'un motif en filigrane. Il reposait plutôt délicatement sur des pieds tout petits, au centre du vaste carré en métal que ses propriétaires avaient fait installer pour répartir sa masse sur le plancher et éviter que les pieds trouent le vieux bois. S'approchant du coffre, Moreland découvrit des égratignures et des bosses sur tout le pourtour, signe que des mineurs ivres avaient vainement tenté de l'ouvrir.

Reprenant son sac sur son épaule, il s'autorisa un profond soupir, presque un sanglot. Pourvu que la dynamite soit entreposée au même endroit qu'avant.

Au fond, il savait que ça ne marcherait pas, mais il risqua quand même le coup. Parce que c'est ce que Mary aurait voulu. Pendant que les mineurs de nuit étaient à des heures de remonter à la surface et que ceux de jour dormaient du sommeil du juste, il glissa sous la poignée du coffre quatre bâtons à moitié remplis d'extradynamite Aetna, avec une force pondérale combinée de quatre-vingts pour cent. On eût dit des cigares dans la poche de poitrine d'un veston. Puis il alluma les mèches longues d'un pied et descendit en courant jusqu'au milieu de l'escalier extérieur, où il s'enroula comme un fœtus.

Côté destruction, Moreland n'en était pas à ses premières armes. Il avait eu recours à des charges de dynamite pour abattre des arbres et ouvrir des routes ainsi que dans des mines, notamment ici même, à St. Croy. Comme dynamiteur, il était si prudent, si agile et si futé qu'on avait fini par lui confier ce seul travail. William Moreland avait le pied sûr, mais il était rapide surtout. C'était donc à lui que revenait d'éliminer les vieux explosifs instables de la mine en entrant par la gueule béante qu'il avait sous les yeux en ce moment même, tandis que les hommes hurlaient : « Le v'là ! » Il pénétrait seul dans la mine évacuée, une lampe se balançant à sa ceinture. De ses mains gantées, il tenait les bombes, auxquelles s'accrochait le givre d'explosif cristallisé, semblable à du gros sel, que les gaines de papier avaient laissé suinter. Précautionneusement, il marchait jusqu'à un puits abandonné où, tel un diable d'opéra, il ouvrait les mains et laissait tomber les bâtons dans le noir. Après deux courtes inspirations, ils atterrissaient sur le tas invisible de déchets jetés là pêle-mêle – wagonnets cassés, treuils, roues et manches de pics, bouts de corde et vêtements pourris, boîtes de conserve, squelettes de chevaux. Parfois, dans l'air confiné du puits, Moreland détectait un bruit sourd et recevait comme un coup au corps. D'autres fois, non. Il se débarrassait toujours des gants, les regardait descendre dans le trou en papillonnant. Jeune et suffisant, à l'époque, William Moreland remontait à grandes enjambées le gradin solitaire, sa lanterne brandie bien haut, son visage exsangue fendu d'un large sourire, précédé d'un infime point de lumière.

Les particularités du bois, de la pierre et de la terre caillouteuse, de l'explosion et de l'implosion, de l'impact et de la dispersion, lui étaient donc aussi familières que ses propres mains. Mais ce coffre-fort était fait d'acier massif. Le résultat fut celui qu'il attendait. Sous l'effet de la déflagration, le coffre se renversa, les fenêtres se changèrent en poignards volants et la moitié du plancher fut soufflée. Un rugissement atroce se fit entendre. Dans le silence qui s'ensuivit, tout le contenu de la pièce entreprit de glisser lentement par le trou aux bords irréguliers. Un objet à la fois, le matériel de bureau tombait dans le monde extérieur.

La plaque de métal sur laquelle reposait le coffre ricocha sur un tréteau, dévala la colline et s'incrusta dans un four à coke sur une profondeur d'un pied. Ayant évité le tréteau, le coffre atterrit dans un bruit de tonnerre et glissa tout le long de la pente rocailleuse en émettant un horrible grincement avant de s'immobiliser. Sa porte, bien sûr, resta hermétiquement fermée. Les fines volutes de fumée qui s'en dégageaient laissaient croire qu'un feu couvait à l'intérieur. Enfin, de ce bureau en ruine tomba une pluie de papiers et de fragments de verre tintinnabulants. Une chaise en osier à laquelle il ne restait que deux pieds rebondit sur le coffre et s'engagea sur la route en virevoltant gaiement. Et lorsque le premier mineur curieux s'encadra dans la porte de sa maison, Moreland avait depuis longtemps disparu.

Ce fut l'incident le plus bizarre et le plus festif qu'eût connu St. Croy depuis l'année précédente, depuis le jour où le prêtre, type aimable mais sénile, avait perdu la boule en plein sermon et s'était mis à raconter avec un luxe de détails pornographiques les récits qu'on lui avait faits en confession. Ce cambriolage avorté était presque aussi électrisant. D'autant qu'il s'était produit juste à temps pour qu'on publie un éditorial enflammé dans le bulletin mensuel local, une pleine page de récriminations dont l'auteur, en réclamant de meilleures conditions de vie pour les mineurs et leurs familles, soutenait le point de vue suivant : tant et aussi longtemps qu'ils ne verseraient pas un salaire décent, les propriétaires cupides et malhonnêtes méritaient tous les malheurs qui leur arrivaient.

Naturellement, tous se rappelaient le ranger canadien du petit café, y compris ceux qui ne l'avaient pas vu. Pendant des semaines, on ne parla que de lui. En y mettant les trémolos de circonstance, la serveuse raconta l'irruption saisissante de l'homme et son apparence tragique. Elle répétait à qui voulait l'entendre qu'il lui avait souri d'un air complice, à la façon d'un Robin des Bois des temps modernes, et qu'il était beau. Le cuisinier épela son nom à l'intention des journalistes et tint à préciser que l'homme venait non pas du Canada, mais bien de l'Idaho. À partir de là, il ne fut pas difficile d'établir un lien entre le dynamiteur et une série de cambriolages anciens – si anciens que certains se demandèrent s'il pouvait s'agir du même homme.

Six nuits plus tard, dans la jolie petite ville d'Helmingham, au Montana, à quatre heures treize du matin, on entendit un *bang* retentissant, et la porte de la banque fut catapultée dans la rue. Elle retomba sur le sol en six morceaux, telle une assiette brisée. Un peu en retrait de la rue principale, la banque occupait seule un cul-de-sac. Et lorsque les premiers badauds, éberlués, se réunirent devant l'établissement, la brèche exhalait toujours un nuage féerique de poussière et de particules. Quelques secondes plus tard, des clients affolés jaillirent de l'hôtel, petit mais luxueux, des locataires descendirent des appartements qu'ils occupaient à l'étage des boutiques de la rue principale et des voyageurs sortirent au galop de la modeste auberge. Se forma une foule bigarrée composée d'individus réveillés en sursaut, dont certains n'avaient pas encore dessoulé. D'autres étaient sortis sans dentier, les cheveux en bataille, leur robe d'intérieur serrée contre leur cou, leurs chevilles nues et squelettiques visibles au-dessus de leurs pantoufles miteuses. Tous se massèrent dans le cul-de-sac, devant la porte de la banque. Arrivé le dernier, l'unique policier en service se fraya un chemin jusqu'à la banque violentée, noyée dans un océan de curieux.

Un peu à l'écart, Moreland, sur la pointe des pieds, inspectait son ouvrage. Aussi intrigué que les autres, il ressemblait à tous les bourlingueurs crasseux qui logeaient à l'auberge. Son voisin lui offrit un bout de tabac et ils chiquèrent de concert. Faisant preuve de la même indifférence l'un pour l'autre, ils restaient là, épaule contre épaule, les bras croisés, et considéraient le chaos à la manière de fermiers contemplant leurs champs. L'homme expliqua qu'il était cheminot et qu'il attendait sa prochaine affectation d'une semaine. Selon lui, des incidents de cette nature n'arrivaient jamais à Helmingham, petite ville des plus paisibles. Au bout d'un moment, il jeta un coup d'œil sur sa droite et se rendit compte que son compagnon avait disparu. D'autres retournaient se coucher. Lui-même bâilla et quitta le spectacle.

Le lendemain matin, on confirmerait que le contenu de la voûte était intact. Exception faite de la porte, l'immeuble n'avait subi aucun dommage, et la charge explosive semblait n'avoir eu d'autre but que de faire du bruit en utilisant la banque, déserte et haute de plafond, à la façon d'une immense caisse de résonnance. Personne ne s'était donné la peine de monter la garde dans le hall de l'hôtel ni devant le bureau du directeur, où furent subtilisés plus de neuf cents dollars, les lunettes et la montre de gousset en or de l'homme et jusqu'à la dernière pièce de monnaie conservée à la réception.

Comment déterminer son âge lorsqu'on est né et qu'on a grandi dans la forêt ? William Moreland savait qu'on était en 1917. Il avait donc plus ou moins quarante-neuf ans. Dès ses seize ans, il avait commencé à travailler dans les mines et les camps de bûcherons des Rocheuses. Il avait été cantonnier et creusé des coupe-feux, mais, tôt ou tard, tous ses boulots commençaient à l'énerver ou à le contrarier, la proximité d'autres hommes à lui peser, et il finissait par poser son matériel et reprendre la route. Il avait rencontré sa femme, Mary Boulton, en 1903, quand il avait environ trente-cinq ans. Il avait vécu à la dure, fin seul, pendant treize ans. « Tout ce que je voulais, c'était vivre comme un coyote, une journée à la fois », avait-il un jour confié à Mary. Des notions abstraites, par exemple son âge ou même l'année courante, lui importaient peu. Mais après qu'il l'a eue trouvée, tout avait changé de façon brutale, comme si, pendant toutes ces années, il avait regardé dans la mauvaise direction et qu'une main invisible l'avait retourné dans la bonne, vers l'intense lumière de Mary. L'intimité avec cette femme et, plus tard, la paternité et le poids d'un enfant dans ses mains tendues lui avaient instillé un intérêt marqué pour la notion du temps. L'enfant avait eu huit semaines, quatre mois, puis un an. Mary avait brandi une poupée de chiffon en disant « Joyeux anniversaire », Jack avait tendu la main, leurs visages se touchaient presque. Les anniversaires prirent une importance inédite. Et Moreland commença à se faire du souci à cause de son âge ; vieillir devenait un problème, ne fût-ce que parce que sa mort signifierait quelque chose, au moins pour quelqu'un d'autre. Sans Mary, il aurait peut-être déjà crevé comme un coyote, et personne ne l'aurait su, personne ne s'en serait désolé.

À vrai dire, il n'avait pas tout à fait vécu comme un coyote. Même un homme des bois tient à son confort. En raison des exigences de la vie – au premier chef le besoin de nourriture, de munitions, d'allumettes et d'un abri où dormir –, William Moreland, auteur d'une longue campagne de cambriolages commis dans des relais de rangers du Montana et de l'Idaho, était devenu une sorte de célébrité locale. Bien approvisionnés et très souvent déserts, ces endroits constituaient une cible idéale. Longtemps avant d'avoir trente ans, Moreland avait pris l'habitude de s'équiper en volant tout ce dont il avait besoin au Service forestier des États-Unis. Il mangeait les provisions des rangers, prélevait leurs chandelles et leurs cartouches, prenait son bain dans leur bassine en fer-blanc et, méticuleux, remettait tout à sa place avant son départ. Une fois, il était tombé sur des rangers endormis à l'étage et il avait soulagé un homme de ses bottes en lui laissant en échange les siennes, toutes pourries. Il ne prenait jamais d'objets de valeur, et c'était plutôt à cause de sa persistance qu'il s'était attiré les foudres du service. Les rares fois où ils l'avaient aperçu, les rangers l'avaient poursuivi entre les arbres jusqu'à ce que ses empreintes s'évanouissent. Silencieux et véloce, Moreland se déplaçait toujours à pied, et nul ne savait qui il était. Les tentatives pour le capturer s'étaient révélées si vaines et si épuisantes qu'on lui avait donné un surnom : le Coureur des crêtes.

Cette notoriété s'était soldée par l'émission d'un mandat d'arrêt dont l'exécution, au grand embarras du Service forestier, exigea des mois. Deux pisteurs retenus par le directeur avaient fini par rattraper l'insaisissable voleur. En fait, ils l'avaient trouvé presque par accident, Moreland étant si silencieux, son feu si délibérément modeste, qu'ils avaient failli passer à trois cents pieds de lui sans le voir. S'il n'avait pas été si fatigué et usé par l'hiver, il les aurait peut-être entendus. Ils l'emmenèrent au relais de rangers le plus proche, où ils le menottèrent à un lit de camp. Le lendemain, ils le traînèrent jusqu'à Orofino et à la prison du comté de Clearwater, où on prit ses empreintes digitales. Pendant le procès d'un jour, les membres du jury en vinrent à la conclusion que le Coureur des crêtes était un jeune homme charmant, voire amusant. Son farouche attachement à l'indépendance suscita un peu de nostalgie chez certains ; de toute façon, ils s'étaient vite lassés de l'interminable litanie des coûts ânonnée par le procureur. Moreland fut acquitté pour insuffisance de preuve. On avait aussi pris en compte le fait que les installations n'avaient subi aucun dommage, sauf peut-être des cadenas fracassés. Et en ce jour de 1898, le Coureur des crêtes descendit les marches du palais de justice en homme libre. Il ne possédait que les vêtements qu'il avait sur le dos ; on lui avait confisqué tout le reste. Il disparut aussitôt dans les montagnes et fonça tout droit vers le relais des rangers de Clearwater où, pour la vingt-huitième fois de sa jeune existence, il força un cadenas et s'équipa en neuf avant de se volatiliser. De là, il s'était engagé sur la longue route menant jusqu'au Canada. Depuis, on ne l'avait plus revu dans les États du nord.

Presque vingt ans plus tard, il était de retour. Seulement, cette fois, c'était de l'argent qu'il convoitait, et il se servait de bâtons de dynamite pour s'en procurer.

Trois

Dix-huit jours plus tard, à environ cinquante milles de St. Croy, William Moreland se réveilla en sursaut sur le sol dur et, à tâtons, chercha des couvertures absentes. Sans comprendre pourquoi il n'était pas dans son lit, sans se rappeler où était sa famille. Au bout d'un moment, il cessa de gigoter, de tendre les bras. Autour de lui, que du vent et la vaste nature sauvage.

La nuit était chaude pour la saison, et de violentes rafales soufflaient au gré des vastes systèmes météorologiques qui s'agitaient là-haut. Il réunit ses effets éparpillés, les rangea avec soin dans son sac et s'assit en tailleur, face au vent, comme pour protéger le sac, posé derrière lui. Jusque-là, il avait réussi à voler plus de onze mille dollars, et il enroulait les billets dans ses autres possessions pour les garder au sec, sans plis et sans taches. Cet argent était destiné au garçon. À Jack Boulton et à personne d'autre.

Presque chaque nuit, il avait été réveillé par les hurlements de son fils, dont les longues jambes battaient faiblement alors que les médecins l'arrachaient à son père pour l'emmener dans une salle, au fond. Moreland avait voulu les suivre, mais une infirmière lui avait bloqué le passage.

« Une mère, à la rigueur, dit-elle d'un ton laissant entendre que même cette éventualité était peu probable, mais, quand il s'agit des enfants, les pères ne servent à rien. En plus, ils ont la manie de tomber dans les pommes. Rentrez chez vous. »

Il était resté pétrifié dans le couloir rempli d'échos, tandis que le garçon terrorisé l'appelait. Ses hurlements avaient remonté tout le long de la colonne vertébrale de Moreland à la façon d'un virus et chamboulé ses rêves.

Le voyage de retour lui revenait par bribes : la certitude que le cheval était déjà épuisé et que, en le poussant, il risquait de le crever et de devoir finir le trajet à la course ; les milles qui s'égrenaient, ponctués par ses encouragements, adressés à lui-même tout autant qu'à Mary ; l'unique goutte de pluie comme le tapement d'un doigt sur le bord de son chapeau, et la certitude qui l'avait accompagnée – Mary, déjà, était partie.

Des semaines plus tard et des centaines de milles plus loin, Moreland se faisait encore tirer du sommeil par les cris de son fils. Il ne savait pas comment les arrêter, il ne savait pas s'il était possible pour un homme de s'adresser à cette partie de son cerveau, de lui conseiller la patience, de l'apaiser par des paroles rassurantes. Déjà, il en était certain, son fils était sauvé. Jack avait déjoué le terrible pronostic du médecin et bénéficierait bientôt de la protection d'une femme bonne – d'une religieuse, rien de moins. Cette femme savait tout ce que savait un médecin, et elle était indomptable. Moreland avait un fils, et son fils avait une protectrice : c'était son unique et maigre consolation.

Moreland se tortilla sur sa couche, posa la tête sur son sac, et observa les revers de son manteau qui battaient follement dans le vent et des feuilles de tremble qui voltigeaient sur sa poitrine. Il ferma les yeux.

Jack à seize mois, assis sur les genoux de sa mère, furieusement concentré sur la cuillère qu'il s'efforçait de manier seul.

Jack à sept ans, qui lançait des cailloux contre le mur des latrines dans la cour en riant jusqu'à ce que son père, à l'intérieur, lui crie : « Ça suffit, maintenant ! »

Jack à dix ans, debout à côté de sa mère, si semblables, tous les deux, et souriant comme des fous. « Comment c'est possible ? Il est presque aussi grand que moi. » Le garçon se rengorgeait, comme s'il venait de leur jouer un sacré tour.

Jack à douze ans, pâle, spectral et immobile sur un lit d'hôpital, des mèches de ses longs cheveux noirs se détachant de son crâne.

Moreland, telle une statue de bois, restait au chevet de son fils jusqu'à ce qu'on le chasse. Il faisait alors les cent pas dans le couloir, se posait sur un banc. Au cours de cette première heure, un médecin vint lui parler, mais c'est à peine s'il comprit ce que l'homme lui racontait.

Une jeune infirmière rousse s'était penchée sur Moreland pour s'adresser à lui avec douceur, mais ses mots le traversaient sans l'atteindre. « C'est un brave garçon que vous avez là, et solide en plus. » La main tiède de la jeune femme sur sa main glacée à lui.

Autour de lui, des gens allaient et venaient, conféraient à voix basse, mais lui n'avait d'oreilles que pour la voix du garçon. Une religieuse qu'il ne connaissait pas vint lui parler, ou se parla-t-elle à elle-même, car lui se contentait de regarder par terre, les yeux brûlants, comme un homme enseveli sous les décombres de sa vie.

« Je sais qui vous êtes, dit-elle, et j'ose penser que vous savez qui je suis, vous aussi. » Il avait jeté un regard absent à l'habit et hoché la tête.

Mary sellant le cheval et disant, ravie : « Elle me paie toujours trop, mais, petite déjà, j'ai appris à ne jamais discuter avec les bonnes sœurs. »

La religieuse veillait sans répit sur Jack, lui faisait avaler des médicaments, se querellait avec les médecins. Dans le couloir, elle s'asseyait à côté de Moreland, sa taille fine ceinte d'un tablier d'une blancheur aveuglante que Mary Boulton avait cousu de ses propres mains. Moreland n'en lâchait pas des yeux les fines piqûres.

Parfois, elle passait un long moment avec lui, sans rien dire ; ils restaient là, en proie à une terreur commune. Parfois, elle en avait long à dire. Elle parlait d'elle et du garçon. Un jour, la main de Moreland dans la sienne, elle entonna une litanie où il était question de foi et de paradis, et la jeune infirmière à la crinière flamboyante avait accouru : « Je vous interdis de parler de la béatitude éternelle, vous allez en donner le goût à mes patients. » Ce fut la seule fois que Moreland vit la religieuse essuyer une rebuffade.

Parfois, elle semblait avoir pour unique volonté de le démolir et de lui reprocher d'être un raté. Tout ce que disait la femme faisait écho à ses propres pensées, ses paroles si répétitives et monocordes qu'il les confondait avec la voix qui résonnait en lui.

« Vous les abandonniez tout le temps, non ? Pas pour le travail, mais parce que vous sentiez le besoin d'errer tout seul, en parfait égoïste. C'est vrai, je le sais. C'est elle qui me l'a dit. Je ne comprends pas comment elle a pu vous supporter. »

En d'autres occasions, elle lui parlait doucement, calmement, comme pour raisonner un demeuré. « Parlez-moi de vos projets, si vous en avez. Que comptez-vous faire, maintenant que vous n'avez plus de femme ? Vagabonder de-ci de-là, comme vous le faites depuis toujours ? C'est impossible. Elle n'est plus là, et tout sera deux fois plus dur, dorénavant. Vous ne pouvez pas chercher du travail et laisser le petit se débrouiller tout seul dans le bouge où vous aurez choisi d'habiter. Et quand vous serez à la maison, qu'aurez-vous à lui offrir, au juste ? Comment voulez-vous que ce garçon arrive à quelque chose, sans une femme ? Loin de ses pairs, de l'école et de la compagnie de personnes bonnes, honnêtes. Et regardez-vous. C'est indécent de gâcher sa vie comme vous l'avez fait. Comble d'horreur, vous voulez faire de ce bon garçon un homme comme vous ? Un ermite ? Un être solitaire et extravagant, indigent et vieilli avant l'heure ? C'est ce que vous voulez pour lui ?

— Non.

— Quoi ? Vous avez dit quelque chose ?

— C'est pas... ce que je veux pour lui.

— Bien, dit-elle. Vous commencez à voir la lumière. Le garçon passe en premier.

— Oui.

— Alors donnez-le-moi. »

Pendant qu'il la regardait, une idée avait pris naissance dans sa tête : un plan. Elle l'invitait à échafauder un plan pour améliorer les chances de son fils dans la vie – parce qu'elle imaginait une vie pour lui. Et elle lui offrait à lui, Moreland, du temps pour le réaliser. Pour y travailler. Elle lui prodiguerait son aide.

Au milieu des ruines fumantes de son esprit, l'optimisme de cette femme brillait avec le dur éclat d'un sou neuf. Son cœur se raffermit, envahi de lumière à son tour.

« Vous savez quoi faire, avait-elle dit. La réponse est là, sous vos yeux.

— Oui, avait-il répondu. Je sais exactement quoi faire. »

Quinze jours plus tard, le garçon n'était plus en danger de mort, il avait amorcé sa convalescence, et la religieuse, le veillant encore jalousement, attendait le moment de l'emmener chez elle. Moreland retourna une fois de plus à la cabane familiale déserte. Après avoir mis le Morgan dans l'enclos, il s'avança jusqu'à la porte, mais ne parvint pas à aller plus loin. Elle n'était pas là, il le savait bien, mais quand même, il resta immobile dans le vent et la nuit, l'esprit paralysé, stupéfié. À la fin, tel un ours qui charge, il franchit le seuil et resta planté dans l'effrayant silence, incapable de regarder le lit vide. Tout au long de cette interminable nuit, il travailla sans relâche, sans pleurer. Pas un son ne franchit ses lèvres, puisqu'on ne pleure pas les morts, on ne pleure jamais que sur soi, et Moreland n'avait pas de pitié pour lui-même. Au contraire.

Le matin venu, il avait réuni tout ce dont un garçon a besoin pour mener en ville une existence libre et aisée, y compris la selle, le tapis de selle, la sellerie, une canne à pêche et le couteau de Jack. Puis, à dos de cheval, Moreland était entré en ville et, avant l'aube, s'était arrêté devant la maison de la religieuse. Après avoir tout déposé sur la galerie, il retint le cheval en attendant que la religieuse sorte, son sac sur le coude, pour se rendre à l'hôpital. « C'est quoi, tout ce barda ? » demanda-t-elle après avoir jeté un coup d'œil à l'homme et au matériel.

Il expliqua. Il fallait garder tout cela précieusement pour son fils. Il la remercia de son aide. Il lui fit promettre que Jack bénéficierait d'une certaine dose d'autonomie, du genre de liberté dont il avait l'habitude et auquel a droit toute jeune personne. Bien sûr, William Moreland ne souffla mot de ses projets à la religieuse. « Je vais trouver de l'argent », se contenta-t-il d'affirmer. C'était la vérité ; seulement, il ne s'était pas donné la peine de préciser sa méthode.

Elle avait hoché la tête d'un air vaguement incrédule. « Allez en paix. Le garçon est à moi, je m'occupe de lui.

— Vous serez bonne pour lui ? Il a pas l'habitude de la ville, et certains jeunes gens sont pires que des serpents.

— Personne ne lui fera de mal. Je ne le tolérerais pas. Il aura une belle vie avec moi. Je vous le promets.

— J'en ai pour quelques mois. Quand je serai de retour, vous le laisserez partir.

— Je ferai ce qui est le mieux pour lui, et pour lui seul. » Voilà tout ce qu'elle dit.

Il la crut.

Il laissa le Morgan attaché devant l'écurie déserte de la femme, les effets du garçon encore étalés sur la vaste galerie, propre et bien balayée. Puis William Moreland quitta Banff à pied et mit le cap sur le relais de rangers le plus proche.

Dans la dernière image qu'il emporta d'elle, la religieuse, sous la cloque de son habit noir, contemplait les pauvres objets à ses pieds. Il remarqua pour la première fois sa belle maison en briques – elle venait sans doute d'une famille fortunée. Avec les religieuses, il n'est jamais facile de savoir si on a affaire à une fille de ferme sans éducation ou à une femme raffinée, à une de ces personnes dites « de qualité ». Et pourtant, il y avait cette précision dans son élocution, cet air de supériorité que Moreland avait entrevu dans les moments où elle s'était mise en colère contre lui. Religieuse, apothicaire, bien nantie. Le garçon ne serait nulle part plus en sécurité qu'avec elle.

Moreland remonta le col de son chandail et respira contre sa poitrine. Il sentit les battements de son cœur s'apaiser. Il croisa les bras sur le lourd manteau de ranger, glissa ses mains sous ses aisselles et écouta le vent.

Quatre

À sa sortie de St. Croy, Moreland troqua son manteau de ranger contre quelque chose de moins voyant et vola de bonnes bottes de cuir avec d'épaisses chaussettes en laine grâce auxquelles ses pieds guérirent comme par magie.

À Whitefish, dans le Montana, établissement que, du temps de sa jeunesse, il avait connu sous le nom de Stumptown, la ville des souches, en raison du déboisement galopant, il hanta les rues résidentielles et les cours, où renards et chats, occupés à leur propre prédation, détalaient avant de filer dans les ruelles. Encore affaibli par sa première longue marche, il se glissait en tremblant dans les ombres des maisons pour se reposer, risquait des regards dans les fenêtres éclairées. Une nuit, il s'arrêta pour écouter un bébé pleurnicher dans son berceau, et il eut l'impression d'être le seul à l'entendre. Il surprit de franches discussions entre des hommes et des femmes. Il entendit des descriptions peu flatteuses des contremaîtres. Une fois, une voix de femme, imbibée d'alcool, retentit dans une cuisine : « Elle peut bien l'avoir, si elle l'aime tant que ça ! » Ces paroles furent suivies d'un rire si moqueur que Moreland, pour y échapper, se sauva par le petit chemin de terre entre deux maisons.

Il entrait dans des cuisines désertes, en plein jour, et buvait du lait à même la bouteille tandis qu'il entendait des gens murmurer dans la pièce d'à côté. Il volait des tartes et les dévorait tout entières, ne laissant que l'assiette et des miettes.

Cherchant des nouvelles de la guerre dans le fol espoir qu'elle aurait pris fin à son insu, Moreland récupéra un journal jeté et y découvrit plutôt son nom. Et son surnom. On signalait seulement deux de ses huit cambriolages, et uniquement parce que, dans ces cas-là, il avait eu recours à de la dynamite. L'auteur de l'article émettait l'opinion suivante: *Moreland est un être dépravé et insensible qui fait le jeu de l'ennemi.* En bas, on voyait un portrait du Coureur des crêtes réalisé au crayon. L'artiste avait recréé le visage de Moreland à partir de la description faite par des témoins du restaurant de St. Croy. Le dessin ne lui ressemblait en rien. Le type représenté avait quelque chose de chevaleresque dont ses propres traits étaient dépourvus: un menton proéminent semblable à celui d'un boxeur professionnel, des yeux perçants d'une pâleur glaciale et, lui sembla-t-il, légèrement de travers. Ravi, Moreland contempla le dessin pendant un long moment. C'était la représentation d'un homme qui n'existait pas. Dans un bureau de poste, le Coureur des crêtes aurait pu traîner toute la journée à côté de ce portrait sans risquer d'être reconnu. Il découpa l'article, le plia avec soin et le glissa dans sa poche de poitrine. De retour à la cabane, dans quelques semaines, il le montrerait à Jack.

Dans une maison, il trouva un antique et lilliputien fusil Henry, modèle populaire durant la guerre de Sécession, mais en général encore fiable. Puisque l'arme, tout comme lui, était une sorte d'antiquité et qu'il n'avait jamais manipulé un tel fusil, il décida de l'emporter. En échange, il laissa sur la table de la cuisine un énorme trophée d'aviron en argent massif dont le poids et la forme l'incommodaient. Sans compter qu'il aurait été difficile de le revendre et qu'il aimait bien l'idée de jouer les Robin des Bois.

Dans une autre cour, au bout d'un long jardin en hibernation hérissé de tuteurs à tomates parfaitement alignés, il s'introduisit dans une vaste remise et fouilla parmi les outils, les bouteilles pleines de clous redressés, les charnières rouillées et les jouets mis au rebut. Il dénicha une excellente corde, un panier rempli de belles pommes de terre, un bol de pommes pas plus grosses que des balles de golf et six boîtes de haricots verts en conserve. Il emporta tout. Au fond de la remise se trouvait une antichambre sans fenêtres, une sorte de placard rudimentaire au plafond duquel était accrochée, comme à l'abattoir, une rangée de cuisses de porcs. Moreland ignorait tout du prosciutto. Il s'approcha pour mieux voir. La viande, atrocement givrée de matières gris-vert, avait des airs de charogne. Les jambons semblaient beaucoup trop faisandés pour être comestibles – ou, pire encore, vu l'absence d'asticots, empoisonnés. Peut-être s'en servait-on pour appâter les coyotes. Il contempla cette horreur pendant plusieurs minutes, scandalisé par un tel gaspillage, et laissa le festin à sa place.

C'est ainsi qu'il vivait, en volant au fur et à mesure ce dont il avait besoin ; il allait à pied en transportant sur son dos le poids de ses pillages, par moments repu, exultant, les articulations au supplice. Moreland avait mis au point un plan en deux temps et, pour le meilleur et pour le pire, il le suivait. Premièrement, écumer le nord à partir de St. Croy en trimballant tout l'argent qu'il réussissait à accumuler de la seule façon qu'il connût, c'est-à-dire en le volant, puis rapporter le butin au Canada et le laisser à son fils, prendre des nouvelles de celui-ci, mais ne lui dire que le strict nécessaire. Deuxièmement, repartir et répéter l'exploit du côté canadien à partir du col du Nid-de-Corbeau. Il avait en tête un montant précis, une somme qui, hors de tout doute, suffirait à mettre le garçon dans une classe à part, à lui procurer une vie meilleure, la chance de faire des études ou de créer sa propre entreprise, enfin, de faire à sa guise. Le Coureur des crêtes ne voulait rien laisser au hasard ; il assurerait l'avenir de son fils une bonne fois pour toutes. Il savait qu'il ne pouvait pas attendre d'avoir réuni toute la somme, qu'il serait fou d'errer dans les montagnes avec tout cet argent sur le dos. Si on le capturait, Jack serait cuit. Finalement, comme le font tous les hommes superstitieux, il décida de marchander avec le destin, de l'emberlificoter. Il conclut que deux pas raisonnables valaient mieux qu'un bond prodigieux.

Et voilà comment, aux derniers jours de novembre, après avoir commis un cambriolage à Eureka, au Montana, il quitta la ville en pleine nuit et fit route vers la frontière, au nord. Il apportait à son fils un cadeau de Noël : plus de quatorze mille dollars.

Cinq

Un dimanche soir, avant le souper, Jack Boulton, adossé à un arbre géant derrière l'énorme maison, pleurait dans ses mains. Pleurait sur sa mère, rageait contre son père, pleurait sa vie d'avant. Il pleura jusqu'à ce que tout son être lui fît mal. L'émotion l'avait gagné si soudainement qu'il n'avait eu d'autre choix que de sortir de la cuisine en vitesse pour trouver refuge au milieu des pins.

La religieuse remarqua aussitôt son absence, et ses *hou hou!* stridents flanquèrent au garçon une frousse à lui couper le souffle. S'efforçant de mettre fin à ses pleurs, Jack, à travers le lacis de ses doigts, regardait les herbes mortes, dont les têtes, captives, ondulaient dans la rivière. La neige, l'eau, ses mains plaquées sur son visage, tout, tandis que le soleil glissait derrière les montagnes, embrasant le monde dans sa lueur rouge.

Le garçon laissa tomber ses mains et leva les yeux vers les sommets. Imagina son père là-haut, libre. Il passa une main dans ses cheveux, se moucha dans la neige en soufflant de côté et rebroussa chemin. Il remonta les marches et revint à sa vie nouvelle dans la maison de la religieuse, vêtu de ce pantalon ridicule, raide d'amidon.

Tout ce qu'il voulait, c'était rentrer chez lui, mais il n'avait plus de chez-lui.

La maison était beaucoup trop grande pour deux. Quelques chambres, le solarium et le salon étaient condamnés, et leurs portes restaient fermées, les rideaux tirés. Même en été, ces pièces étaient fraîches et humides. Le soleil de l'après-midi, filtré par les vitraux, dessinait un cadran multicolore sur le tapis persan. Le matin, Jack regardait l'aiguille lumineuse progresser avec lenteur jusqu'au moment de son départ pour l'école. Il était encore un peu malade, encore un peu faible. Il lui arrivait de vomir son déjeuner.

La religieuse avait un plan, elle aussi : ressusciter l'enfant des cendres de sa triste vie passée, le sauver à coups de bonnes œuvres. Elle se dépensait sans compter, remplie d'espoir, résolue. Jack était un garçon patient. Et en gros, il l'aimait bien, cette femme : il se soumettait donc au sinistre régime qu'elle lui imposait, fait de politesse et de bonnes manières, où se succédaient à heure fixe goûters, coucher, devoirs, prières. Il tolérait à peine ses nouveaux accoutrements amidonnés, les plis étranges que formaient les sous-vêtements entre ses jambes.

Après un mois, il marchait ; après deux, il faisait des courses. Grâce à elle, il était presque entièrement guéri. Elle faisait de son mieux pour lui cacher les nouvelles concernant son père, William Moreland, désormais considéré comme un voleur et un meurtrier, un dynamiteur fou. Mais il entendait des choses, en particulier lorsque d'autres enfants se moquaient de lui, et c'est ainsi qu'il découvrit que son père avait un passé dont il n'avait jamais entendu parler et un surnom qu'il ne connaissait pas.

La religieuse ne parlait que du présent, d'elle et de lui ensemble, et jamais du passé. Car si les enfants peuvent apprendre à se souvenir, croyait-elle, ils peuvent aussi apprendre à oublier. L'espoir de la religieuse, c'était que le passé du garçon – cette cabane, ces parents, les ombres qui avaient recouvert son existence – finirait par s'avouer vaincu et disparaîtrait de son esprit. Les voisins, les instituteurs et les visiteurs accueillis à la maison recevaient l'ordre de ne jamais faire allusion aux parents et, docilement, ils se contentaient de regarder le garçon sans dire un mot.

Il était grand pour ses douze ans, mince, avec de longs bras et de longues jambes. Il avait des cheveux noirs qui lui arrivaient presque aux épaules. La religieuse ne se résignait pas à les couper. Après tout, en ville, des hommes les portaient de cette façon, et parmi eux des gens respectables. Son visage était toujours aussi lisse et imberbe que celui d'une fille. Il était magnifique sans le savoir. Il ne comprenait pas pourquoi les gens le regardaient fixement, pourquoi les filles se tortillaient lorsqu'il leur adressait la parole, pourquoi des hommes mûrs, en sa présence, se montraient tout à la fois irrités et affectueux. Les gens sont ainsi, croyait-il. Il était absorbé dans sa vie.

Élevé dans la forêt par deux ermites, il découvrait des tas de choses. L'animosité des autres enfants le heurtait. Et, à cause de la guerre, il y avait des filles partout en ville, une profusion de filles et de femmes. Le rouge à lèvres, par exemple, était nouveau pour lui. Et les femmes portaient des chapeaux qui ne leur protégeaient pas les yeux et ne les gardaient pas au chaud ; le plus souvent, ils ne daignaient même pas rester sur leur tête. Cette manie qu'elles avaient de faire tout un plat pour une étole de fourrure, de s'y envelopper en feignant d'être au chaud. Jack, lui, savait rester au chaud, et un petit bout de renard ne faisait pas le poids.

Mais la vie en ville le ravissait. Malgré la guerre, Banff attirait des touristes venus de pays neutres des quatre coins du monde. Des explorateurs et des montagnards suisses, avec leurs skis et tout leur attirail, des photographes et des paysagistes américains, un entrepreneur argentin dont l'oreille gauche avait été emportée par un coup de fusil pendant l'invasion de la Patagonie. Ils défilaient dans la rue principale en automobile, les femmes osant porter le pantalon, les hommes arborant guêtres et chapeau. Jack vit un acteur d'Hollywood se faire expulser d'un bar à midi, lisser son manteau de vison et lever respectueusement son chapeau à personne en particulier. La plomberie, l'éclairage électrique, la collecte des ordures ménagères, les landaus, les fausses dents, les boutons de manchettes, les brassards de deuil, le parfum, les joncs. Les volées de filles qui détalaient sur le trottoir en riant aux éclats. Les Chinois qui restaient entre eux, les Italiens, les Norvégiens, les Néerlandais. La plupart des habitants de la ville se déplaçaient encore à cheval en raison du coût prohibitif des automobiles, sans compter qu'une voiture exigeait des surfaces de roulement lisses, lesquelles étaient franchement rares. Les maisons dotées d'un numéro. La livraison du courrier. Le nouveau véhicule des pompiers, engin moderne que tous surnommaient « le Bourdon ». La plupart du temps, le grand cirque de la ville réussissait à détourner Jack Boulton de la vérité : il se considérait comme un orphelin.

La religieuse n'avait que cinquante-huit ans, mais, aux yeux du garçon, elle était carrément préhistorique. Elle redressait affectueusement son col de chemise, ses manchettes, son toupet. Quand il était avachi, elle rectifiait sa posture d'un bon coup de pouce dans le bas du dos. Elle ne lui autorisait pas une seule goutte de café, même s'il avait l'habitude d'en boire à la maison.

« Ma mère me laisse faire », lui dit-il un jour.

Elle le dévisagea un long moment, et ils prirent tous deux note de l'usage du présent.

« Elle avait tort », laissa-t-elle enfin tomber.

Il n'avait pas non plus le droit de fumer, même si tous les garçons de l'école le faisaient. Les plus coriaces entraient même en classe avec une cigarette au bec et écrasaient leur mégot sous leur pupitre.

Du jour au lendemain, Jack fut exposé aux miroirs. Son père n'avait jamais possédé qu'un miroir de rasage de la taille d'un pain de savon. Dans la maison de la religieuse, il y avait des glaces partout. Un miroir convexe au cadre recouvert de feuilles d'or dans le hall d'entrée, un miroir à volets sur toutes les commodes, qu'elle appelait « coiffeuses ». Il y avait même un miroir derrière la porte des placards, et il en fut mystifié – pourquoi les placards avaient-ils besoin de se regarder ?

Dans le couloir qui conduisait à la chambre de la religieuse, deux énormes miroirs se faisaient face.

« C'est fréquent dans les vieilles maisons, expliqua-t-elle. Terriblement démodé. Mais regarde. » Solide et réelle, elle se positionna au milieu, et dans ces deux miroirs apparurent des centaines d'images d'elle, à gauche, à droite, une parfaite répétition de la même femme, chaque copie légèrement plus petite et moins éclairée que la précédente, jusqu'à se perdre dans un glauque infini.

« À ton tour », dit-elle.

Il s'installa et leva le bras. D'innombrables garçons levèrent le bras à l'unisson. Il sauta sur place et une multitude de garçons sautèrent avec lui. Mais après le premier élan de fascination suscité par son visage, son corps, ses yeux, ses cheveux et sa bouche, il se lassa des miroirs, en vint à se méfier de leurs tours de passe-passe. Ils déformaient les pièces, en plongeaient les coins dans le noir. Dans un miroir, même la vieille dame ne se ressemblait pas. Au nom de quoi aurait-ce été différent pour lui ?

Elle s'était autrefois appelée Emelia Cload, nom de famille prestigieux, comme le prouvait le grand nombre de banques Cload partout au pays. On la connaissait désormais sous le nom de sœur Beatrice, prénom que, à son insistance, on devait prononcer à l'italienne : *« Bé-a-tri-tché »*. En ville, personne n'y arrivait, et certains croyaient qu'il s'agissait d'un nom nakoda. La plupart se contentaient de l'appeler « m'dame ». Jadis membre de l'ordre anglican de sainte Mara, elle avait pris un congé plus ou moins permanent de l'abbaye, d'abord pour s'occuper de son père malade et mourant, puis pour vivre une vie séculière, une vie de famille, avec le garçon. Elle portait souvent le voile, et les rares jours où ses nerfs prenaient le dessus, elle cherchait du réconfort dans l'habit complet.

Elle se levait toujours à l'aube parce que c'était ce que faisaient les religieuses dans sa vie antérieure. Elle se montrait bienveillante avec le garçon, mais sévère et inflexible. Comme la guerre en Europe ne donnait aucun signe d'essoufflement, elle encourageait les voisins à prendre exemple sur sa frugalité : rationner les chandelles, rationner le beurre et le savon. Se contentant de sourire, les voisins continuaient de vivre comme ils l'entendaient.

Tous les matins, elle faisait venir le garçon dans sa chambre pour lui étriller les cheveux avec les brosses de son défunt père, maniées avec vigueur et en simultané des deux côtés de la tête, selon la méthode ancienne. Elle lui acheta une brosse à dents et une poudre dentifrice à la menthe qui lui faisait saigner les gencives. Une brosse en poils de sanglier pour les ongles des mains et des pieds, quand il prenait son bain du matin, quatre fois par semaine. Les voisins, persifleurs, laissaient entendre que personne n'avait besoin de se laver autant. Après tout, le garçon, à douze ans, avait presque achevé sa croissance et il était déjà plus grand que la religieuse. Mais, insistait-elle, c'est à une mère qu'incombe la responsabilité d'assurer la propreté de son enfant. Ses doigts rabougris dans l'eau laiteuse de la baignoire. La joie qui envahissait son visage. Son voile sur un crochet dans la salle de bains. Ces matins-là mettaient le garçon à l'agonie, et il s'efforçait de respirer normalement en regardant fixement le mur.

Elle avait même purifié le garçon de son vrai nom, tout comme le sien avait été oblitéré le jour où elle avait été reçue dans son ordre. Lui qui s'était appelé Jack Boulton avait désormais pour nom Charles d'Arcy Euphastus Cload et il était l'héritier *de facto* de la grande famille. Dans ses moments de tendresse, elle l'appelait Charlie. Le garçon jugeait ces sottises totalement inoffensives. Elle pouvait l'appeler comme bon lui semblait puisque lui savait qui il était. Et comme il refusait de lui dire quand il était né, feignant de ne plus s'en souvenir, elle avait choisi pour lui le même jour de juillet que son anniversaire à elle et elle avait inscrit cette date à la page de garde de sa bible, juste sous la sienne. Des années plus tôt, Mary Boulton avait fait de même dans une autre bible. « Maintenant, l'ange scribe saura où te trouver », lui avait un jour dit la religieuse en tapotant son nouveau nom du bout de son doigt maigre.

Penché, il avait contemplé sa nouvelle identité. « Qui était Euphastus ?

— Mon arrière-arrière-grand-père. Quel prénom magnifique, n'est-ce pas ? »

Il n'était pas du même avis, mais en lisant le triomphe sur les traits de la religieuse, il préféra garder son opinion pour lui.

Devant un établissement dans lequel des hommes sans travail passaient leurs journées à boire du café, il vit qu'on se retournait pour le regarder passer et que la serveuse secouait la tête. En ville, on le connaissait bien déjà, et sa triste destinée continuait d'alimenter les conversations. La religieuse prit la main de Jack dans la sienne et lui dit : « N'écoute pas un mot de ce que ces gens racontent. Quoi qu'ils disent, tu m'entends ? La plupart d'entre eux sont d'une ignorance crasse. Ton père n'a rien volé, rien fait sauter. Il t'a laissé avec moi parce qu'il veut ce qu'il y a de mieux pour toi. » Elle n'avait encore jamais admis que William Moreland était vivant. Sa déclaration comportait un mensonge, mais un mensonge motivé par la bonté : elle avait seulement voulu réconforter le garçon en trouant le nuage de mélancolie qui l'enveloppait.

Mais une petite ville est un moteur qui carbure aux ragots, innombrables abeilles vrombissant dans leurs alvéoles en papier. Cette rumeur – cancans, opinions, conjectures, spéculations, débats – accompagnait Jack partout où il allait.

À l'épicerie, la voix d'une cliente lui parvint à travers les boîtes de conserve : « Ça me fait de la peine que cette femme soit morte, mais bon, à quoi s'attendre quand on vit à la dure ? En ville, on est beaucoup plus en sécurité. Quand on a des ennuis, les voisins vous donnent un coup de main. La plupart, en tout cas. Elle a cousu cette robe pour moi, il y a des lustres, et je la porte encore. Dommage qu'elle soit morte. Je lui en commanderais bien une autre. »

Jack resta planté au milieu de l'allée, tout tremblant, les yeux rivés aux lattes du plancher.

À la pharmacie, tandis que la religieuse écumait les étagères une liste à la main, deux femmes appuyées au comptoir se chuchotaient à l'oreille :

« Je n'envie pas les femmes intelligentes.

— Moi, si.

— Elles ne sont presque jamais heureuses.

— C'est vrai.

— Si Emelia était un homme, elle serait peut-être devenue médecin. Mais sinon qu'est-ce qu'elle aurait pu faire ? Épouser un homme qui aurait pris les rênes de la banque ? Elle a essayé deux fois, et regarde le résultat. Des petites santés, morts prématurément. Manque flagrant de jugement de sa part, si tu veux mon avis. »

Ce jour-là, la religieuse portait son habit complet, de longues jupes sombres et un tablier blanc, amidonné avec zèle, et les deux femmes la virent étudier un flacon avec une intensité particulière.

Dans la boutique de l'optométriste, où la religieuse fit l'acquisition d'une loupe, le propriétaire déclara : « Il tient de sa mère, non ?

— Si vous n'y voyez pas d'objection, je vais vous payer», répliqua-t-elle pour lui fermer le bec.

L'homme, cependant, se laissait entraîner par son sujet. «Elle est venue ici une fois pour un examen de la vue. Méfiante en diable, si vous voulez mon avis, parce qu'elle s'est arrangée pour rester entre lui et moi, comme si elle avait peur que je le mange. Le garçon n'avait peur de rien, lui. Mais elle? Elle m'a épié pendant tout l'examen, elle m'a suivi du regard, partout où j'allais. Elle m'a flanqué une peur bleue.» Il tendit une facture et quelques pièces à la religieuse. «Le seul qui était calme, ajouta-t-il pensivement, c'était le garçon.»

Dans la cour de l'école inondée de soleil, deux jeunes institutrices, les bras croisés, observaient les enfants, les yeux rivés sur Jack Boulton, en parlant comme s'il ne pouvait pas les entendre. «C'est la dernière femme en ville qui aurait dû s'encombrer d'un enfant. À mon avis, elle n'a pas ce qu'il faut. Pourquoi faire une chose pareille, sans être obligée, à son âge?»

Malgré tous ses efforts, la religieuse fut incapable de mettre un terme aux commérages.

Il trouvait insupportable de devoir revenir tous les jours à l'école. Dans ce lieu, le poids de son infamie lui pesait du matin au soir. Il avait connu peu d'enfants, jusqu'au jour où il avait été lâché parmi eux. Il avait vainement tenté de se fondre dans le décor, de laisser les autres recevoir les coups, mais il fascinait ses camarades comme s'il avait été un phénomène de foire. Au début, les filles tournaient autour de lui en bavardant comme s'il n'était pas là, mais, dernièrement, elles avaient commencé à se chamailler à cause de lui. Les garçons lui rappelaient sans cesse son insignifiance, mais ils ne pensaient qu'à lui – ils se rassemblaient partout dans son sillage, avec des allures de petits coqs, faisant mine de boxer l'air. Même les petits inventaient des rimes à son sujet et griffonnaient des mots sur les clôtures pour lui donner matière à réflexion sur le chemin du retour. Les élèves de la maternelle voletaient derrière lui lorsqu'il détalait dans une ruelle et chantaient dans son dos leurs stupides comptines.

Ladidu ladida ladidi
Ton papa est un bandit.
Ladidi ladida ladidu
Ton papa sera pendu.

Les blagues cruelles, il les avait supportées, de même que les pantomimes montrant son père se faisant battre à coups de bâton ou se balançant au bout d'une corde, auxquelles les instituteurs n'avaient opposé que de molles remontrances. Jusqu'au jour où, comme Jack s'y attendait, c'est sa mère qui avait fait les frais des taquineries.

L'ayant encerclé, trois garçons plus âgés, forts en gueule, faussement guillerets, lui assenaient des claques dans le dos, car sûrement, comme eux, il trouvait tordant que sa mère fût morte. Se ruant vers le visage le plus proche, Jack l'avait cloué au sol et roué de coups, jusqu'au sang.

Quelque part, très loin, des filles poussaient des cris stridents, des institutrices hurlaient son nom. Enfin, il sentit des mains le tirer par le col de sa chemise, le poignet, les cheveux. Il se dégagea et brandit les poings vers les institutrices qui osaient s'approcher. Les femmes finirent par garder leurs distances, le chignon défait et les jupes poussiéreuses.

Enfin, trois hommes en uniforme kaki accoururent pour maîtriser le déchaîné maigrichon qui se cabrait, le saisirent à bras le corps, l'agrippèrent par les chevilles et l'immobilisèrent. Il finit par s'affaisser dans leurs bras en regardant fixement son tourmenteur, qui gisait à ses pieds, tout rouge dans la poussière, une incisive cassée tremblant sur son menton taché de sang. Les hommes entraînèrent Jack derrière l'école, où ils l'obligèrent à se tenir debout sur ses jambes encore flageolantes. S'interposant entre lui et les autres enfants, ils créèrent une haie d'autorité virile et firent semblant de le réprimander. Mais ils avaient été témoins de violences bien pires, et le cœur n'y était pas.

L'un d'eux ébouriffa les cheveux de Jack et, d'une voix qui sentait l'alcool, dit : « Pour une échalote, on peut dire que t'en as dedans. »

Bien sûr, Jack eut droit à un châtiment titanesque. La jeune institutrice qui le lui administra donna l'impression d'être profondément troublée, car elle se saisit du fouet et le corrigea dans une sorte de transe voluptueuse.

Après, grimaçant de douleur, il était resté assis sur le banc devant l'école. Son visage crasseux était sillonné de larmes et personne ne s'approchait de lui, même pas les filles. Il regardait les voiles de poussière tourbillonner et se pourchasser dans la rue déserte. En proie à de petits hoquets d'horreur, il revenait sans cesse au visage ensanglanté. Il se vit en train de s'acharner, à la façon d'un homme qui plante un clou dans une planche. Il eut peur de lui-même.

Il inspecta ses jointures qui saignaient, gratta le sable et les éclats de bois incrustés dans ses avant-bras et ses coudes. Il ne se souvenait pas d'avoir reçu un seul coup de poing de la part de l'autre garçon, mais il se trompait sans doute. Une de ses pommettes lui élançait horriblement, et sa lèvre supérieure était engourdie. De ses doigts tremblants, il toucha une bosse à la naissance de ses cheveux. Maintenant que ses dernières réserves d'énergie l'abandonnaient pour laisser place à la nausée, Jack se rappela que, pendant qu'on lui tenait les mains, il s'était servi de sa tête comme d'un bélier.

En levant les yeux, il la vit, elle, le visage pétrifié, en habit de religieuse complet, ses jupes agitées par le vent. Le cœur de Jack s'emballa et, pendant un instant, il songea à détaler. Aux fenêtres de l'école, des visages apparurent, mais la religieuse posa sur eux un regard si froid et si reptilien que les curieux se dispersèrent rapidement.

Jack se leva et s'approcha d'elle en boitant. Sans un mot, elle ouvrit le portail et, dès qu'il l'eut rejoint, le referma avec un déclic. Elle avait le visage figé et grave, les yeux brillants. Sur le trottoir de bois, ils passèrent devant l'hôtel, puis le café, et on eût dit qu'elle gardait quelque chose en elle, retenait une émotion violente. Fugacement, il songea qu'elle risquait de le tuer dès qu'ils seraient à la maison. En cet instant, et à en juger par le profil de la femme, cette issue semblait possible. Dès qu'ils furent dans le couloir, la porte à peine refermée, la religieuse, à la grande stupeur de Jack, se couvrit la bouche et s'abandonna au fou rire.

« Cher garçon ! »

Il la considéra d'un air ahuri.

« Tu lui as montré, à ce petit rat. Il méritait chacun des coups que tu lui as donnés.

— Non, répondit Jack. C'est faux.

— Ne regrette pas de lui avoir tapé dessus. Pas une seconde. Il vient d'une famille d'êtres méprisables, du premier jusqu'au dernier. » Sur le tapis persan, elle exécuta une petite danse d'allégresse, comme une toute jeune fille, avant de le regarder en souriant. « Je rêve depuis toujours de faire la même chose à sa mère. »

Déjà, le garçon avait peine à tenir debout. Cette déclaration lui scia les jambes. Il se laissa tomber lourdement sur une chaise, tête baissée.

Voyant sa consternation, elle se rembrunit.

« Bon, fit-elle. C'est terminé, maintenant, et tu ne recommenceras pas. » Et elle alla lui préparer un bon bol de chocolat chaud.

Cela lui apparut alors clairement. La religieuse se comportait d'une certaine manière en public, et d'une autre à la maison. Il en conçut de l'inquiétude dans la mesure où on ne lui avait pas appris à composer avec la duplicité. Sa mère, sous des dehors un peu rudes, n'avait jamais été qu'elle-même, incapable de tromper ni de jouer la comédie. Aux yeux de Jack, c'était une forme d'intégrité.

Quand il n'était pas à l'école ou occupé à une corvée, il était avec la religieuse. Les seuls feux qu'il eût jamais allumés, c'était dans le poêle de la cuisine, mastodonte aux multiples chambres recouvert d'émail jaune canari installé près de la porte et relié au mur par le cordon ombilical d'un tuyau recourbé. Il ne dégageait de la chaleur qu'à condition d'être dorloté, et Jack était d'avis qu'il avait été conçu par un imbécile.

Il rêvait de disparaître : de s'allonger dans l'herbe pour admirer les nuages ou de parcourir les berges de la rivière, de nager, de pêcher, de chasser. Mais il avait suffi qu'il exprime le désir d'avancer dans l'eau de la rivière jusqu'aux genoux pour terroriser la religieuse. Et si le courant l'entraînait et qu'il se noyait ? Elle passait beaucoup trop de temps à penser à tout ce qui risquait de le tuer. Les chevaux, les chiens, les branches qui pendaient, les clous rouillés, le hachoir de la cuisine, les ponts, toutes les automobiles. Dans la maison, il y avait un unique interrupteur électrique, un bouton noir enchâssé dans le mur de plâtre près de la cage d'escalier ; elle seule était autorisée à appuyer dessus. Et encore, elle ne le faisait jamais qu'en grimaçant, la main gantée d'une vieille botte en caoutchouc pour parer la décharge électrique qui pouvait la terrasser, assurait-elle, à tout moment.

Il avait été sidéré par les cris qu'elle avait poussés le jour où il était entré avec un bébé couleuvre qu'il tenait à lui montrer. Une créature minuscule et impuissante, à peine plus grosse qu'un crayon. Il était ressorti en vitesse de crainte qu'elle la tue. Jack finit par comprendre que sa bienfaitrice ne savait rien des animaux. Pour elle, toutes les créatures de la faune, y compris les grenouilles, représentaient un danger mortel.

Jack était d'avis qu'ils mangeaient trop peu, mais avec une régularité excessive, et tout ce qu'ils avalaient était insipide. Il se livrait donc à de constants pillages dans la glacière et les armoires. Quand elle lui adressait des reproches à ce sujet, il se défendait avec cran et l'accusait d'être radine. Ils se levaient horriblement tôt et elle l'obligeait à se coucher à une heure en général réservée aux bébés. Chaque soir, il gigotait sous les couvertures, frustré à la vue des dernières lueurs du jour dans le ciel. En conséquence, il ne dormait presque plus, accumulait les nuits blanches et, durant la journée, vaquait à ses occupations, les yeux cernés. À la longue, cet engourdissement se traduisit par une conscience aiguë du temps, les étapes prévisibles de la journée se succédant à pas de tortue.

Dans les armoires les plus hautes de la cuisine, elle conservait des herbes, des teintures médicinales, des ustensiles en métal et des fioles en verre, des pinces en fonte et un tout petit brûleur à alcool, car, à l'abbaye, elle avait été apothicaire : une sorte d'infirmière, de droguiste, de chimiste, à l'occasion sage-femme. À ces sujets, elle savait presque tout ce qu'il y a à savoir. Elle passait son temps à lire et à prendre des notes dans son langage codé d'infirmière. Jack, qui avait laissé son œil courir sur la page, voulait savoir pourquoi *P.O.* signifiait « par la bouche ». Il fut ainsi initié aux divers usages modernes du latin : *per os.* S'il se coupait, elle lui appliquait un cataplasme verdâtre qui lui brûlait la peau, mais fonctionnait à merveille et prévenait les cicatrices. Une fois par semaine, elle lui administrait un tonique vitaminé de son invention, lequel avait un goût de craie et laissait sa gorge en proie à une étrange effervescence. Pendant le séjour solitaire de Jack à l'hôpital, elle lui avait apporté chaque jour une soupe spécialement concoctée, du bleu le plus extraordinaire qui fût. Sa fièvre s'apaisa, il reprit connaissance, put s'asseoir dans le lit et manger du pain. La langue et les lèvres bleuies, il se mit à parler avec la religieuse, à interpeller les autres patients dans la salle et quiconque passait près de son lit. En fait, son rétablissement fut si spectaculaire que les médecins se montrèrent soupçonneux.

« Ils sont jaloux parce qu'une femme a fait leur travail à leur place », conclut-elle.

Pour la première fois de sa vie, Jack avait sa chambre, son lit. Tous les vêtements que contenait la commode lui appartenaient. Elle lui avait acheté deux fois plus de chemises, de pantalons et de chaussettes qu'il ne lui en fallait, croyait-il ; à son avis, tous ces articles voulaient dire plus de lessive, voilà tout. Sa chambre, lui avait-elle dit, était à lui seul. Comme pour prouver son sérieux, elle n'y mettait jamais les pieds, s'arrêtant respectueusement sur le seuil. Ce n'était pas de l'intimité, du moins pas exactement, mais c'était ce qui pouvait s'en rapprocher le plus sous son toit, et il lui en savait gré. Quand même, cette femme avait une opinion sur tout et, depuis le pas de la porte, elle encourageait Jack à s'agenouiller pour dire ses prières. Il s'exécutait en répétant machinalement la formule toute simple qu'elle lui avait apprise : « Dieu bénisse mes instituteurs et mes amis... » Il n'avait pas d'amis.

Un soir, se tournant vers elle, il lui dit : « Je veux prier dans ma tête. »

Après un long moment de réflexion, elle y consentit. Il profita du silence pour s'adresser à sa mère morte, parler tout bas dans son oreille réceptive, par-delà une distance inconnue.

À partir de ce moment, les prières de Jack se firent beaucoup plus longues, et la religieuse eut l'air contente de lui. Ne l'ayant jamais vue prier, il supposait qu'elle le faisait dans l'intimité de sa chambre. Maintenant qu'elle élevait un enfant, les contacts de la religieuse avec l'église anglicane de la ville s'étaient réduits à la portion congrue. Tout de même, le dimanche, Jack et elle prenaient place sur un des bancs lissés par l'usage et, à la dureté de son visage, il savait ce qu'elle pensait du sermon.

Il lui arrivait rarement de dépenser de l'argent pour acheter un journal. Pour avoir les dernières nouvelles, elle préférait interroger les commerçants, les voisins et les femmes qu'elle voyait autour de l'école.

Lorsqu'elle emmenait Jack faire des courses et que la question du vote des femmes s'invitait dans la conversation, comme il arrivait souvent, elle avait de robustes discussions avec tout homme assez imprudent pour secouer la tête à cette idée. Il y avait des femmes qui s'opposaient à leur propre droit de voter, et des hommes qui y étaient favorables, mais, en gros, la question divisait les deux sexes. Le pharmacien était abonné à un hebdomadaire et, le jeudi soir, une petite foule s'assemblait dans sa boutique. Les coudes posés sur le comptoir, il lisait d'une voix hésitante les passages les plus intéressants. Sombres éditoriaux consacrés aux dangers du suffrage inconditionnel, caricatures moqueuses montrant des vieilles filles lancées dans l'arène politique, lettres d'opinion enflammées… Le pharmacien ne cachait rien à la petite assemblée réunie dans son établissement. « En rentrant chez lui, un homme s'attend à trouver non pas une hyène en jupon qui lui rebat les oreilles avec la politique, mais une créature douce et docile qui lui apporte ses pantoufles. » Ce point de vue avait été accueilli par une salve de moqueries de la part des femmes et d'applaudissements de celle des hommes.

Un matin, au déjeuner, la religieuse dit au garçon : « La vie sera meilleure lorsque nous aurons notre mot à dire. Tu vois ce qui arrive quand on laisse aux hommes le soin de tout décider. » D'une main, elle avait désigné la fenêtre de la cuisine, au-delà de laquelle s'étendaient l'horreur du monde, la guerre interminable, la mort. « Un jour, nous irons voter ensemble, toi et moi. » Et le garçon avait vaguement hoché la tête.

Avant l'école, elle lui lisait toujours un récit tiré de la Bible, puis, calée sur sa chaise en robe d'intérieur, les mains jointes sur le ventre, elle lui en proposait son interprétation personnelle.

Prenons le cas du pauvre Lazare de Béthanie, par exemple. Mort pendant quatre jours et ressuscité par le Christ. C'était une démonstration de force, l'affirmation irréfutable d'un projet divin : la vie après la mort. Recouvert de bandelettes et d'un suaire, Lazare sort de sa grotte et passe du côté des vivants, puis il s'assied à table en compagnie des autres invités. Un miracle effroyable.

Elle rit en répétant le verset : « Seigneur, il sent déjà. »

À ce propos, le garçon réclama des détails. Lazare avait-il pu manger ? Était-il conscient ou n'était-il qu'une coquille vide, un objet animé mais dénué de raison ? Lazare avait-il souffert en se réveillant dans le monde qu'il avait quitté depuis peu, en marchant de nouveau sur ses pieds abîmés ? Et Jésus ne lui avait sûrement pas accordé la vie éternelle. Le cas échéant, Lazare serait encore de ce monde et on le saurait. Lazare a une seule finalité : permettre le miracle. Que lui arrive-t-il ensuite ?

Jack posa la question sans détour. « C'est ainsi que va l'histoire, dit-elle. À toi d'en tirer des enseignements. »

Jack arrivait à supporter ces matinées dans la mesure où la religieuse choisissait toujours des sujets susceptibles de l'intéresser, des récits de nature à le tenir en haleine ou à lui flanquer une peur bleue. Ils appréciaient tous deux le Livre de Daniel, où abondent rêves, visions et lions. Un jour, en étouffant un bâillement, Jack remua sa crème de blé aqueuse du bout de sa cuillère et la pria d'expliquer la bête aux dents de fer. Et il commit l'erreur de lui demander ce qu'était un eunuque.

Après le repas, tous les soirs, ils se penchaient ensemble sur le dictionnaire, livre massif juché sur un piédestal et ouvert en permanence. Ils le feuilletaient au hasard et Jack fut initié à de nombreux mots dont elle s'étonnait, dans plusieurs cas, qu'il les connaisse déjà.

« Diaphane ? demanda-t-elle.

— Léger, transparent.

— Bien. Et… gisant ? »

Il attisait le feu dans le poêle, remuait le gruau, passait le balai, taillait les légumes, essorait les serviettes, sortait la poubelle dans le jardin. Étant donné sa vie antérieure, à la cabane, il n'avait pas d'aversion pour le travail manuel et s'acquittait efficacement de ses corvées. Certains jours, dans la cuisine, il arrivait à la religieuse de l'observer à la dérobée quand il appuyait fermement sur la planche à laver avec ses larges paumes. Ses longs avant-bras musclés.

Elle avait été sidérée de découvrir que son nouvel enfant savait coudre, au moins un peu. C'était comme avoir un garçon et une fille dans la même personne. À le voir assis sur une chaise, les jambes croisées, du fil et une aiguille à la main, occupé à rallonger son pantalon, on aurait pu prendre le garçon pour quelqu'un de sain et de raffiné.

Impression détruite chaque fois qu'il ouvrait la bouche. Elle corrigeait son langage à une fréquence si abrutissante et avec si peu de succès que les voisins se mirent à se demander qui était le professeur et qui l'élève, à parier sur celui des deux qui abandonnerait le premier. Jack était un enfant docile, sauf sur la question du langage.

Tu appelles les adultes « monsieur » et « madame ».

Les « si » n'aiment pas les « -rais ».

On ne dit pas « les chiottes ».

Jésus-Christ, nom de Dieu et *mon Dieu* étaient formellement interdits. Elle ne tolérait même pas *doux Jésus.* Elle l'encourageait plutôt à dire *bonté divine* ou *sapristi.* Peine perdue. Il parlait à sa guise et jurait comme un charretier. Elle finit par renoncer à le corriger, du moins en privé. Par moments, elle s'amusait des reparties du garçon, à condition qu'ils soient seuls et que personne d'autre n'entende ses saletés.

Quand il hurlait « Une araignée, nom de Dieu ! Une araignée aussi grosse qu'un chat ! », la vieille dame, au lieu de lui faire des remontrances, accourait, pantoufle en main, et aplatissait la bestiole.

Si, à propos d'un camarade de classe, il disait : « Jim Macready. Quelle tête de lard ! », elle répondait : « Tête de cochon, je te prie. Et sa mère en est une, elle aussi. »

Une nuit, après avoir entendu un chien hurler à donner froid dans le dos, il avait réveillé la religieuse en la secouant. « C'est quoi, nom d'une merde de pape ? » À moitié endormie, elle avait répondu : « C'est juste Jasper qui s'est échappé. Va te recoucher. »

Sur la question des jurons, Jack était incorrigible. Elle perdit la bataille, tout comme sa mère, des années plus tôt. « Où as-tu appris un mot aussi horrible, Jack ? » demandait Mary. Puis, à l'unisson, mère et fils se tournaient vers Moreland.

Parmi les cent petites règles imposées par sœur Beatrice, la pire était l'interdiction de s'approcher des chevaux. Ayant elle-même une peur panique de ces animaux, elle était sûre que l'un d'eux finirait par rompre le cou de l'enfant. Interdiction cruelle puisque le garçon avait passé toute sa vie au milieu des chevaux. Il était un peu comme un pâtissier à qui on interdit d'accéder à sa cuisine de crainte que ses mains téméraires se brûlent. Au début, Jack avait obéi, mais bientôt on le vit, vers la fin de l'après-midi, appuyé à la clôture du pourvoyeur, parler tout bas à son cheval, un petit Morgan de six ans au joli visage. Les jours d'école, ces deux jeunes créatures, tels des somnambules, de chaque côté de la clôture, insensibles à la barrière qui les séparait, le Morgan soufflant son haleine herbeuse dans le visage du garçon, les mains du garçon caressant le doux nez. À strictement parler, l'animal n'appartenait plus à Jack, la vieille dame ayant fait cadeau du Morgan et de presque tous les effets de Jack à la pourvoirie Wilson. Un enfant, après tout, ne possède rien, au sens juridique, du moins.

Depuis toujours, Jack inspirait à Thom Wilson un intérêt un peu égoïste. En tant que fils de Moreland, il avait de solides antécédents ; en fait, il était l'un des rares jeunes en ville à posséder des aptitudes pratiques. « Ce p'tit gars là a pas son pareil avec les vieilles picouilles », répétait volontiers Wilson, le cigare vissé au bec, à la religieuse. Quiconque contrariait ce grincheux, connu en ville et dans la région pour sa langue caustique, ne réussissait qu'à s'attirer un supplément d'insultes, et la religieuse était chaque fois désemparée par sa grossièreté. Au début, elle avait tenté, en bafouillant un peu, de débattre avec Wilson, de le convaincre de la supériorité de la vie présente de Jack par rapport à l'ancienne. Les résultats, naturellement, avaient été catastrophiques.

Sauf quand il guidait des touristes, des arpenteurs ou des artistes peintres dans les secteurs les plus isolés du parc – treks qui s'étiraient parfois sur des semaines et exigeaient des chevaux, du matériel et des centaines de kilos de vivres et de munitions –, Wilson était toujours en ville. On le voyait remonter la rue principale, invariablement aux prises avec la gueule de bois. Les fréquentes interactions inamicales entre la religieuse et lui eurent tôt fait de les transformer en adversaires farouches, et chaque escarmouche semblait avoir pour effet d'approfondir leur animosité réciproque. Parfois, ils fondaient l'un sur l'autre, tels des coqs de combat, traversaient la rue dans un seul but : avoir le dernier mot. Bouleversé, le garçon, qui n'avait aucune expérience de ce genre de haine, les regardait s'affronter à cause de lui.

« J'ai été élevé par des religieuses comme vous, dit un jour Wilson, et j'ai les cicatrices qui le prouvent. Vous êtes qu'une bande d'hypocrites.

— Quelle insolence ! Quelle ignorance ! répliqua-t-elle. Vous avez autant de cervelle qu'un homme des cavernes. » Et elle s'éloigna à grandes enjambées en entraînant le garçon par le poignet.

C'est à l'occasion de l'une de ces prises de bec que Jack découvrit que son père avait laissé à la religieuse une montagne d'articles lui appartenant et qu'elle s'en était débarrassée sans le consulter.

« Z'avez tout déposé sur le pas de ma porte comme si c'était un tas d'ordures, pour être bien certaine que le petit s'en servirait jamais, dit Wilson. Quelle mesquinerie !

— Il n'a que faire d'une selle miteuse.

— Non, parce que vous y avez vu. Grâce à vous, la seule chose qu'il peut chevaucher, c'est votre balai de sorcière. »

Jack et elle avaient décampé une fois de plus.

Dans la maison de la religieuse, Jack était bridé par toutes sortes de règlements. Après deux débats quasi raisonnables, elle avait fini par le convaincre de ne pas poser son matelas par terre pour contempler les étoiles par la fenêtre et de ne plus s'installer sur le toit de la galerie, les pieds ballant dans le vide, pour observer la ronde des animaux nocturnes. Il n'était pas non plus autorisé à s'asseoir sur les marches de la cuisine, en fin d'après-midi, un livre sur les genoux, comme il l'avait fait dans sa vie antérieure. L'interdiction de lire le rendait encore plus perplexe que le reste. À l'étage, il y avait une bibliothèque remplie de livres et de documents ayant appartenu au défunt père de la religieuse, mais Jack ne devait pas y toucher. Cette pièce était comme un musée. Bien sûr, il lisait quand même, en cachette, à la faveur de la nuit.

Jack avait le sentiment que la religieuse n'avait pas aimé son père. Sinon, c'est lui qui ne l'avait pas portée dans son cœur. Ou peut-être cette inimitié était-elle réciproque. Quoi qu'il en soit, sœur Beatrice traitait cette pièce comme si elle était contagieuse, porteuse d'une laideur dont elle espérait le protéger. Mais elle dormait comme une souche et ronflait comme une bête féroce. Ainsi, Jack savait quand se diriger en catimini vers la bibliothèque, ses pieds nus caressés par le luxueux tapis, tandis qu'il examinait des rangées et des rangées de dos de livres.

Un des murs était tapissé d'ouvrages identiques, dont la reliure en cuir était de la couleur exacte du foie cru, portant sur le droit des affaires. Rien ne distinguait ces volumes entre eux, sauf un étrange système de numérotation qui s'arrêtait à LXII. Il y avait des livres de comptes reliés, des brochures et des dépliants empilés à l'horizontale, des dictionnaires dans plusieurs langues, une concordance biblique, mais pas de bible. La seule bible de la maison reposait sur la table de chevet de sa bienfaitrice. Son père, apparemment, était un mécréant. Un homme surtout préoccupé par l'argent.

Jack trouva une rangée de livres qui, visiblement, appartenaient à la religieuse : un énorme traité d'anatomie, une pharmacopée de Martindale, un manuel de médecine dont les pages sur la toxicité étaient cornées, trois petits fascicules sur les injections et les dosages. Il mit aussi la main sur un épais cahier noir rempli de la superbe calligraphie de la religieuse. En le feuilletant rapidement, il tomba sur une série de mots latins et d'abréviations fréquemment utilisées par les infirmières : *P.O.*,

T1, tr, digitalis, q4h, qh8, elix, HCN, aconitum. Le garçon s'imagina que c'était l'aspect qu'aurait, en temps de guerre, un livre plein de messages codés. Il rangea le cahier et jeta un coup d'œil distrait aux brochures commerciales portant sur des préparations à base de plantes et des nervins brevetés.

Il fut tout de même impressionné par le grand nombre de plantes, de fleurs et de mauvaises herbes capables de tuer un homme, de le rendre aveugle ou d'arrêter son cœur de battre. Ou, plus simplement, de lui donner une éruption cutanée ou la chiasse. Le traité d'anatomie lui apprit que son avant-bras comptait deux os, et non un seul. Il brandit son bras dans le clair de lune et fit tourner son poignet dans l'espoir de vérifier cette théorie. Les cerfs avaient deux os, eux aussi, mais les wapitis, un seul. Jack Boulton se demanda pourquoi le même objet avait été conçu de deux manières différentes. Lui-même, sans se poser ce genre de question, avait participé au dépeçage des deux espèces d'animaux, tenu dans ses mains leurs membres sectionnés.

Au début, il fut charmé par le traité d'anatomie. La saillie de l'humérus dans l'épaule, l'armature de muscles qui défend l'abdomen, les petits os hétéroclites du pied – tout cela l'avait enchanté jusqu'au jour où il était tombé sur une effroyable gravure montrant une tête humaine écorchée en coupe transversale, les volutes dessinées par les sinus et les piquets de clôture formés par les molaires. Par la suite, il évita carrément la rangée d'ouvrages médicaux.

Plus près du bureau du vieil homme, il découvrit les vrais livres, des titres susceptibles de plaire à une personne saine d'esprit. Un petit cabinet renfermait près de trente volumes aussi scandaleux qu'attirants signés par un certain William Le Queux qui, pour dire vrai, donnaient raison à la religieuse. Ces romans étaient truffés d'invasions militaires, de sociétés secrètes, d'engins explosifs, d'espions allemands et de scènes de sexe – d'innombrables scènes de sexe. À la grande frustration de Jack, les passages pornographiques regorgeaient d'euphémismes qui l'obligeaient à deviner le sens précis des actes : *Gunnison se manifesta devant la fille, qui ne sut dissimuler son choc et son ravissement.* Jack eut du mal à déchiffrer le mot *manifesta.* Le père disparu avait lu certains livres si souvent qu'il n'était guère difficile de trouver les bons bouts. *La Tentatrice* s'ouvrit si naturellement sur les passages les plus salaces que ce fut le livre que Jack choisit d'emporter dans les cabinets.

À l'école, Jack avait vu des garçons s'échanger sous le manteau des westerns à quatre sous et des magazines illustrés mettant en vedette des détectives. Sur la couverture de l'un d'eux, on voyait une image improbable : Jesse James galopant pour soustraire une demoiselle à la balle d'un tireur d'élite. Ces trésors jalousement gardés servaient de monnaie d'échange entre les garçons plus vieux, mais personne ne les offrait jamais à Jack Boulton, qui en était réduit à regarder par-dessus l'épaule des autres. Quant aux plus jeunes, on avait l'habitude de les repousser de la paume de la main. Jack brûlait de lire ces magazines, mais jamais il ne lui fut donné d'en feuilleter un. Dans cette cour d'école, on le traitait lui-même comme une monnaie étrangère, sans valeur ni utilité.

Quelque temps plus tôt, à l'époque où la vie était encore normale, son père l'avait pris à l'écart et, le visage écarlate, lui avait gauchement offert une défense tiède de la masturbation. C'était parfaitement naturel, avait-il dit, et un expédient potable dans l'attente du mariage. Mais le petit devait agir avec la plus grande discrétion. Sinon, la honte et le déshonneur le guettaient. « Et surtout, avait ajouté Moreland, arrange-toi pour que ta mère ne te voie pas. Les femmes ne savent rien de ce genre de choses. »

Moreland avait été si visiblement à la torture pendant cette conversation que le garçon s'était contenté de hocher doucement la tête en gardant ses questions pour lui-même.

Jack mit la main sur *La Prairie parfumée où s'ébattent les plaisirs, manuel d'érotisme arabe* du cheik Nefzaoui, mais, à la vue de la calligraphie soignée du titre, se dit qu'il s'agissait sans doute d'un livre destiné aux dames, puis il s'arrêta à ce terme repoussant de *manuel* et remit le livre à sa place sans le lire. Il jeta plutôt son dévolu sur des titres plus prometteurs, comme *Les Chasseurs de tigre, Rapt au milieu du Pacifique, L'Île de corail* et *Le Chien Crusoé.*

Sur le mur sud se trouvait *La Vie des douze Césars,* ramassis de ragots où défilaient les intrigues politiques, les présages bizarres, les sous-entendus, les tours pendables, les guerres, les meurtres et la folie. *Irrité de voir le peuple d'un avis contraire au sien dans une représentation théâtrale, Caligula s'écria: «Plût aux dieux que le peuple romain n'eût qu'une tête».* Il y avait là également des centaines de livres traitant d'un merveilleux salmigondis de sujets. Une histoire de l'architecture en Angleterre, deux volumes de mathématiques appliquées au mouvement des étoiles, toute une étagère consacrée à la chasse à la baleine, un petit recueil de violentes sagas vikings, des récits des guerres claniques écossaises, un compendium de mythes grecs, des «causeries» sur des gravures japonaises, un livre sur les momies égyptiennes.

Mais le clou de cette bibliothèque était l'encyclopédie regorgeant de splendides planches en couleur intitulée *La Vie des animaux illustrée* de Brehm, dans laquelle étaient énumérées toutes les créatures du monde connu. C'était un livre énorme, lourd, que le garçon adorait. La couverture était ornée d'une gravure: le visage, le poitrail et les pattes d'un énorme lion d'Afrique allongé, à la fois impérial et posé, qui semblait fixer sur le lecteur un regard intense et bienveillant. Certains soirs, le garçon descendait le livre à seule fin de contempler ces yeux. Le corps du lion était entouré de guirlandes composées de serpents, de feuilles et de lianes, d'escargots, de poissons étranges et de papillons. Une vie d'une fécondité grouillante entourait le paisible animal. Des illustrations d'une insondable beauté se succédaient, et le garçon se demandait si cet ouvrage était le seul de son espèce dans le monde, un trésor irremplaçable.

Reconnaissant sans mal les dos des livres qui lui plaisaient, il s'asseyait en tailleur sous la fenêtre de la bibliothèque et lisait à la lueur de la lune. Il accueillit avec satisfaction la nouvelle de l'existence des Vikings et se demanda pourquoi on avait omis de lui parler de ce peuple. N'ayant jamais vu un désert, il n'était pas convaincu en revanche de l'existence des momies égyptiennes. Aucun cadavre ne pouvait durer mille ans. Sous les latitudes où il vivait, il le savait de façon certaine, quatre cents livres de chair de wapiti, au bout d'un an, se résumaient à une cage thoracique. Au bout de deux ans, il n'en restait rien. Il examina les photos de visages desséchés révélant des dents grimaçantes, et en vint à la conclusion qu'il s'agissait d'un attrape-nigaud digne d'une foire foraine. Une nuit, il lut *L'Île au trésor* d'une traite, tellement captivé qu'il avait failli se faire prendre par sœur Beatrice à son réveil. Il dévora *L'Île de corail,* séduit par la princesse cannibale, le brillant trio de garçons débrouillards, les animaux bizarres dont ils se nourrissaient. Il consigna dans sa mémoire la méthode employée par le héros pour piloter seul le navire pirate à deux mâts – exploit à ses yeux vraisemblable et susceptible de lui servir un jour. *Nous voilà sur le vaste Pacifique.* Trois jeunes naufragés réunis par l'adversité, aussi soucieux de se protéger mutuellement et aussi inséparables que des frères.

Jack Boulton avait toujours rêvé d'avoir un frère. Un jour, il en avait réclamé un à sa mère, faisant valoir ses arguments avec sérieux, de la même façon qu'un homme aurait proposé à sa famille de construire une remise. « Une sœur, ça t'irait ? » avait-elle demandé. Après mûre réflexion, il avait fait signe que oui, mais d'une façon qui voulait dire non, jamais de la vie.

Un frère. Un seul. Il avait même imaginé le visage du garçon, visualisé sa démarche confiante, deviné la sonorité de son rire. Parfois, au moment de s'endormir, Jack avait le sentiment que ce garçon existait déjà quelque part dans le monde et qu'ils communiaient, comme si, entre eux, tout était possible et que ce qui les séparait était sans importance.

Certains livres lui paraissaient extraordinaires parce qu'ils résonnaient dans sa tête. Il explorait l'architecture d'une phrase, y réfléchissait longuement. Plus tard, en travaillant dans la cuisine, il tentait d'en réciter des passages en chuchotant pour lui-même. *Pew* [...] *se mit à taper dans le tas au hasard, et son bâton résonna sur plusieurs crânes. De leur côté, les malandrins, sans pouvoir réussir à s'emparer de l'arme et à la lui arracher, agonissaient leur tyran d'injures et d'atroces menaces.* Le garçon songeait : *malandrins.*

Mais souvent, la nuit, l'insomniaque ne faisait rien. Il avait même renoncé à s'agenouiller devant sa fenêtre pour chercher dans la neige les empreintes de son père. Il restait plutôt assis dans son lit tandis que l'ombre des feuilles tremblotait sur le mur de sa chambre, et il promenait son regard de ses longues jambes à ses pieds osseux en désirant de toutes ses forces être ailleurs.

Six

Moreland rentra au Canada par la plaine vallonnée et boisée à l'ouest de Roosville. Pendant des jours, il eut le sentiment de grimper sans cesse, d'abord en peinant au milieu des broussailles, ensuite en suivant les méandres d'une rivière encaissée dans une vallée rocailleuse jusqu'à ce qu'il tombe enfin sur la plaine, à la lisière d'une petite ville forestière en plein déclin appelée Elko, puis, à son grand soulagement, sur la voie ferrée qu'il espérait trouver. Il trotta jusqu'à elle et la suivit vers le nord.

La neige fut presque la bienvenue. Moreland savait très bien s'en accommoder et, souvent, elle s'accompagnait de temps doux. Le ciel et l'air viraient au blanc et, à midi, le soleil doré n'était plus qu'un halo. À la lueur du jour, Moreland progressait rapidement, mais l'obscurité de la nuit était totale. Alors il se creusait un trou dans la neige et y faisait son lit, se recroquevillait sur des branches de pin à la façon d'un écureuil qui hiberne, ainsi qu'il l'avait si souvent fait dans son enfance.

Il avait enseigné à Jack à faire exactement la même chose, au cas où il aurait à passer la nuit dehors. Ils s'étaient pelotonnés tous les deux dans la neige à côté de la cabane, et Jack avait déclaré que c'était un fort. Cette nuit-là, Mary était sortie une douzaine de fois s'assurer qu'ils allaient bien dans leur petite grotte blanche.

Moreland se souvenait des joues lisses de Mary dans la faible lueur de la lanterne.

La neige continua de tomber doucement pendant des jours, une semaine. Dans les creux du sol, elle lui arrivait par-dessus la tête. Il avait volé une bonne paire de raquettes en babiche et il flottait au-dessus de ces dépressions, grisé et en apesanteur, comme s'il marchait sur l'eau. Quand il ne s'en servait pas, les raquettes étaient fixées à son havresac, la pointe vers le bas, et il ressemblait à un papillon de nuit.

En général, il suivait les voies ferrées parce qu'elles étaient déboisées des deux côtés et que, en plus d'être nivelées, elles étaient dégagées par le passage des trains : les lourdes locomotives avaient raison de tous les obstacles, sauf peut-être des avalanches. Il lui arrivait d'entendre le train venir au loin et courait se mettre à l'abri. Une minute plus tard, le convoi passait en rugissant, soulevant de part et d'autre de hautes queues de coq blanches. La neige saturait l'air, le sifflet braillait, et Moreland, spectral, avançait en titubant, les poumons pleins de neige.

Deux jours après Elko, il entendit un léger froissement de métal monter des rails, en se retournant, aperçut deux préposés à l'entretien juchés sur une draisine qui se profilait dans la blanche distance. S'étant rangé sur le côté, il les regarda venir. L'un après l'autre, ils lâchèrent le levier qui continua de monter et de descendre tout seul tandis que le wagonnet ralentissait doucement. On aurait dit qu'ils s'apprêtaient à dire quelque chose à Moreland, mais les hommes se contentèrent de passer leur chemin en le saluant de la mitaine. Il n'était pas rare de croiser des chômeurs qui marchaient sur les voies. Ils n'étaient pas les bienvenus pour autant. De toute façon, ces types n'avaient pas grand-chose à offrir à un voyageur.

Le lendemain midi, Moreland aperçut une autre draisine, inoccupée celle-là, petit objet noir et penché, rangé sur une voie d'évitement. Il avait presque atteint le véhicule lorsqu'il remarqua une fine silhouette grimpée dans un poteau télégraphique, en équilibre parfait, tel un trapéziste, le coude accroché à une traverse, une botte en appui sur un câble. Derrière Moreland, tous les poteaux étaient déneigés, tandis que ceux qu'il voyait devant lui étaient recouverts d'une épaisse calotte de plus de trois pieds. L'homme portait des éperons pour s'aider à monter et il brandissait une perche deux fois plus longue que son corps pour briser les calottes de neige. « On peut dire que tu vas vite sur ces machins, dit-il. Moi, j'ai jamais pu m'habituer. »

Moreland, abruti de fatigue, leva les yeux sur l'homme.

« Tu fais tomber la neige ?

— Oui et non, répondit l'homme en souriant. Disons plutôt que je communie avec les morts.

— Tu quoi ?

— Je reçois les télégrammes. Des gens qui ont besoin de se parler. » L'homme nettoya ses crampons sur un des câbles noirs et froids.

« Pour de vrai ?

— Oui, monsieur. Et je reçois aussi les appels transcontinentaux. J'ai le répartiteur, d'accord ? Au bout de la ligne, à Corbin. Il écoute tout... et là, je me demande quelle heure il est. Je pense que c'est l'heure du dîner. »

Moreland hocha la tête, même s'il avait peine à suivre. L'esprit de l'homme, une vraie sauterelle, faisait des bonds imprévisibles.

« La clé, c'est Hendrik. Le standardiste. Il faut qu'il parle aux trains, et dans le bon ordre, d'accord ? Sinon, ils se rentrent dedans. »

Se rappelant qu'il était planté entre les deux rails, Moreland, qui savait pourtant que jamais un train n'aurait pu briser le silence surnaturel sans qu'on l'entende longtemps d'avance, se dépêcha de s'en écarter. À côté de la draisine inclinée, il leva les yeux. De près, il comprit que le préposé était jeune. Britannique ou Scandinave, il avait une propension à rougir et dix-sept ans au maximum. Brûlé par le soleil et pourvu d'une barbe excessive. Moreland retira son havresac et le posa sur la draisine en poussant un soupir de soulagement et en roulant les épaules. « Les trains passent à quelle fréquence ? » demanda-t-il.

Le garçon fit mine de ne pas l'avoir entendu. Il enfonça sa perche dans la calotte de neige et l'y laissa.

« Bon, fit-il, si un câble se brisait sous le poids de toute cette neige – et c'est ici que ça risque d'arriver –, toutes les communications seraient coupées. Ils enverraient leurs messages en morse et ils consulteraient leurs montres comme chaque jour. Ils se douteraient peut-être que quelque chose tourne pas rond, mais ils recevraient pas de signaux de plus loin, pas d'avertissements. Et ce serait de ma faute. Tu as faim ?

— Pas du tout.

— Moi oui. »

La neige tombait doucement et s'accumulait partout, sur les arbres, la draisine, la toque du garçon, les épaules de Moreland.

« Le problème, c'est qu'Hendrik a recommencé à boire, dit le garçon. Alors les gens se font du souci. Et donc, moi je surveille la situation, par ici.

— Et les morts, dans tout ça ? »

Le garçon baissa les yeux sur Moreland, comme s'il le soupçonnait d'être un peu lent d'esprit.

« Ils parlent tout le temps.

— Ah bon.

— Ils ne s'arrêtent jamais. Et les nouvelles sont toujours mauvaises. C'est comme ça, maintenant. Tu es du coin ?

— Oui et non. »

Le garçon sourit. « C'est drôle. On est seulement à l'endroit précis où on est, je suppose. Moi, par exemple, je suis ici, en haut. Et toi, tu es là, en bas. Mon frère est en France, plus mort que mort. »

Le visage de Moreland s'affaissa.

Le garçon agita sa perche, la regarda onduler. « On s'aimait pas beaucoup. Mais le sang, c'est le sang.

— Où est ta mère, petit ? » demanda Moreland.

Le garçon secoua doucement la tête pour signifier qu'elle avait disparu, elle aussi. « Ce jour-là, le message concernant Colin est passé sous mon pied. J'y pense, parfois. »

Ils écoutèrent l'air qui les entourait, la neige qui tombait, muette. La forêt blanche, le ciel blanc, les empreintes blanches laissées par les raquettes, qui disparaissaient presque aussitôt. Moreland se dit que le poids de la neige ne menaçait pas davantage les communications que la botte du garçon posée sur le câble.

« Tu entends quelque chose dans ces câbles, des bruits ?

— Parfois, j'ai l'impression que oui. Juste un sifflement, ou plutôt un petit bourdonnement. »

Moreland embrassa du regard le long et gracieux arc de cercle décrit par les voies ferrées et les arbres noirs des poteaux télégraphiques. « Bon, dit-il. Il faut que j'y aille.

— Où ça ? demanda le garçon en désignant le nord avec sa mitaine de cuir. Là-haut, c'est le milieu de nulle part. La prochaine ville est encore très loin.

— Je sais », dit Moreland. Il sortit de son sac deux boîtes de haricots verts et les posa sur le siège de la draisine. Il reprit le sac sur son dos, serra la courroie en cuir autour de sa taille, puis fit du surplace sur ses raquettes pour assouplir les lanières.

« Comment tu t'appelles ?

— Sven.

— On te paie bien pour ce travail ?

— On paie bien pour rien.

— Combien de poteaux il te reste à faire aujourd'hui ?

— Dix-huit.

— Et ensuite ? »

Le garçon rit. « Je recommence depuis le début. »

Sept

Pendant des mois, Moreland avait zigzagué de mine en camp de bûcherons en petite ville. Partout, il avait volé tout ce qui lui avait semblé utile ou précieux. Il suivait son plan avec acharnement en remontant toujours vers le nord, où l'attendait son fils. S'il était descendu à St. Croy en traversant les basses terres bien dégagées, il était à présent contraint de passer par les cols, les canyons et les ravins. Par le passé, il avait vagabondé et chassé dans cette région, qu'il connaissait assez bien et dont il se rappelait le relief. Après tout, une ville peut éclore et croître là où il n'y avait rien, une route peut être détournée et un pont pourri peut tomber dans la rivière, mais une montagne sera toujours la même, et le canyon à ses pieds est là pour rester ; le territoire est aussi immuable que les étoiles et tout aussi utile pour trouver son chemin.

Avant chacun de ses cambriolages, il faisait des repérages et campait dans les environs, observait de loin jusqu'à ce qu'il ait réussi à prendre le pouls du lieu, jusqu'à ce qu'il sache à quelle heure les habitants se levaient et se couchaient, à quelle heure les équipes de jour et de nuit se mettaient au travail et où l'argent était entreposé.

Désormais, son sac était si plein du produit de ses pillages que ses courroies de cuir lui sciaient les épaules. Le papier-monnaie était aussi léger que l'air ; au besoin, il le garderait et laisserait tomber tout le reste. Il se reposait quand il le pouvait dans le premier abri de fortune venu. Il mangeait ses provisions volées, qui comprenaient parfois même du chocolat. Il avait une idée approximative de la date et arrivait assez bien à deviner le jour de la semaine, et c'était suffisant pour savoir combien de jours le séparaient des retrouvailles avec son fils.

Par un soir sans nuages de la fin décembre, Moreland détecta le goût de la poussière de charbon sur ses lèvres. Posant son sac, il courut jusqu'au sommet d'une crête, d'où toute la vallée s'offrait à sa vue, et enfin il aperçut la ligne de chemin de fer qui se faufilait au milieu des arbres. La voici donc: le terminus, la boucle en forme de larme où les trains s'enroulaient sur eux-mêmes à la façon d'un serpent pour repartir vers le nord.

C'était l'extrémité sud de la ligne du CPR où, juste en dehors de Corbin, le train faisait le plein de charbon. Sans doute avait-il correctement deviné le jour de la semaine puisque le train était là, à l'endroit exact où il devait être à cette heure, immobile, incandescent. La locomotive faisait presque face à Moreland. Il se trouvait donc au nord par rapport à elle, assez proche pour voir la gueule noire du culbuteur déverser du charbon dans les wagons-trémies, les silhouettes des hommes qui, tenant leur lanterne tout près du sol, arpentaient les voies pour examiner les roues et les boîtes d'essieux. Dans cette lumière et ce bruit lointain, il voyait la poussière de charbon tourbillonner, couvrant le sol d'immenses voiles de neige noire poussée par le vent.

Moreland exécuta une petite gigue de son invention. Sans autre carte que celle qu'il avait dans la tête, il avait trouvé Coal Mountain, gisement si massif et si isolé qu'il avait justifié la coûteuse création d'une ligne secondaire et que les mineurs l'avaient surnommé *« the big show »*. Le carrosse qui l'emmènerait vers le nord était avancé. Il courut jusqu'à ses affaires, les souleva et, dans un grand bruit de ferraille, dévala la pente jusqu'aux rails. Là, il dut s'arrêter pour reprendre son souffle. Il en profita pour ouvrir sa braguette et pisser sur le gravier, les yeux levés vers les étoiles qui saturaient le ciel. Des sommets sans nom se dressaient tout autour de lui, tels les bordages d'un navire, et lui-même n'était qu'une fourmi grimpant sur sa quille.

Dix minutes plus tard, il avait parcouru un demi-mille et s'était abrité dans une courbe, à l'endroit où la forêt formait une sorte de coude qui le cacherait à la vue du conducteur jusqu'au dernier moment. En sortant au ralenti de Corbin, le train ahanant passerait près de lui et il se hisserait dans un wagon-trémie où il resterait pendant toute la montée vers la boucle de McGillivray, où les voies se séparaient. Là, le conducteur s'arrêterait, le temps que l'aiguilleur oriente les rails vers l'ouest, direction Michel et Sparwood. Pendant que le train serait immobilisé et les hommes occupés, Moreland descendrait.

Il chanta une chanson à l'intention de Mary et du garçon, comme s'ils étaient avec lui. Puis il posa son sac par terre, en sortit une petite pomme et la frotta sur le revers de son manteau.

S'agenouillant, Moreland plaqua son oreille sur le rail, à l'affût du moindre bruit sur la ligne. Le métal était froid et inerte. Il palpa le gravier entre les traverses dans l'espoir de déceler des vibrations, mais… rien.

Le seul bruit était celui de son souffle qui, dans l'obscurité, lui semblait trop fort. Moreland était-il donc seul à respirer ? Il tendit l'oreille. Pendant des jours, il avait eu la sensation que quelque chose le talonnait, qu'une créature timide le suivait, appâtée par son odeur.

William Moreland avait passé plus des trois quarts de sa vie ainsi : au grand air, seul, à l'écoute du monde, sa vie sur son dos, porté par ses instincts hors du commun, beau temps, mauvais temps, jour et nuit, malade ou en bonne santé. Et voici où ses pérégrinations l'avaient conduit.

« Le cheval ne peut pas nous porter tous les trois, avait dit Mary. Tu reviendras me chercher. »

« Je m'en sortirai très bien », avait-elle ajouté.

Avec quelle étrange lenteur s'approchait le train, annoncé par un chuchotement sur la ligne. Un lent et lointain tambourinement. Posant sa botte sur un rail, Moreland le sentait venir.

Au début, on aurait à peine dit une lumière. Ce fut plutôt comme si, de leur propre gré, les arbres surgissaient des ténèbres, palissade s'étirant à perte de vue ; puis chaque branche se précisa, se hérissa, jusqu'à ce que le phare de la locomotive, aussitôt suivi de son long corps, enflamme la base de la montagne. Peinant, haletant, le train rayonnait, inondant les arbres de sa lumière, laquelle, décomposée en lignes droites et en éclairs, fondait à présent sur Moreland. Tout autour, que le tremblement des ombres. Quittant les voies, Moreland se laissa glisser sur le remblai et passa le sac à dos sur ses épaules en ayant soin de le serrer du plus fort qu'il pouvait. Puis, tapi derrière un arbre, il se prépara.

C'était idiot de regarder le phare en face, mais il ne pouvait s'en empêcher. La locomotive en comptait trois, et non un seul, et tout de suite il prit conscience de la vitesse du train, de sa modernité par rapport à ceux qu'il avait eu l'habitude d'emprunter clandestinement. Les rails vrombirent sur les traverses, puis les plaques se mirent à vibrer et de petits ruisseaux de pierres s'écoulèrent en cascades jusqu'à sa cachette.

Il se mit à courir trop tôt, grimpant le talus en diagonale. D'une lenteur désolante, il perdait pied sur les gravillons. Il était inondé de lumière et, sous ses bottes qui martelaient le sol, son ombre fut réduite à néant. En regardant par-dessus son épaule, ébloui, il grimaça, visa le troisième wagon, voire le quatrième – y avait-il une poignée, une échelle ?

Le sifflet retentit, colossal. Tressaillant malgré lui, Moreland fut incapable de corriger son angle d'approche. Puis la lourde locomotive passa en l'aspirant dans son sillage. L'ombre de Moreland, celle des arbres et du monde entier furent violemment projetées vers l'arrière, catapultées vers le sud, et à présent il distinguait parfaitement les voitures, toutes identiques, qui passaient à côté de lui dans un tremblement pareil au claquement de dents géantes, sans la moindre échelle, sans la moindre poignée. D'ailleurs, le train filait beaucoup trop vite et prenait encore de la vitesse.

William Moreland glissa sur le gravier, ses bras décrivant des grands moulinets, en sanglots, puis il s'immobilisa. Il sentait dans ses bottes le vrombissement du sol, voyait les rails s'affaisser et se soulever au passage de chacune des roues. L'odeur âcre de l'huile, du charbon et d'une autre substance brûlante déferla sur lui en lui piquant les yeux, et bientôt le dernier wagon passa sous son nez. Même en douze tentatives, jamais il n'aurait pu l'attraper. Il regarda son fils s'éloigner tandis que le sifflet de la locomotive déchirait le ciel lointain, ne s'adressant qu'à lui.

Le train disparut comme il était arrivé, son bruit de ferraille s'estompant petit à petit, jusqu'à ce qu'il n'en reste qu'une faible lueur, un sifflement le long des rails, puis plus rien. William Moreland s'accroupit et plaça une main tremblante devant ses yeux. Se laissant tomber sur le côté, il se roula en boule. Il lui sembla que la seule lumière qui restât dans le monde était celle de l'image gravée dans sa tête : du haut de sa cabine, le conducteur, bouche bée, pousse un cri incrédule en le regardant droit dans les yeux.

Moreland mit un long moment à se dérouler, tel un ver, à se délester de son fardeau et à se relever. Il carra les épaules, cracha. Aucun train ne passerait avant des jours. De son sac, il sortit une deuxième pomme et y mordit, fit la grimace, puis la mangea jusqu'au cœur. Ensuite, en proie à une rage impuissante, il le projeta contre un arbre. Il éclata, et les fragments se posèrent, légers, sur la neige. Son sac de nouveau sur le dos, William Moreland se remit à marcher.

Il passa la journée du lendemain à se faire de cuisants reproches en suivant au petit trot la voie ferrée, chaussé de ses raquettes, dans l'espoir de rattraper le temps perdu. Il puisait dans ses dernières ressources, poussait son vieux corps au maximum, à la façon d'un moine qui flagelle sa chair. Le genre d'expiation qui passe par la douleur. Plus jeune, il aurait réussi à aborder ce train ; à une certaine époque, il aurait réussi à dépasser presque n'importe quoi.

Au crépuscule, ses empreintes en croisèrent plusieurs autres, qui descendaient vers le sud-ouest. Huit loups, peut-être, dont le passage était tout récent. Il sortit le vieux fusil à répétition du sac et se mit à courir, balançant l'arme au bout de son bras. À tout le moins, elle ferait un boucan d'enfer. Conscient qu'il se comportait comme une proie terrifiée, il se retourna et balaya les rails des yeux, mais il ne détecta aucun mouvement, et au bout d'un moment le fusil cessa de trembler dans sa main.

La pleine lune apparut dans le ciel tandis qu'il poursuivait sa route. Ayant cessé de courir, il se contentait d'aller à grandes enjambées, et bientôt il atteignit l'aiguillage, l'endroit où il avait eu le projet de sauter du train, de toute façon. Prenant l'embranchement de droite, il remonta vers le nord-est et atteignit la boucle McGillivray proprement dite. Là, il pénétra dans un espace vide et sonore, dépourvu de neige. C'était ce qu'on appelait un paravalanche. Dans ce cas particulier, il s'agissait d'un raccourci prenant la forme d'une galerie doucement incurvée qu'on avait creusée à la dynamite dans le flanc de la montagne. Les trains s'accommodent mal des pentes raides et il arrive qu'une société ferroviaire décide de percer le roc pour que le parcours reste relativement plat.

Moreland ne s'arrêta que quand il fut incapable de voir l'entrée et la sortie, et là, à l'abri des regards, il se plia en deux et exhala profondément. Les murs plats répercutèrent le son d'un homme qui soupire. Et quand il cria *hou! hou!,* le tunnel, avec un rythme syncopé, sembla faire *hou! hou!* avec lui. Le toit était incliné pour guider la neige et les éboulis loin des voies et jusqu'au fond de la vallée, et de fait, elles étaient dégagées, le gravier sec. Depuis combien de temps n'avait-il pas dormi dans une structure construite par l'homme ? Adossé à une poutre en bois, il se reposa dans cette atmosphère paisible, conscient du courant d'air qui parcourait le tunnel en permanence, conscient de ses bottes posées à côté d'innombrables empreintes laissées par d'autres hommes, des vagabonds ou des chasseurs sans doute. Il avait aussi vu des traces de sabots et, à l'entrée, de vagues et vieilles empreintes laissées par un couguar, signe que le félin avait rôdé à l'embouchure du tunnel et jeté un coup d'œil à l'intérieur. Effrayé par l'espace confiné, il n'avait osé s'y aventurer que sur quelques dizaines de pieds.

Ainsi, immobile et plongé dans ses pensées, Moreland passa la nuit sous une sorte de toit. Il ne dormit pas du tout. Il ne ferma pas les yeux. À peine s'il cligna des paupières.

Huit

Aux premières lueurs de l'aube, il se leva, le corps raide, et se tourna vers l'embouchure lumineuse du paravalanche. Pas de train, pas d'hommes marchant sur les rails. Ayant repris ses affaires, il passa sous les nervures du tunnel, l'une après l'autre, tel un homme sortant du ventre d'une baleine. Le soleil froid et bleu flambait, et Moreland le regarda en clignant des yeux. Il se dirigea vers l'arbre le plus proche et se gratta le dos contre le tronc, à la façon d'un ours, puis il fixa ses raquettes à ses bottes et se remit en route.

Le lendemain après-midi, il étendit sa toile cirée et s'assit dessus, les jambes écartées, et répara son matériel avec un soin jaloux. Ensuite, il sortit des objets des profondeurs de son sac et, les tenant au bout de son bras tel le crâne du pauvre Yorick, s'interrogea sur ce qu'ils valaient vraiment : pour lui, pour le garçon, pour tout être raisonnable. La plupart ne résistèrent pas à l'examen. Bien sûr, il conserverait la liasse de billets de la taille d'une miche de pain. Des billets de banque américains, surtout, mais aussi britanniques et français. Il y avait même une poignée qu'on eût dit chinoise. Des outils, aussi, et un couteau admirable. Mais vingt rouleaux de petite monnaie ? Trois lourdes montres en or ? Deux paires de lunettes à la monture dorée, désormais sans verres et toutes tordues ? Que pourrait-il en faire ? L'objet le plus bizarre était le délicat dragon chinois en ivoire, composé de dizaines de sections sculptées, long comme un rouleau à pâte. Il l'avait aperçu par la fenêtre d'une vaste demeure de Kalispell aux serrures dérisoires. C'était un objet d'une beauté irréelle, qui avait l'air vivant – raison pour laquelle il l'avait volé. Il avait songé à Mary, à ses longs cheveux noirs qui tombaient dans son dos, au bébé niché au creux de ses jambes ; couchée dans le lit, elle agitait des objets brillants devant le visage du garçon minuscule, appliqué, muet et sans dents, qui s'efforçait de les attraper. Moreland avait donc fait valser la serrure d'une porte dérobée et, en laissant des empreintes neigeuses sur les tapis persans, il avait libéré le dragon.

Assis dans la neige sur sa toile cirée, espérant rallier Blairmore avant la tombée du jour, il brandit devant ses yeux la chose ondulante en ivoire. Ses mâchoires, son échine, ses pattes et même ses griffes étaient mobiles, articulées, détaillées, parfaites. Une œuvre d'art éblouissante, sans doute d'une grande valeur, mais impossible à revendre en dehors d'une grande ville et sans utilité ni intérêt pour un garçon de bientôt treize ans.

Dans son sillage, Moreland sema la voie ferrée de pièces de monnaie, de lunettes et de montres. Le printemps venu, quelqu'un aurait droit à une bonne surprise. Il accrocha le dragon à la branche d'un tremble, tel un chapeau égaré, et le contempla, avec son vieux visage moustachu et sa gueule béante. Tout ce voyage depuis la Chine pour finir à cet endroit. Tôt ou tard, un conducteur allait se demander quelle créature bizarre nichait là. Après trois ou quatre semaines de questionnement, il ralentirait peut-être pour y voir de plus près. Pendant un moment, Moreland regarda les écailles du dragon frissonner dans le vent, puis il revint à sa toile cirée.

Le vieux fusil Henry à ses pieds, il tira du sac un fourreau. Celui-ci avait été fabriqué pour recevoir et protéger une autre arme, et jamais Moreland n'en avait vu de plus laid. C'est d'ailleurs pour cette raison qu'il l'avait choisi : la laideur était en soi un camouflage. Premièrement, le fourreau était fait d'un feutre d'une horrible teinte rose crevette, du genre qui servait à fabriquer les fanions sportifs. Il était orné, le long de la partie servant à abriter le canon, d'une ridicule frange en peau de biche, et le nom PEARL était calligraphié sur le tissu avec de la peinture blanche craquelée. Le genre d'objet qu'une dame adepte du tir à la carabine aurait remporté dans une foire, l'inscription de son nom ou de ses initiales faisant partie du prix. Le genre d'objet que la dame en question se serait empressée de ranger loin de sa vue. C'est sans doute pour cette raison que Moreland l'avait découvert dans un sous-sol de Whitefish. Deuxièmement, l'arme était un antique fusil à répétition actionné par un levier, modèle qui avait connu ses heures de gloire à l'époque où Lincoln était président. Au cours de sa trop longue existence, sans doute pour en amoindrir le poids, quelqu'un avait décidé de raccourcir le canon, initiative qui avait également eu pour effet d'en réduire la précision. Le fusil, par conséquent, ne présentait aucun intérêt pour un chasseur.

Moreland fendit minutieusement le fourreau et retira la bourrure de laine. Il la remplaça par quatorze mille cent quatre-vingt-un dollars en billets de banque, de dénominations et d'origines nationales diverses. Il se fichait de leur valeur relative, puisque tout l'argent était destiné au garçon. Puis, en se servant de la pointe de son couteau comme d'un poinçon, il perça des trous le long de la fente. Ensuite, il fit passer des bouts de fil prélevés sur son manteau dans chacune des paires d'œillets et les noua. Le résultat fut aussi désolant que les points de suture réalisés pendant la guerre de Sécession.

Il tint l'objet devant ses yeux pour mieux l'examiner.

Il fit quelques pas pour l'observer de loin. Sur le feutre rose, le mot *Pearl* luisait comme du glaçage. Jamais il n'avait vu de fusil moins attrayant. Même les voleurs seraient rebutés.

Avec un peu de chance, il verrait Jack avant Noël et lui offrirait le plus gros cadeau de sa vie. Il lui recommanderait de le cacher, de le garder en sécurité, puis il partirait recueillir encore plus d'argent.

Il ne faut pas mettre tous ses œufs dans le même panier, dit le proverbe, consigne que Moreland appliquerait à la lettre. Après avoir plumé le Montana et l'Idaho, il se dit que cela suffisait pour sa première tournée. Il laisserait les quatorze mille dollars et repartirait les mains vides, repasserait par le col du Nid-de-Corbeau jusqu'au jour où il aurait épuisé les villes minières, puis il reviendrait à Banff, peut-être en mars, idéalement avec une somme équivalente, et Jack Boulton aurait enfin ce dont ses parents avaient été privés : la possibilité de choisir sa vie.

Moreland savait ce que penserait la religieuse. À ce stade, elle se doutait sûrement de quelque chose. Si seulement, dans son état d'épuisement, il n'avait pas donné son vrai nom à un inconnu. Il n'en revenait toujours pas.

Il était à présent au cœur des montagnes. Toutes les nuits, il s'éloignait de son campement, lançait une corde autour d'une branche d'arbre et hissait tous ses biens loin de lui-même et loin des ours. Des années plus tôt, en Colombie-Britannique, il avait rencontré un homme connu pour avoir attaché ses provisions au mât principal de sa tente, et quand l'ours noir était venu – issue inévitable, comme n'importe qui aurait pu le lui dire –, il avait d'abord piétiné le malheureux jusqu'à lui couper le souffle, puis il avait traîné la nourriture, la tente et l'homme sur une trentaine de pieds dans l'espoir de tout emporter. Pendant ce temps, l'imprudent poussait les cris stridents d'un rat emprisonné dans un sac. Rebuté par le poids d'un tel objet, Moreland n'avait pas de tente. Chaque soir, il s'enveloppait dans une toile cirée qui lui recouvrait la tête et attendait que le sommeil le terrasse. Mais, après des heures, les idées se bousculaient toujours dans sa tête. La plupart du temps, incapable de tolérer même le confinement de cette mince toile, il finissait par s'extirper de sa couche et se levait, pantelant.

Une main appuyée sur sa poitrine, contre l'étoffe de son manteau, il imaginait la tête de son fils posée là, se voyait passer les doigts dans ses cheveux soyeux.

Neuf

Discrètement, Noël débarqua en ville, apportant ses ornements rouges. Des guirlandes et des rubans de fantaisie, que le froid avait rendus aussi raides que du fer-blanc, apparurent çà et là, un magasin après l'autre, quelques-uns accrochés aux lampadaires, d'autres aux attaches pour les chevaux. Un adolescent à cheval entra dans la ville en remorquant par le tronc un conifère de quarante pieds et mit le cap sur l'immeuble du gouvernement, de l'autre côté de la rivière, laissant dans la neige une longue éraflure jonchée de pommes de pin. Les autorités célébraient. Jack regarda l'arbre passer sur le pont, escorté par les chiens du coin.

Le matin de Noël, la religieuse descendit à pas feutrés, un cadeau à la main, dans l'intention de le poser à côté du bol et de la cuillère du garçon, où il le découvrirait en se levant, mais elle le trouva devant le poêle, déjà occupé à préparer leur déjeuner. Elle fut si saisie qu'elle se contenta de lui remettre le paquet sans un mot, avant de s'asseoir pour le regarder le déballer.

C'était un livre relié dont la couverture montrait l'image dorée et embossée d'un garçon en culotte courte qui, assis en tailleur, lisait un livre qu'on supposait être justement ce livre-là. Sur le dos était écrit *Une histoire du monde pour les enfants.*

« Joyeux Noël, Charles, dit-elle d'une voix incertaine.

— Merci, répondit-il en posant le livre sur le comptoir. Il me plaît beaucoup. »

En fait, il avait déjà lu le livre et l'avait trouvé ennuyeux. Elle l'avait pris dans la bibliothèque de son père, puis elle l'avait enveloppé avant de le lui offrir comme s'il était neuf. Mais Jack Boulton ne s'en formalisa pas. C'était un geste attentionné et, compte tenu de l'aversion que lui inspirait cette pièce, d'une générosité inattendue. Au moins, ce n'était pas la sempiternelle chemise.

« C'est pour vous », dit-il en posant un petit objet sur la table à côté du bol de la religieuse.

C'était un oiseau sculpté. Elle le prit dans sa paume. « C'est toi qui l'as fait ?

— Ouais.

— Oh, il est magnifique. »

Penché sur l'épaule de la religieuse, il s'efforça de voir ce qu'elle voyait, d'évaluer son travail. Pour éviter le problème des pattes et des pieds délicats, il avait imaginé l'oiseau dans son nid, les ailes repliées sur le dos, les pieds recroquevillés sous son corps. Et il avait veillé à ce que la tête soit tournée de côté : ainsi, sœur Beatrice pourrait le poser sur une tablette, et il donnerait toujours l'impression de la regarder.

« Je n'ai jamais rien vu de plus beau », mentit-elle.

Elle fit glisser son doigt sur le Y formé par les ailes croisées et les innombrables encoches qu'il avait faites dans le bois pour évoquer la disposition des plumes sur la poitrine.

« En principe, c'est un épervier de Cooper, dit-il, mais je suppose qu'il ressemble à n'importe quel oiseau. »

Elle déglutit, les yeux humides.

Jack, sentant l'émotion de la femme, se retourna vers le poêle, qui commençait déjà à perdre de la chaleur et de la fumée, et donc retardait le déjeuner.

Elle étudia l'oiseau un long moment. « Mais où as-tu pris le couteau ? » demanda-t-elle.

Aussitôt, Jack regretta son cadeau. Un dilemme se présentait à lui : mentir et affirmer avoir sorti son propre couteau confisqué de sa cachette dans le bureau du père de la religieuse, espace où il ne devait pas mettre les pieds, ou lui dire ce qui était vraiment arrivé. « Wilson m'a prêté le sien », dit-il avec une profonde résignation.

Il vit les yeux de la femme rapetisser et sa bouche former une ligne droite.

« Je vois », dit-elle.

Il attendit la suite, mais en vain. « Merci. C'est magnifique », dit-elle avec effort après un long moment. Elle posa la sculpture sur la table et la contempla, tandis que Jack, en déposant les œufs sur les assiettes, l'observait. Il se dit qu'elle lui aurait pardonné dans l'après-midi, mais elle ne le fit qu'en soirée.

Le jeudi suivant, la religieuse obligea Jack à s'emmitoufler dans de multiples couches de laine et, comme chaque fois qu'ils sortaient faire des courses, elle accrocha sa petite main à la manche du garçon. Ainsi, si elle glissait sur la glace, il l'empêcherait de tomber. C'était le genre de température qui obligeait Jack à retirer délicatement son chandail de laine afin d'éviter le claquement de l'électricité statique sur tout son corps – rien à faire pour empêcher ses cheveux de se dresser sur son crâne comme une perruque ébouriffée. Après quelques journées de neige légère, le mercure s'était recroquevillé dans le thermomètre, et l'après-midi était lumineux et sans vent. C'est ce jour-là que Jack Boulton vit les prisonniers pour la première fois.

La religieuse et lui sortirent de la boutique du pharmacien, où elle avait fait le plein de fournitures, juste à temps pour voir passer dans la rue principale un long traîneau plat semblable à un triste char détaché d'un défilé de Noël. Huit gardes, baïonnette au fusil, flanquaient le spectaculaire équipage, et deux hommes de la ville tenaient les guides des chevaux, énormes bêtes noires qui tiraient sur les rênes et renâclaient à l'approche des automobiles, leurs chaînes tintant dans l'air glacé. Sur la plateforme, les pieds ballant dans le vide, les forçats, deux douzaines d'hommes affublés d'un bonnet de laine, d'un manteau sombre et de moustaches démodées, semblables, aux yeux du monde, à des elfes mélancoliques, murmuraient entre eux en regardant défiler les immeubles bas. Ils passèrent devant la maison du pasteur anglican, l'église avec sa crèche, l'épicerie aux carreaux opacifiés par la vapeur et les lacis du givre. Et enfin devant Jack Boulton, dont les yeux ne cillèrent pas.

« Oh non, murmura-t-il, certain qu'il allait reconnaître son père parmi ces hommes.

— Des Autrichiens, expliqua la religieuse. Des prisonniers de guerre qu'on emmène aux travaux forcés. Ils ne parlent pas un mot d'anglais. »

Non loin, une bande d'élèves faisant l'école buissonnière étudiaient l'ennemi de près, arborant une mine grave, réfléchie. Le traîneau donnait l'impression de flotter, sous les câbles tendus au-dessus de la rue, auxquels étaient accrochés des Union Jack raidis par le gel. Quelques prisonniers levèrent leur visage buriné vers ces drapeaux, éblouis par l'éclat de la neige, le panache de leur respiration perçant l'air froid. Dans un bruit de chaînes, les chevaux passèrent devant le café où des citoyens libres, assis sur des tabourets, déjeunaient tranquillement. Dans la rue, des visages inamicaux observaient les prisonniers. Des touristes intrigués les suivaient sur le trottoir de bois et les chômeurs leur lançaient des regards noirs.

Le garçon suivit le traîneau au-delà de l'hôtel et de la première rue transversale, la religieuse à ses trousses. À la deuxième rue, les cochers obligèrent les chevaux à prendre sur la gauche un sentier qui descendait jusqu'à la rivière. Le traîneau décrivit une ample boucle, et ses patins dessinèrent des éventails en raclant la neige. Le spectacle était terminé.

Jack, cependant, brûlait du désir de rester avec eux, de voir où ils allaient. Se tournant vers la religieuse, il la supplia tant qu'elle céda et se laissa entraîner vers la rivière. Là, il ne restait plus rien de la ville, hormis deux ou trois cabanes aux porches déserts, les volets clos à cause du froid ; des chiens, effrayés par le grand traîneau et les hommes, s'enfuyaient sur le chemin de la rivière. Sous trois pieds de glace, à cette époque de l'année, la rivière, lisse et plane, serpentait au fond de la vallée, semblable à une vaste avenue traversant la ville.

Un garde beugla et les prisonniers descendirent, puis, sur leurs pieds engourdis, se trouvèrent un coin à l'abri du danger, où ils serrèrent les rangs. Jack avait beau savoir que son père n'était pas parmi eux, il ne put s'empêcher d'épier leurs visages et leur attitude en quête de quelque chose de familier, d'un signe de William Moreland. Prudemment, on obligea les chevaux à faire marche arrière et à tourner le dos à la rivière, puis les cochers poussèrent contre leur poitrail pour les forcer à reculer, à reculer encore, jusqu'à ce que le traîneau glisse sur la rivière et s'immobilise sur la glace. Ils tendirent l'oreille. Pas de sifflement, pas de craquement. Que les croassements des corneilles dans les arbres. Jack, fort des connaissances des animaux, des rivières et du froid qu'il avait acquises dans sa courte vie, comprit la manœuvre : si le traîneau brisait la glace, les bêtes seraient en sécurité sur la terre ferme, les conducteurs prêts à détacher les guides et même, au besoin, à couper les traits. Mieux valait laisser le traîneau sombrer que de perdre les chevaux. Il se trouve toujours des menuisiers et des charrons capables de fabriquer un chariot. D'ailleurs, les prisonniers, pour peu qu'ils aient quelque habileté, le feraient gratuitement. Mais lequel d'entre eux saurait ressusciter des chevaux ?

Quelques minutes plus tard, les prisonniers, munis de vilebrequins et de scies, furent répartis sur la rivière. Des ombres penchées sur des outils dentelés. Ils creusaient des trous, y inséraient de longues scies et, par équipes de deux, appuyaient leur ventre sur les manches et s'affairaient. On eût dit qu'ils tondaient le gazon au lieu de tailler des blocs de glace.

« Qu'est-ce qu'ils font ? demanda Jack.

— Hm, fit la religieuse en réfléchissant. Certaines années, la ville engage un ingénieur, et des hommes érigent un labyrinthe de glace. On l'appelle le palais des glaces. Une jolie construction au centre de la ville, une sorte d'apothéose de l'hiver. »

Elle prit un moment pour observer la scène. « On a recours aux prisonniers, à présent, à ce qu'il semble. »

Le chant du métal mouillé, le courant de la rivière qui bouillonnait dans les trous, le claquement des gaffes sur les blocs juste avant qu'ils se détachent avec un *gloup* et se mettent à ballotter au centre de leur trou. Armés de pinces, les hommes les saisissaient et, avec une seule main, les transportaient jusqu'au traîneau. Puis, à plusieurs, ils les hissaient sur la plateforme. Un homme trop pressé laissa tomber son bloc, qui se cassa en trois morceaux. Un garde l'engueula en anglais. Jack se mit à grelotter et à claquer des dents. La journée avait été longue et une vague de mélancolie le gagnait à nouveau. La religieuse l'entraîna vers la maison, loin de la rivière.

Trois jours plus tard, l'hypothèse qu'elle avait avancée se vérifia. Le labyrinthe de glace était terminé. C'était une prouesse d'ingénierie et, franchement, un objet de beauté, avec ses petits parapets et ses fenêtres aveugles. Jack refusa obstinément d'y pénétrer et d'y rester captif en compagnie d'autres garçons qui criaient à tue-tête. Il se contenta de regarder les ombres s'agiter derrière les murs translucides. Le labyrinthe survécut pendant deux ou trois semaines, dégoulinant sous le soleil de midi, gelant de nouveau pendant la nuit ; lorsque le soir tombait et que des lanternes éclairaient l'intérieur du dédale, les silhouettes étaient si nettes qu'on distinguait presque les visages. Ce n'était pas à proprement parler un labyrinthe. Il s'agissait plutôt d'un couloir formant un S d'où partaient quelques passages sans issue. Quand même, lorsque la reine du carnaval d'hiver – une patineuse du coin aux jambes fabuleuses – y entra et y resta un long moment, ses appels à l'aide franchirent facilement les murs sans toit, et des hommes, tel un troupeau de bisons, se ruèrent à l'intérieur pour la sauver.

Les prisonniers ne profitèrent jamais de leur labyrinthe, sauf pendant la courte durée de sa construction, au cours de laquelle ils avaient obéi aux ordres que hurlait un ingénieur du gouvernement, avant d'être transbahutés jusqu'à leur camp et affectés ailleurs, quelque part dans la nature sauvage et glaciale.

Ce soir-là, Jack Boulton, incapable de trouver le sommeil, songea à la vie de ces détenus. Ils étaient sans doute tourmentés par des rêves de liberté, des rêves où apparaissaient des membres de leur famille perdue, hantés par le souvenir d'une époque où ils pouvaient aller et venir à leur guise, leur dignité d'hommes encore intacte. Telles étaient les aigres réflexions qui l'occupaient au moment où les derniers reflets du soleil s'éteignaient au bord de la fenêtre et où le long hurlement d'un train retentissait dans la vallée.

Dix

Le jour déclinait quand le train entra sans hâte dans la ville de Banff. Le chef de gare sortit à grandes enjambées et, sur le quai, consulta sa montre, la rempocha et souleva une main recouverte d'une mitaine. Le train de mercredi était à l'heure.

Avec de lentes précautions, il traversa la rue déserte et, dans un long grincement de freins et un nuage d'huile, de fumée et de charbon, s'immobilisa devant la petite gare pittoresque. Le conducteur tira la lourde porte, extirpa son corps raidi de la cabine surchauffée et, d'une démarche entravée par l'arthrite, se dirigea vers la gare, sa boîte à lunch à la main.

Du côté des arbres, la porte d'un wagon de marchandises s'ouvrit à son tour et, par l'entrebâillement, un havresac surgit. Puis les bottes, les jambes frigorifiées, le torse et enfin la tête et les bras en coton du Coureur des crêtes déboulèrent sur le sol, à la façon d'un daim qui vient au monde. Pendant un moment, il se débattit, puis il adopta une posture presque humaine et, son sac serré contre lui, s'enfonça au milieu des arbres. De là, assis sur le premier pin tombé, il regarda le wagon glacial dans lequel il avait voyagé. La porte fermée, c'était comme une chambre froide. La porte ouverte, c'était pire à cause du vent : la locomotive atteignait des pointes de trente milles à l'heure et crachait une fumée noire suffocante. À présent, la locomotive désœuvrée somnolait devant la gare, ses quatorze wagons formant comme un paravent entre Moreland et les deux hommes sur le quai.

Il évalua son état physique – c'était ce que son fils verrait en premier. En cet instant, il avait un air primitif et effrayant, aucun doute possible. Brûlé par le soleil et par le vent, barbu à l'excès, il avait les yeux injectés de sang et il était aussi crasseux qu'on peut l'être. Le garçon en avait vu d'autres, mais là, c'était trop. Pire, la religieuse risquait de l'apercevoir et il ne savait pas comment elle réagirait. Elle risquait d'ameuter le voisinage avec ses cris. D'ailleurs, il n'était pas exclu que le petit hurle, lui aussi.

Il commença donc ses ablutions. À grandes poignées de neige, il shampooina ses cheveux et sa barbe, se lava le cou, la poitrine, les aisselles et les mains. Au bout de quelques secondes, il était dégoulinant, exsangue à cause du froid, trempé jusqu'à la ceinture. Des glaçons comme on en voit dans les arbres de Noël s'accrochaient à sa barbe. Il traîna son sac plus loin dans la forêt pour trouver de la neige fraîche, y enfonça le visage et les mains et les frotta comme pour effacer les derniers mois de sa vie et, par le truchement de la douleur, redevenir une créature familière. Mais il commit l'erreur de se redresser trop rapidement. Pendant un moment, il resta planté là, puis le silence se fit, le sang déserta son visage comme l'eau s'engouffre dans une canalisation, et le monde entier se disloqua. D'abord les genoux, puis la poitrine nue du Coureur des crêtes tombèrent dans la neige, et il resta allongé par terre, la joue appuyée sur un sac bourré d'argent.

Onze

Rentrant de l'école parce qu'il était une fois de plus malade – il avait vomi pendant la prière du matin –, Jack montait péniblement les marches de l'entrée lorsqu'il remarqua des empreintes dans la neige qui recouvrait la platebande. Elles semblaient normales, à ceci près qu'elles avaient été laissées par un homme qui avait inexplicablement jugé nécessaire de regarder par la fenêtre d'une chambre. Puis Jack observa une empreinte bien nette – et, sous le talon, une inscription, une marque. Redescendant, il se pencha pour examiner le sol piétiné, tel le chasseur qui étudie des traces au bord d'une rivière. L'homme de petite taille marchait à grandes enjambées, les orteils droits. Et il avait planté dans les talons de ses bottes de petits clous dont les têtes formaient des lettres : un M pour le pied gauche et un B pour le droit. Une vieille habitude de son père, censée lui porter bonheur.

Mary Boulton.

Pendant un long moment d'ahurissement, Jack contempla la preuve. Son père s'était tenu à cet endroit. Récemment, car les empreintes étaient toutes fraîches.

Aussitôt, il se mit à courir comme un fou en touchant les marques laissées dans la neige, trébucha, suivit les traces embrouillées de son père. Il chercha partout : dans les écuries, le garage et même devant la porte de la cuisine où, la veille, l'homme avait effrontément fait les cent pas et jeté un coup d'œil à travers les rideaux diaphanes. Aucun doute possible : William Moreland était venu ici. Mais il était introuvable.

La religieuse passa le reste de l'après-midi à demander au garçon ce qui n'allait pas. Éprouvait-il un malaise ? À la table de la salle à manger, les yeux rougis, Jack Boulton regardait fixement le grain du bois. Elle prit sa main froide dans la sienne, mais il refusa de lui adresser la parole. Elle lui administra un tonique qui lui fit tourner la tête, mais n'apaisa en rien les battements de son cœur. Il était sûr qu'il allait mourir, car c'était déjà trop tard – son père était passé le chercher et, ne le trouvant pas, était peut-être reparti pour toujours.

Longtemps après le coucher du soleil, le garçon, recroquevillé dans son lit, les paumes pressées contre ses yeux, entendit un murmure, celui d'un animal de grande taille se mouvant dans le feuillage. Il se redressa brusquement, mais il ne vit que les ombres familières des branches sur le mur de sa chambre. Puis une longue silhouette spectrale se projeta sur le papier peint aux motifs fleuris. Se levant, le garçon traversa en vitesse les stries de clair de lune et, sur le pas de la porte, tendit l'oreille. Ayant entendu la religieuse ronfler, il referma doucement. Le silence régna pendant un long moment, puis une ombre s'agita du côté gauche de la vitre, là où un homme se posterait pour regarder le lit à présent abandonné de l'enfant. Puis un corps passa devant la fenêtre et un visage épouvantable apparut, un visage si sauvage que le souffle du garçon se changea en pierre dans ses poumons. Des tresses emmêlées de cheveux, de barbes et de moustaches, des yeux ardents de revenant viking tout juste surgi de la tombe. La créature porta un doigt noir de crasse à l'endroit où ses lèvres auraient dû se trouver et gratifia Jack d'un clin d'œil. Puis William Moreland, beaucoup plus petit que son ombre, se faufila agilement par la fenêtre.

Jack l'enveloppa dans ses bras avant même qu'il fût entièrement entré dans la chambre. Le contact du manteau mouillé sur la joue du garçon, les bras forts qui l'enserraient, la puanteur familière de la laine humide, la main rugueuse de l'homme sur sa tempe.

« Bon, bon, chuchota Moreland. Y a pas de raison de chialer comme un veau. »

Le garçon s'écarta et, le visage empourpré, leva vers Moreland des yeux furieux. « Tu m'as abandonné, siffla-t-il.

— Tu savais bien que j'allais revenir.
— Comment tu voulais que je le sache, bon Dieu ?
— Elle t'a pas parlé de notre accord ?
— Quel accord ?
— Oh, fit Moreland en prenant un long moment pour digérer l'information. Je comprends que tu sois un peu énervé. » Repoussant le garçon, il posa le sac en ayant soin d'éviter que le fusil heurte le parquet. « Ben, elle a promis de s'occuper de toi jusqu'à mon retour. Mais quand elle a eu vent de ce que je faisais, elle s'est peut-être dit que ça tenait plus.
— Tu... », commença le garçon d'une voix déchiquetée par la colère. Il déglutit avec difficulté. « Je veux rentrer à la maison. Tout de suite.
— Regarde », fit Moreland pour faire diversion. Il sortit le fusil et le fourreau du sac et les brandit, tel le cadeau de Noël désirable qu'ils étaient en effet. « Joyeux Noël. » Il arborait un sourire niais, celui-là même qu'il avait si souvent esquissé en imaginant le moment où il offrirait Pearl à son fils, comme si ce n'était pas l'objet le plus laid qu'ils aient vu de leur vie. Le garçon ne fit pas le geste de l'accepter. Ses mains se nouèrent derrière son dos, signe de son refus de toucher un truc aussi immonde. Ses yeux en colère balayèrent lentement le feutre rose et la peinture blanche craquelée, puis le sombre manteau de laine de son père, qu'il dévisagea. Son regard était si semblable à celui de Mary que Moreland en fut tout retourné.
« C'est quoi, ça ? »
Moreland sortit le fusil du fourreau et le posa sur le lit en ayant soin de tourner le canon vers le mur, puis il tendit le fourreau à son fils. « Touche », dit-il en palpant la bourrure de papier.
Le garçon n'eut même pas un regard pour l'objet. Il se contenta d'attendre les explications de son père.
« C'est de l'argent, dit Moreland. Beaucoup d'argent. »
Jack tendit enfin la main et pinça le fourreau, qui faisait deux pouces d'épaisseur. Il frotta l'objet, comme on le fait pour faire mousser un gant de toilette.
« Quatorze mille dollars, dit Moreland en se fendant d'un large sourire.

— Quatre ?

— Non. Écoute bien : quatorze. Je vise deux fois plus.

— Oh non, fit Jack, et le tonnerre retentit dans ses oreilles.

— Je me suis dit qu'il valait mieux que je fasse le travail en deux temps, au cas où… tu sais… je me ferais attraper. »

Capturer. Emprisonner. Jack se souvint des hommes abattus et misérables qu'on faisait défiler en traîneau dans la rue principale, du regard goguenard des touristes, de la crainte qu'il avait eue de reconnaître son père parmi ces visages.

« La femme m'a dit mes quatre vérités, déclara Moreland. Un soir, à l'hôpital. Elle a mis les points sur les *i*. Elle avait raison. »

William Moreland n'avait aucun intérêt pour l'argent ; sa seule préoccupation, c'étaient les perspectives d'avenir de son fils, lesquelles n'étaient guère brillantes. Pas de mère, un père irresponsable et âgé. Ce qui attendait Jack, c'était une vie de pauvreté dans les bois. Héritage peu enviable pour un enfant.

« J'ai fait sauter la porte d'une banque à Helmingham, au Montana. Pas de dommages. Juste de la poussière et un gros *bang*. Les banques, c'est pas la peine, petit. Elles sont trop bien protégées. Mais j'avais besoin d'une diversion, et la dynamite fait un vacarme pas possible. Tout le monde a couru vers la banque, comme je l'avais prévu, et j'en ai profité pour aller vider la caisse de l'hôtel. Puis je suis ressorti et je me suis promené au milieu des curieux.

— Et pourquoi tu as fait ça ? » demanda Jack. Il voulait parler des raisons de l'absence de son père, mais Moreland l'entendit de façon plus particulière.

« Parce qu'il y avait du monde autour. Et si j'avais perdu la main ? Et si le toit de l'édifice était trop vieux pour tenir ? Mais y a pas eu de problème. Du bruit et une porte à remplacer, c'est tout. Je suis parti avec l'argent de l'hôtel. Deux ou trois semaines plus tard, j'ai visité deux autres hôtels, des établissements chic. Et après, il y a eu une mine où j'ai jamais travaillé, mais les hommes sont bavards, et je savais où chercher. J'ai pris tout l'argent de la paie. Pour les mineurs, c'est pas la fin du monde. La compagnie leur doit quand même leur salaire. Et les patrons n'avoueront jamais qu'ils ont été volés. Ça risque de donner des idées aux hommes. À l'Action de grâce, j'ai piqué un peu d'argent dans un bord… dans une taverne, le long de la voie ferrée. Un endroit pas très recommandable. J'ai pris la caisse et j'ai foncé dans la forêt. » Il sourit à cette évocation, car c'était en plein le genre d'échappée belle qui lui plaisait.

« On t'a poursuivi ?

— Tu peux être sûr.

— Oh mon Dieu, fit Jack en enfonçant son visage dans ses mains.

— Pleure pas, voyons. Des hommes soûls, c'est pas en état de courir.

— Combien de personnes tu as tuées ? »

Le sourire de Moreland s'évapora. « Quoi ? »

Le garçon ravala un énorme sanglot. « Il paraît que tu ne laisses pas de survivants. »

Moreland serra les fines épaules de son fils. « Qui t'a dit ça ?

— Des gens.

— Je t'ai demandé qui.

— Des enfants à l'école.

— Je sais pas grand-chose, mon gars, mais la dynamite, ça me connaît. Et je fais de mal à personne. Tu devrais le savoir. »

Comme vidé de sa colère, le garçon soupira. « Je sais. »

Moreland rit doucement. « Mais prendre l'argent des autres, ça me dérange pas. Non, monsieur.

— Et si on t'attrape ?

— Ils peuvent toujours essayer.

— Mais si ça arrivait ? »

Moreland prit un air grave. Visiblement, il avait envisagé cette possibilité. « Je serais dans la merde et je ne reviendrais jamais. Et toi tu resterais ici. » Ils se dévisagèrent, le père famélique, trempé et dépenaillé, le fils livide à force de pleurer, en mesurant la dévastation qu'entraînerait une telle issue.

Moreland tapota tendrement le fourreau. « On peut pas laisser ça ici, j'imagine, dit-il. Pas avec elle qui rôde autour. Je vais l'apporter à Wilson. Lui dire que c'est ton fusil préféré.

— Je te l'interdis.

— C'est assez drôle, en fait.

— Ce n'est pas drôle du tout. »

Moreland remit le fusil à sa place. « Il sera en sécurité chez Thom Wilson, mais tout ça est à toi et à personne d'autre, mon gars. Et j'ai pas l'intention de m'arrêter là. Jure sur la tête de ta mère que tu diras jamais à personne que tu sais ce que j'ai fait avec cet argent. Vas-y, je t'écoute. »

— Je le jure, dit Jack dans un soupir.

— Sur la tête de ta mère. »

Le garçon secoua violemment la tête parce que, pour lui, il était intolérable d'entraîner sa mère dans ce gâchis.

« Parler, c'est dangereux, de toute façon. On peut se fier à personne. À personne, tu comprends ? »

À ce moment précis, le garçon, presque hystérique, repoussait Pearl en étouffant ses sanglots, et son père eut du mal à le faire taire. Cajolante, caressante, la main de l'homme flatta la joue de Jack jusqu'à ce qu'il se calme un peu. « J'en veux pas, de ton sale fric, finit-il par articuler entre ses dents. Je veux rentrer à la maison.

— Nous le ferons, dit Moreland. Promis. Je serai de retour pour ton anniversaire. »

Le garçon détourna les yeux.

Moreland hésita. Il prit dans ses mains les épaules crispées de son fils et le balança d'avant en arrière, avec lenteur, comme pour le réveiller. « J'ai pas le choix, Jack. Souhaite-moi bonne chance. »

Et alors, fidèle à son habitude, William Moreland disparut. Sans préambule, sans dernier câlin : au fil des ans, il avait appris que s'arracher aux bras de Jack compliquait inutilement les adieux, pour lui comme pour son fils. Il sortit par la fenêtre, vif et silencieux, sauta du haut du toit, traversa la pelouse en coup de vent et s'éclipsa parmi les arbres.

Pour Jack Boulton, ce fut comme s'il se réveillait plusieurs fois de suite en se demandant où il était. Il se rendit compte que la religieuse l'appelait de la cuisine, sa voix de plus en plus stridente. Puis elle vint se camper devant la porte de sa chambre. Elle avait des questions et il tenta d'y répondre, mais rien ne lui vint. Il s'assit à la manière d'un coureur épuisé, les jambes écartées et les coudes sur les genoux, contemplant ses pieds nus posés sur le tapis à motifs.

J'ai fait sauter la porte. À la dynamite. Les gribouillis laissés par des enfants cruels sur des clôtures. Un bonhomme allumette pendu à une traverse.

Enfin, sa tutrice contrevint à la règle qu'elle avait elle-même édictée en entrant dans la chambre de Jack, la molle cloche de ses jupes balayant les motifs du tapis. Elle posa sa paume fraîche sur la joue du garçon, aussitôt alarmée par la chaleur qui se dégageait de lui. Il l'entendit ensuite descendre, ses talons claquant sur les marches, afin de lui préparer du thé au citron. Pendant ce temps, des larmes tombaient du nez de Jack.

Lorsqu'elle se matérialisa de nouveau devant la porte, il leva sur elle son visage désespéré et, les yeux énormes, murmura : « Il ne va pas s'arrêter. »

Elle se pétrifia, en proie à une confusion totale, posa le thé et courut chercher le brandy.

Sur le tapis, Jack voyait une empreinte encore humide, unique preuve de l'irruption du fugitif dans la maison. Lentement, il l'effaça avec son pied nu.

Douze

La semaine suivante, elle l'emmena au studio Leeton pour une photo de famille. Afin de lui remonter le moral, dit-elle. Vain espoir.

Vêtue d'un habit laïque, elle était allongée sur une chaise en osier, lui campé à côté d'elle. Le studio empestait les produits chimiques. Derrière eux se dressait une toile de fond peinte à la main, montrant une plage européenne semée de petites tentes. Rien de tout cela n'était du goût de Jack Boulton, qui se rembrunit et refusa d'adresser la parole au photographe. Il reçut l'ordre de poser la main sur l'épaule de la religieuse et, après avoir gratifié l'homme d'un regard furieux, il obéit.

Pendant qu'elle réglait la facture, Jack examina le panneau en trompe-l'œil, qui tremblait dangereusement chaque fois qu'on faisait le moindre mouvement sur l'estrade. En jetant un coup d'œil derrière, il aperçut d'autres toiles appuyées contre le mur : un paysage hivernal avec une patinoire déserte, un salon aux rideaux de velours, une chambre d'enfant avec un ballon à rayures oublié sur le sol. Et, cachées derrière ces images, d'autres scènes inconnues, sans doute tout aussi solitaires et dépourvues de figurants.

Le portrait achevé, quand ils le virent, traduisait un espoir, celui de la religieuse. Une mère et son fils, image idyllique quelque peu gâchée par l'intensité du regard de Jack. Naturellement, elle s'en déclara ravie et s'empressa de l'accrocher dans le hall d'entrée, rien de moins. Pour éviter de voir son propre visage malheureux, il prit l'habitude d'emprunter la porte de derrière en passant par la cuisine.

« Charles, disait-elle en riant. Entre par devant. Tu n'es pas une femme de ménage. Tu es l'homme de la maison.

— Non, répondait-il. Il n'y a pas d'homme dans cette maison. »

Il devint taiseux et pensif, présence triste, attristante, sous le toit de la religieuse. Presque tous les soirs, il veillait tard et entretenait le feu dans la cuisine, absorbé par la danse de la lumière dans l'âtre.

De toute évidence, il avait perdu le sommeil. Elle lui proposait donc du thé et des teintures, qu'il refusait souvent de façon si catégorique qu'elle n'insistait pas. À l'école, il lui arrivait de se lever au milieu de la matinée, de se frayer un chemin entre les pupitres, de sortir et d'emprunter la rue principale jusqu'à la pourvoirie de Wilson, pour que celui-ci le fasse travailler jusqu'à la fin de la journée. « Où t'étais passé, p'tit gars ? lui demandait par exemple le gros Australien. Cette corde attend depuis hier. » Jack ramassait les rouleaux de corde abandonnés après une excursion, les prenait sur son épaule et les emportait dans la froide lumière de la cour. Puis il les démêlait, les étirait et les mettait à sécher en boucles et en anses sur la clôture, car la corde mouillée s'abîme vite. Il curait les stalles, rangeait les tablettes où était entreposé le matériel, y compris le sien, faisait tout ce que Wilson lui demandait. Puis il rentrait à la maison où la religieuse, informée qu'il avait fait l'école buissonnière, l'attendait, furieuse. Sur ce plan, toutefois, il ne tolérait aucune remontrance.

« Je n'arrive pas à croire que tu abandonnes tes leçons pour aller retrouver cet horrible individu. Et pour quoi faire, au juste ? Que peut t'apprendre ce…

— Ne vous en faites pas pour Thom Wilson, répliqua-t-il en touillant la soupe aux carottes. C'est un type bien. Et d'ailleurs, il me paie.

— Oh mon enfant ! fit-elle, atterrée. Pourquoi quittes-tu l'école ?

— Je n'y apprends rien. Et l'institutrice fait des fautes en écrivant. Elle a seulement dix-sept ans. »

Comme le travail abrutissant semblait sortir Jack de sa torpeur, elle l'ensevelit sous les corvées. Désormais, c'était à lui qu'il revenait de laver les draps et le linge de maison, tout. Il s'acquittait bien des corvées domestiques. Il alla jusqu'à proposer à la religieuse de trouver d'où venaient les mites du salon. La coupable était une couverture en laine rouge, grouillante d'insectes. Ils la brûlèrent ensemble dans la cour.

Un matin qu'elle lui brossait les cheveux, il tendit les mains derrière lui, prit les brosses de celles de la religieuse et les posa fermement sur la commode en déclarant qu'il s'en chargerait désormais. Le lendemain matin, il affirma qu'il prendrait son bain tout seul et lui claqua la porte au nez. Elle resta plantée dans le couloir, bouche bée, fière de lui, endeuillée.

Il changeait, évoluait. Elle ne saisissait pas toute l'ampleur de cette transformation, et il s'en réjouissait, pour son bien à elle comme pour le sien. Au milieu de la rue de terre dans laquelle les roues des calèches et des automobiles avaient creusé de profondes ornières, sa botte posée à côté d'une empreinte de sabot aussi large et profonde qu'un bol à soupe, le garçon eut brusquement la sensation d'être un autre, de s'être réveillé dans une autre vie. Il portait même le nom d'un autre garçon : Charles D'Arcy Euphastus Cload. Sa mère était morte et son père était un fugitif. Tout ce qui lui était familier s'estompait ou avait déjà disparu. Ses vieux habits étaient pliés et rangés dans un tiroir du bas de sa commode. Il leva les yeux sur la maison des Cload avec ses volets ouverts et ses rideaux tirés, un nid d'oiseau vieux de plusieurs années lové dans la dentelle de bois sous l'avant-toit. Il vit sa nouvelle vie bien en face : il était le Lazare de cette femme, son grand geste d'espoir ; sa bonté et le régime de vie qu'elle lui imposait le guidaient vers l'âge adulte. Il était la nouvelle famille de la religieuse.

Mais Jack Boulton n'ignorait rien de la dure réalité : il était orphelin et elle n'avait pas d'enfants, et la situation, pour elle comme pour lui, était irrémédiable. C'était un rêve heureux qu'elle faisait, une histoire qu'elle se racontait à elle-même, un conte si clairement mensonger qu'il oppressait Jack : il lui arrivait de plus en plus souvent d'en avoir assez et de s'éloigner d'elle, de courir au milieu des arbres pour hurler sa colère ou pleurer, décidé à s'en prendre au premier venu, à scandaliser la vieille, à l'injurier comme un diable jusqu'à ce qu'elle le gifle et qu'enfin il se réveille, se réveille, se réveille.

Mais dès qu'il s'était purgé de ses démons, dès qu'il avait épuisé la rage dans son cœur, dès qu'il avait posé sa tête sur l'écorce d'un arbre, il en revenait toujours à la même conclusion : il n'y avait pas de mal à chercher la joie. Quelqu'un devait être heureux. Puisque lui en était incapable, autant qu'elle le soit.

Tout le monde répétait qu'elle avait rajeuni. Elle se levait plus tôt, riait davantage. Le garçon ressuscitait la femme, et ils en étaient tous deux conscients. Parfois, elle lui tenait la main et, ensemble, ils contemplaient la cour et la rivière scintillante. Elle fredonnait alors pour elle-même, heureuse dans sa nouvelle vocation. Pendant des jours entiers, cette attitude était contagieuse.

C'est d'ailleurs pour cette raison, et uniquement pour cette raison, qu'il ne la quitta pas plus tôt.

Treize

Toutes les nuits de cette semaine-là, Jack s'imagina entendre quelqu'un rôder autour de la maison, et toutes les nuits il lutta contre un fait certain : il n'entendait rien du tout. Son père n'était pas là. Personne ne viendrait le chercher pour le ramener à la maison. Repoussant les couvertures, il s'asseyait au bord du lit, les pieds nus par terre, la tête ballante.

« Je pars explorer », avait coutume de dire son père avant de disparaître pendant des semaines.

C'était presque le printemps, juste avant l'anniversaire de Jack, et depuis des heures le garçon regardait la lune monter dans le ciel et assistait au spectacle des ombres chinoises projetées sur le mur par les bras nus des arbres devant sa fenêtre. Des taches de lumière composaient et décomposaient la silhouette d'un homme.

Très bien, mon salaud. C'est un petit jeu qui se joue à deux, pensa le garçon.

Résolument, il s'arracha à son lit étroit et alla jusqu'au bout du couloir. Pendant un moment, il écouta la maison endormie, puis il entra dans la bibliothèque. La pièce, silencieuse, sentait le renfermé. Sur la pointe des pieds, il attrapa *La Vie des animaux illustrée* de Brehm, qu'il mit sur le bureau recouvert d'une vitre. Vite, il réunit d'autres livres plus petits et les posa dessus. Il trouva deux plumes fines, qu'il décida de laisser, mais il vola un bout de caoutchouc servant à effacer les traits de crayon. Pressentant des élans de nostalgie, il se dirigea vers l'horrible tablette consacrée à la médecine, trouva le cahier de notes rempli de l'exquise écriture de la religieuse et le vola aussi. Peut-être apprendrait-il un jour à imiter sa calligraphie.

Il glissa la main au fond du tiroir où elle avait caché son couteau. En dépliant la lame, il se rendit compte, au toucher, qu'elle l'avait nettoyée et huilée, qu'elle avait entretenu l'objet comme lui-même l'avait rarement fait. Il digéra l'information en tenant l'arme dans sa longue main. Bizarre, tout de même, qu'elle n'eût pas peur du couteau, elle que tant d'objets inoffensifs effrayaient.

De retour dans sa chambre, il ouvrit le tiroir du bas et récupéra le vieux pantalon et la vieille chemise de flanelle qu'il avait à son arrivée. Le blouson en peau de biche était plutôt mince, mais sa mère avait habilement brodé les manches et la poitrine – des tiges et des brins de verdure, des fleurs et des feuilles formaient en convergeant le J et le B de ses initiales. Pas question de le laisser derrière.

Cul nu, il enfila le pantalon et rentra les longs pans de la chemise, sidéré par la douceur de ses vrais habits. Il plia son pyjama et le déposa au pied de son lit refait. Il passa le blouson, glissa le plus de livres possible dans ses poches et tendit les bras. Il sourit en voyant ses poignets blancs dépasser des manches. Il avait grandi.

L'encyclopédie animalière sous le bras, il souleva la fenêtre, sortit sur le toit de la galerie, descendit à petits pas prudents, puis, accroché par une main, il se laissa tomber sans bruit sur la pelouse.

L'ombre de la maison s'étirait sur lui et couvrait la moitié de la route. Il bondit de joie, ses lourdes poches lui battant les flancs, avant de se ressaisir et de s'engager sur la route. Traître. Évadé de prison. Comme tout gentleman sorti faire une promenade, il parcourut la rue principale d'un bout à l'autre, résistant à l'envie d'adresser un sourire niais aux passants, dont quelques-uns se retournaient au passage du jeune homme vêtu de loques.

Que faisait le garçon de la religieuse dehors à une heure pareille, attifé de cette façon ?

Il sentit l'odeur des écuries à la lisière de la ville bien avant de les atteindre. L'écriteau accroché au-dessus du portail de style ranch proclamait :

PISTEURS GUIDES POURVOYEURS
EXPLORATIONS TOURS DE PONEY
WILSON & CO. DEPUIS 1893

Tirant sur la lourde porte, il pénétra dans l'atmosphère étouffante mais réconfortante de l'écurie. Après avoir longuement laissé ses yeux s'acclimater à l'obscurité, Jack longea tranquillement les stalles, croisa une succession de croupes dont aucune n'appartenait à son cheval. Il émit entre ses dents un petit sifflement aigu, et un tapage de tous les diables se fit entendre à l'autre bout de la bâtisse, puis un cheval parvint à se retourner dans l'espace confiné, et le joli visage du Morgan apparut.

Ayant repéré le cheval, Jack s'introduisit dans le dépôt et leva les yeux sur Pearl. Le mur était tapissé de tablettes jusqu'au plafond et, tel un singe, Jack grimpa jusqu'au sommet. Il se glissa sur la dernière tablette et réussit à empoigner des lanières en peau de biche et à décrocher le fusil, qu'il posa sur ses genoux. Assis près du plafond, il examina le fourreau avec soin, vérifia les coutures froncées. Tout était intact, mais l'objet, intouché depuis Noël, était poussiéreux en diable. Et on était en mars.

De retour par terre, il sortit le fusil de son fourreau. Il ne l'avait encore jamais manipulé, mais c'était une arme actionnée par un levier, après tout, et donc il tira la sous-garde d'avant en arrière. Une cartouche intacte virevolta en l'air puis exécuta une petite danse scintillante sur le sol. Le garçon se pencha pour s'en saisir, avant de s'immobiliser, son esprit emballé, car cette cartouche, comme les autres dans la culasse, portait sans doute l'empreinte du pouce de son père.

Interdit, il balaya des yeux la pièce remplie d'un matériel étonnant: selles porte-bagages et selles d'équitation, couvertures et bâts, sangles, fouets, anneaux et mors. Accrochés au mur, des rouleaux de cordes de tous les gabarits, des lanières de babiche nouées, des lanternes, des boîtes de fusées éclairantes. Sur le bureau se trouvaient un altimètre fracassé, quatre boussoles, des monceaux de papiers et, punaisé au mur, une liste de provisions – ce que Wilson appelait la boustifaille. Du côté sud, on voyait des casiers abritant les tentes. Il y avait un peu de tout, des tentes pour un aux tentes pour huit, des tipis achetés dans le commerce, de simples toiles enroulées, des auvents en toile cirée, des bâches et des poteaux réunis en fagots. L'attirail d'un pourvoyeur, en somme. Mais bien peu de cartouches.

Pourquoi Wilson n'avait-il pas déchargé le fusil ? Il s'était contenté de l'accrocher au mur comme un animal naturalisé de couleur rose et l'avait laissé là. Le garçon jeta un coup d'œil aux crochets en bois et constata pour la première fois qu'ils avaient été parfaitement espacés pour accueillir Pearl. Wilson avait fait une place pour le petit fusil et l'avait rangé à la demande de son vieil ami et employé, William Moreland. Qu'avait dit son père à Wilson, au juste ? Peut-être ne lui avait-il rien caché, à bien y réfléchir.

Le garçon se souvint du visage d'ivrogne de Wilson, livide et mal rasé, un cigare humide coincé en permanence au coin des lèvres, planant au-dessus de lui à l'hôpital, des mois plus tôt. « Écoute-moi bien, p'tit gars. Ta vie va peut-être être courte comme celle de ta mère. Mais elle a des chances d'être longue. Mieux vaut que tu réfléchisses à ton avenir. Ton père a pensé à tout. Il s'en occupe pour toi. Alors va pas tout gâcher, compris ? » Un infirmier s'agitait derrière Wilson, tentait de l'entraîner hors de la salle. Ses efforts lui avaient valu un bon coup sur la mâchoire, et il avait couru chercher des renforts.

Ton père a pensé à tout.

Jack rengaina son fusil, puis, fouillant tout le dépôt éclairé par la lune, recueillit ses effets en ayant soin de tout remballer et ranger au fur et à mesure. Une à une, il transporta ses possessions dans l'écurie, les empila sur la selle retournée. Devant l'impossibilité de reconnaître le tapis de selle de sa famille parmi les dizaines d'objets similaires entassés là, il fit ce qu'aurait fait son père en jetant son dévolu sur le meilleur. En bordure du bureau, Wilson avait érigé une digue de papiers : des livres et des journaux, des calendriers et des dépliants, que le garçon étudia attentivement. En fin de compte, il se contenta d'un cahier d'examen destiné aux rangers, sur lequel Wilson avait écrit *Foutaises* au crayon noir, signe qu'il n'en pleurerait sans doute pas la perte. Le garçon passa aussi un long moment à contempler une belle selle neuve qui ne lui appartenait pas. Légère, mince, avec des décorations martelées dans le cuir. En la prenant, il l'aurait volée. Il la laissa là où elle était. Mais il fut tenté. Le sang de son père coulait dans ses veines, après tout, mais il n'était pas son père.

Lorsqu'il emprunta l'allée de l'écurie pour se rendre au Morgan, les chevaux et les mules ne donnèrent aucun signe de nervosité, et Jack passa au milieu d'eux en propriétaire des lieux. Il souleva le loquet et le Morgan, s'avançant, frotta son nez contre lui, huma son épaule, ses cheveux.

« Moi aussi », dit Jack.

Wilson regretterait le Morgan. C'était un acheteur prudent, voire vétilleux, mais, grâce aux craintes particulières de la religieuse, il avait mis la main, sans rien débourser, sur un cheval calme et en bonne santé. Le gros hongre bai, le rouan au long visage, quelques mules bien élevées et une jument quarter horse comptaient parmi les plus belles trouvailles du pourvoyeur. Des bêtes douces, disciplinées, sans bouche dure. Sa seule erreur était un *paint* américain turbulent. Wilson l'avait nommé Colonel Petch, d'après un ancien officier de l'armée australienne, lui aussi pourvu d'un sale caractère.

Le Colonel était un beau cheval bien bâti, gracieux et docile quand il le voulait bien, capable de s'arrêter sec et de se retourner sur la pointe d'une aiguille. Dépourvu de manières, cependant, il cultivait une intelligence contaminée par l'ennui qui, par moments, confinait à la malveillance. Un jour, le garçon l'avait vu rabattre ses oreilles et tourner lentement dans la cour, détaler, mordre et heurter d'un coup d'épaule les autres *cayuses,* galoper autour de l'enclos en cercles de plus en plus larges, lancer des ruades aux chevaux, aux chiens ou aux humains assez fous pour se mettre en travers de son chemin. Après, l'animal s'était pavané dans l'espace ainsi libéré, visiblement fier de lui-même. Un salaud, en somme. Malgré d'innombrables séances de dressage, il se révéla nul comme cheval de bât ; il aurait carrément perdu les pédales si on s'était avisé de lui faire porter une charge. Et il était hors de question de laisser un client le monter. C'était donc le cheval de Wilson. Ils se complétaient bien. Pendant des périodes d'exercice ou de dressage, on les entendait se disputer dans la cour. Parfois, c'était Wilson qui perdait ; parfois, c'était le Colonel.

Il avait sur l'arrière-train un motif merveilleux qui fascinait le garçon. On eût dit des îles pâles éparpillées sur une mer sombre. Un archipel où se cachaient des pirates. Jack s'approcha de la porte de la stalle. « Hé, fit-il doucement. *Psitt.* » Le *paint* sembla réfléchir un moment avant de lancer une violente ruade contre la porte de la stalle, qui trembla sur ses gonds. Le garçon s'éloigna d'un bond en souriant de toutes ses dents.

Il apporta la bride dans la stalle du Morgan et l'entraîna dans l'allée. Une minute plus tard, le cheval était sellé, et Jack attacha les paquets derrière le troussequin, plus ou moins correctement. Autour du Morgan, d'autres chevaux observaient en silence la scène familière : un homme chargeant un cheval. Dehors, Jack referma les hautes portes de l'écurie et se hissa sur la selle. Dans la cour où il faisait nuit noire, ils passèrent au trot sous l'enseigne de la pourvoirie et gagnèrent la rue.

L'animal frétillait autant que le garçon à l'idée de se retrouver dehors, et Jack dut le retenir de s'élancer au grand galop dans l'avenue. En se tortillant sur la selle, il se rendit une fois de plus compte qu'il avait grandi. Machinalement, il avait réglé les étriers trop court. Ils avancèrent gauchement en feignant le calme, longeant des boutiques plongées dans l'obscurité et les rangées d'automobiles garées. Leur reflet – le garçon qui tenait Pearl en bandoulière, le Morgan rongeant le mors et, incapable de se dominer, sautillant de façon comique – se profila sur la vitrine noire du pharmacien. Ils passèrent devant le bureau de tabac. L'église avec ses parterres de fleurs mortes. Ils se glissèrent sous la façade criarde de l'hôtel, la rue éclairée comme en plein jour. Deux touristes encanaillés par l'alcool se penchèrent sur le balcon enguirlandé pour assister au spectacle.

Ils réussirent à atteindre le carrefour et quittèrent la rue pavée, puis le garçon, sentant qu'ils n'en pouvaient plus, sa monture et lui, lâcha la bride. Sur le chemin en terre battue, ils partirent au galop, dépassèrent quelques cabanes, derniers vestiges de la ville, puis, s'arrêtant brusquement, tournoyèrent sur eux-mêmes en poussant des cris de joie. Depuis un perron lointain, un chien aboya sans conviction. Au petit trot, ils descendirent jusqu'à la rivière, loin des gens, loin des lumières de la ville. Le cavalier pantelant, le cheval renâclant. Bientôt, ils n'entendirent plus que le soupir des aiguilles de pin dans le vent, l'eau qui ruisselait sur le rivage. Porté par le vent, l'arôme du bacon frit, suivi par des relents d'essence, les poursuivit à la façon d'un souvenir capricieux. Aux limites de la ville, ils perçurent les effluves d'une décharge publique. Puis il ne resta plus que l'eau de la rivière, les conifères et l'air froid, le monde des humains cédant peu à peu sa place à un univers différent.

Encore tout à la surprise d'être libre, le cheval tirait sur les rênes, mais le garçon lui parla à voix basse, et bientôt ils avancèrent au pas. Ils suivirent l'échine sinueuse de la rivière jusqu'au croisement de la voie ferrée. Puis, la traversant d'un pas léger, ils continuèrent de longer le cours d'eau.

Sur l'autre rive, la lune peignait d'argent les dos d'une harde de wapitis, au moins une centaine de têtes, surtout des veaux et des mères. Un jeune mâle, dans l'eau jusqu'aux genoux, les regarda passer. Puis ils furent seuls, le cavalier et son cheval. Le garçon caressa le cou du Morgan, ferma les yeux et poussa un profond soupir dans la nuit.

Le temps qu'ils atteignent le chaînon Sawback, il était redevenu Jack Boulton, et le Morgan n'avait toujours pas de nom.

Quatorze

En voyant le lit vide, elle crut d'abord que l'enfant était descendu plus tôt que d'habitude et qu'il était en train de préparer le déjeuner. Mais elle trouva la cuisine déserte. Elle eut un mouvement d'humeur à la vue du foyer éteint depuis longtemps et monta rageusement s'habiller. De toute évidence, il était sorti en douce jouer au bord de la rivière. C'était pourtant interdit.

Passant par la porte de derrière, elle se précipita dans le matin bleu et frais et, le visage dur et réprobateur, se dirigea vers la rivière. Des boucles de vapeur flottaient au-dessus de l'eau et nageaient avec lenteur dans l'air frisquet. Au milieu des pins épars, elle embrassait du regard les deux rives, où elle ne détecta aucun mouvement, aucune silhouette. Le garçon n'y était pas. Elle l'appela, l'appela encore dans ce vide anonyme, jusqu'à ce que sa voix atteigne un degré de fureur qu'elle ignorait éprouver, puis elle se pétrifia et, une main sur le ventre, laissa les échos retomber. Le soleil, lueur rouge entre les sommets, se levait, empourprait le ciel de l'aube.

Ses lèvres remuaient sans bruit, comme si elle se prodiguait à elle-même des conseils, elle avançait d'un pas vif en balayant la rivière des yeux dans l'espoir de découvrir des indices, des traces, un endroit où il y serait entré pour marcher dans l'eau. Elle repoussa l'image du corps de l'enfant gisant sur le fond rocailleux de la rivière, tel un elfe ou un esprit follet, son corps qu'elle devrait remonter à la surface en plongeant le bras dans l'eau glacée. Sur le lit de la rivière, il n'y avait que des aiguilles de pin et encore des cailloux.

De retour à la maison, elle l'appela du bas des marches. Rien. Que le silence. En dernier recours, elle ouvrit la porte du salon depuis longtemps inutilisé et, dans la pénombre, respira une bouffée d'air rance, jeta un coup d'œil au canapé aux ressorts usés et referma. Elle courut dans la rue et, les mains tremblantes, resta plantée sur le velours côtelé de la chaussée, où des roues, la pluie et des sabots avaient laissé de profonds sillons. Pas une âme en vue. Elle rentra, remonta avec effort et, des cognements dans la poitrine, entra dans la chambre du garçon.

Là, enfin, elle vit les choses telles qu'elles se présentaient vraiment : le lit qu'il avait fait une dernière fois, ses vêtements pliés et déposés proprement sur la couverture, la fenêtre ouverte.

Comme dans un rêve, elle se pencha, ouvrit le dernier tiroir de la commode et constata que les vieux vêtements du garçon avaient disparu. Au fond du tiroir, il ne restait que le grain du bois et les arêtes d'une boîte sans poussière.

Se levant brusquement, elle porta une main à sa gorge. *Il t'a quittée,* murmura dans sa tête une voix pitoyable.

La suite ne peut être décrite que comme un interrogatoire dément mené partout dans la ville. Les voisins et les instituteurs, l'épicier chinois perplexe, le propriétaire de la quincaillerie, le gouverneur de la ville, les employés de la boulangerie, les caissiers de la banque, les touristes qui mangeaient au snack-bar, les clients aperçus dans le hall et le restaurant de l'hôtel : tous y passèrent. Elle les tourmenta comme un collie harcèle des moutons. À la fin de la journée, elle avait cuisiné tout le monde. Mais elle avait commencé, bien sûr, par Thom Wilson.

Ce matin-là, le pourvoyeur s'était levé en proie à une gueule de bois pire que la mort. Avec une dignité exagérée, il passa devant les chevaux, attentifs, impatients d'être nourris. Lentement, il se laissa tomber sur la chaise droite et, avec d'infinies précautions, leva les jambes une à une et posa les talons de ses bottes crottées sur les calendriers, les listes de provisions, les factures et les connaissements. Appuyant la tête sur le dossier, il ferma les yeux avec l'impression que quelque chose avait changé, que quelque chose n'allait pas. Sa tête se mit à bourdonner.

Il se releva en grognant et se dirigea vers l'écurie, où il alla tout droit jusqu'au fond. Là, il s'arrêta, bouche bée, devant la stalle du Morgan. Impeccable. Le portail fermé. Il découvrit, laissée dans la poussière et dans la sciure par une personne qui marchait à grandes enjambées, une seule série d'empreintes. Dans le dépôt, les bras croisés, il fit un inventaire détaillé des objets qui manquaient sur les tablettes. Il jeta un coup d'œil aux crochets auxquels il avait suspendu le fusil ridicule que William lui avait demandé de conserver pour l'enfant. Disparu, lui aussi. Passant les signes en revue, Wilson réfléchit aux deux seules possibilités, aussi choquantes l'une que l'autre : soit Moreland lui-même s'était introduit en douce et avait recueilli tous ces objets, soit le garçon avait enfin abandonné la religieuse et levé les talons pour rentrer chez lui – où diable cela pouvait être. En ville, personne n'avait la moindre idée de l'endroit où habitait cette famille, et quiconque aurait été capable de remonter sa piste s'en serait abstenu, par simple politesse et par respect humain. Chacun a besoin d'intimité, certains plus que d'autres. Quoi qu'il en soit, Moreland, sur ce plan, faisait preuve d'une prudence hors du commun, et sa femme était pire encore. Et Wilson connaissait quantité d'autres ermites dans les environs. En plus de dix années d'amitié et de travail occasionnel, Moreland ne lui avait donné aucun indice de l'endroit où il avait élu domicile. Que ce soit le père ou le fils qui fût passé, les effets avaient disparu. Wilson, encore en proie aux vapeurs de l'alcool, revint sur ses pas, s'assit à son bureau et y posa le visage.

Il sut immédiatement qui était passé là lorsqu'il entendit la porte de l'écurie s'ouvrir et des bruits de pas remonter la nef pour venir dans sa direction. Des pas légers, rapides. Il souleva sa joue collée à une facture, repoussa son toupet et se prépara à l'affrontement. À cause du sable par terre, il n'entendrait pas son petit pied marteler le sol, détail qu'il trouva tristement amusant. Si cette femme élevait la voix, si elle s'avisait d'aggraver une migraine déjà insupportable, il se vengerait en lui révélant sans ménagement la brutale vérité. Mais à la vue de ce visage à vif, atterré, il n'eut qu'une envie : se débarrasser d'elle.

« S'il vous plaît, lança-t-elle sans préambule. Je cherche mon garçon. »

Il mit seulement quatre secondes à la décevoir. « Je sais pas où il est. »

DEUXIÈME PARTIE

Le monde connu

Quinze

À la seconde où ses pieds avaient atterri sur la pelouse de la religieuse, le Coureur des crêtes avait mis le cap sur Laggan et grimpé jusqu'au lac Louise et au luxueux hôtel qui se dressait au bord de l'eau. Brève escale dans un lieu qu'il avait toujours rêvé de piller. Au cours d'une seule et même nuit, il fouilla les automobiles laissées dans le stationnement, les dépendances et quatre suites de l'hôtel, pendant que tout le monde était occupé à boire au rez-de-chaussée et, à en juger par la musique que laissaient filtrer les fenêtres, à valser. Il parcourut même la maison en bois rond où logeaient les guides suisses, les spécialistes exotiques tant vantés dans tous les dépliants, eux aussi sortis boire, apparemment. Il récolta un peu moins de huit cents dollars américains, quelques billets d'une livre et une impressionnante liasse de pesos argentins. Combien un peso valait-il ? Dans la cabane des guides, il fit main basse sur deux couteaux, une excellente paire de bottes et tout le chocolat qu'il put trouver. Seul au bord du lac bleu glacier, d'où il observait l'hôtel tout illuminé et les silhouettes qui allaient et venaient dans les fenêtres, il se demanda pourquoi il avait consacré tant de temps aux villes minières et négligé le riche filon des lieux touristiques. Il est vrai que peu de stations de villégiature étaient aussi isolées que celle-ci, aussi chères et aussi éloignées des forces de l'ordre.

Quatre jours plus tard, le Coureur des crêtes avait quitté la montagne et gagné la plaine. Une fois de plus, il était descendu plein sud par le versant sous le vent des Rocheuses, évitant les routes et les sentiers les plus passants, contournant largement les habitations visibles. Il visait Beaver Mines, aux abords du col du Nid-de-Corbeau. Il espérait que cette ville existait, car la mine était si récente qu'elle relevait peut-être du ouï-dire ; il risquait donc de ne trouver là que des arpenteurs vivant sous la tente. Une dizaine de milles à l'est de Beaver Mines, il y avait, depuis des lustres, une halte ferroviaire appelée Pincher Station, carrefour essentiellement inhabité où il entendait prendre un train pour franchir le col en direction de l'ouest. Avec des plaines vallonnées sur sa gauche et les montagnes sur sa droite, il reprenait l'itinéraire qu'il avait déjà suivi et marchait dans ses propres traces, aussi décidé à commettre des crimes que pendant son premier voyage. Moreland, cependant, n'était plus l'homme qui avait pris la route quatre mois plus tôt. Il avait perdu vingt livres, tous ses muscles s'étaient endurcis, et il était joyeux, enthousiaste, presque euphorique.

C'était comme si le garçon n'avait jamais été malade. Bien qu'elle eût inexplicablement omis de parler à Jack du pacte qu'elle avait conclu avec Moreland, la religieuse avait tenu sa promesse de veiller sur lui. Jack était en sécurité. Mécontent, certes, mais pétant de santé, les joues bien roses. Il avait même grandi. Et son père l'avait trouvé magnifique, malgré ses larmes et sa fureur. Comme Mary, Jack était mignon quand il était en colère.

Moreland s'était attendu à trouver le garçon impatient, pressé de voir le plan achevé une bonne fois pour toutes. C'était à prévoir. Même s'il avait très envie de rester avec son fils et de le ramener à la maison pour se reposer enfin en sa compagnie, Moreland avait dû abréger sa visite ; il fallait empêcher Jack de sauter par la fenêtre et de courir après lui. Il lui fallait rester en mouvement, suivre son plan. Plus il y mettrait d'assiduité, plus vite il aurait terminé. Sans s'arrêter, il articula en silence les mots « j'ai du travail », comme si le garçon et Mary l'accompagnaient, marchaient à ses côtés.

Il faisait encore jour lorsqu'il parvint aux abords de Beaver Mines, et il fut soulagé de constater qu'il y avait bel et bien une mine en activité. À cette heure, il y avait des hommes partout, le flot des mineurs de jour croisant celui des mineurs de nuit. Il attendit l'obscurité au milieu des arbres. De là où il était accroupi, il voyait le bureau, petite cabane en bois rond visiblement cueillie ailleurs et posée sur une plateforme à trois pieds du sol. La transplantation avait porté de graves préjudices à la structure. Les vitres fêlées scintillaient dans le couchant, et tout le bâtiment semblait branlant et trapézoïdal, impression qu'accentuaient les fondations parfaitement d'équerre et au niveau. Peu à peu, les travailleurs disparurent dans la mine ou dans les baraquements pour dormir. Vers dix heures, d'ombre en ombre, Moreland s'approcha de la plateforme et y monta. Derrière la cabane, il jeta un coup d'œil à la pièce toute simple par l'une des vitres fissurées. Quelques chaises et une table de travail, faisant toute la longueur d'un mur, sous laquelle on avait fabriqué quelques tiroirs aux poignées grossières. Une machine à écrire, une pile de feuilles surmontée d'un sceau de notaire en fonte faisant office de presse-papier. Pas de coffre, pas de boîte vissée au plancher. L'argent, s'il était conservé là, se trouverait dans un des tiroirs.

Il se faufila vers la porte de la cabane. La poignée céda et il ouvrit. Une masse sombre gisait en tas sur le sol, et cette masse, en poussant un gémissement et en se roulant sur le dos, se changea en un homme tiré d'un sommeil sans joie. À peine quelques secondes plus tard, Moreland, consterné, invisible au milieu des arbres, vit le dormeur désorienté s'avancer sur la plateforme en se grattant le crâne, son long manteau entortillé autour de lui. Un commis qui faisait des heures supplémentaires ? Un mari expulsé du lit conjugal ? Un ivrogne qui, à l'instar de Moreland, avait eu l'intention de commettre un vol et qui s'était endormi ? Non, c'était sans doute un gardien de nuit particulièrement inepte ou nouveau, et donc peu habitué aux rigueurs de la vie nocturne. Moreland le vit ouvrir et fermer la porte, preuve qu'il ignorait avoir été réveillé par un intrus. Il devait croire qu'elle s'était ouverte toute seule à cause du vent.

Le Coureur des crêtes tourna le dos à la scène et, après mûre réflexion, en vint comme souvent à la conclusion qu'il était préférable de passer son chemin. Il gagna donc une route de gravier coupée en deux par l'ombre des arbres. En s'éloignant, il jeta un dernier coup d'œil furieux et résigné à Beaver Mines et à la silhouette assise au bord de la plateforme. En balançant une botte, elle se penchait sur ses mains, dans la posture reconnaissable entre toutes de l'homme qui se roule une cigarette. Moreland poussa un grognement et repartit au trot.

Dans la minuscule gare de Pincher Creek, il se glissa dans le wagon d'un train qui semblait se diriger vers l'ouest et les montagnes, le col du Nid-de-Corbeau, puis les villes d'Hillcrest, de Frank, de Sparwood et de Fernie. C'était une erreur, car le train partit plutôt vers l'est et la plaine. Il était si fatigué qu'il n'avait pas remarqué de quel côté se trouvait la locomotive.

Le wagon était glacial et presque étanche. Au bout de vingt minutes, le Coureur des crêtes avait tiré la porte pour voir défiler le paysage, les prairies blondes recouvertes de neige rendues floues par la vitesse. Accroché au châssis de la porte, il tendit le cou et ne vit devant lui que des plaines sans le moindre relief; c'est en se retournant qu'il constata que les montagnes vers lesquelles il croyait se diriger s'éloignaient de lui. Pendant un moment, il fut éberlué, semblable, sur le sol en métal glacé et secoué de toutes parts, à un voltigeur prêt à s'élancer. Puis il referma la porte. Son souffle forma une bulle qui resta en suspension devant son visage.

À Fort MacLeod, le train ralentit sans s'arrêter. Il traversa la ville à vive allure, comme si elle était en feu. Moreland posa le havresac et s'y assit, attentif au passage, sous son cul, de chacun des milles qu'il devrait parcourir en sens contraire. Lorsqu'il sentit que le conducteur ralentissait de nouveau, il ouvrit la porte et se prépara à sauter.

Il aperçut au passage un panneau peint à la main.

« Merde, fit-il. Lethbridge. »

C'est ainsi que, pour la première fois de sa vie, William Moreland se retrouva dans les rues d'une vraie ville comptant neuf mille quatre cents âmes. Ancien haut lieu du commerce du whisky, plus important exportateur de charbon à près de mille milles à la ronde pendant la guerre, plaque tournante du transport ferroviaire dans la région, équipée de tramways, rien de moins, de canalisations d'eau et d'autres manifestations de la modernité, Lethbridge n'était au départ qu'un minuscule fort peuplé d'ivrognes. Dix ans plus tôt, dans cette ville dotée d'une histoire riche en incendies criminels et en révoltes, connue pour son esprit d'innovation et sa cupidité, le maire avait, au sens propre, lu la loi sur les émeutes à une foule de Blancs en colère décidés à massacrer les habitants du quartier chinois. À l'époque, la seule chose qui distinguait Lethbridge du Far West était la police montée qui étendait son emprise vers l'Ouest. Sinon, c'était le chaos.

Le Coureur des crêtes déambula dans la ville, le chapeau baissé sur les yeux, jouant le rôle du simple voyageur, de l'itinérant fourbu en quête d'une chambre où passer la nuit, un peu éprouvé par les rigueurs d'un long périple en temps de guerre, admirant comme n'importe qui les nombreux signes de prospérité et de progrès. Il y avait là un bureau de change, un hôtel avec des tables de jeu. Dans une ruelle, il aperçut la lueur d'une ampoule électrique dans l'arrière-boutique d'une taverne fermée, où on s'affairait sans doute à compter la recette de la soirée. Normalement, tous ces détails l'auraient intéressé, en particulier une fois les fêtards, abrutis d'alcool, rentrés chez eux communier avec leurs oreillers. Mais Lethbridge n'était ni un village ni une petite ville exploitable par un malfaiteur comme lui, ni une mine ni un grand camp de bûcherons. Bref, ce n'était pas le genre d'endroit où un voleur peut aller et venir dans le noir sans se faire remarquer ; c'était au contraire une ville trépidante, ouverte, avec des policiers, des rues éclairées au gaz et des quartiers bien distincts. Où des hurluberlus et des insomniaques, installés à leur fenêtre, espionnaient leurs voisins, une tasse de café ou un verre de whisky à la main. Cette ville maudite ne dormait donc jamais. Autant de traits détestables pour un homme ayant les talents et la propension à la prudence de Moreland.

Même aux limites de la ville, du côté de la gare, il vit des réverbères qui éclairaient même les carrefours déserts, un défilé incessant de silhouettes humaines dans les rues et les ruelles. Partout, un bourdonnement de vie, de voix et de musique.

Il s'attarda près du portail d'une piste où, comme le proclamait une affiche, on organisait des courses de chevaux deux fois par mois. Les cages, les tentes et les guirlandes de fanions, les caravanes d'où s'échappait de la fumée et les estrades démontables d'une foire ambulante jonchaient la pelouse centrale. Sur la clôture qui délimitait l'emplacement étaient cloués des placards montrant Queenie, la tigresse asiatique en captivité, peinte sous les traits d'un splendide grand chat, son corps musclé effectuant un bond meurtrier, ses griffes blanches dehors. Dans les faits, il s'agissait probablement d'une bête d'âge canonique, déprimée et couchée pour l'instant dans une cage glaciale. Moreland s'efforça d'imaginer un monde dans lequel il pourrait la libérer, la délivrer de cette cage sans mettre des vies en danger ; il imagina un monde dans lequel il serait capable de semer un tigre à la course.

Dans une rue, il tomba sur une rangée de près de vingt automobiles, plus qu'il n'en avait vu au même endroit dans sa vie. Il les longea en jetant un coup d'œil à l'intérieur et s'efforça d'imaginer le caractère des propriétaires. L'une était parcourue de bosses causées par de petites collisions, affaissée d'un côté sur un essieu endommagé, la banquette avant recouverte de cendre de cigarette, des lunettes de protection accrochées avec désinvolture à la colonne de direction. Le siège du passager d'une autre était encombré d'une pile de manuels scolaires identiques, les mots J'APPRENDS LA GRAMMAIRE se répétant sur le mur formé par les dos. La banquette arrière d'une troisième était ornée d'une culotte blanche et d'un mouchoir de poche chiffonné, portant tous deux la lueur opaline du sperme séché.

Il passa devant une petite grappe de boutiques fermées pour la nuit, y compris une boulangerie et une cordonnerie. Même la porte de la boulangerie était cadenassée. Moreland avait bien sûr eu le projet de voler sa pitance, mais il vit dans ce cadenas qui protégeait si bien les lieux une insupportable injure, comme si le boulanger avait manqué d'égards envers lui.

Au moment où il insérait la pointe de son couteau dans le cadenas, un ivrogne maigre comme un épouvantail s'approcha en chancelant. De toute évidence, il se dirigeait vers la taverne fermée. Il lança au Coureur des crêtes un regard indifférent et poursuivit sa route jusqu'à la porte de la taverne, dont il se mit à secouer la poignée. Ils étaient là, tous les deux, à tenter de forcer la porte d'établissements fermés jusqu'à ce que Moreland finisse par faire sauter le cadenas de la boulangerie et que l'ivrogne renonce et s'éloigne en gémissant.

Par deux fois, le Coureur des crêtes était tombé sur la même meute de chiens occupés à faire les poubelles. Chaque fois, ils l'encerclèrent en grognant et en cherchant à le mordre. La deuxième fois, il avait dû escalader une haute clôture en bois en se servant des traverses comme de marches. Assis au sommet, il avait supporté l'horrible vacarme jusqu'à ce que les chiens se désintéressent enfin de lui et s'élancent dans une ruelle en se bousculant et en grognant. Il les vit s'arrêter et retourner une forme sur la chaussée, sans doute quelque chose de comestible. *Cette meute risque de tuer le premier enfant qui croisera sa route,* pensa-t-il. Durant sa longue carrière, Moreland était souvent tombé sur des loups. Une fois sur dix, peut-être, il avait tiré le meilleur parti possible de la rencontre en écorchant les bêtes et en faisant sécher leurs peaux. En général, cependant, il répugnait à l'idée de gaspiller des munitions. Parfois, les animaux étaient trop nombreux; parfois, l'arme qu'il transportait ne convenait que pour le petit gibier. Plus souvent qu'à son tour, il s'était retrouvé en haut d'un arbre, d'où il contemplait un ou plusieurs loups qui le regardaient avec la même intensité. Ces animaux vifs et agiles n'avaient rien en commun avec les bruyants spécimens abâtardis qu'il venait de croiser. Moreland se demanda pourquoi la ville rendait les animaux complètement fous. C'était peut-être pareil pour les gens. Il s'imagina le Jack de demain faisant son entrée dans une métropole comme celle-ci. Grand et bien habillé, coiffé d'un élégant chapeau, il traversait le quai de la gare, porté par ses longues jambes. Mais l'esprit de Moreland s'arrêta là, sur le quai, en périphérie, car il n'avait aucune idée de la suite.

Les fesses broyées par la rude arête de la clôture, il huma l'air et reconnut la puanteur caractéristique d'un parc à bétail. Pivotant sur lui-même de manière à faire face au vent, il balaya du regard un terrain vague recouvert d'herbes et de broussailles, d'ordures qui voletaient et de meubles démantibulés, et il reconnut les fins traits argentés d'une clôture en fil de fer. Une petite entreprise, à première vue, idéalement située près de la voie ferrée, au carrefour de deux routes. On pouvait y acheminer du bétail par train ou par camion. Les bêtes étaient ensuite examinées dans des enclos exigus ou bien conduites à la halle, où elles étaient vendues au plus offrant, en dépit de leurs beuglements. Moreland resta un moment sur son perchoir en tendant l'oreille. Pas de mugissements, pas de voix d'hommes, pas de bruits de ferraille produits par des moteurs d'automobiles. Que le vent aigre. Moreland se laissa tomber, atterrit avec un bruit mat dans les broussailles et se dirigea vers le lointain établissement en se disant qu'on y conservait sans doute l'argent des encans. Le destin ne l'avait peut-être pas conduit jusque-là pour rien.

Moreland suivit la clôture en fil de fer jusqu'à l'ombre du bâtiment le plus imposant, sans la halle qui servait aux ventes à la criée, et il appuya sa botte sur le fil le plus bas, qui grinça contre les agrafes qui le retenaient. Pas de jeu sur ce fil battu par les intempéries. Il s'y percha et sautilla jusqu'à ce qu'il cède. Puis il passa au suivant et répéta la manœuvre jusqu'au cinquième. Quand il eut cassé cinq des sept fils, il se pencha et se glissa de l'autre côté.

L'air était rendu si âcre par la pisse et la merde d'animaux terrifiés que ses yeux larmoyaient. Au fil du temps, le sol avait pris une teinte noirâtre. Baratté tout au long de la saison des enchères, il se changeait en boue infernale ; à la saison morte, il avait l'apparence d'une éponge sèche. Mais toujours le vent charriait la mauvaise nouvelle. Moreland ne savait pas grand-chose de ce genre d'entreprise. Il jeta un coup d'œil aux enclos de contention disposés en nid d'abeilles, aux barrières et aux trappes, à la rampe de chargement, tous déserts. Il franchit le portail grand ouvert de la halle, aussi vaste qu'un hangar d'avion. Des oiseaux voletaient au milieu des hauts chevrons métalliques. Il se dirigea vers une porte qui était forcément celle du bureau, tourna la poignée et entra.

Il mit dix bonnes secondes à comprendre qu'il gisait face contre les planches rugueuses du sol. Du sable lui mordait la joue, le sourcil, les lèvres. Et oui, quelqu'un était juché sur lui, un genou lourdement appuyé sur le bas de son dos. « Hou ! Je t'ai eu ! » lança une voix réjouie.

Moreland resta parfaitement immobile. Balayant du regard le plancher usé, il jeta un coup d'œil sous ce qui était sans doute un bureau. Une cale en bois renversée s'y trouvait.

« Je t'attendais, dit la voix jeune, excitée. Et te voilà. En tout cas, j'espère que c'est toi. »

Moreland ne dit rien. Il se contentait de respirer, sentait le genou de l'homme lui comprimer douloureusement le bas du dos, la main sur son épaule appuyer si fort qu'elle menaçait de lui disloquer les os. Dans sa chute, son sac était remonté et lui recouvrait presque la tête.

« C'est toi ? » demanda la voix.

Pas de réponse.

« Ça fait une éternité que je t'attends. Huit jours.

— Lâche-moi.

— Pardon ?

— Débarque, sinon je m'en charge.

— Celle-là, c'est la meilleure. Je suis deux fois plus gros que toi et je... »

Le Coureur des crêtes plaqua ses paumes sur le sol, remonta brusquement un genou et désarçonna le fardeau vivant. D'un seul mouvement, il fit glisser le sac et le balança en direction des boucles brunes qui couronnaient un visage juvénile dont la bouche s'ouvrit en un O de surprise. Le manche de la hachette dans le sac heurta l'oreille du garçon, et le O se transforma en un rictus tout en dents et en douleur. Le jeunot hurla comme un chat et alla se réfugier derrière le bureau où, accroupi, il tendit les mains d'un air suppliant.

Moreland souleva le sac. Il avait oublié que la hachette s'y trouvait. « Ça va ?

— Me tue pas !

— Du calme. Personne va tuer personne. »

Ils restèrent ainsi pendant un moment, face à face, et le Coureur des crêtes brandit le sac comme l'arme qu'il était vraiment jusqu'à ce que le garçon se laisse tomber sur le postérieur, étirant les jambes devant lui.

« T'es là depuis huit jours ? »

Le gardien de nuit hocha la tête.

« Le dernier encan, c'était quand ?

— Comment veux-tu que je le sache ?

— Qu'est-ce que t'as fait pendant ce temps-là ?

— Je t'ai attendu.

— Je suppose que t'as regardé partout pour de l'argent, dit Moreland.

— Oui, confirma le garçon après un moment d'hésitation.

— Et ?

— Essaie, si tu veux. » Âgé de vingt ans au maximum, il avait les yeux verts, des taches de son, des jambes trop courtes pour son corps, des épaules trop larges. Hormis les biceps surdéveloppés, rien qui indique la force. Un dur à cuire local dont la méchanceté n'était que façade. Il respirait fort, mais c'était à cause de l'énervement, et non du coup qu'il avait reçu. À part son oreille rose vif, il n'avait pas une égratignure.

« T'as quel âge ?

— Quinze ans.

— Combien tu gagnes ?

— Vingt cents par jour », répondit le garçon d'un air suffisant.

Il aurait pu gagner huit fois plus en faisant des balles de foin dans une ferme, mais il se considérait comme un homme d'action. William Moreland poussa un grognement sourd. Il s'en voulait, il en voulait à la vie et à une entreprise qui retenait les services d'un gardien de nuit aussi nul, croyait un gamin imbécile capable de tenir tête à un dynamiteur.

Le Coureur des crêtes balaya lentement du regard les murs, les chevrons, le bureau, les étagères et les lattes du sol. Le classeur posé à côté du bureau avait été déplacé si souvent qu'il avait laissé un pâle tapis d'égratignures et de sciure de bois. À grandes enjambées, Moreland se dirigea vers lui. Avec un mouvement de recul, le garçon, toujours sur son séant, se traîna de l'autre côté, tandis que Moreland, repoussant le classeur, découvrit un trou carré au milieu des lattes. Dans le trou, on avait déposé une boîte métallique peu profonde, munie d'un couvercle. Il jeta un coup d'œil au garçon. « Huit jours ? »

La bouche du gamin avait repris la forme d'un O. En signe de surprise feinte.

La boîte ne contenait qu'une pièce de cinq cents, posée en plein centre. Un trait d'esprit, peut-être, au cas où le Coureur des crêtes passerait pour de vrai. Moreland se contenta de la regarder.

« Bon, fit le garçon. C'est toi ou pas ? Parce que tu lui ressembles pas.

— À qui, au juste ? »

Le garçon ricana comme s'il venait d'être associé à une bonne plaisanterie. « Je vais pas leur dire à quoi tu ressembles pour de vrai », mentit-il avant de se flétrir sous l'intensité du regard de Moreland.

Celui-ci passa encore et encore la main dans ses cheveux, en homme plongé dans une réflexion angoissée. Il n'arrivait pas à comprendre comment une entreprise de vente de bestiaux fermée depuis plus d'une semaine pouvait charger un gardien de nuit inepte – mal payé, il est vrai – de veiller sur un coffre vide. C'était insensé.

« Qui t'a engagé ? Pas ces gens-là, quand même, fit-il en secouant une pile de feuilles dont l'en-tête proclamait ESTHERBROOK AUCTIONS.

— Oui, monsieur, répliqua le garçon avec fierté.

— Pourquoi ? Y a pas d'argent, ici.

— Juste pour être ceux qui t'auront attrapé. » D'un geste, le garçon désigna le bureau, les enclos, toute l'installation, comme s'il en était le propriétaire, et se fendit d'un large sourire. « Avoir de quoi se vanter. »

Les épaules de Moreland s'affaissèrent. Le garçon n'était sûrement pas le seul. Il y en avait d'autres comme lui, un peu partout en ville. Pourtant, personne ne savait qu'il allait venir à Lethbridge – lui-même l'ignorait. Par conséquent, la politique qui consistait à embaucher des gardiens temporaires s'appliquait forcément à toute la région, à des centaines de milles à la ronde. Dieu seul savait combien d'établissements risquaient d'avoir eu la même idée. La présence du gardien de nuit à Beaver Mines s'expliquait désormais. Quelques-uns de ces hommes seraient sans doute des gens de métier, policiers ou anciens soldats, beaucoup plus dangereux que le nigaud qu'il avait sous les yeux. En l'attendant, lui, ils arrêteraient peut-être de simples voleurs des environs ; l'engagement d'un gardien sous-payé se justifiait donc. Si Moreland avait longtemps bénéficié de l'effet de surprise, cette époque était bel et bien révolue.

S'agitant soudainement, Moreland reprit son sac sur son dos et fonça vers la porte.

« Attends. Où tu vas comme ça ? »

Moreland se retourna vers le gamin. « T'avais déjà trouvé ce coffre, hein ? Et t'as seulement laissé une pièce de cinq cents. »

Le visage du gardien de nuit se fendit d'un sourire fourbe et satisfait ; son cerveau était si lent qu'on voyait les rouages tourner. « Ouais. C'est moi.

— Combien ?

— Qu'est-ce que ça change ? Il me reste plus rien.

— T'es sorti boire tous les soirs, pas vrai ?

— Je me suis payé du bon temps.

— J'imagine, ouais. » Moreland saisit la cale, sortit du bureau, claqua la porte et enfonça brutalement le coin en bois. Il ne s'arrêta que quand elle fut hermétiquement fermée. Quarante secondes plus tard, il avait contourné le bâtiment, plongé sous la clôture et traversé le terrain vague. Deux minutes de plus et il était derrière la gare. Puis il disparut dans l'ombre de la lune, de l'autre côté des voies ferrées.

Au bout d'un mille, il ralentit et poursuivit au petit trot, la tête basse, la démarche régulière, la respiration lente. *Garde tes pensées pour plus tard. Garde tes suppositions pour plus tard. Cours,* se répétait-il. Une seule fois, il se retourna sur la vaste étendue de cette vraie ville, sa lueur sulfureuse, sa taille immense. Ses lumières se réfléchissaient sur les nuages bas. Une merveille de progrès, assurément. Mais, comme toutes les merveilles, naturelles ou autres, à côté votre vie avait l'air de quelque chose de temporaire et racontait, sur le passage du temps, des vérités que vous auriez préféré ne pas entendre.

Deux longues journées plus tard, Moreland avait quitté la prairie au profit des contreforts vallonnés, où tout était tranquille. Il se faufilait entre des hameaux de broussailles, des étangs peu profonds et de longues enfilades d'arbres rabougris.

Parfois, il marchait à reculons pour profiter du spectacle insolite d'un horizon plat. Il comprenait les changements d'élévation et savait déterminer l'inclinaison d'une pente à dix degrés près, ce qui n'était pas sorcier – il avait appris à Jack à le faire, avec sa main, quand il avait huit ans. La prairie, cependant, l'avait désemparé ; on pouvait y marcher pendant des heures sans avoir le sentiment d'avancer. Tout autour de lui, des routes s'étiraient entre des champs d'hiver voués à des cultures inconnues, si longues et si droites qu'elles semblaient se perdre derrière la courbure terrestre. Il aperçut, au loin, un camion de ferme que seule signalait une colonne de fumée muette, pliée par le vent. Il le regarda passer en se demandant où allait le conducteur. Des ranchs, des élévateurs à grains, peut-être un abattoir, où quelqu'un, profitant de la guerre, gagnait une petite fortune grâce au *corned beef*. À droite du camion, le petit poing serré d'un gros orage planait au-dessus du sol, si confiné par la distance qu'il n'atteindrait jamais Moreland. De loin, d'assez loin pour qu'on n'ait pas à se demander ce qu'il signifiera pour soi, le mauvais temps est beau à voir. La pluie, la neige, les éclairs, ce serait pour d'autres.

Le soir venu, il croisa un panneau promettant un endroit appelé Lundbreck. Le nom ne lui disait rien, mais, passé la petite ville, il aperçut enfin dans les montagnes une brèche en forme de V par où passait, savait-il, une route sinueuse qui, petit à petit, grimpait vers le col du Nid-de-Corbeau, traversant des villes minières, des camps de bûcherons. Il savait où il était, à présent, telle la chauve-souris qui, au crépuscule, fonce tête première vers la fissure dans le roc qu'elle connaît si bien.

Au trot, Moreland gravit une longue pente douce et, une fois au sommet, à bout de souffle, il vit à l'ouest le ciel rose se refermer sur la longue palissade des Rocheuses, dont les sommets escarpés, tout blancs, s'estompaient peu à peu.

Il ferma les yeux et se représenta son fils, à des jours et des jours à l'ouest-nord-ouest, dans la ville de Banff. À cette heure, la maison de la religieuse était déjà dans l'ombre, le garçon rentré de l'école depuis longtemps. Ils avaient peut-être soupé et décidé d'aller faire une balade le long de la rivière, chacun parlant de sa journée. Le garçon mettrait les chevaux à l'écurie, tandis qu'elle se préparerait à se coucher, puis il se retirerait à son tour dans sa petite chambre bien rangée. Jack se laisserait tomber sur le lit comme il avait déjà l'habitude de le faire à la maison et resterait écartelé sur ses couvertures, telle une étoile de mer. Sinon, tenant un livre au-dessus de son visage, il voyagerait en esprit vers des lieux inconnus, un pied dépassant au bout du lit, tandis qu'une chandelle se consumerait par terre. En pensée, Moreland vit la lueur de cette chandelle encadrée par la fenêtre. Le garçon lirait jusqu'à ce que ses yeux se ferment d'eux-mêmes.

Le Coureur des crêtes descendit au trot la pente douce et, en pataugeant dans l'herbe, mit le cap sur le col du Nid-de-Corbeau.

Seize

Jack était en effet affalé sur le lit, seul dans la cabane familiale, loin de Banff, enfin, profondément endormi et plongé dans ses rêves. Lorsque l'aube se mit à ruminer derrière les chaînes de montagnes, un énorme chien sortit des arbres et traversa la clairière. C'était un animal pâle et efflanqué qui devait compter parmi ses ancêtres un grand nombre de loups. Le vent siffla sèchement dans les branches les plus hautes. L'animal trouva l'enclos dans lequel se tenait le Morgan. Ils se dévisagèrent un long moment, déchiffrant leurs odeurs respectives.

Le museau au ras du sol, le chien contourna silencieusement la cabane en projetant son ombre sur les murs. Il retrouva la porte, renifla la poignée, le seuil. Puis il se dressa sur ses pattes de derrière et, d'un coup de celles de devant, ouvrit. Ensuite, il se laissa retomber et balaya du regard la pièce plongée dans l'obscurité. L'animal resta immobile pendant plusieurs minutes, comme si l'air de la cabane l'avait médusé, à digérer les nouvelles informations. Il y entra enfin à pas feutrés.

Le grand lit était jonché de couvertures, de courtepointes et d'oreillers qui sentaient le renfermé. Le chien s'en approcha et souffla son haleine chaude dans le visage du garçon qui y dormait jusqu'à ce qu'il repousse le museau en gémissant. Comme à son habitude, l'animal sauta sur le lit, enjamba le corps ensommeillé de Jack, décrivit deux cercles complets, piétina les couvertures et se laissa choir sur le dos, les yeux grands ouverts. Il soupira comme les chiens le font parfois, un long geignement. De l'air glacé s'engouffra par la porte ouverte, et le garçon dut se lever pour la refermer. Vite, il se glissa de nouveau sous les couvertures en se couvrant la tête. Sa main explora le crâne familier du chien, ses oreilles raides. Il gratta ses moustaches crasseuses. La paillasse était large, la cabane silencieuse, et ils se serrèrent l'un contre l'autre, bien au chaud, dans le noir.

Dès l'aube, ils s'employèrent tous deux à mettre de l'ordre dans la cabane. Le chien renifla dans les coins et s'offrit un déjeuner composé des souris qu'il interceptait dans leur fuite. Il fouilla à fond sous les tablettes de la cuisine et une créature connut en tombant un destin tragique. Ensuite, le chien se livra à une inspection en règle des alentours de la cabane. Ayant détecté une odeur de campagnols, il se mit à creuser frénétiquement.

Pendant ce temps, le garçon construisit dans le poêle un nid de petit bois, de fines branches de pruche et d'herbes sèches qui, au contact de l'allumette, se mirent à crachoter et à crépiter. Des bûches à moitié calcinées – reliques d'autres feux entretenus par son père – les y rejoindraient bientôt. Il faisait encore si noir dans la cabane que la seule lumière provenait du poêle, et lorsque Jack referma la grille, celui-ci rougeoya en fumant gaiement, telle une citrouille d'Halloween toute noire.

Il ouvrit la porte sur une douce aube bleutée et resta planté là, frissonnant et souriant jusqu'aux oreilles. Dans la maison de la vieille femme, il ne s'était jamais levé si tôt. Il s'y était refusé, à vrai dire. Tous les jours, il avait fermé les yeux, ses paupières faisant écran devant la lumière, les corvées, l'école et les autres absurdités de la civilisation. Peu à peu, il avait acquis la faculté de ne pas entendre même les appels les plus insistants de la femme, sachant que le long escalier conspirerait à lui procurer un peu de temps. Et le voilà au point du jour, propriétaire maigrichon, debout devant sa porte.

Il examina les étagères de la cuisine, à la recherche de vestiges de nourriture, et presque aussitôt il poussa un cri de triomphe en découvrant une poignée de flocons d'avoine au fond d'un bocal en verre équipé d'un couvercle à charnière. « C'est encore sec », lança-t-il au chien en riant et en secouant la poudre à l'intérieur. L'animal agita la queue en croquant une malheureuse créature entre ses molaires.

Jack mit la main sur un bloc de sel croûté que sa mère conservait dans une boîte à munitions vide, du sucre encore pas trop abîmé et un peu de chicorée, boisson qu'il refusait en général, mais dont il devrait se satisfaire en l'absence de café. Et au bout d'une planche convertie en tablette, il découvrit une masse noircie de… quelque chose. Il se pencha pour humer l'objet en question, eut un brusque mouvement de recul. Il resta foudroyé pendant un moment avant d'être pris de haut-le-cœur. Cela avait peut-être été jadis une sorte de viande séchée, mais rendue spongieuse par la pourriture et infestée de fourmis, baignant dans l'ombre de sa propre graisse. Il prit la chose ente le pouce et l'index et, le bras tendu, franchit la porte, traversa la clairière, enjamba le ruisseau et atteignit un précipice rocheux d'où il lança la substance et la vit tomber dans la forêt hérissée en contrebas. Puis il s'essuya les doigts sur de la mousse rugueuse. Pendant un moment, le chien et lui observèrent la cime des arbres où la chose avait disparu, comme si elle risquait de remonter à la façon d'un saumon migrateur. Mais, en bas, le monde était tranquille. Le garçon fila vers la cabane, le chien couinant et dansant devant lui, et ils se remirent tous les deux au travail.

À midi, le temps s'était réchauffé et Jack avait accumulé près du poêle une bonne quantité de branches qu'il avait cassées avec son talon en bouts d'un pied et cordées à peu près convenablement. Dans l'enclos, il avait nettoyé l'auge et l'avait remplie d'eau puisée au ruisseau, puis s'était penché pour en examiner les coins à la recherche de fuites, mais elle était encore bien étanche. Et la petite remise dans laquelle sa famille entreposait tout ce dont elle ne voulait pas dans la cabane se dressait toujours dans la cour, la porte fermée. Il avait balayé le sol de la cabane, suspendu les couvertures à des branches pour les faire sécher au soleil. Le petit étui renfermant les allumettes résistantes à l'eau était encore accroché à un clou dans le mur. Le lit était une simple plateforme en bois qui arrivait aux genoux du garçon, lesté d'un lourd matelas en assez bon état. C'est là qu'ils dormaient tous les trois, autrefois. À l'occasion, le chien les y retrouvait.

Dans la cuisine, la grande cruche bleue suintait sous l'effet du liquide froid dont il l'avait à nouveau remplie. Sur le poêle, de l'eau bouillait dans une petite casserole. Assis sur le seuil de sa maison, Jack Boulton dégusta du gruau aqueux et éventé dans un bol en fer-blanc et, quand il eut terminé, il laissa au chien le soin de le laver à coups de langue. Ils regardèrent le Morgan errer dans son enclos en broutant les longues herbes. Scène presque idyllique. L'enclos était un vaste espace à flanc de colline. Plusieurs barreaux de la clôture branlante s'étaient affaissés, et c'était l'habitude plus que les traverses en bois qui empêchait le cheval de s'éloigner. Tout en bas, Moreland avait construit pour le Morgan un abri constitué de trois murs, en général inutile, mais si le vent se levait, le cheval serait heureux d'y trouver refuge. Pour un animal au poil touffu et habitué au froid, c'était une bonne solution.

Dans la cabane, les livres de la famille étaient encore alignés sur une tablette, assez basse pour permettre à un petit enfant d'examiner les dos et de les atteindre. Offre rachitique par rapport à celle de la bibliothèque dans l'éminente demeure, mais, pour Jack, c'était plus que suffisant.

Les livres étaient dans le même ordre qu'avant, signe que personne n'y avait touché pendant son absence. L'humidité printanière avait fait gondoler quelques-uns d'entre eux, au point que certains s'étaient ouverts tout seuls et étaient tombés par terre. *Moonfleet* n'était pas en trop mauvais état, et *Les Joyeuses Aventures de Robin des Bois* non plus. En revanche, la deuxième moitié de *Toomai des éléphants* était carrément pourrie et illisible. Évidemment, *Les Aventures d'Alice sous terre* était impeccable. C'était bien sa chance. Mary avait détesté ce livre à cause de son écœurante invraisemblance. Le garçon le haïssait parce qu'il le trouvait ennuyeux et qu'il y était question d'une fille qui, à ses yeux, faisait des choix peu judicieux. Un lapin qui parle ? Très bien. Mais il fallait être débile pour suivre cet animal dans un trou. Le livre avait par contre séduit Moreland, qui le trouvait tordant. Il en lisait des passages à sa femme et à son fils, malgré leurs protestations. Il lui arrivait souvent de citer le chat du Cheshire : « Ici, tout le monde est fou, lançait-il à Mary en se fendant d'un large sourire.

— Comme c'est intéressant, répliquait-elle. Surtout venant de toi. »

Au-dessus de la bibliothèque était accrochée la carte de son père, à la fois énorme et sans prétention. Elle n'était ni en papier ni en toile; il l'avait plutôt taillée dans le bois à l'aide de couteaux et de ciseaux, puis retouchée à la peinture et au crayon, avec des annotations partout, y compris dans les crevasses entre les planches. De loin, on aurait dit une masse indistincte, mais, en l'étudiant de plus près, on se rendait compte que l'objet était admirable et parfaitement sensé. Comme tout cartographe, William Moreland s'était situé au centre du monde. La cabane était un simple O rouge entaillé dans le bois à la hauteur des yeux d'un adulte. Le reste illustrait en détail les crêtes où ils vivaient, les lacs et les villes, les rivières, les lignes de chemin de fer et tout l'au-delà. Moreland avait même trouvé le moyen d'indiquer les distances. Entre deux points situés assez loin l'un de l'autre dans la réalité, mais côte à côte sur la carte, il avait par exemple inscrit « 2J↑ » pour indiquer un trajet ascendant de deux jours. « 5H↓↓ » désignait un trajet de cinq heures caractérisé par une descente raide. Pour connaître la direction, on n'avait qu'à supposer que le voyageur s'éloignait de chez lui; sinon, on devait lire la carte de gauche à droite. Banff et Laggan étaient les deux principales villes; la dernière avait depuis peu été rebaptisée Lake Louise, mais la plupart des gens qui y vivaient continuaient d'utiliser l'ancien nom. Moreland ne se donnerait sans doute pas la peine d'apporter le changement. Ces villes étaient présentées avec un certain luxe de détails, les maisons notables et les immeubles les plus imposants y figurant sous forme de boîtes de bonbons écrasées cerclées par le ruban d'une route. Du côté droit, à une certaine distance, se trouvait la grande, l'inimaginable métropole de Calgary. Étant allergique à tout ce que promettait une ville – la foule, le bruit, la police –, Moreland n'y avait jamais mis les pieds, et son existence était signalée par une simple tête de clou et la lettre C. Dans le coin inférieur, il avait sculpté une sorte de serpent qui représentait le col du Nid-de-Corbeau et sa guirlande de petites villes minières. Plus bas, c'était le sol de la cabane. Tout ce qui se trouvait au sud du col du Nid-de-Corbeau, y compris la frontière avec les États-Unis, était hors champ.

Jack posa les livres qu'il avait volés sur la précieuse pile des anciens afin de les aplatir. Il feuilleta les notes de la religieuse, l'écriture bleu-noir qui ondulait avec grâce dans les marges ; il fit défiler les dessins, les diagrammes et les tableaux de la femme trop vite pour pouvoir les lire. Puis il posa le cahier au sommet de sa pile de livres et recommença à s'affairer à gauche et à droite.

Il finit par retrouver la pierre à aiguiser là où elle avait atterri, sous une étagère effondrée. Mais il n'y avait plus rien à aiguiser. La hachette et l'énorme scie, au même titre que les raquettes, les casseroles et la poêle à frire, avaient disparu. Preuve que quelqu'un était entré dans la cabane et avait pris tout ce qui pouvait servir. D'ailleurs, il savait qui avait fait le coup. Leur voisin, Sampson.

Le vieil homme était un peu superstitieux ; il croyait aux augures et ses rêves lui causaient parfois des soucis. Sampson et sa conception du monde à nulle autre pareille. À certains égards, il ressemblait à la mère de Jack. Ils étaient tous deux sans cesse sur le qui-vive, fascinés par les aléas de la chance et de la malchance. « Il a vu des scènes terribles, avait un jour dit Mary, et ces choses-là laissent des marques imprévisibles. Tiens-toi bien devant lui, Jack. Et, s'il te plaît, ne le contredis pas. Tu es un enfant. Il en sait beaucoup plus que toi. » Le garçon fut donc surpris de constater que Sampson avait franchi le seuil d'une cabane aussi affligée par le malheur. Allez savoir comment, il s'y était résigné et, par bonté ou par souci de ses voisins, il avait emporté les objets précieux ou fragiles, ceux qui risquaient de rouiller ou d'attirer des animaux, en laissant tout le reste à sa place. C'étaient le temps et l'hiver qui avaient endommagé la cabane, et non le vieil homme.

Derrière la cabane, sous l'avant-toit, se trouvait un grenier auquel on accédait par une échelle. Jack y grimpa. Il y avait là des manches de hache cassés. Des bocaux remplis de clous. Un tonneau vide. Des boîtes en fer-blanc bossées qui avaient contenu du thé des Indes et du tabac. Il fit main basse sur une blague à tabac en cuir et de petits papiers blancs, objets qui lui étaient autrefois interdits, mais auxquels il pouvait désormais légitimement prétendre. Il pressa l'objet contre son nez pour apprécier l'odeur fanée du tabac. L'ayant glissé dans sa poche, il se sentait un homme, déjà. Il y avait aussi une grande malle faite de planches grossières avec des poignées en cuir. La boîte à couture de sa mère au petit loquet noir, dans laquelle elle rangeait avec soin des articles délicats : ciseaux, étuis à aiguilles, tampon de laine d'acier pour polir les aiguilles, tambour à broder, bourre de soie, boutons, ruban. Un ruban à mesurer. Il se souvint qu'elle en faisait un jeu pour son enfant. Avant même qu'il sache compter, elle dépliait lentement le ruban et récitait les chiffres – *huit, neuf, dix et qu'est-ce qui vient ensuite* – en les cachant sous son pouce. Quand il fut plus vieux, elle brandissait le ruban devant lui et demandait : *Dix plus trois font… ? Sept huitièmes d'un pouce moins un quart ?*

Il souleva la boîte et la posa délicatement sur la malle. Il s'ordonna à lui-même de ne pas l'ouvrir, de ne pas regarder l'écriture de sa mère. Les cahiers de notes de la religieuse, passe encore. Mais ceux de sa mère… Contempler les lignes indigo, voir ses pensées, l'énergie qui s'y déployait. Un bardeau endommagé laissait filtrer le jour, une colonne de lumière dans laquelle le garçon se tenait, ses mouvements ayant déclenché des tourbillons liquides de poussière.

Guidé par les effluves rances, il déterra des ballots de vieux vêtements qui moisissaient, stratifiés et durs comme du schiste, emportés par la pourriture et les intempéries. Il les traîna jusqu'au bord du grenier, d'où il les poussa du bout de sa botte, puis il les regarda atterrir dans un grand bruit sourd. Le chien se précipita à l'extérieur pour observer la scène à distance respectueuse.

Il y avait, enveloppée dans du papier et rangée dans une boîte en cèdre, une robe du dimanche jaune et bleu destinée à une petite fille. Voilà tout ce qui restait de la carrière de couturière de sa mère. Jack tint le vêtement par les épaules, puis il le laissa retomber dans la boîte. Le chien rentra et se posta près de l'échelle, les yeux levés.

Jack trouva enfin ce qu'il cherchait : la boîte de tabac à priser Dr. Oronsee sur laquelle figurait un chow-chow souriant. C'est là que la famille gardait tout son argent. Assis au bord du grenier, Jack compta 257,43$, les économies de toute une vie, là, entre ses cuisses. Il contempla longuement les billets et les pièces en se souvenant de ce qu'avait dit la vieille : « N'écoute pas ce qu'on raconte sur ton père. Cet homme-là n'a aucun intérêt pour l'argent. »

Sur la table reposait Pearl, un fourreau garni de plus de quatorze mille dollars, un fardeau dont son père l'avait lesté. L'argent durement gagné par d'autres.

Lentement, le garçon laissa glisser les pièces dans le trou noir de la boîte métallique. Il plia les quelques billets, les rangea à l'intérieur, puis remit le couvercle. Cet argent, son père et sa mère l'avaient gagné honnêtement. C'est là qu'il puiserait. Cet argent-là et aucun autre.

Plus tard dans l'après-midi, il enfuma les latrines extérieures à un seul trou. Il ouvrit la porte, entraînant dans l'air des lambeaux vaporeux de toiles auxquelles étaient accrochées des civilisations d'insectes – des dizaines d'araignées de l'été précédent et des constellations de leurs victimes, réduites à l'état de petites coquilles grises. Délibérément, et conscient des frissons d'épouvante qu'il éprouverait, le garçon examina attentivement chacune des petites horreurs en suspension dans l'espace. Puis il fit quelques pas dans la clairière, rentrant les épaules, le crâne en proie à de délicieux chatouillis, avant de revenir pour jeter un second coup d'œil grimaçant.

Sa mère redoutait cet endroit. Pas pour les mêmes raisons que la plupart des gens – les animaux nocturnes, le siège glacé, les insectes. C'était autre chose. Elle s'approchait de la porte, saisissait la poignée et, après une seconde d'hésitation, la tirait brusquement, presque d'un air de défi. Comme si elle espérait surprendre un intrus à l'intérieur. Le père et le fils assistaient à ce spectacle depuis la porte de la cabane illuminée, la voyaient, immanquablement, secouer la tête. Personne. Pas cette fois.

Debout devant la même porte, le garçon se demanda : que s'attendait-elle donc à trouver là-dedans ? Ou qui ? Le noir, les araignées, les souris, les serpents, les couguars, les ours, la foudre, la dynamite et les armes à feu : rien de tout cela ne faisait peur à cette femme. Seuls la troublaient les inconnus, la vulnérabilité induite par le sommeil et les rouages de son propre esprit. Il jeta un coup d'œil dans la boîte toute simple. Paisible, vide, ordinaire. Il prit conscience d'un léger courant d'air qui s'engouffrait dans le trou, brise naturelle provoquée par la porte ouverte et qui aspirait les boucles de toiles d'araignées tachetées fixées au cadre. Que voyait donc sa mère dans le vide de cet espace où, pour Jack, il n'y avait rien ? Une chose invisible, tapie dans l'ombre, le regardait-elle à son tour ?

Le chien, nota-t-il, avait reculé d'une dizaine de pas. Depuis la porte de la cabane, il observait, encore curieux, mais prudent.

Jack entreprit donc d'enfumer toutes les créatures présentes, réelles ou imaginaires, dans le dessein de les annihiler. Dans son empressement, il utilisa trop de petit bois et faillit mettre le feu aux chiottes. Riant de sa voix fêlée de garçon, il jeta des pelletées de terre sur les flammes, cependant que la boîte vomissait dans l'air une fumée blanche dont les volutes serpentèrent au milieu des arbres et formèrent une colonne blanche visible à des milles à la ronde.

Dix-sept

Le vieil homme avait encore l'ouïe fine. Aussi s'était-il campé devant sa porte grande ouverte bien avant que le visiteur émerge des arbres. Jack avait guidé le Morgan pour qu'il descende la pente à l'oblique : la politesse, lui avait-on appris, voulait qu'on prenne le chemin le plus long pour se rendre chez Sampson, qu'on fasse du bruit et qu'on s'approche avec lenteur, question de laisser à l'hôte le temps de se préparer – remonter son pantalon sur son caleçon long, par exemple, trouver son chapeau et faire disparaître les armes en pièces détachées qui jonchaient normalement sa table. Ce jour-là, cependant, l'homme, sorti sans pantalon, cria : « T'es revenu ! »

Le garçon, tout sourire, accrocha les rênes à une branche à portée de main.

Vêtu d'une chemise en toile et d'une combinaison qui s'arrêtait à ses genoux noueux, le vieil homme traversa la clairière en cinq grandes enjambées et souleva le frêle corps du garçon comme s'il ne pesait rien. Incapable de se retenir, Jack Boulton poussa des rires aigus d'enfant heureux ; encore suspendu dans les airs, il baissa les yeux sur le vieil homme. Ils se souriaient tous les deux. « J'avais peur que vous soyez parti, vous aussi », dit Jack en posant la main sur les cheveux poivre et sel.

Sampson Beaver II, qui se faisait parfois appeler « le deuxième du nom » ou simplement « l'autre », posa le garçon et recula d'un pas. C'était déjà l'homme à venir qui le regardait avec le visage de l'enfant. Sampson prit note du corps qui avait grandi, des yeux cernés, du teint de la couleur du calcaire. Il avait passé trop de temps en bas, parmi les multitudes. Selon le vieil homme, la vie en ville était malsaine.

« Ah, petit », dit-il comme chaque fois.

Jack passa ses bras autour de la poitrine du vieil homme et se mit à sauter sur place.

« Du calme, dit Sampson, chancelant sous l'assaut. *Wonîdîkta heza ?*

— Nan, répondit le garçon. J'ai mangé à ma faim. »

Le vieil homme revint sur terre, car il était au fait des pitoyables provisions qu'il avait lui-même laissées dans la cabane des Moreland. Lie et poussière. Saisissant Jack Boulton par les épaules, il le propulsa dans la cabane, à la fois sombre et chaude. Il fit glisser une casserole sur le poêle et obligea le garçon à s'asseoir sur l'unique chaise. De la pâte à pain gonflait dans un bol recouvert d'un linge humide. Sur la table, des oignons sauvages, une pomme de terre. Pas de pièces d'armes à feu ; Sampson faisait la cuisine. Des bûches cordées avec soin contre le mur du fond et, au-dessus, un ciré. Sur le lit, une courtepointe à carreaux recouverte de la peau sans tête d'un très gros grizzli, les membres en croix, les moignons de ses pattes de devant frôlant le sol. Sampson enfila son pantalon en toile, le remonta et le noua à sa taille à l'aide d'un bout de corde, puis, pour aérer et laisser entrer un peu de lumière, retira les blocs de bois qui obstruaient les fenêtres sans vitre de la cabane et les déposa sur le sol en soufflant sur les débris de conifères qui s'étaient accumulés dans les coins. Sans jamais cesser de soliloquer en nakoda, langue dont le garçon ne saisissait que quelques bribes.

Il avait vu de la fumée monter de la cabane de Moreland. En fait, Sampson dit « la maison de ton père ». Jamais il n'aurait nommé Mary, car il était superstitieux à propos de tout et de la mort en particulier. La fumée était beaucoup trop dense pour provenir d'une cheminée – qu'est-ce donc qui brûlait ? Il était trop loin pour monter éteindre : il n'arriverait jamais à temps. Il avait donc dû se contenter de regarder. Il avait surveillé la fumée blanche et le vent, craignant un grave brasier qui enflammerait les arbres voisins. Petit à petit, cependant, le nuage avait fondu, et bientôt il n'en était plus resté qu'un ruisselet, quelques volutes racornies, puis plus rien. Danger écarté, feu éteint. Il était rentré dans sa cabane et s'était assis devant sa table en s'émerveillant d'un fait indiscutable : *quelqu'un,* dans la vieille cabane de Moreland, maîtrisait l'incendie. Aucun doute possible.

Il avait passé un long moment à se demander qui avait bien pu s'installer là. Qui était son nouveau voisin ? Qui aurait choisi d'emménager dans une cabane indiscutablement hantée ? Et pourquoi cette personne avait-elle fait exprès de mettre le feu ?

Il s'était préparé du café en réfléchissant aux squatteurs possibles – après tout, c'était une bonne cabane. Les deux Suédois – frères ou grands amis, allez savoir –, peut-être, mais ces gaillards-là préféraient bâtir leurs cabanes et leurs appentis selon leurs méthodes étrangères. Impeccablement construits et idéalement situés, leurs petits refuges, parfaits pour la chasse et le piégeage, se voyaient un peu partout dans les parages. Non, ces gars-là avaient beau être bizarres, ils ne se seraient jamais installés dans une vieille cabane où vivaient des esprits. Sampson n'avait pas pensé à Jack, sûr que l'enfant était perdu pour toujours, victime des misères de la ville. Le vieil homme s'était donc demandé si Moreland le fugitif était de retour de ses plus récentes errances. Mais c'était insensé : pourquoi aurait-il mis le feu à sa propre cabane ?

Sampson se tut. Il se tourna vers son invité, dans l'attente d'une réponse. « J'ai enfumé les chiottes, expliqua le garçon, et j'ai un peu exagéré. »

Le vieil homme ne dit rien, mais il n'avait pas l'air impressionné. Il posa devant Jack un bol de ragoût de cerf dans lequel une cuillère de bois tenait debout, comme une pelle plantée dans le sol.

Le garçon attaqua fiévreusement son repas. Après quelques bouchées, il feignit la retenue. « C'est bon. Merci. » Puis il s'empiffra pour de bon.

Les mains dans les poches, Sampson regarda le petit manger. Jack avait un peu grandi, et ses vêtements ne lui allaient plus. Des muscles gonflaient ses bras et les os de ses poignets avaient épaissi. Aux yeux de Sampson, il ressemblait de plus en plus à une version sombre de William Moreland. « Tu dois pas croire tout ce qu'on raconte à propos de ton père, petit. »

Pris de court, Jack cessa de manger.

« Il a rien fait de ce qu'on lui reproche », ajouta Sampson.

Le garçon ne dit rien. L'incertitude dans la voix du vieil homme ne lui avait pas échappé, non plus que sa crainte diffuse que tout, au contraire, fût vrai. Jack comprit que Sampson cherchait d'abord et avant tout à se convaincre lui-même.

« Pourquoi ton père volerait de l'argent ? »

Le garçon soupira. « Aucune idée.

— Ça tient pas debout. C'est quelqu'un d'autre. Pas moyen autrement. »

Jack Boulton remua le contenu du bol. Il avait perdu l'appétit. Il ne fallait pas qu'il pleure. Sinon, le vieil homme ne saurait plus où se mettre.

« Et si c'est lui, Sampson ? risqua-t-il.

— Ton père est pas comme ça. L'argent, c'est pas une raison suffisante.

— Non, c'est vrai, admit Jack. Mais c'est ce que pensent les autres. »

Sampson hocha longuement la tête. « Mon plus jeune passe son temps à parler du prix des choses, dit-il en soupirant. Je sais pas comment l'arrêter. »

À entendre le vieil homme, on eût dit que son fils lui avait rendu visite le matin même, mais c'était faux, évidemment. Personne n'était venu. La femme de Sampson, Lena, vivait à une vingtaine de milles de là, dans ce village récemment rebaptisé Lake Louise, que Lena et la plupart des gens continuaient d'appeler Laggan. Sampson et elle avaient trois fils adultes, et l'aîné avait les tempes grisonnantes. Cependant, la famille de Sampson ne vivait pas avec lui dans le chaînon Sawback. En fait, le gouvernement interdisait aux Nakodas de vivre dans le parc, devenu une sorte de réserve de chasse, une destination touristique et un spa – en raison, dans ce dernier cas, des sources thermales naturelles, de la beauté extraordinaire des lieux et des deux gigantesques hôtels de luxe. Bien avant la naissance du garçon, on avait créé le parc des Rocheuses, et les Nakodas avaient aussitôt été bannis des montagnes. On leur avait interdit de chasser et de pêcher dans le parc, de crainte que les *sportsmen* d'Europe, des États-Unis ou d'ailleurs, de partout où l'argent coulait à flots, repartent bredouilles. Pour sa part, Sampson était resté, et le gardien avait assez de jugeote pour le laisser tranquille. Tout le monde aimait Sampson, mais il fallait éviter de lui marcher sur les pieds.

Le vieil homme acceptait parfois de travailler pour des pourvoyeurs locaux, comme Thom Wilson, de guider des expéditions dans des régions isolées, de pister le gibier. Il aimait bien Wilson et trouvait drôle son irascibilité permanente. En gros, Sampson vivait seul dans la montagne, mais il rendait fréquemment visite à sa famille et prenait à l'occasion part à la vie urbaine que les siens préféraient. Sa femme, en particulier, détestait l'isolement et ne supportait pas d'être à une journée de cheval de l'épicerie la plus proche.

Il allait donc régulièrement la voir. Lena ne craignait pas le climat glacial, car elle avait l'habitude du froid. En montagne, le temps est changeant, et elle avait appris à son mari à le prévoir. Elle se levait en pleine nuit pour évaluer la brillance des étoiles, méthode qui offrait un degré de précision suffisant, et Sampson avait maîtrisé cet art. Mais en dehors des prédictions, on ne peut pas grand-chose contre ce qui nous tombe dessus.

Certaines semaines, il avait du mal à sortir de la cabane à cause de la neige qui lui arrivait jusqu'aux hanches. D'autres fois, l'air sec et glacial le prenait à la gorge ; il portait tous les bouts de cuir qu'il possédait, ce qui lui donnait l'air rondouillard d'un enfant qui apprend à marcher. Le lendemain, il avait parfois droit à une journée ensoleillée et sans vent ; il sirotait alors son café dehors, torse nu, tandis que l'eau de fonte tombait du toit et ruisselait de chaque côté de ses bottes, la forêt résonnant sous le fracas des amas de neige qui s'écroulaient.

Ce mode de vie n'était pas au goût de tous, mais il plaisait à Sampson.

Du bout de sa botte, le vieil homme poussa la boîte en bois remplie de pièces d'armes à feu qu'il avait rangée sous la table et l'éloigna des pieds du garçon. Il y jeta un coup d'œil, comme pour en évaluer le contenu. « Où est cette horreur ? demanda-t-il, comme en aparté.

— Quoi ?

— Ce fusil ridicule que Wilson a accroché à son mur. Il est où ?

— Vous saviez qu'il était à moi ?

— Wilson m'a dit que c'était ton arme préférée.

— C'est faux ! aboya Jack. J'ai laissé le fusil à la maison. Je n'avais pas envie de le traîner.

— Bien. Je veux pas que tu t'en serves. Ni de celui-là ni d'un autre.

— Pourquoi ?

— T'es trop jeune, énonça Sampson avec lenteur, d'un ton sans réplique. Tu chasses pas tout seul. Toujours avec moi. Compris ? »

Le garçon hocha faiblement la tête. « Compris. » Dans l'atmosphère familière de la cabane, l'autorité de l'homme avait quelque chose de rassurant, et l'angoisse de Jack baissa d'un cran. Il prit quelques cuillérées de ragoût. « On peut y aller bientôt ?

— Je vais y penser. »

Le chien s'encadra dans la porte, déroula sa langue et les dévisagea en haletant.

« Tiens, c'est toi, fit le vieil homme. Je me demandais où il était passé, ce chien. Il va et vient comme il veut. »

L'animal entra en agitant la queue, ses griffes cliquetant sur les lattes du plancher. Sampson lui tapota le flanc. Le bâtard aux longues pattes, au corps musclé et anguleux, pesait sans doute autant que le garçon.

« Il était avec toi la nuit dernière ?

— Ouais.

— Comment il a su que t'étais revenu ? »

Le garçon détailla le chien en mastiquant pensivement.

« Aucune idée. »

Sampson se laissa choir lourdement sur la chaise, ou plutôt sur le tabouret, puisque le dossier était tombé, posa les coudes sur la table et regarda Jack d'un drôle d'air. « Le jour où ton père va rentrer, tu seras content. »

Le petit soutint son regard.

« En attendant, il vaut mieux que tu restes avec moi. Jusqu'à son retour.

— Quoi ? Non, non. Je rentre.

— Je te fais un lit. À côté du poêle. Tu seras au chaud. »

Jack secoua la tête. « Je peux me débrouiller tout seul. »

Sampson détailla le blouson de printemps du garçon, qu'ornaient les broderies réalisées par Mary : fleurs, croix équilatérales, vignes s'enroulant pour former des lettres. « Il est pas assez chaud, ce manteau, dit-il.

— Il est parfait.

— C'est pas assez. Le froid s'en vient. »

Par la porte, le garçon, sceptique, jeta un coup d'œil à la cour inondée de soleil. « Nan, fit-il d'un air confiant. Je ne pense pas. »

Sampson soupira. Il montra du doigt le mur du côté ouest, où il avait empilé soigneusement tous les objets qu'il était passé prendre dans la cabane de Moreland. Des casseroles, la poêle à frire, des raquettes et des scies, des outils et la hache. Sur le dessus de la pile il y avait l'ample manteau à rayures de Mary, surmonté de son chapeau. Petit, gris, comme neuf. Le garçon comprit que le vieil homme avait oublié que ces effets étaient à elle. Sinon, il n'y aurait pas touché.

Avant de partir, plus tard en après-midi, Jack Boulton enfila le lourd manteau, puis saisit le chapeau et le posa bien droit sur sa tête. Il ressemblait à ce qu'il était : un gamin efflanqué, affublé des vêtements de sa mère.

Sampson avait ordonné au garçon de terminer son repas, puis il lui avait offert quelques provisions, assez pour lui donner le temps de s'installer : de quoi préparer du pain et des galettes, des lanières de viande fumée extraordinairement coriaces, des grains de café que le vieil homme avait emballés dans un mouchoir bleu, des raisins de Corinthe durs comme des petits cailloux, un bout de papier contenant quelques grains de sel. Ils avaient discuté de l'emploi du temps du garçon, qui ne devait en dévier sous aucun prétexte. Rentrer à la maison. Rester à la maison. Pêcher si le cœur lui en disait, cuire du pain, lire. Ne pas chasser, sauf avec Sampson. Réparer la clôture de l'enclos. S'occuper du fatras d'outils et d'autres vieilleries dans la remise, ou au moins y mettre un peu d'ordre.

« Vous allez venir me voir ? demanda le garçon.

— Demain. »

Dans l'entrebâillement de la porte, Sampson regarda Jack charger sur le cheval les objets ayant appartenu à sa famille, se préparer à les rapporter à la maison. Il faisait les choses comme il faut. Il avait grandi et les muscles de ses épaules étaient ceux d'un homme, mais ses cheveux lui tombaient sur la nuque, et son cou, d'une impossible finesse, était encore celui d'un enfant. On eût dit une chimère : ni homme ni garçon. En cet instant précis, il était les deux, ou il n'était ni l'un ni l'autre. Sampson n'était pas sûr de l'âge de Jack, mais, avec des parents comme les siens, le garçon avait sûrement quelques aptitudes. Jouait aussi en sa faveur son calme naturel. Contrairement aux fils de Sampson qui, de l'aveu même de leur mère, s'étaient tour à tour comportés comme des chats sauvages, Jack avait été un bébé tranquille, un gamin attentif. Il avait un tempérament explosif, mais les éclats étaient si rares et si courts qu'on l'oubliait. En gros, c'était un garçon réfléchi, un bon élève. Il se souvenait de tout ce qu'on lui avait enseigné. Malgré la bévue des latrines, il donnait à Sampson l'impression d'être doué d'un solide esprit pratique. Mais à présent, Jack Boulton, pour la première fois de sa vie, était seul.

En voyant le fils de Moreland saisir les rênes de son cheval, Sampson s'efforça de retenir les mots qui lui venaient à la bouche, mais ils lui échappèrent quand même. « Pas d'autres bêtises, surtout, lança-t-il.

— Comptez sur moi. »

Sous le ciel sans limites et dans les craquements des pins ondulants, Jack entreprit la montée sinueuse qui le conduirait à la cabane déserte. Même sa démarche semblait différente.

« Sois prudent ! cria Sampson.

— Vous aussi ! » répondit Jack en se retournant pour lui sourire.

Cette nuit-là, Jack Boulton fut tiré du sommeil par des voix rageuses. Il faisait froid. Il se redressa dans le lit au moment précis où sa mère franchissait le seuil. Il ouvrit la bouche, mais rien n'en sortit. Derrière elle, dans l'embrasure de la porte, la lumière du soleil ou de torches, peut-être, une illumination incendiaire, si intense que des larmes jaillirent des yeux de l'enfant et que Mary fut réduite à l'état de silhouette bleutée, aussi fine que du papier ; elle faisait écran entre lui et tout cet éclat.

Debout, Jack. Lève-toi tout de suite. Ils arrivent.

Des hommes se pressaient dans la cour, dans la clarté. Le garçon entendait leurs voix en colère, leurs pieds qui foulaient le sol, et ils avaient apporté avec eux un son atroce, un instrument ou un engin mécanique qui sonnait comme une cloche d'église fêlée.

Le garçon essaya de crier. Et il se réveilla en sursaut, se réveilla vraiment. Allongé sur le dos, haletant.

« Mon Dieu », soupira-t-il en se couvrant les yeux d'une main. Il voulut s'asseoir, se hisser sur ses bras frêles et tremblants. Il n'y avait pas d'hommes dans la cour, évidemment. Mais le chien était avec lui dans le lit. Jack se frotta les joues. Son cœur cognait d'horrible façon, et il avait l'affreux pressentiment d'un événement imminent, d'une force inexorable qui fonçait vers lui, suivie par la lente, la vertigineuse sortie du rêve, où rien de tout cela n'avait de sens. Un simple songe. Dans ses oreilles, la patine de l'atroce son métallique s'estompa peu à peu.

C'était le milieu de la nuit, une lune argentée haut dans le ciel, et, là où il était allongé, de pures ténèbres. Poussées depuis le seuil par des rafales venues de l'obscurité qui entourait la maison, des feuilles de tremble séchées griffaient le sol. Jack se dit que le chien avait une fois de plus ouvert la porte. Il faisait assez froid pour que la neige se soit mise à tomber. Sampson avait raison, il avait bien fait de prendre le manteau de sa mère.

Réveillé d'un coup, le chien se dressa brusquement et, dominant le garçon, lui renifla le visage. S'agenouillant, il frotta ses yeux contre la poitrine de Jack et fourra son museau sous son aisselle jusqu'à ce que les paupières de l'enfant s'abaissent et qu'il se laisse retomber, et ils se préparèrent de nouveau à dormir. Jack passa son bras autour des côtes tièdes de l'animal. Réunis, ils dormaient là où ils avaient toujours dormi, comme si le temps s'était arrêté. Le lit seul était resté le même dans cette cabane transformée de fond en comble – le garçon et le chien dans leur capsule douillette, flottant comme un tapis volant loin au-dessus de la triste histoire de quelqu'un d'autre. Des feuilles s'éparpillèrent dans la cabane. La neige chevauchait l'air.

Après un moment, Jack se glissa sous les couvertures et, du bout des orteils de son pied nu, referma doucement la porte.

Dix-huit

Des ondes de chaleur s'échappaient encore des écorces brûlées par le soleil tandis que William Moreland, au beau milieu du col du Nid-de-Corbeau, se frayait un chemin entre les arbres, cap vers l'ouest, vers la ligne de partage des eaux, les villes minières et les camps de bûcherons dont il gardait un souvenir vieux de plusieurs décennies.

Évitant désormais la voie ferrée, de peur de croiser des gens, Moreland, par la force des choses, suivait une trajectoire sinueuse, tantôt montante, tantôt descendante, empruntait les ravines, longeait les rails sans quitter le couvert des arbres, à distance suffisante pour ne pas être vu. Lorsqu'il aperçut au loin un paysage quasiment lunaire, il sut exactement où il était, et au bout d'une bonne heure, il avait rallié le siège de la dévastation, l'éboulement de Frank. Parvenu au bord des décombres rocheux, il n'eut d'autre choix, en l'absence d'arbres pour se dissimuler, que d'emprunter la route. De surcroît, le terrain était si inégal et jonché de rochers qu'il était presque impraticable. Moreland trotta sur cette route où, de part et d'autre, les pâles débris calcaires s'élevaient à dix pieds au-dessus de sa tête. Ici, un petit bout de la planète verdoyante avait été oblitéré, et il n'était resté que des pierres concassées.

À Frank, l'activité minière avait causé des fractures dans la montagne; de l'eau s'était infiltrée dans les failles et de la glace s'y était formée. Une nuit de 1903, le sommet s'était tout simplement détaché, et cent millions de tonnes de roches calcaires avaient dévalé la pente en rugissant et s'étaient répandues sur la ville. Elles s'étaient abattues comme une main aux doigts écartés : certaines maisons avaient été anéanties, d'autres épargnées. Le déluge de pierre avait envahi la route sur laquelle marchait Moreland, traversé la voie ferrée et formé un barrage sur la rivière Oldman. À la vitesse de l'éclair, imparable, il avait recouvert le fond de la vallée et gravi une partie de l'autre versant du col. C'était le pire glissement de terrain dont Moreland eût entendu parler, et Mary Boulton y avait miraculeusement survécu.

Il leva les yeux, le souffle coupé, et posa inconsciemment une main sur son cœur affolé. Elle avait dix-neuf ans et elle était enceinte de Jack, même si ni elle ni Moreland n'en savaient encore rien.

Se lançant dans un sprint, il courut aussi longtemps qu'il le put, puis il poursuivit à grandes enjambées, tant qu'à la fin il chancelait sous l'effort. Ayant atteint le bout du champ de pierres, il poursuivit vers la montagne et escalada la pente en soufflant.

Regarde devant, pas derrière, et ne t'arrête pas, aurait dit Mary.

La nuit était tombée, tranquille et cristalline, et des constellations fleurissaient au-dessus de sa tête chaque fois qu'il traversait des espaces à découvert. La silhouette noire de Moreland, ployant sous le poids du havresac, cheminait sous les étoiles. Avant Blairmore, il se mit en quête d'un abri où passer la nuit.

Une heure plus tard, assis sur son sac, il s'offrit le luxe d'un petit feu. Il avait déplié sa toile, et il n'avait plus qu'à s'y enrouler, à se couvrir la tête et à dormir. Les jambes bien écartées, il tisonnait le feu à l'aide d'une longue branche verte, observait sur les bûches le ballet des brandons où chaque nouvel éclat se nourrissait de quelque chose qui bougeait à l'intérieur du bois, vacillait en un point pour renaître un peu plus loin. Au début, cette vision lui sembla délicieuse. Mais bientôt il fut taraudé par un instinct, la conviction que quelque chose lui échappait. C'était un récit raconté par la lumière, le bois carbonisé, noirci, la fumée et la vapeur qui s'élevaient en tourbillons, un récit muet et incompréhensible, mais un récit tout de même. Dernier souffle d'un arbre qui brûle, exhalaison de tout ce dont il a été témoin au cours de sa longue vie en ce lieu.

William Moreland sursauta et balaya des yeux les arbres qui l'entouraient. Quelque chose lui avait effectivement échappé.

À demi aveuglé par les flammes, il entendit des pas furtifs et un homme se racla la gorge. Cinq enjambées de plus, puis silence – l'homme, se dit Moreland, se trouvait à vingt pas à l'ouest-nord-ouest. L'inconnu se savait repéré puisque le Coureur des crêtes regardait dans sa direction sans le voir.

Police, murmura l'esprit de Moreland. Il tendit l'oreille afin de déceler la présence d'autres hommes, leurs mouvements, leur respiration. Il écouta la nuit sans vent. Personne d'autre, un homme seul, il en était presque certain.

L'inconnu, silhouette grisâtre et droite, entra dans le cercle de lumière d'un pas nonchalant, comme s'il était attendu. « Bonté divine, fit-il. Je savais pas comment m'y prendre. » Sa voix, inutilisée depuis des lustres, avait la douceur du sable qui coule entre les doigts.

C'était un homme de grande taille, cadavéreux et sec, emmitouflé dans une superposition de manteaux, de chandails et de chemises, tous si usés et décatis qu'on l'eût dit vêtu de fils et de coutures. Les cols déchirés de deux chemises pendaient comme des langues sur son épaule gauche. Son chapeau n'avait ni bord ni calotte, et l'homme donnait l'impression de porter une couronne en papier comme dans les fêtes d'anniversaire. Sa peau était laquée par ce qui, à l'œil exercé de Moreland, ne pouvait être que des années de crasse intouchée, mais le regard de l'homme, dans ce visage couleur ardoise, était étonnamment clair.

Moreland s'autorisa à laisser s'échapper son souffle longtemps retenu.

Sans cérémonie, l'invité se laissa tomber par terre et s'assit en tailleur. Puis, à la manière d'un acteur sur scène, il tendit vers le feu ses doigts squelettiques et exsangues ; comme il était trop loin des flammes pour en sentir la chaleur, il se contentait de mimer les gestes d'un homme qui se réchauffe. Inclinant la tête, il regarda son hôte avec ce qui aurait pu passer pour de l'affection. « Ça fait longtemps », dit-il.

Moreland cligna des yeux.

« Tu me cherches depuis longtemps ?

— Je vous cherchais pas du tout. »

La bouche de l'homme se fendit d'un sourire ravi, révélant ses gencives enflées et pourpres, et son rire, qui n'était que froissement d'air, rappelait celui d'un chien qui halète. « Tu m'as trouvé quand même. Bravo.

— Je sais même pas qui vous êtes, monsieur. »

La réponse provoqua un étonnement sincère. « Tu sais pas qui je suis ?

— Non. »

L'homme prit une pomme de pin et la fit sauter dans sa paume comme une balle de ping-pong avant de la jeter dans le feu. « Je comprends, dit-il. Vous y êtes pour rien. Il nous arrive d'égarer des choses. »

Une idée folle traversa l'esprit de Moreland. Et si cet homme était un éclaireur de la police, un simple d'esprit inoffensif dépêché pour distraire le Coureur des crêtes pendant que d'autres hommes prenaient position, comme quand on agite un objet brillant devant un animal avant de l'abattre ? Moreland se tortilla sur son sac avec une conscience douloureuse de tout l'argent qu'il renfermait, de l'inconnu souriant et importun qui l'observait de l'autre côté des flammes. Il se força à répondre : « J'ai peut-être oublié. J'ai beaucoup marché, aujourd'hui.

— Quand même, vous avez fière allure. Beaucoup plus que moi, en tout cas. » L'homme ouvrit les bras pour montrer son pitoyable accoutrement. « En comparaison, vous avez l'air habillé pour vos noces. » Il laissa de nouveau entendre ce rire haletant. Puis il s'interrompit, comme si une idée lui était venue. « Vous êtes un bon père de famille, Ronnie ? »

Moreland réussit à secouer la tête.

« Vous voyez ? C'est comme ça qu'un homme doit mener sa vie. Sans se laisser mettre le grappin dessus. Ne les laissez pas vous entraîner à votre perte. Au premier coup d'œil, vous diriez que je suis père ? »

Le visage de Moreland ne laissa rien voir. Il se contenta d'attendre.

Son invité semblait déçu, tel un type qui a raté une blague. « Normal que vous me croyiez pas.

— J'ai pas dit ça.

— Et je sais bien que vous vous appelez pas Ronnie. C'est juste un prénom que j'aime. Pas vous ? »

Ils contemplèrent le feu pendant un moment. Le spectre murmurait pour lui-même, si bas que Moreland ne comprenait rien. Les yeux de l'homme, perdus, se posèrent sur ses genoux. Après un moment, il rapprocha son cul maigre du feu. « Bonté divine, répéta-t-il. Quelle sensation agréable. » De toute évidence, il était surpris par la chaleur, comme s'il avait cru que les flammes étaient un mirage. Il se pencha au-dessus de ses jambes croisées, ses ongles brun-roux triturant la terre, en proie à des calculs. Après plusieurs minutes, il hocha lentement la tête et, d'un air rêveur, dit : « Je crois qu'elle a eu quatre bébés. » Sa main se porta à son cou, se fraya telle une araignée un chemin à travers ses multiples cols, et il se gratta.

Moreland se leva brusquement. « Il faut que je me sauve. »

L'inconnu cessa de se gratter et leva sur lui ses yeux clairs, de plus en plus ronds. « Pourquoi ? Vous venez d'arriver. »

Mais déjà, Moreland roulait sa toile et ramassait ses affaires en faisant de gros efforts pour ne pas regarder le pauvre diable assis par terre, tandis que le feu pâlissait et que la nuit s'abandonnait de nouveau à la froide lumière des étoiles.

« Je vous ai offensé ? C'était pas mon intention. Rasseyez-vous, ça vaudra mieux pour vous.

— Je m'en vais, dit Moreland.

— Mon cul, oui. » L'inconnu voulut se lever, mais il vit les mains de Moreland sortir un objet du sac. Et ce qu'il vit l'incita à se rasseoir.

Le manche de la hachette était apparu en premier, et le Coureur des crêtes le glissa avec désinvolture dans un passant de sa culotte, comme s'il s'agissait d'un marteau et qu'il était menuisier. Il enjamba son sac, prêt à le hisser sur son dos, et lissa son manteau des deux mains, à la façon d'un gentleman qui part en promenade. Il détailla l'inconnu avec attention, vit en celui-ci une version de lui-même, ou plutôt de celui qu'il serait devenu si sa route n'avait pas croisé celle de Mary Boulton. À l'adolescence, déjà, Moreland avait plus d'aptitudes que la pauvre créature qu'il avait devant lui, mais les aptitudes ne suffisent pas dans la vie. Avec un peu de chance, on atteint l'âge mûr, mais après des mois et des années de froid et de faim, le monde impitoyable se referme sur vous, et vous disparaissez tout simplement, comme les animaux se volatilisent en mourant, sans personne pour les pleurer, sans personne pour les regretter, votre vie aussi dénuée de sens que la tourbe qui vous recouvre et vous décompose, vous rend à la terre. Vous n'êtes plus rien. Que de la peau et quelques os, et encore. Cet homme avait fait la moitié du chemin. Moreland soupira. « Où est ton campement ? » demanda-t-il.

Les mains griffues de l'inconnu pendaient à ses côtés. Il garda le silence.

Moreland produisit deux boîtes de fèves au lard et une boîte d'oranges tranchées et les posa par terre, près du feu. « T'as un ouvre-boîte ? »

Déjà, l'inconnu refoulait ses larmes, clignait des paupières, sa pomme d'Adam s'agitant dans son cou. Son « non » fut muet.

Un ouvre-boîte atterrit en tintant sur les conserves. Moreland prit son sac sur ses épaules et baissa les yeux vers l'inconnu, qui pleurait sans retenue. « Mange des oignons sauvages. Pour tes gencives. Tu m'entends ? »

L'homme hocha la tête.

« Et il te faut du sel. J'en ai pas. Désolé. »

L'homme hocha de nouveau la tête.

« Surtout, me suis pas. »

Le spectre frappa le sol, éperdu de sanglots. Il voulut dire quelque chose, mais sa voix l'avait abandonné. Le laissant devant le feu moribond, Moreland s'enfonça à reculons parmi les arbres.

Dix-neuf

Le lendemain matin, Jack Boulton ouvrit la porte sur une froide journée de mars. Il prépara du café et des galettes, truffées de raisins de Corinthe, selon une recette qu'il avait trouvée sur une fiche, puis il en mangea la moitié. Après ses récentes pérégrinations, c'était comme s'il s'accordait une journée de flânerie, un temps de repos. Il dut donner raison à Sampson : ses habits d'enfance ne lui allaient plus. Il enfila donc une chemise de son père et en roula les manches. Le col était trop grand et le vêtement dégageait une légère odeur de moisissure, mais les épaules lui seyaient parfaitement.

Ainsi vêtu, il alla dans la clairière et fendit du bois jusqu'à en avoir mal aux épaules. Le balancement de la hache, le craquement du bois, les bûches jonchant le sol de part et d'autre. Des copeaux partout. Il maniait la hache selon un rythme lent et prudent, laissait le poids de l'outil faire le travail, ainsi qu'on le lui avait enseigné. Le billot était plus bas que dans son souvenir, la hache plus légère. Le soleil laissait dans son dos l'impression d'une main.

Avec une réserve de bois suffisante pour deux jours, il se retourna et appuya la hache contre la maison, sous l'avant-toit. Là, dans la terre, juste à gauche de la porte, il aperçut des traces laissées par sa mère, à quelques pouces à peine de l'endroit où il se tenait. Des empreintes parfaites de ses petites bottes. Il allait s'avancer et les effacer pour toujours, mais il fit un bond de côté, vacilla, se rétablit et baissa les yeux sur ces artefacts. Elle s'était tenue à cet endroit, vivante.

Avec d'infinies précautions, il recueillit de lourdes bûches et les disposa autour des empreintes, à la façon d'un archéologue qui délimite un site de fouille. Il ne voyait pas ce qu'il aurait pu faire d'autre. Il s'assit lourdement sous le porche et s'imagina qu'elle était à côté de lui. C'était bien peu, certes, mais cela lui faisait du bien.

Naturellement, il y avait partout des empreintes de son père, où se lisaient comme toujours les marques laissées par ses talons, M à gauche, B à droite. Mais le temps, les intempéries et les empreintes plus récentes du garçon les effaçaient peu à peu.

Ses yeux se remplirent de larmes, et le sol se mit à trembler, à se disloquer. Il ne pouvait s'arrêter de pleurer. Sa maison débordait d'absence.

Le premier soir, en arrivant à la cabane dans l'obscurité la plus totale, il s'était écroulé sur le lit humide, choisissant comme d'habitude son coin et évitant l'endroit où dormait sa mère. Habitude difficile à briser pour ceux qui partagent un lit : ton côté, mon côté. Son père n'avait pas de côté attitré ; il se glissait où il pouvait, comme le chien maintenant, en quête d'un peu de chaleur. Seul à présent, Jack prenait ses aises, étendait son territoire, disputait l'espace à l'animal.

Très tôt, il avait compris que sa mère n'était pas comme les autres. Dans son cœur, Jack savait également qu'elle entendait des choses. Qu'elle en voyait peut-être aussi. Plutôt rares, ces manifestations n'étaient pas effrayantes, mais elles se produisaient parfois quand elle s'y attendait le moins. Par-dessus tout, elle trouvait ces épisodes lassants. Un jour, elle avait demandé au père de Jack d'abattre deux pins morts qui, en se frottant l'un contre l'autre, produisaient sous la brise des grincements ridicules, dignes d'une maison hantée.

« Je me surprends à les écouter, dit-elle. Ils palabrent avec moi. Et franchement, j'en ai assez. »

Quand elle se croyait à l'abri des regards indiscrets, elle marmonnait pour elle-même, peut-être afin de faire taire ces autres chuchotements. Mais bon, il arrivait aussi au père de Jack de se parler tout seul, de remporter un débat l'opposant à un adversaire invisible. Deux ermites s'installant peu à peu dans une grande intimité. Bien sûr, Mary parlait sans cesse à son enfant quand ils jouaient, s'acquittaient des corvées ou faisaient leurs leçons ensemble – ils apprenaient dans le même livre. Un petit cahier dans lequel ils inscrivaient au crayon le résultat de leurs calculs. Ils recopiaient de longs passages de romans, mot pour mot.

Parfois, Moreland se rendait en ville et revenait avec des journaux, mais aussi des livres, des gommes à effacer et des crayons, « donnés » par l'école, mais pendant les heures où il n'y avait plus personne. Mary, amusée, n'était pas dupe, mais le garçon se jetait sur ces cadeaux sans jamais poser de questions sur leur provenance. À haute voix, Moreland lisait des feuilletons trouvés dans des journaux vieux d'un mois, et Mary voulait enseigner au père et au fils l'art d'apprendre par cœur de longs passages, car elle-même, à ce chapitre, était imbattable. Elle montra à son fils à faire la lessive, à coudre et à cuire du pain. Pour éviter, répétait-elle, « que tu sois un fardeau pour ta femme ». Points devant, points de piqûre, couchures, trépointes, coutures anglaises. Elle lui apprit à former les coins en onglet, à tamiser trois fois, à évaluer la température à l'aide du poignet. « Tiens ce sac de farine. Une livre, c'est ça. » Mais une fois Jack au lit et censé dormir, elle se parlait *in petto* en travaillant ; en faisant de la couture ou en récurant les casseroles, elle chuchotait sans cesse des mots si indistincts qu'il ne les saisissait pas. Le garçon s'assoupissait, apaisé par la voix douce de sa mère, le tintement léger d'un mot avec un *t*, le glissement d'un *s*. Allongé dans le noir, il la regardait, penchée dans la lueur de la lampe, ses lèvres en mouvement, toujours en mouvement, sans presque émettre un son.

Une nuit, il en vint à la conclusion que c'était à lui qu'elle parlait, racontait quelque chose d'important, confiait des secrets, racontait des histoires où il était question de naufrages et d'enfants perdus, de loups qui parlaient comme des hommes, de merveilleuses cavernes dont elle seule connaissait l'emplacement. Chaque fois que Moreland partait pour l'une de ses expéditions, ils pouvaient prendre leurs aises dans le lit, elle et lui, et le garçon s'accordait à la respiration de sa mère, traduisait ses demi-mots, de l'anglais à l'anglais, s'appuyait sur des repères clairs comme *cannelle* ou *chasse,* se précipitait dans ses récits imaginaires à lui, des aventures qu'il mettait dans la bouche de sa mère et laissait revenir vers lui. Le mieux, c'était quand elle faisait de la couture ; dans ces moments-là, ses murmures se faisaient plus insistants, et elle regardait fixement le tissu dans ses mains comme s'il reflétait ses pensées. Parfois, elle s'interrompait pour le regarder, parce que cela la calmait, parce que cela apaisait son agitation quand elle contemplait son bon petit garçon.

Il se souvenait, du temps où il était encore très jeune, d'avoir posé ses joues dans les mains en coupe de sa mère et d'avoir pleuré parce qu'il avait été méchant et qu'il le savait. Il se souvenait de s'être réveillé entre ses parents, ses doigts dans les cheveux de sa mère, le pied pressé contre le ventre de son père, comme pour faire tomber l'homme du lit. Il se souvenait de leur avoir crié : « J'ai le droit de rien faire, avec vous ! » Il se souvenait des doigts délicats de sa mère, de l'odeur de la fumée dans ses cheveux. Il se souvenait d'elle qui soufflait sur son visage. « Le renard, le rusé renard, courut vite dans le vent et dans l'herbe pour attraper les souris. » Elle souffla de plus belle et ajouta : « Il courut, courut vite, vite, le rusé renard, tant qu'à la fin… Oh ! » Et elle appuya ses mains sur les yeux du garçon. « Le pauvre renard est arrivé au bout du monde et il est tombé. Et qu'est-ce qu'il a vu ?

— Rien », scandait le garçon.

Ou il disait : « Le roi des souris. »

Ou encore, calmement, les yeux grands ouverts dans l'obscurité de la paume tiède de sa mère, il s'imaginait les arbres, les immeubles, les animaux improbables, les dispositifs magiques et les civilisations, les morts et les vivants, tout ce qui existait indiscutablement, aux confins des choses, et que le renard finirait par retrouver.

C'était une histoire qu'ils avaient concoctée ensemble à propos des confins du monde. Au-delà desquels il y avait… comment savoir ? Bien sûr, la Terre était ronde et elle n'avait pas de bord, ils étaient parfaitement au courant, mais le *monde* ?

Une fois, elle lui avait demandé ce que le renard voyait, et il avait répondu : « Toujours la même grosse main », et Mary s'était écroulée de rire sur le lit.

Comme la plupart des enfants, Jack ne s'intéressait pas beaucoup aux origines de ses parents, sauf dans la mesure où elles expliquaient les siennes. Et ils parlaient rarement de leur vie avant lui. Pas de cataplasme en cas de coupure ou d'égratignure sévère. À la place, ses parents se demandaient qui « frotterait la blessure avec du sel ». Ce n'était pas ce qu'ils faisaient à strictement parler, mais c'était ce que ressentait Jack. Lorsqu'il fut plus grand, seul Moreland était assez fort pour le clouer au sol et nettoyer la plaie. C'était un vieux truc d'homme des bois, et il donnait de bons résultats. Mary faisait bouillir de l'eau. Quand elle avait refroidi, elle y ajoutait du sel, puis Moreland attrapait le garçon et lavait la coupure, y versait de l'eau, recommençait, rinçait les saletés, désinfectait la blessure sans y toucher, tandis que Mary critiquait sa technique et que Jack grimaçait, pleurnichait et foudroyait son père du regard. Quand c'était terminé, le petit se libérait et courait se jeter dans les bras de sa mère, comme si elle n'avait pas été complice de la torture.

À la maison, elle portait un pantalon de laine, une chemise pour homme et des bottes qui lui arrivaient aux genoux. Elle avait cousu de nombreuses robes pour les dames de la ville, mais elle-même n'en possédait aucune. Quand elle se rendait en ville pour livrer ses créations à ses clientes, elle s'habillait « chic » : elle portait un pantalon en peau de biche et une longue veste d'équitation brodée, ses cheveux noirs coiffés en une tresse qui lui arrivait à la taille. Et elle portait toujours le même chapeau à larges bords. Elle était à la fois majestueuse et étrange, telle une femme sortie d'un numéro de cirque sur le Far West.

Parfois, elle prenait son fils avec elle, le hissait sur le dos du Morgan et le serrait contre elle à la façon d'un talisman, sa présence ayant toujours pour effet de la réconforter. Lui se faisait une joie de ces sorties qui lui donnaient l'occasion d'admirer les merveilles d'une petite ville où grouillaient mille deux cents âmes, surtout qu'il avait toujours droit à des sucreries. Aux abords de la ville, cependant, le malaise de sa mère s'amplifiait perceptiblement, déferlait en vagues froides. Jack se retournait et levait les yeux vers elle, posait sa petite main sur le bras qui l'encerclait et recommandait à sa mère d'être brave. « Tu as raison », lui disait-elle en souriant, et elle parvenait parfois à faire preuve de sang-froid, même si son étrangeté ne s'effaçait jamais tout à fait. Ayant horreur des foules, elle évitait la rue principale. Quand elle faisait ses achats, elle se montrait si peu bavarde que le garçon, piaffant d'impatience, s'interposait et, s'improvisant interprète, aidait des inconnus à communiquer avec la lointaine planète qu'était sa mère.

Pour ses clientes, elle était Mme Moreland. Elle se méfiait de tout le monde, sauf de sœur Beatrice, la seule à connaître son prénom. Mary avait passé un marché avec elle : les tapisseries, les nappes d'autel, les soutanes, les surplis et jusqu'aux chemises et aux cols du pasteur étaient confectionnés ou brodés par Mary Boulton contre de l'argent. La religieuse recevait la mère et l'enfant à la porte de derrière. Elle acceptait le paquet en disant : « Tu tombes bien, Mary. J'ai du café sur le feu. » Et elle entrait en préparer.

Durant ces visites, sœur Beatrice, Emelia Cload, la religieuse, *elle,* affectait la nonchalance, mais son visage trahissait son plaisir ; tout son être, et jusqu'à ses mouvements, s'animait, car elle était, bien malgré elle, une sorte d'ermite, elle aussi. À l'occasion d'une de ces visites, le garçon lui avait joué un tour en se cachant derrière sa mère. Quand la religieuse avait ouvert, il avait vu ses yeux chercher à gauche et à droite, examiner le Morgan et examiner Mary avant de se poser enfin sur lui. « Ah ! Te voilà ! » avait-elle lancé en poussant un soupir de soulagement lorsque, avec une feinte innocence, il était sorti de sa cachette.

« Elle n'a personne, avait un jour dit Mary. Je sais ce que c'est. »

Sa mère refusait d'entrer dans la plupart des maisons et attendait à la porte qu'on la paie ou qu'on lui confie une nouvelle commande. Sans papier ni crayon pour noter, elle consignait dans sa mémoire les mesures des cols et des tours de taille. Mais il lui arrivait de passer l'après-midi avec la religieuse. Les deux femmes bavardaient en amies ; bien que discrètes et réfléchies, elles se faisaient rire, de temps en temps. Aux oreilles du garçon, leurs conversations n'avaient ni queue ni tête, évoquant dans le désordre plusieurs aspects de la vie terne des adultes et des éléments de l'expérience des femmes qui semblaient beaucoup compter pour elles, mais qui, pour Jack, ne voulaient strictement rien dire.

Chaque fois, il suppliait la religieuse de lui donner du café, mais, sur ce plan, elle se montrait intransigeante. « Le café, c'est pour les grandes personnes », disait-elle en en posant une tasse devant Mary Boulton. Mais il y avait toujours du gâteau pour lui, et il pouvait en manger à volonté. Elle s'informait de ses friandises préférées : aimait-il les loukoums, les bâtons de sucre d'orge ou de sucre cristallisé, les berlingots ? Parfois, quand la religieuse allait chercher son sac à main, Mary se penchait vers lui et portait sa tasse aux lèvres de Jack. « Juste une petite gorgée », disait-elle de sa voix posée. Ainsi, ils rentraient tous deux contents, le garçon requinqué bondissant sur la selle, Mary avec de l'argent dans sa poche et une nouvelle commande dans sa tête. Mais dès qu'ils avaient quitté la relative sécurité offerte par la maison de la religieuse, le bras de Mary enserrait Jack de nouveau et son calme l'abandonnait. Rigide et méfiante, elle n'empruntait que les petites rues et posait sur les passants un regard sauvage.

On ne peut pas empêcher un petit enfant de proférer toutes les bêtises qui lui passent par la tête, mais, pendant des années, Jack fut trop jeune pour décrire convenablement sa maison. Quand il cherchait à en indiquer l'emplacement à un inconnu, il montrait souvent la mauvaise direction en affirmant que c'était « loin, loin, par là ».

À l'exception de Sampson et de sa femme, personne ne savait où ils habitaient. Pour Mary, c'était hors de question. Quand ils devaient se rendre à Banff ou à Laggan, toujours séparément, le père et la mère de Jack avaient soin de contourner la ville et d'y entrer du côté opposé afin de tromper quiconque aurait la curiosité de noter leurs allées et venues. Certes, tout observateur attentif aurait été plongé dans la perplexité en voyant avancer avec nonchalance sur le Morgan une femme vêtue d'un pantalon en peau de biche, arborant une veste d'équitation et une longue tresse au milieu du dos, aussi peu susceptible de venir du village noirci de la mine de Bankhead que de la luxueuse salle à manger de la Mount Stephen House de Field, où on servait du thé et des *crumpets.* Quand même, pendant toute une décennie, sa mère n'avait jamais dérogé à la règle : entrer dans une ville du mauvais côté, partir de la même façon et ne corriger sa trajectoire qu'une fois hors de vue.

Aux yeux du garçon, c'était faire preuve d'une prudence excessive, sans compter que ces détours allongeaient les trajets. Tout devenait effectivement loin, loin, par là. Et l'idée ne lui était jamais venue de demander à ses parents pourquoi ils jugeaient ces précautions nécessaires. Pour lui, ils étaient ainsi, voilà tout. Ils ne ressemblaient à personne, et cette manie était simplement une manifestation parmi tant d'autres de leur différence.

Plus tard, pendant qu'il était malade, allongé sur son lit d'hôpital, sœur Beatrice lui avait tenu la main et dit, en utilisant déjà le nom qu'elle lui avait donné : « Tu es une création unique, Charles, précieux aux yeux de Dieu. » Faiblement, il répliqua qu'il ne savait pas pour Dieu, mais que tout le monde était précieux. Quand même, elle avait peut-être raison sur un point : il se sentait aussi différent de sa mère et de son père que l'aurait été tout visiteur choisi au hasard, comme si, surgi d'un autre monde, il avait simplement pris sa place entre eux. À cet âge, il ne voyait encore que les différences.

Assis au soleil devant la porte de la cabane qui était désormais à lui, Jack Boulton dut s'avouer qu'il avait abandonné une femme qui l'aimait bien, qu'il avait décampé brusquement, comme son père l'avait si souvent fait. Pis encore, il l'avait volée. Elle n'avait pas besoin des livres, mais il lui avait aussi pris son cahier d'infirmière. C'était comme s'emparer d'un journal intime, accéder aux pensées secrètes d'une autre personne. À la vue de cette écriture nette et mesurée, il avait été pris d'un élan de sentimentalité, mais c'était quand même un vol. Il n'avait pas le droit. En plus, il lui avait joué un sale tour en la plantant là sans un mot. À présent, ils étaient à nouveau seuls, tous les deux. Tout ce qui les distinguait, c'est que lui l'avait voulu.

De ce point de vue là non plus, il ne valait pas mieux que son père. Pour Jack, cette idée était presque intolérable.

Au moins, son père rapportait toujours de ses errances des nouvelles, des objets de curiosité, des friandises et des histoires. Un lac de montagne si froid qu'il était rempli de cristaux de glace et, sous les rayons du soleil, l'eau brillait d'un bleu surnaturel. Il décrivit pour son fils le fonctionnement des appareils photo et de la plaque de verre. Il lui raconta que les baromètres anéroïdes étaient capables de prédire le temps qu'il ferait et, un jour, il rapporta des parties d'un instrument qui, s'ils parvenaient à le réparer ou à remplacer certaines pièces, leur permettrait de déterminer l'altitude à cent pieds près. Le garçon découvrit ainsi le niveau de la mer.

Il avait vécu toute sa vie à huit mille pieds d'altitude, sans jamais y penser, et n'avait jamais vu la mer. Les seuls océans qu'il connût flottaient dans son imagination. Le garçon de *L'Île au trésor,* qui s'émerveille de voir des hommes mûrs autour de lui : « combien de sang et de douleurs il y avait fallu, combien de beaux navires coulés à fond » ; le garçon de *L'Île de corail,* terriblement libre, seul sur « le vaste Pacifique. » Ces récits n'étaient pas moins vrais que ceux de son père ; qu'il était étrange de sentir qu'il avait fréquenté ces endroits tout en sachant fort bien qu'il n'y avait jamais mis le pied.

Sur la carte accrochée au mur, dans les secteurs représentant des lacs et des montagnes, William Moreland, armé d'un vilebrequin, avait creusé un trou pour chaque cabane et chaque appentis des Suédois. Jusque-là, il en avait repéré quinze, de tailles diverses.

On ne savait pas grand-chose des Suédois. Leur talent de bâtisseurs n'avait d'égal que leur indifférence à l'égard de la race humaine en général. On les apercevait parfois au loin, deux têtes blondes penchées de concert ; ils écorchaient un animal, nettoyaient sa peau ou faisaient fumer sa viande en longues et fines lanières. On avait beau les saluer de la main ou les interpeller, ils ne levaient jamais les yeux, ne rendaient pas les salutations, ne faisaient rien pour reconnaître l'existence des autres humains. Soit parce qu'ils étaient incapables de maîtriser des chevaux, soit parce que les chevaux ne les supportaient pas, ils transportaient leurs biens sur un travois, tiraient à tour de rôle le long X derrière eux. Couverts de peaux et de fourrures, tannés par les intempéries, leur peau pâle marquée par la fumée, ils faisaient penser à des hommes des cavernes débarqués d'Europe. Les rares fois où, poussés par la nécessité, ils se rendaient en ville pour vendre des fourrures ou acheter des munitions, personne ne savait comment s'adresser à eux. Des femmes se hâtaient de s'éloigner en entraînant leurs enfants. Plutôt que de discuter, des marchands qui n'achetaient pas de peaux choisissaient de procéder à un troc ou même de verser de l'argent en contrepartie. Tout pour que les hommes blonds et sauvages passent leur chemin. Moreland avait indiqué leurs cabanes sur sa carte parce qu'elles constituaient des lieux commodes à squatter pendant ses propres expéditions de chasse. Impossible de savoir si les Suédois étaient au courant de ses intrusions. De toute façon, il était dans la nature de William Moreland d'utiliser la moindre chose qui s'offrait à lui, qu'elle lui appartienne ou non. Chaque fois qu'il revenait d'une de ses errances, il ajoutait un détail à sa carte, et le monde connu prenait de l'expansion.

Souvent, Moreland rentrait avec un wapiti complet dépecé, les quartiers habilement fixés à la selle, et le Morgan marchait avec les bois de l'animal en équilibre sur le garrot, où ils lui faisaient des ailes squelettiques. Son plat préféré était le ragoût de wapiti, viande qu'il disait préférer au bœuf. Au grand ravissement de Mary, il arriva un jour avec des poêles en fonte et des ustensiles de cuisine volés dans des relais de rangers appartenant au parc des Rocheuses. Sur les poignées en bois étaient gravés les mots *Do Not Remove.* Assis à la table, il faisait la lecture à son fils, comptait avec lui, parcourait le dictionnaire avec lui. Il aidait Jack dans ses leçons, et celui-ci voulait bien apprendre, à condition que le sujet soit d'ordre pratique.

Neuf cents moins huit?

Combien de pouces dans quatre pieds?

Fais un nœud de chaise, fais une demi-clé. Ce livre est une selle porte-bagages, dessine un nœud de diamant avec ton doigt.

Où est la Grande Ourse? Où est l'étoile Polaire? Trouve Orion, maintenant.

Mais tôt ou tard, Moreland se mettait à se lever la nuit et à faire les cent pas dans la cabane; il sortait sous prétexte d'aller puiser de l'eau et, une heure plus tard, Jack et sa mère le trouvaient devant le ruisseau, à côté du précipice, à observer les étoiles. Il allait très loin pour ramasser du petit bois. Sentant l'énergie de Moreland monter, Mary lui disait: « Vas-y. On s'en sortira très bien. » Et il s'absentait pendant des semaines.

Bien sûr, il acceptait de jouer les guides, de temps en temps, mais, le plus souvent, il disait à son fils: « Il faut que je parte explorer. » Le lendemain matin, il les quittait. Le garçon refusait parfois d'embrasser son père, mais Mary, passant ses bras autour du cou de son mari, répétait chaque fois les mêmes mots: « Reviens-nous. » Après, le garçon restait seul avec sa mère, et ils prenaient leurs aises dans le lit; la cabane leur semblait soudain très spacieuse.

Après tant d'absences, Jack était passé maître dans l'art d'étudier son père pour se souvenir de lui, de la même façon qu'un animal se gave en prévision des périodes de disette. Il se rappelait les joues hérissées de poils de Moreland, l'odeur de sa peau, ses quatorze cicatrices, chacune accompagnée d'un exubérant récit. Les merveilleuses rides de son visage tanné. Sa paume rugueuse qu'il passait sur le visage de son fils pour l'aider à dormir. Son pantalon de toile et ses bretelles accrochés à la porte. Ses bottes faites maison, avec de petits clous plantés dans les talons, M du côté gauche, B du côté droit.

Lorsque son père rentrait après avoir erré seul ou guidé des touristes avec Wilson pendant des semaines, Jack et sa mère l'entendaient s'approcher en sifflotant. Moreland laissait tomber son sac, se penchait et tapait dans ses mains pour inviter son fils à se blottir dans ses bras, malgré les regards noirs que Jack lui lançait. Dans la position du sprinter, le garçon, furieux d'avoir été abandonné et fou de joie à l'idée de retrouver son père – et donc en proie à un douloureux mélange de rage et d'amour –, attendait que son père dise: « Allez, petit. Montre-moi ce que tu sais faire. » Et le garçon bondissait sur lui, tel un chat. En grognant, ils engageaient le combat, le garçon s'efforçant de donner des coups de poing fracassants à son père, qui ne lui opposait aucune résistance, jusqu'à ce qu'ils finissent par rouler sur le sol. Tel un arbitre, Mary Boulton, en se tordant les doigts, les surveillait de près. « Doucement. Ne lui fais pas mal, surtout. » C'est seulement plus tard que le garçon avait compris qu'elle s'adressait non pas à lui, mais à son mari, même si l'enfant cognait de toutes ses forces et que Moreland encaissait chaque fois les pires coups. « Juste rétribution, avait-il un jour dit, haletant, tandis que son fils sautait sur place en signe de triomphe. Pour mes péchés et autres manquements.

— Juste rétribution ? avait dit Mary en réprimant un sourire. Je vois. En tout cas, vous êtes crottés, maintenant. Et qui va laver votre linge, à ton avis ? »

Un soir, somnolant à moitié sur la paillasse et soupirant dans les bras de son père endormi, comme si la chaleur et les muscles de l'homme étaient les siens, Jack avait vu la grille du poêle apparaître et disparaître derrière les jambes du pantalon de sa mère, qui faisait les cent pas, se penchait, rangeait. À travers ses paupières mi-closes, ces carrés de lumière orange vacillant dans le métal noir ressemblaient à une ville en flammes vue de loin, la nuit, seule sa mère faisant écran entre lui et tout ce malheur.

Laissé à lui-même désormais, Jack, portant la chemise de son père et le chapeau de sa mère, contemplait la clairière, incapable de regarder ces petites empreintes de bottes, refusant d'évoquer une image de la femme qui s'était autrefois tenue là, devant sa propre porte, vivante.

Il se leva en soupirant, alla réchauffer le café et finir les galettes.

Vingt

Elle attendait, assise à la table de la cuisine, le dos raide, le voile sur les genoux. Elle avait descendu de l'étage des chambres la pendule sous sa cloche de verre, et les petits poids ronds allaient et venaient suivant une cadence parfaite. Rien d'autre à faire que de les regarder osciller puisqu'elle avait depuis longtemps cessé de compter les minutes. À l'abbaye, une compagne de cellule lui avait appris à se dominer, à maîtriser ses crises de nerfs, ses terreurs nocturnes, ses élans de fureur : « Regarde les poids s'éloigner, Bea – c'est ta vie de pécheresse ; regarde-les revenir – c'est la miséricorde de Dieu. Tu vois ? Il revient toujours vers toi. » Une femme si bonne. Il y avait tant de femmes bonnes, là-bas, des femmes solidaires qui s'aimaient et se protégeaient, s'imaginaient connaître celle qu'elles appelaient Beatrice, la sœur qu'elles chérissaient et admiraient tant, aveugles à sa terrible tare.

En ce moment, ses doigts exsangues trituraient l'ourlet de son voile, tiraient sur les coutures. Dans l'appréhension irrégulière du temps qui s'égrenait, sa méditation s'effilochait rapidement.

Toutes les lumières électriques étaient allumées, toutes les lanternes aussi, et la génératrice vrombissait au sous-sol. Le poêle chauffait au maximum, un feu rugissait dans l'âtre, mais elle pouvait quand même voir les petites bouffées de vapeur formées par son souffle parce que les portes étaient grandes ouvertes, au cas où le garçon reviendrait comme un chat errant. Au milieu du voisinage plongé dans le noir, la vieille maison flamboyait comme un bateau à vapeur échoué, faisant rugir ses moteurs et crachant sur la rivière un monde de lumière.

La fenêtre du garçon était entrouverte, retenue par un bocal à conserves, et ses couvertures étaient repliées au pied du lit. La religieuse avait trouvé plausible que le garçon préfère rentrer en douce, et elle avait décidé de lui faciliter les choses. Le matin venu, il y avait eu des écureuils dans la maison, mais le garçon, lui, manquait toujours à l'appel.

Pendant un moment d'abattement, la religieuse enfouit son visage dans ses mains, puis elle se secoua d'un air furieux et s'assit bien droite. Elle ne lâchait pas la pendule des yeux. La grande aiguille trembla, trembla, puis tomba du II au III. Elle se leva, se dirigea vers la porte de la cuisine pour la septième fois au cours de cette seule heure et scruta les arbres.

Vingt et un

Sampson Beaver s'arrêta dans le coude d'un sentier en lacets pour attendre le passage du nuage qui bloquait la lune. Le cheval à moitié endormi qui le suivait lui heurta légèrement l'épaule. Le vieil homme était engagé dans une discussion avec lui-même, le cheval et les arbres invisibles qui les entouraient. Il était question de leur âge à tous, du fait que lui-même était beaucoup trop vieux pour être le père de ce garçon, son oncle ou la figure qu'il cherchait à incarner en ce moment, quelle qu'elle fût. Mais comment faire autrement puisque le garçon refusait d'emménager avec lui ? Préférait rester dans cette cabane, vivre seul en compagnie d'un fantôme ?

Le cheval suspendit sa tête au-dessus de l'épaule de Sampson, qui en profita pour se réchauffer les mains dans son souffle. Des glaçons tombaient des arbres et les éclats crépitaient sur son chapeau. Le ciel finit par se dégager et ils reprirent leur route d'un pas lent et lourd, le cheval sans selle et l'énorme sac à dos de Sampson rempli de nourriture destinée au garçon.

Il entendit l'eau courante avant de la voir. Ils traversèrent à gué un ruisseau au fond de gravier qui, de boucle en boucle, descendait du sommet, l'eau tourbillonnant parfois sous des plaques de glace transparentes. Quand ils furent parvenus en terrain plat, leur pas se fit plus régulier, et ils s'avancèrent dans le premier pré sans que le vieil homme cesse de discourir. Un bruissement d'ailes dans le ciel. Un renardeau indigné jaillit d'un bosquet et s'éloigna d'un pas souple, se retourna pour voir ce qu'ils tramaient puis slaloma au milieu des arbres, où il disparut. Ils fendaient les herbes encombrées de neige à la suite du renard. Dans le deuxième pré, le vieil homme s'arrêta, comme d'habitude, et fit face à son cheval.

« Ça va, Willow », dit-il.

Et comme d'habitude, la jument balaya les environs des yeux, puis Sampson, ayant décidé qu'elle était prête, saisit la bride. Quittant la verte prairie, ils entrèrent dans un secteur peuplé d'arbres calcinés, perches obliques et sans vie dont l'écorce avait la couleur argentée du papier de guêpe. L'allure du cheval était tendue, irrégulière.

Dix ans plus tôt, dans les dernières semaines d'un été de chaleur et de sécheresse implacables, un train avait projeté un tison dans les herbes assoiffées. C'est du moins la théorie que tout le monde défendit après coup. L'incendie avait rampé dans les herbes, plongé ses doigts ardents dans le champ où l'homme et le cheval se trouvaient en cet instant. Ensuite, les herbes mortes avaient commencé à fumer et à se consumer. Lorsque le feu s'était porté à leur hauteur, les arbres s'étaient embrasés à leur tour. S'étant réveillé, Sampson, seul dans son lit, sans femme, avait entendu Willow, d'ordinaire si calme, perdre inexplicablement la tête dans son enclos. Puis il avait senti la fumée.

Quittant sa cabane surchauffée pour l'extérieur surchauffé, il avait découvert un énorme S rouge buriné sur le versant en contrebas. Spectacle à la fois magnifique et terrifiant. Le brasier était déjà si vaste qu'il n'y avait plus rien à faire. Mais cela s'éloignait de lui. Sampson avait acculé sa jument affolée, l'avait bridée et entraînée, dansante et sautillante, loin de la cabane. Il avait fait le tour de la montagne pour se rendre chez Moreland, était arrivé par l'arrière, vêtu de son caleçon long, de ses bottes et de son chapeau, la jument, la bouche douloureuse, triturant le mors avec sa langue. Frénétiquement, Mary s'efforçait d'emballer tout ce qu'il y avait d'utile à la maison, et le bébé, sans cesse dans ses jambes, la suivait comme un oison.

À huit heures du soir, ils avaient terminé, et les deux chevaux, plus ou moins calmes dans l'air enfumé, étaient chargés. Jack endormi dans ses bras, Mary avait fait le tour de la cabane en tenant un mouchoir sur le visage du petit. Ils avaient observé la progression du feu, retardant le moment où ils devraient abandonner leur foyer : Mary refusait de fermer la porte de la cabane où son enfant était né. « Tout va bien, tout va bien », répétait-elle à l'intention du petit garçon endormi dans ses bras, d'elle-même et du sol sous ses bottes noires.

Tout en bas, au bord de la rivière, la silhouette du gardien du parc se matérialisa sur un cheval exténué. Comme Mary, l'homme arpentait la rive, de plus en plus angoissé, les mains sur les hanches. Dix minutes plus tard, quatre pompiers volontaires remontaient la ligne de chemin de fer à bord d'une draisine, suivie sur la route par quelques automobiles remplies de touristes excités, attirés par la fumée. Le gardien leur ordonna de rebrousser chemin avec toute la délicatesse de celui qui, à coups de pied, oblige un chien à descendre d'une véranda. Puis les pompiers et lui se hâtèrent vers le nord-ouest dans l'intention d'aménager un coupe-feu.

Sampson se souvint de la douce succion de l'air sous l'effet de la chaleur, des braises qui y flottaient à la façon de fées diaboliques. Ici et là se dressaient des épinettes blanches et des pins tordus dont la canopée sifflait, en proie aux flammes, les pommes de pin crépitant et soufflant des graines dans les herbes fumantes. Parfois on entendait un claquement, semblable à la détonation d'une carabine, quand sa sève bouillonnante faisait éclater un arbre.

Mais, avant la tombée du jour, le vent changea brusquement de direction, puis changea encore, et une brise fraîche venue de l'ouest s'arc-bouta contre le feu, juste assez pour le persuader d'emprunter à rebours son sillage calciné, de lécher le sol désormais aride. Le soir venu, l'incendie était pratiquement éteint, le vent tombé.

Sampson et Moreland parcoururent les environs, un mouchoir sur le visage, tels des hors-la-loi, et piétinèrent les flammes entêtées avec leurs semelles de cuir fumantes. Ils grimpèrent au-dessus de la zone incendiée et passèrent la nuit à surveiller ils n'auraient su dire quoi, mais la vigilance semblait de mise, d'autant que le sommeil était exclu. Ils restèrent assis côte à côte, Moreland racontant des blagues que Sampson ne trouvait pas drôles, ce qui les faisait rire tous les deux. Toute la nuit, des braises pailletèrent le sol. Ils observèrent l'étrange illumination se dégageant de la forêt et levèrent les yeux vers le ciel vierge, la fumée ayant oblitéré les étoiles. De loin en loin, ils entendaient un craquement et un long sifflement ; un arbre en ruine s'affaissait sur ses voisins avant de heurter le sol en soulevant des étincelles.

Les jours suivants, au milieu des arbres tombés, ils s'employèrent à dégager un sentier entre les deux cabanes, Sampson balançant la hache, Moreland s'attaquant aux branches plus petites avec la scie. Ils regardaient la désolation qui les entourait, leurs visages de hiboux aussi noirs de suie que ceux des mineurs de charbon. « C'est pittoresque », avait soupiré Moreland, sans ironie apparente.

Ils étaient tous deux plus jeunes, à l'époque, et Mary était encore en vie.

Il y avait d'abord eu la nouvelle de la guerre. Et alors, le fils de Sampson s'était rendu à Calgary dans l'intention de s'enrôler, initiative qui avait déclenché chez le vieil homme une vague de fureur et d'appréhension. Mais le garçon avait été réformé, surtout parce qu'il était trop frêle et terriblement myope. Il était rentré furieux et humilié, outré par le soulagement de ses parents et, pire, par le mépris de ses frères, qui ne comprenaient pas qu'il se fût porté volontaire. Pendant un certain temps, la famille avait été divisée.

Ils avaient tous été témoins de la disparition soudaine des jeunes hommes de la région. On affichait dans les vitrines des boutiques des photos découpées dans des journaux. Les uniformes, les brassards de deuil et, bientôt, l'absence quasi totale d'hommes en ville. On rassembla et on interna les immigrants venus récemment de pays ennemis. De loin, Sampson avait vu des prisonniers de guerre, poignée de silhouettes brun-gris occupées à agrandir le terrain de golf du grand hôtel ou à consolider le pont à chevalets de la ville. Ou, plus près d'eux, à prolonger la route en suivant le vieux sentier, dans la forêt infranchissable, jusqu'à la lointaine ville de Laggan. Le train s'arrêtait là où aucun train ne s'arrêtait et dégorgeait les feux de l'enfer. Des chevaux dont les sabots résonnaient sur les passerelles, des cageots remplis d'outils, puis un wagon, des gardiens et des dizaines de prisonniers qui avaient pour tâche de réaliser une incision dans la forêt, leur labeur bordé par la fumée, le feu et le vacarme. En ville, les touristes étaient peu nombreux ; on avait moins besoin des services de guides comme Sampson et Moreland, qui se mirent à abattre pour leurs fourrures des animaux qui ne les intéressaient pas auparavant, des renards et des visons, et ils installèrent des claies dans leur cour, y firent sécher peaux et fourrures, leurs mains brûlées par la chaux contenue dans le mélange de cendres, et le vent charriait des odeurs nauséabondes que même des feux de fumigation étaient impuissants à éloigner. Et puis, il y avait un an de cela, Moreland avait transporté en ville son fils malade, et Mary était morte. Sampson avait songé avec horreur qu'elle était peut-être seule quand c'était arrivé. Moreland l'avait enterrée allez savoir où, puis il avait disparu à son tour.

Des semaines plus tard, Sampson s'était arrêté devant la cabane abandonnée et, la porte ouverte, il avait informé le fantôme qui la hantait de son intention d'entrer prendre quelques articles pour les conserver en sécurité chez lui. La maison faisait peine à voir. Une tablette de la cuisine était tombée, et des animaux s'étaient disputé la nourriture.

« Mîyech », dit-il. *C'est moi.*

Le silence était total. Une marmite noircie gisait par terre. Des feuilles mortes s'égaillèrent avant de disparaître au creux de la cabane sans lumière. Sampson avait senti dans sa gorge un prurit d'effroi.

Il avait réussi à entrer à la quatrième tentative. Passé le seuil, il était préparé à affronter la présence de la femme, son courroux ou son chagrin, quelque chose qui coulerait sur lui et resterait accroché, comme du sable dans ses cheveux. Mais il n'avait rien senti. Rien du tout. Il prit un instant pour réfléchir à ce phénomène en ramassant la marmite par terre et en la posant avec douceur sur le poêle. Avait-elle quitté les lieux ? Était-elle dans la pièce avec lui, occupée à l'épier ? Il avait rangé ce qu'il avait pu, pris tout ce qui risquait de rouiller ou d'attirer des bêtes, tout ce qui avait besoin d'être réparé, puis il était sorti en jetant un dernier coup d'œil aux tristes décombres d'autres vies que la sienne, et il avait fermé la porte.

Dans l'esprit de Sampson, c'était un affreux message, un spectacle monté à son intention, la preuve que le monde avançait laborieusement vers sa fin. Il était vieux et songeait souvent à la fin.

Sampson se rendit compte qu'il était immobile, sa voix éteinte, son mouvement arrêté. Ce matin-là, il s'était réveillé sans avoir la moindre idée de ce qu'il ferait de sa vie, hormis rendre visite au garçon, s'assurer que le garçon allait bien, nourrir le garçon. Et voilà que, en traversant le secteur incendié, il avait une fois de plus, et bien malgré lui, sombré dans des souvenirs du feu et de l'odeur du feu, de cette famille désormais brisée, comme chaque fois qu'il commettait l'erreur de passer par là. Il se demanda dans combien de temps il pourrait traverser ce malheur tout gris sans rien ressentir. Dans combien de temps il ne s'agirait plus que d'un banal pré carbonisé.

Malgré ce qu'il avait dit au garçon à propos de son père, Sampson se demandait s'il y avait du vrai dans les horribles histoires qui circulaient. Après tout, William Moreland, qui avait travaillé dans des villes minières et des camps de bûcherons, maîtrisait parfaitement la dynamite. Du temps de sa jeunesse, il avait eu des ennuis, une propension à voler des articles utilitaires dans des relais de rangers, d'où le surnom qu'on lui avait donné dans les journaux. Il avait même passé un peu de temps derrière les barreaux. Mais, aux oreilles de quiconque connaissait Moreland, les nouvelles récentes ne rimaient à rien : on l'accusait de voler de l'argent, de faire du mal à des gens. Encore au large, il s'introduisait en douce dans des villes et des camps, à la faveur de la nuit, ses larcins recensés dans les journaux locaux, son avancée impitoyable. Chaque fois qu'il était question de son père, le visage confiant du garçon se fermait.

Sampson retira son chapeau, tourna son visage vers la lune et ferma les yeux, comme un homme qui prend un bain de soleil. Peut-être, se dit-il, est-on plus coriace quand on est jeune, avant que la vie se charge de nous diminuer. On s'attendrit avec l'âge. C'est ce que lui ressentait, en tout cas.

Il se recoiffa et reprit sa route, la bride se balançant entre la jument et lui, son visage de vieil homme une fois de plus dans l'ombre. Il dut se frayer un chemin parmi les arbrisseaux qui poussaient à profusion et lui arrivaient aux épaules, les graines dispersées par le vent ayant pris vie. Dans les creux s'était formé un duvet vert impraticable, et le pré tout entier restait sillonné d'épilobes. Le vieil homme recommença à soliloquer, à se dire qu'il ferait mieux, la prochaine fois, de passer par le chemin le plus long. Sa voix monotone parvenait jusqu'à la jument satisfaite qui le suivait.

Bien sûr, le garçon n'était pas encore debout lorsqu'ils arrivèrent. Les divagations du vieil homme n'avaient même pas tiré le chien du sommeil. Sampson mit Willow dans l'enclos, où elle se dirigea vers le Morgan. Le vieil homme raconta aux chevaux que Jack s'était sûrement épuisé à force de vivre en ville, où tout le monde s'affairait en permanence, mais que quand même, la manie de faire la grasse matinée ne valait rien. Tôt ou tard, un garçon doit se secouer et se mettre au travail.

Il se dirigea vers la chaise posée à côté du cercle de feu aux pierres glaciales et s'y assit en gémissant. Au bout d'un moment, il se releva et alla chercher du bois sec sous l'avant-toit. Le claquement du petit bois, le *tching* du briquet en métal, rien n'y fit : le garçon dormait toujours. Lorsque les flammes crépitèrent gaiement et que les pierres se mirent à fumer, il fouilla dans le sac et en sortit de la viande de cerf séchée, des flocons d'avoine, du café et du sucre, une miche de pain dur et une casserole bossée où il mit de l'eau à bouillir. Ayant flairé l'avoine, les chevaux se massèrent contre la clôture. Leurs têtes suspendues au-dessus des traverses, ils regardaient fixement la lumière du feu en clignant des yeux. Tout était calme, et les étoiles pâlissaient peu à peu.

Vingt-deux

Dès son réveil, Jack Boulton détecta les effluves de la viande braisée. « J'arrive ! » croassa-t-il en ouvrant les yeux. Il faisait nuit noire dans la cabane. Par la fenêtre, rien ; en fait, il ne distinguait même pas la fenêtre. « Il est quelle heure ? » demanda-t-il. Mais la voix du vieil homme, dehors, n'était qu'un grondement incompréhensible.

Les paupières lourdes de sommeil et grelottant malgré le chandail, le caleçon long et le pantalon qu'il avait portés pour dormir, Jack palpa les couvertures et découvrit le chien. L'animal souleva la tête et la laissa retomber en bâillant. Jack lui caressa le flanc et sa main provoqua de petites décharges d'électricité sur le pelage pâle. Dans cette totale obscurité, le garçon vit des ruisseaux bleus parcourir le long corps de l'animal, tels des éclairs dans un ciel nuageux. Le chien était encore à moitié endormi, mais Jack tira sur ses pattes pour le rapprocher de lui, et la friction déclencha un orage de statique dans l'épaisse fourrure, sur laquelle il promena sa main jusqu'à ce que les étincelles soient audibles et que le chien saute du lit pour échapper à ce traitement.

Le garçon rit ; le chien éternua, éternua encore.

« Allez, viens », fit Jack en tapotant les couvertures, mais l'animal crépitant se volatilisa dans l'ombre.

Jack chaussa ses bottes et, à tâtons, trouva le manteau de sa mère, qu'il enfila. La large ceinture de cuir sanglait sa taille fine, la boucle se fermant à l'endroit précis où Mary l'avait réglée. Ils étaient de la même taille, désormais. Jack ferma les yeux. Il faisait nuit à l'intérieur et à l'extérieur de lui, et il était avec elle dans le noir total.

« Bon », murmura-t-il.

En ouvrant la porte, il aperçut une sorte de projecteur qui diffusait une lumière ambrée du côté de l'enclos, là où Sampson cuisinait au-dessus des flammes. En s'approchant du vieil homme, le garçon eut le sentiment de monter à côté de lui sur la scène.

« T'as faim ?

— Bon Dieu, oui ! Qu'est-ce que vous avez apporté ? »

Le chien bondit hors de la cabane. Il renifla chaque recoin du corps du vieil homme et, une fois satisfait, se dirigea vers un arbre où, sur trois pattes, il pissa si longtemps qu'il faillit perdre l'équilibre.

Incrédule, le garçon consulta le ciel noir en grimaçant. Ses dents se mirent à claquer. « Il est quelle heure ?

— L'heure de te lever.

— Très bien. Je retourne me coucher. » À la place, Jack se pencha sous le bord du chapeau du vieil homme et passa les bras autour de son cou. En contrepartie, il eut droit à une tape avunculaire dans le dos.

Le chien s'était enfoncé au milieu des arbres, laissant derrière lui une flaque d'urine fumante.

Sampson était pensif, un peu mélancolique. « *Dosnâhûchi mage sîch.*

— Mais on s'est vus hier ! s'écria le garçon avant de comprendre. Oh ! Vous voulez parler de la dernière fois que vous avez déjeuné ici… » Pendant un long moment, Jack se concentra sur la douce calotte du chapeau de l'homme et se souvint de ce qu'ils avaient mangé en ce jour lointain. « Ça doit faire plus d'un an, je suppose. » Sa mère en pantalon et bottes noires près du poêle. Elle avait préparé des crêpes. Ce jour-là, Sampson était entré dans la cabane, s'était assis à table, les jambes croisées, utilisant son genou comme porte-chapeau, et avait mis à rude épreuve la chaise à laquelle il s'adossait. À l'époque, il ne rechignait pas à franchir le seuil de la cabane. Jack se dit que c'était sans doute la dernière fois que Sampson avait vu Mary.

Là, ils mangèrent dehors, lentement ragaillardis par du café et des lanières de viande de cerf salée, tandis que dans la casserole bouillonnante les flocons d'avoine mettaient une éternité à ramollir. Le vieil homme papotait en nakoda, surtout pour lui-même, et Jack laissait tomber une remarque en anglais chaque fois qu'il avait une vague idée du sens de la discussion. Le nakoda de Jack était rudimentaire. Il parlait une version enfantine de cette langue et mélangeait systématiquement les formules de salutation s'appliquant aux hommes et aux femmes. Après une année en ville, son vocabulaire déjà limité s'était presque volatilisé.

En ce moment, il semblait être question de la ville et plus particulièrement des touristes qui, selon le journal local, le *Crag & Canyon,* se faisaient regarder de travers dans la rue parce qu'ils parlaient allemand et avaient du mal à expliquer la notion de neutralité suisse.

« Quand je suis arrivé, je savais pas ce qu'était un touriste, dit Sampson. Il a fallu que ma femme m'explique.

— Quand vous êtes arrivé ? Que voulez-vous dire ?

— Je suis pas né ici.

— Et... » Le garçon attendit.

Avant de répondre, Sampson réfléchit un long moment en contemplant les flammes. « Je suis venu de l'Oklahoma, dit-il enfin. C'est très loin. Par là.

— De l'Oklahoma, articula Jack. Vous avez de la famille là-bas ? Des frères ? »

Sampson soupira. « Oui.

— Ils s'appellent comment ? L'Oklahoma, c'est au bord de l'océan ?

— J'aurais dû tenir ma langue. Arrête avec tes questions.

— Pourquoi êtes-vous parti ? » Jack attendit, les sourcils relevés.

À titre d'explication – et c'en était une pour lui –, Sampson dit : « J'étais une sorte de policier. J'attrapais des hommes, et je les arrêtais. »

La joyeuse curiosité du garçon s'éteignit aussitôt. Il contemplait le cercle de feu à ses pieds. « Vous poursuiviez des criminels, dit-il.

— Oui.

— Et vous en faisiez quoi ?

— Je les emmenais à Fort Smith et je me faisais payer. Il y avait un procès, et je témoignais devant le tribunal. En général, on les pendait. Un homme s'est évadé. Pas longtemps. Je l'ai rattrapé. »

Jack avala sa salive. Il se rendit compte qu'il serrait ses pouces dans ses poings comme un enfant terrifié. Le bonhomme allumette sur l'échafaud. Les voix des petits à l'école : *Ladidu ladida ladidi, ton papa est un bandit…*

Sampson regarda le garçon et comprit qu'il sombrait. « C'était il y a longtemps, dit-il doucement. Tout a changé. »

Le garçon hocha la tête, mais il n'écoutait plus.

Sampson se pencha et le regarda droit dans les yeux. « Personne va le trouver. T'en fais pas.

— Mais si on le trouve ?

— Non. Il a l'habitude. Il sait se sortir du pétrin.

— Vous auriez pu arrêter mon père, du temps où vous étiez dans la police ?

— Lui ? » Sampson parut sincèrement s'intéresser à la question de Jack. « Probablement pas, répondit-il après un long moment de réflexion. Arrête de t'inquiéter, sinon je vais m'inquiéter, moi aussi. » Puis, tel un prestidigitateur, il se mit à sortir des denrées de son sac. « On te trouvera d'autres provisions, bientôt. » Jack Boulton les prit dans ses bras et les transporta dans la cabane. Ses bottes résonnèrent sur le plancher.

« Dans un endroit sec ! » cria Sampson, qui entendit l'enfant changer de direction et déposer les articles ailleurs.

Vingt-trois

Après le départ de Sampson, tôt en ce matin radieux, le garçon prit Pearl et sortit en plein vent. Malgré sa promesse, Jack avait l'intention de chasser. Il tira le fusil du fourreau et coinça l'objet rose sous son bras.

L'arme, avec sa crosse en bois égratigné et ses moulures en cuivre jaune terni, était rudimentaire. Le canon avait été raccourci et le magasin reculé en conséquence. Le garçon, qui n'avait jamais vu une arme modifiée de cette façon, douta aussitôt de sa précision. Elle était sale, mal entretenue. Bref, c'était un désastre usé par le temps. Inclinant le fusil, Jack inspecta la culasse. Le magasin avait beau être court, il pouvait accueillir un nombre étonnant de cartouches. D'ailleurs, c'était quoi, comme calibre ? Quel genre d'animal pouvait-on abattre avec cette arme ? Lièvre, cerf, ours… bison ? Il ne lui serait jamais venu à l'esprit qu'il s'agissait d'un fusil à tir rapide conçu pour tuer des êtres humains. Tout ce qu'il voyait, c'était une arme vieille, capricieuse et sale, bonne à rien, en somme. Quelle amère ironie pour Jack Boulton que de penser qu'il l'avait trimballée dans un fourreau qui aurait suffi à acheter d'un coup l'entreprise de Wilson. Après brève réflexion, sa prudence innée prit le dessus, et il alla ranger Pearl à l'intérieur.

Une heure plus tard, il longeait la cordillère orientale, son repas du midi accroché à sa ceinture. Avec des pierres, Jack Boulton, tireur infaillible, avait expédié au royaume des morts quatre écureuils roux qui, accrochés par la queue, pendaient à sa taille. Découpées en lanières, rôties sur le feu et servies avec du pain, ces minuscules créatures tout en tendons lui feraient un repas presque décent. À quelques minutes seulement de la cabane, il marchait sans se presser en mâchant des poignées de la viande fumée apportée par Sampson.

Dans la vallée, un vaste troupeau de wapitis musardait dans le secteur le plus verdoyant, et quelques timides cerfs mulets avaient trouvé refuge auprès d'eux. Les animaux paissaient et erraient çà et là, les veaux faisaient des cabrioles, les femelles allongées ruminaient, protégées par la force du nombre. Ancré à son ombre, un nuage solitaire planait au centre d'un ciel pour le reste uniformément bleu. Le garçon regarda cette ombre s'étendre sur la vallée, empiéter sur le troupeau puis le recouvrir peu à peu. C'était comme voir du café renversé se répandre sur une nappe.

Plus près, à un demi-mille, il y avait un peuplement d'arbres à feuilles caduques, une cinquantaine en tout, un bouquet de bâtons blancs se dressant dans la flaque colorée de leurs feuilles mortes. Et là, trottant au milieu du feuillage, un homme, une silhouette unique se faufilait parmi les troncs. Peut-être un chasseur qui, fait bizarre, semblait ne pas se douter de l'abondance du gibier derrière lui.

Le garçon cracha un bout de viande trop coriace en songeant à cet idiot qui, inexplicablement, n'avait rien de plus pressé que de s'éloigner du gibier.

Et puis, du coin de l'œil, il décela un mouvement dans le troupeau de wapitis, dont la frange ondula avant de se reformer après le passage d'une seconde silhouette lancée sur les traces de la première.

Jack avait déjà vu des hommes qui prenaient part à des expéditions de chasse. Avant la guerre, il y avait aussi des explorateurs amateurs, des amants du plein air, des peintres et des photographes, toujours guidés par l'un des pourvoyeurs locaux. Plusieurs fois l'an, Jack apercevait dans un pré des humains, dont les mouvements étaient si différents de ceux des autres animaux. Avec la guerre, cependant, les pourvoyeurs les plus jeunes avaient vendu leur matériel et leurs chevaux pour s'enrôler comme officiers. Thom Wilson était trop vieux, et puis il s'était porté jadis volontaire pour la guerre en Afrique du

Sud et l'avait regretté. Lorsque des nouvelles de la campagne de Gallipoli avaient enfin atteint les Rocheuses canadiennes, il avait déjà conçu une profonde aversion pour la hiérarchie, le nationalisme et la notion de devoir. Avril était le mois où il buvait le plus. La guerre avait pratiquement mis fin au tourisme, et Jack n'avait pas vu un seul chasseur en près de deux ans. Sa mère avait été soulagée par la soudaine absence d'inconnus. Comme si, du jour au lendemain, on avait trouvé le moyen de guérir la peste. Mais voilà qu'il venait d'en surprendre deux en train de se balader dans le coin en courant.

La première silhouette avait traversé le petit bois et fonçait vers un dense peuplement de pins qui montaient à l'assaut du talus. Pas d'autre chemin : s'il voulait venir vers Jack, il devrait escalader une paroi rocheuse haute de cinquante pieds. Le second émergea du bosquet de trembles, raccourcit l'écart entre l'autre homme et lui – il le suivait sans le poursuivre. Jack Boulton constata que les deux hommes avaient le teint très pâle et que le second boitait du côté droit ; il sautillait en courant, aussi maladroit qu'une marionnette, ses coudes pompant d'avant en arrière. Comme bien d'autres chasseurs, ils portaient de discrets vêtements brun-gris. L'homme devant, plus petit, n'était peut-être qu'un garçon, mais il était plus rapide que l'autre. Quand il ralentit et se retourna pour crier des encouragements, sa voix se perdit dans la distance et dans le vent.

Jack cessa de mastiquer.

Quelques vieux pins gris, inclinés comme des plongeurs, s'agrippaient au bord friable de la falaise devant lui. L'un d'eux avait basculé et ne tenait plus que par ses racines tordues, sa cime nichée dans les broussailles rocailleuses en contrebas. Comme si s'avancer d'un pied ou deux lui avait permis de mieux voir, Jack fit un pas sur le tapis de racines et sentit la masse lourde et flexible ployer sous son poids.

L'homme le plus jeune referma la distance qui le séparait des arbres et fut avalé. À force de giguer et de nager, le boiteux disparut à son tour sous le couvert de la forêt, et Jack les perdit de vue.

Il se remit à mâcher.

Une lune de jour planait au-dessus de la cime des arbres. C'était ce que sa mère appelait une « lune d'enfant ». La montrant du doigt, elle disait : « Elle est sortie en plein jour pour te voir. »

Son chez-lui. Son versant de la montagne. Sa lune. Au réveil, ce matin-là, il avait savouré sa totale liberté : désormais, il n'avait de comptes à rendre qu'à lui-même. Il tendit la main derrière lui et se gratta avec volupté à travers la jambe étroite de son pantalon. Il se dit que le moment était peut-être venu de prendre un bain.

De retour chez lui, Jack posa les écureuils sur la table à côté de Pearl. À califourchon sur sa chaise habituelle, il se demanda combien de seaux il lui faudrait pour avoir de l'eau jusqu'aux hanches. Sa mère lui avait appris à balayer d'abord, puis à poser des couvertures sur la bassine en zinc pour y emprisonner la chaleur. Il devrait transporter l'eau jusqu'à la cabane, la laisser dans la bassine jusqu'à ce qu'elle soit à la température ambiante, attiser le feu et la faire bouillir, seau après seau. Il en aurait pour des heures.

Il fit plutôt glisser ses doigts sur la crosse rugueuse du vieux fusil en pensant aux hommes qui couraient. Il se rendit alors compte qu'aucun des deux n'était armé. Un chasseur pouvait perdre son arme, voire en être dépossédé par un ours furieux, mais deux ? Des hommes sans arme, courant comme s'ils étaient poursuivis et cherchant la protection des arbres. Lentement, à contrecœur, il en vint à la conclusion qu'il avait aperçu deux prisonniers de guerre qui s'étaient enfuis et que l'éclopé avait peut-être été blessé par balle.

Les journaux. Ils fournissaient, bien en retard, des nouvelles du monde et on s'en servait pour apprendre à lire, emballer toutes sortes de choses et allumer le feu. Le garçon lui-même en avait parcouru, page par page, avait lu chaque mot, même les annonces de bretelles et de chapeaux pour hommes, de chevaux de mine, de poudres contre la diarrhée et de machinerie agricole. Il avait ainsi eu droit à plus d'un éditorial sur « les Huns parmi nous ».

Par un après-midi paisible, quand il avait onze ans, Jack était attablé devant les pages friables d'un journal vieux de plusieurs semaines; son père parcourait la page de droite et lui lisait la page de gauche. Puis il vit le journal glisser sous ses doigts.

« Hé! Je lisais! » protesta Jack.

William Moreland s'éloigna en pliant et en repliant le journal. Il en fit un rectangle, qu'il tendit à Mary.

Sa mère posa son ouvrage, son expression passant de la curiosité à autre chose, à une vieille angoisse. Après avoir lu lentement et attentivement tout l'article comme à son habitude, après en avoir absorbé chaque mot, elle regarda son mari et demanda: « Où est le mont Castle? »

Moreland se dirigea vers sa carte, où il mit le doigt sur le point rouge. « Ici, c'est nous, dit-il. Là, c'est le canyon Johnston. Et là, c'est le mont Castle. » Son index indiquait une zone recouverte par la forêt.

« Si près? » Mary, déjà, se tordait les mains; son calme factice avait disparu sans laisser de traces.

« Laissez-moi voir, dit le garçon en tendant la main vers le journal plié.

— Ce n'est rien », dit Mary. Elle se leva et découpa l'article en bandelettes inégales qu'elle jeta dans les flammes du poêle.

Éberlué, Jack regarda ses parents tour à tour, puis, la mâchoire serrée, il monta à l'échelle qui conduisait au grenier. Il s'assit tout au bord, les jambes ballant dans le vide, l'air mauvais.

Moreland fut le premier à se radoucir. « Il saura bien assez tôt », avait-il dit en se tournant vers sa femme.

Mary se dirigea vers le grenier et saisit le pied de son fils. Sa main était chaude, même à travers la chaussette, sur son cou-de-pied. « Je suppose, dit-elle. Mais pourquoi tu ne resterais pas un enfant un peu plus longtemps, Jack? »

Ce soir-là, après le repas, Moreland avait hissé Jack sur la selle derrière lui et ils avaient descendu le canyon jusqu'à son embouchure; de là, ils avaient obliqué vers le nord-ouest et gagné un endroit que Jack n'avait encore jamais vu, où les attendait un crépuscule rosé. Ils s'étaient arrêtés et, hors de vue, du côté sous le vent du vaste pic formé par le mont Castle, ils avaient contemplé un camp d'internement, leur nouveau et importun voisin.

« C'est une prison, expliqua Moreland. À cause de la guerre.

— Une prison ! » Pour mieux voir, Jack étirait la tête au-dessus de l'épaule de son père.

On avait défriché un énorme rectangle de broussailles, une forme géométrique parfaite. Tous les vingt pieds, on avait planté des pieux de bois d'un diamètre comparable à celui de la poitrine du garçon, liés par des barbelés. Et dans cet espace, on avait monté des tentes géantes, chacune assez grande pour accueillir deux douzaines d'hommes. Les tentes étaient encore toutes éclairées, et Jack voyait des ombres se profiler derrière les parois de toile. Petites et rudimentaires, les rares structures en bois servaient sans doute de guérites et de latrines. Quant à la plus grande, c'était peut-être la glacière où les aliments étaient conservés. Le garçon eut l'impression que la plupart des hommes dormaient sous la tente. À une telle altitude, il pouvait neiger à tout moment, quel que fût le mois de l'année. Et en hiver, quand le mercure descendrait à quarante degrés sous zéro, il serait impossible de bien chauffer des tentes. Les occupants malades ou affaiblis seraient soumis à de terribles souffrances.

Lentement, Jack avait pris conscience d'une rumeur : le lointain murmure de centaines d'hommes – bruit si étranger qu'il ne l'avait d'abord pas reconnu comme humain. Il se tassa contre son père. Lorsqu'une casserole ou un autre objet métallique tomba avec fracas sur le sol piétiné et durci, la curiosité de Jack s'éteignit comme une lampe et il ne lui resta que l'effroi.

Sur la selle, William Moreland se tenait aux aguets, immobile. Cette posture, que le garçon connaissait bien en raison de leurs expéditions de chasse, le rassura un peu. Sans bouger, Moreland attendait le gibier, tandis que le garçon, qui ne cessait de gigoter et de se gratter, voyait des cerfs là où il n'y en avait pas.

Au bout d'un certain temps, un officier sortit d'une des tentes du fond et se dirigea vers les latrines en desserrant sa ceinture. Pas de sentinelles en vue, même s'il y en avait sûrement, sans doute armées, qui surveillaient le périmètre.

« Pourquoi les prisonniers ne sortent pas ? demanda Jack.
— Couvre-feu », répondit simplement son père.

Dans la lumière rosée du crépuscule, les toits blancs des tentes prenaient un lustre nacré. Singulière enclave régie par l'homme au milieu de la nature sauvage, le camp de prisonniers faisait penser à un bateau de papier flottant sur une mer verte. C'était l'idée, justement. Où irait un pauvre détenu qui parviendrait à s'évader avec, pour tout bagage, les vêtements qu'il avait sur le dos ?

Dans l'obscurité grandissante, le père et son fils firent demi-tour, et le Morgan les emmena sur le sentier qu'ils avaient suivi à l'aller. Jack somnola dans les bras de son père jusqu'à ce qu'il commence à gigoter et à faire des histoires. C'était le signal : Moreland mit pied à terre et laissa Jack se retourner et s'étendre sur le dos lisse du cheval, la tête sur sa croupe, la joue contre son pelage rugueux, les bras et les jambes ballant au gré du pas de l'animal, berceau dont les mouvements l'endormaient.

Cette nuit-là, il s'était réveillé plusieurs fois et avait trouvé ses parents assis à la table, occupés à chuchoter. Troublés par tout cela, les trois étaient encore sur le qui-vive lorsque le vent se leva, que les oiseaux amorcèrent leur refrain matinal et que, juste avant l'aube, au moment où le monde végétal s'affole, les arbres, fidèles à leur habitude, s'agitèrent.

Par la suite, ils s'étaient beaucoup intéressés aux informations, aux commérages colportés en ville, aux rumeurs. Les prisonniers n'étaient restés au mont Castle que quelques semaines encore, puis, l'hiver s'étant montré trop rigoureux, on les avait expédiés à Banff où, aux limites de la ville, il y avait des baraquements moins exposés.

On les appelait les Autrichiens, en raison de la longue histoire des conquêtes européennes – même si, dans ce cas précis, aucun détenu n'était autrichien. Ils provenaient d'autres pays revendiqués par l'Empire. Et ils n'étaient certainement pas allemands. « Si on met un Allemand au milieu de ces gars-là, ils le tueront », avait prédit Wilson. Ils étaient ukrainiens, galiciens, ruthéniens, autant d'étrangers ennemis. Quelques-uns d'entre eux avaient été arrêtés seulement parce qu'ils ne parlaient pas encore l'anglais ; ne connaissant pas les dures lois de l'immigration, ils avaient été incapables de se justifier lorsqu'ils y avaient contrevenu. Autrichiens ou pas, citoyens ou pas, dans l'intérêt de la sécurité nationale, ils étaient internés dans des camps à la moindre incartade et forcés de travailler. Pour le gouvernement, c'était une main-d'œuvre gratuite à une époque où, en raison des pertes essuyées en Europe, les hommes valides se faisaient rares. Les détenus les plus dignes de confiance étaient parfois loués à une entreprise agricole ou à une société minière, de la même façon qu'on prêtait un cheval ou un bœuf. Mais en gros, ces hommes travaillaient dans les environs, toujours sous bonne garde, qu'il pleuve, qu'il neige ou qu'il fasse quarante sous zéro. C'était à des prisonniers qu'on devait le pont à chevalets de la ville. Des prisonniers actionnaient le concasseur qui produisait le gravier nécessaire à de nombreux projets de la municipalité ou du parc. Des prisonniers avaient agrandi le luxueux terrain de golf. Et, après les Fêtes, des prisonniers avaient érigé, dans la rue principale, un labyrinthe de glace qui avait servi à divertir les touristes.

Seul dans sa cabane, Jack appuya les coudes sur le dossier de la chaise et consulta la grande carte de son père, en proie à un sentiment qu'il n'aurait su nommer. Appréhension, désir de venir en aide à ces deux hommes perdus ? Ou simple curiosité de savoir d'où ils venaient ? Jack se rendit alors compte que, dans son portrait du monde connu, son père n'avait pas indiqué l'emplacement du camp d'internement. Peut-être avait-il, par principe, refusé d'admettre cette réalité sous son toit.

Jack prit la résolution de ne pas compromettre la bonne vie qu'il menait, se dit qu'il ne réussirait jamais à retrouver ces hommes. Mais, à la fin, incapable d'ignorer le bourdonnement d'inquiétude dans sa poitrine, il bondit de sa chaise et fonça vers l'enclos. Le Morgan s'approcha lentement en hochant la tête. Sans selle, ils s'aventurèrent dans cet arrière-pays moins connu, suivirent le sentier dont Jack gardait un vague souvenir d'enfance. Il aperçut de loin le camp, pâle carré défriché à l'aspect surnaturel dans la clarté du jour. Il était déserté, vidé de tout article utile. Les prisonniers étaient donc encore détenus près de la ville. Les hommes ne s'étaient pas évadés de ce camp-ci.

Jack obligea le cheval à longer la clôture, à suivre les lignes bien droites des fils de fer, à passer devant les pieux massifs et les barbelés auxquels s'accrochaient des boules de mauvaises herbes, des débris soufflés par le vent et de frémissantes touffes de graminées. Le portail à deux battants était cadenassé. Moins pour garder les humains à l'extérieur que pour empêcher les animaux d'entrer.

Les battants – qui s'ouvraient le matin pour laisser sortir les chariots et les forçats et à nouveau le soir pour les laisser rentrer – avaient creusé dans la terre deux vastes demi-cercles. Jack vit les grandes tentes parfaitement alignées, à présent vides de couchettes et de poêles. On avait relevé les rabats pour laisser l'air circuler. Pas un bruit, pas un mouvement, hormis un couple de spermophiles, souples, enjoués et sans doute sur le point de s'accoupler, qui se chamaillaient à l'entrée de la tente la plus proche. L'un sauta sur la paroi de toile et grimpa jusqu'au sommet, aussitôt suivi par l'autre, puis ils disparurent. Le vent gonflait les tentes, agitait les attaches fatiguées des rabats, raides comme du papier à mouches. Dans la cour, les latrines s'étaient enfoncées dans leur propre fosse et la structure tanguait comme un ivrogne, la porte béante révélant quatre orifices. À une cinquantaine de pieds du camp se dessinait un vaste périmètre de terre calcinée. Comme si une météorite ou la foudre avait frappé à cet endroit. En l'occurrence, c'était un cercle de feu dans lequel on reconnaissait un bric-à-brac de lits de camp démantibulés, de vieux vêtements, de couvertures miteuses et les paillettes rouges de boîtes de conserve rouillées. On avait brûlé tout ce qui ne méritait pas d'être transporté. Il sembla à Jack que le camp était abandonné depuis des mois. D'où ces deux hommes étaient-ils donc venus ?

Quand il arriva chez lui, son ventre gargouillait et il songea à manger, mais il fit plutôt le trajet entre l'enclos et le ruisseau, préférant s'occuper du cheval d'abord. C'est seulement en posant la main sur lui qu'il observa que la porte de la cabane était entrouverte. Dans son enfance, elle était souvent ainsi, et quelqu'un, son père ou sa mère, se trouvait à l'intérieur. Jack s'était rarement soucié de fermer les portes. Près de la table, il constata que Pearl avait bougé, que le chapeau de sa mère était tombé par terre, qu'il portait les traces de petites pattes et que son repas avait disparu. Les écureuils, lorsqu'il les trouva dehors, près de la limite des arbres, avaient été rongés jusqu'à l'os par un charognard aux dents fines. Il éleva à la hauteur de ses yeux les quatre petites horreurs déchiquetées, les détacha et jeta leurs carcasses dans les broussailles. Il enroula la corde, la glissa dans sa poche et rentra, profondément contrarié. Il aimait beaucoup l'écureuil rôti.

La cabane, fraîche et humide, sentait la fumée de bois. Il ramassa le chapeau et l'enfonça sur sa tête, puis, en proie à une transe irritée, il redressa les livres sur la tablette, rangea les objets qui traînaient sur la table, fit du feu dans le poêle et mit de l'eau dans une casserole. Du gruau à midi, pour changer.

Pendant que l'eau chauffait, il prit l'ouvrage illustré de Brehm et le posa sur la table. Le livre était divisé en espèces et en sous-espèces, avec un tableau pour chaque animal. Les grands singes étaient particulièrement fascinants. Le gorille réfléchi, le chimpanzé goguenard et le petit tamarin grimaçant qui, Jack s'en avisa soudain, ressemblait à s'y méprendre à la religieuse quand elle retirait son voile et qu'on voyait ses cheveux moussus. Aux yeux du garçon, le visage de ces bêtes, où se superposaient l'humain et l'animal, avait quelque chose de diabolique. Un mâle enfonçant ses dents dans le cou d'un léopard. Une femelle allongée sur les racines d'un grand arbre, ses bébés jumeaux à ses pieds. Queues en tire-bouchon, mains griffues. Certains étaient recouverts d'un abondant pelage, tandis que d'autres, avec leur cul pelé de la texture du cuir et leur tête plissée, offraient une nudité scrofuleuse.

Les abandonnant à leur sort, le garçon tourna une poignée de pages et gagna d'autres zones du règne animal. Il vit d'énormes oiseaux africains coiffés d'une couronne d'épines. Le bison d'Amérique qui, hérissé de flèches, s'effondre sur ses épaules massives. Des pécaris terrifiés qui fuient des chasseurs. Il s'arrêta à une longue dissertation sur les moufettes. Rares sous ces latitudes, mais présentes tout de même. Le garçon grogna. Quelques années plus tôt, le chien, en proie à d'atroces souffrances, était entré au triple galop dans la cabane et s'était arrêté près du poêle en se frottant frénétiquement les yeux avec ses pattes. Peu après, Jack et ses parents étaient à leur tour sortis de la cabane au triple galop en criant et en se couvrant le visage. De près, la puanteur de la moufette était insupportable.

Il lut: *Tous les voyageurs, tous les naturalistes américains sont d'accord pour dire que nul laboratoire de chimie, nul monceau d'ordures, nulle carcasse immonde, bref qu'aucune puanteur n'est plus fétide et insupportable que celle que dégagent les gracieux animaux de la famille des Mephitidae. Cette odeur est dite pestilentielle, et quiconque a le malheur d'entrer en contact avec l'un de ces animaux est évité comme un pestiféré.* Sur ces mots, le garçon posa le livre en hurlant de rire. De tous les livres qu'il avait volés, celui-là était de loin le plus précieux.

Lentement, il le referma et plongea son regard dans les yeux perçants du grand lion d'Afrique allongé, ses pattes noueuses au repos, ses redoutables griffes rentrées.

Au sujet des grands chats, son père lui avait un jour déconseillé la désinvolture. «Ils sont timides et intelligents, Jack, avait-il affirmé. Si tu aperçois un couguar, tu peux être sûr que lui t'a vu une demi-heure plus tôt. Demande-toi pourquoi il ne s'est pas simplement enfui.»

Jack Boulton se leva et prépara son gruau. Après avoir mangé, il s'allongea sur le lit et admira son chez-lui.

Un repas qui a cuit sur le poêle. Des livres à lire. Un toit au-dessus de sa tête dans la cabane que son père avait mis quatre mois à construire, la plupart du temps seul, parfois avec l'aide de Sampson quand il avait fallu deux hommes robustes pour soulever de lourdes pièces. «Lorsque tu es né, c'était juste une charpente. Tu as passé tes premiers mois de vie sous la tente», lui avait un jour dit sa mère. À l'entendre, il n'y avait là rien de désagréable. Une aventure.

Le grand lit, les lampes-tempête, les derniers bouts de chocolat suisse, de l'eau fraîche, du papier et des crayons, des livres, au moins dix couvertures, des oreillers, la porte solide qu'il franchirait le lendemain et au-delà de laquelle il apercevrait le Morgan. Peut-être aussi Sampson viendrait-il. Jack songea à tout ce qu'il avait et s'imagina dépossédé de tout, effrayé et égaré dans la nuit.

En pensée, il revenait sans cesse au deuxième homme, à celui qui avait peine à suivre. Chaque fois, il s'ordonnait de laisser tomber. Que pouvait-il pour ces hommes, des heures après les avoir croisés, lui qui n'avait aucune idée de l'endroit où ils se trouvaient ? Jack ouvrit la porte et s'assit sur le seuil. Un vent froid soufflait, et bientôt les pages des livres sur son lit se mirent à voleter. Le Morgan paissait, son long cou penché vers l'herbe, sa queue ondulant.

Vingt-quatre

Elle contemplait les vêtements pliés au bout du lit du garçon, le pyjama posé sur le dessus de la pile. La chambre était glaciale à cause de la fenêtre toujours ouverte, et le givre dessinait un motif étoilé dans la vitre. Elle saisit les vêtements et les emporta dans la cuisine, en bas du long escalier, au bout du couloir. Elle les laverait, les mettrait à sécher, les repasserait et les replierait. Ainsi, ils seraient prêts pour son retour.

Pendant toute cette nuit-là, elle avait réussi à se tenir loin de l'armoire qui contenait ses herbes et l'injection calmante qu'elle s'était préparée. Ayant décanté le produit dans une fiole verte, elle avait inscrit sur l'étiquette un mot latin: PAX. Il suffirait du contenu d'une seringue – cinq tout petits milligrammes, une goutte de liquide si minime qu'elle aurait tenu sur le bout de son doigt – pour oblitérer cette sensation, retrouver son calme et son insouciance. Deux de plus et elle dormirait tout l'après-midi – un répit sans rêve.

Mais le garçon rentrerait bientôt et il ne fallait pas qu'il la voie sous l'influence de la potion. Elle laissa donc sa fureur se consumer en préparant la maison pour son retour. Déjà, les sols de l'étage avaient été balayés et lavés, le petit tapis de sa chambre sorti et battu. Car, où qu'il se cache, il ne s'éterniserait sûrement pas. Que pourrait-il faire aux quatre vents, seul, à pied, sans autre possession que ses vieux vêtements, sans rien à manger? Il rentrerait. Pas d'autre avenue possible.

Seule dans la boutique de l'épicier, ce matin-là, elle avait contemplé d'un air inconsolable la vitrine renfermant bonbons et chocolats. Deux magnifiques petites boîtes de pâtes de fruits enrobées de sucre. Jamais elle ne lui avait offert de telles gâteries. Elle aurait peut-être dû.

Elle n'avait pas prié depuis des années, cette forme de réconfort lui étant refusée désormais, et elle avait dû lutter contre l'envie d'acheter une sucrerie, à titre de talisman, de geste d'espoir… non, d'affirmation de sa certitude qu'il reviendrait. Elle s'était donc éloignée, comme chaque fois, sans rien acheter.

Ne lui offre pas de cadeaux. Remets-le au travail, comme si de rien n'était.

Plantée devant le vieux poêle jaune, elle regardait une marmite d'eau qui chauffait en tenant le ballot de vêtements contre sa hanche, comme une mère l'aurait fait avec un bébé. Quant à son souffle, elle n'arrivait pas à le maîtriser. Ses poumons et son cœur galopaient. La maison avait passé une autre nuit tout illuminée et chauffée au maximum, sa seule occupante en feu, elle aussi.

Lorsque l'eau fut prête, elle posa les vêtements du garçon sur la chaise où il déjeunait et remplit la bassine. Les flocons cireux du savon tombèrent de la boîte en collant à sa main, et elle plongea le poing dans l'eau brûlante et l'y agita pour les déloger ; les yeux rivés sur le liquide laiteux, sa main invisible hurlant de douleur jusqu'à ce qu'elle fût complètement engourdie et que l'indignation qui avait envahi sa poitrine s'atténue quelque peu. La douleur était d'un précieux secours. Lorsqu'elle la sortit de l'eau, sa main ne tremblait plus, et on l'aurait dite recouverte d'un gant rouge.

D'abord, la chemise. En la tenant par les coutures des épaules, elle l'agita au-dessus de l'eau sans l'y plonger, la portion pratique de son cerveau – du moins ce qui en restait – ayant compris qu'elle rétrécirait dans l'eau chaude. Après tout, le garçon était en pleine croissance. Ne serait-elle pas forcée de lui en acheter une autre ? S'il avait été là, elle aurait épinglé les coutures sur ses épaules avec ses pouces et évalué dans combien de temps elle devrait l'emmener faire des achats. Elle se contenta de brandir les vêtements froissés dans le vide.

Et alors, subtilement, malgré l'odeur de la fumée et du savon, l'haleine fétide de la vieille maison, elle sentit monter vers elle, surgi de la chemise elle-même, le parfum de la peau du garçon.

Elle se laissa tomber sur la chaise et regarda fixement l'autre côté de la table, là où il s'était assis si souvent, le matin, avait remué ses céréales, lui avait posé des questions dont elle connaissait les réponses. Elle pressa la chemise sur son visage, s'imagina appuyer la joue sur son épaule à lui.

Au bout d'un long moment, elle se leva, plia la chemise, la posa sur le dessus de la pile de vêtements et remonta le tout dans la chambre du garçon.

Vingt-cinq

Vers la fin de l'après-midi, Jack examina la carte de son père sur le mur, consigna dans sa mémoire l'emplacement exact des cabanes des Suédois qui se trouvaient à proximité et se mit en route.

La première, à l'est-nord-est, était étonnamment proche, nichée dans une clairière proprette tout au fond d'un canyon en cul-de-sac avec un long lac clair, où les Suédois puisaient sans doute leur eau. Il mit pied à terre et s'approcha de la cabane, à peine plus grande que la remise de sa famille. Il appela, appela encore. Près de la porte, il lança poliment : « Messieurs ? Hou ! hou ! » Il n'y avait pas de fenêtre, aucun moyen de regarder à l'intérieur. C'était une structure hirsute au toit en branches de pin. Malgré tout, la qualité du travail sautait aux yeux : les rondins étaient si bien taillés qu'il n'y avait pas eu d'interstices à colmater, les murs étaient d'aplomb, la porte parfaitement cadrée, et les Suédois avaient choisi un emplacement à l'abri du vent, face au soleil matinal, façon naturelle de réchauffer la cabane après une nuit froide. Ou bien elle était déserte, ou bien ses occupants refusaient de sortir. Jack saisit la poignée et ouvrit. Une martre noire à bout de forces, enfermée là-dedans depuis Dieu sait combien de temps, passa en chancelant sur les bottes de Jack et s'éloigna dans les broussailles d'un pas incertain.

À l'intérieur, un lit étroit sans matelas ni couvertures, pas de casseroles, pas de couteaux, pas de nourriture. Mais il y avait des tablettes vides et, fixée au mur, une rangée de petits tiroirs, vides eux aussi – manifestement, les Suédois trimballaient avec eux tout leur matériel, jusqu'au plus infime couteau. Difficile d'imaginer un engagement plus complet envers le nomadisme. Jack vit un rayon de lumière filtrer par un trou dans le toit et tomber sur le lit vide. Incapable de s'introduire dans la cabane par la porte trop solide, la marte avait grimpé sur le toit et s'était laissée tomber à l'intérieur comme une pièce de monnaie dans une tirelire, et elle était restée prisonnière. Elle avait pu escalader le mur et sauter en direction du trou qu'elle venait de créer, mais, contrairement à un écureuil, elle avait été incapable de ramper au plafond à la renverse. Elle avait donc été coincée jusqu'à ce que Jack Boulton ouvre la porte. Le sol était jonché de crottes séchées et la pièce empestait la vieille pisse. Ressortant aussitôt, Jack parcourut les environs à la recherche du cercle de feu, inutilisé depuis si longtemps qu'il mit un certain temps à le repérer. Il n'y avait rien ici, et certainement aucune trace des deux fuyards. Laissant la porte ouverte, Jack se dirigea vers son cheval.

Le deuxième abri des Suédois, situé à huit milles au nord, n'était qu'un grand appentis aménagé sous un surplomb rocheux, un côté à découvert, à peine assez grand pour accueillir un lit. Cependant, Jack retrouva le même genre de tablettes encastrées dans le mur et un plancher surélevé pour que les occupants restent au sec. C'était comme regarder dans la vitrine d'une boutique : les propriétaires n'étaient pas à la maison, aucun doute possible à ce sujet. Jack ne se donna pas la peine de mettre pied à terre ; il conduisit le Morgan jusqu'à la minuscule structure. Il n'avait encore jamais vu d'appentis destiné à accueillir des gens. Des années plus tôt, son père avait construit celui de l'enclos, un simple coupe-vent derrière lequel le Morgan ne se réfugiait que pendant les pires tempêtes de vent.

Sur le plancher qui avait été sablé, Jack remarqua un amoncellement de feuilles mortes et d'aiguilles de pin accumulées depuis des semaines. Pas d'ordures ménagères, pas de restes de table. Il fit reculer le cheval et regarda autour de lui. L'endroit était aussi désert et abandonné que le précédent. Outre la cabane elle-même, Jack n'avait observé aucun signe de présence humaine. Étonnant, tout de même, qu'un homme des bois, aussi doué fût-il, réussisse à ne rien laisser derrière lui. Pas de cuillère ni de piquet de tente oublié, pas même un bout de ficelle. Il soupira et, se détournant de l'appentis, il consulta la boussole dans sa tête et se dirigea vers le prochain endroit indiqué sur la carte de Moreland.

Lorsqu'il arriva au troisième camp des Suédois, le soleil cuivrait déjà les nuages. Cette fois, il était tombé sur une cabane presque complète. Elle avait une seule fenêtre sans vitre, fermée par un bloc de bois, comme chez Sampson, et un toit incliné recouvert de papier goudronné et de bardeaux de conifère, assez haut pour qu'il y ait des chevrons sur lesquels entreposer des bâches, des poteaux de tente et des skis. Jack jeta un coup d'œil au couchant. Le moment était venu de conclure et de rentrer.

« Messieurs ? » fit-il. Puis il aperçut un amas de pierres, de terre et de bûches à l'extérieur de la cabane. Ce monticule, qui se dressait contre la porte, arrivait à la hauteur de la poignée. Quelqu'un avait tenté de bloquer l'entrée à l'aide de débris.

Jack mit pied à terre, entraîna le Morgan à l'écart et enroula les rênes autour d'une branche. Quelque chose lui disait d'éloigner le cheval. Ce tas de déchets trahissait l'incompétence. Il y avait des moyens plus simples d'empêcher l'ouverture d'une porte, mais ils exigeaient des outils. Dans le cas présent, la personne s'était contentée de jeter n'importe quoi en tas, au petit bonheur, et ne s'était arrêtée que quand le monticule avait atteint quatre pieds. Sa base s'effondrait comme la berge d'un cours d'eau. Quelqu'un tenait beaucoup à ce que la chose qui se trouvait à l'intérieur, quelle qu'elle fût, y reste.

Prudemment, redoublant d'attention, Jack arpenta la clairière en recueillant des informations. À douze ans, il n'avait rien d'un pisteur, mais n'importe qui aurait pu voir ce qu'il observait. Il y avait partout des traces de bottes fraîches. Le cercle de feu n'avait pas servi, mais à côté des pierres froides gisait un unique fragment de bardeau, sans doute arraché au toit de la cabane. S'accroupissant, Jack saisit une petite branche de l'épaisseur d'un crayon posée au milieu de touffes d'herbes sèches roulées en boules. Quelqu'un avait essayé d'allumer du feu comme le faisaient les hommes des cavernes, mais avait échoué parce que cette méthode, combinant le petit bois et la friction, était inefficace et que, là, tout était vert, humide et réfractaire à l'embrasement. Pour une raison ou pour une autre, cette personne avait alors décidé de barricader la porte.

« Si une chose te fait peur, fiston, lui avait un jour dit son père, tu es plus ou moins obligé de la faire. » En levant les yeux vers son père, l'enfant avait compris l'astuce. Si une chose ne nous fait pas peur, autant nous lancer, puisque rien ne nous en empêche. Et si nous avons peur, il nous faut surmonter notre appréhension. En réalité, il n'y a qu'une possibilité : foncer.

Jack entreprit donc de dégager les pierres et les bûches qui bloquaient la porte, puis il ouvrit. L'air de la cabane était lourd, infect. Jack se pencha à l'intérieur. Comme il le craignait, un homme mort reposait sur un des lits. Ce n'était pas un Suédois, car ces hommes avaient des cheveux si blonds qu'ils étaient presque incolores, tandis que ceux du défunt étaient noirs, avec des tempes et des favoris grisonnants. Quelqu'un avait posé son manteau sur son corps, l'avait glissé sous son menton comme une couverture. Et, à défaut d'un drap mortuaire, cette personne avait placé sur le visage du mort une casquette de laine. Ses vieilles bottes béaient autour de ses chevilles décharnées. On avait déchiré le tissu de la jambe droite de son pantalon pour exposer un tibia bleui, ensanglanté et crasseux, d'une couleur contre nature. Au-dessus de la botte, il y avait, dans le muscle du mollet, un horrible trou de la largeur et de la profondeur d'une bouche ouverte.

Jack n'arrivait pas à cligner des yeux ni à avaler sa salive. Il avait trop peur pour soulever la casquette, et aucune perle de sagesse populaire n'aurait pu le convaincre de le faire. « Je vous demande pardon », murmura-t-il avant de refermer avec précaution.

Cette porte, parfaitement d'équerre et au niveau, cette porte qui n'était pas la sienne, le séparait à présent du seul mort qu'il eût vu. Autre première importune dans sa jeune existence. C'était l'homme qui boitait, manifestement atteint à la jambe, et mort de sa blessure.

Jack revint près du cercle de pierres et remua du bout de sa botte les petits indices d'une tentative désespérée de faire du feu.

Tout cela faute d'une allumette.

Ils avaient été deux fuyards, et il n'en restait plus qu'un. Le prisonnier plus petit, celui qui courait le plus vite, était sans doute encore vivant, ici, quelque part.

Jack piétina les pitoyables touffes d'herbes et fit les cent pas en s'épongeant les yeux, puis de petits bruits furieux et inarticulés montèrent de sa gorge. Enfin, pendant un long moment, il fixa son regard non pas sur la structure, mais sur le Morgan, son bon et paisible cheval. Il n'avait pas trouvé d'autre moyen de se calmer.

D'une voix tranquille, comme si on risquait de l'entendre, il répéta « ça va, ça va », tant qu'à la fin il se sentit capable de retourner près de la cabane. À mains nues, il entassa les débris contre la porte, tout pour sécuriser ce charnier, pour empêcher un peu plus longtemps les carnassiers d'atteindre ce pauvre homme. Jack Boulton pleurait, rageait, car il s'était rendu compte que ces deux-là étaient peut-être père et fils. S'il avait raison, le fils avait vu son père mourir.

Il n'y avait plus rien à faire. Jack ne pouvait pas suivre l'unique survivant dans la nuit noire; il n'avait aucune idée de la direction prise par l'homme, du sentier qu'il avait emprunté. Le prisonnier tournait peut-être en rond. Jack était conscient qu'il lui était impossible de sauver ce fugitif, pas plus que le premier. Quel effroyable cadeau de bienvenue pour les Suédois, le jour où ils reviendraient dans les parages. Si le plus jeune des deux fugitifs avait le moindre sens commun, il gagnerait les hautes terres, chercherait une ligne de chemin de fer, ferait signe à un conducteur de s'arrêter et se rendrait.

Jack se moucha avec ses doigts et se dirigea vers le cheval. Puis il se hissa sur le dos de l'animal et éprouva la chaleur de son corps, sa vitalité. Ils firent demi-tour et rentrèrent à la maison.

Il était près de dix heures lorsque Jack arriva enfin. C'était une soirée claire et venteuse, et la lune dispensait une lumière largement suffisante pour s'orienter. Même le cheval sembla heureux d'être de retour. À la porte, le chien les attendait, ses pattes de devant croisées. À côté de lui gisait une masse hirsute et tordue, sans doute, savait le garçon par expérience, la patte d'un petit cerf. Impossible d'enlever ce morceau tant que le chien n'en aurait pas fini, impensable de laisser entrer cette carcasse dans la maison. Le chien dormirait donc dehors, qu'il le veuille ou non. Jack retira la selle et le harnachement et alla tout ranger dans la remise. Il prit de l'avoine dans la cuisine, transporta des seaux d'eau.

Le Morgan se laissa étriller pendant quelques minutes, mais l'air avait froidi, et l'animal sentait venir un changement. Il souffla et secoua sa robe épaisse. Jack le regarda descendre jusqu'au bout de l'enclos où il tourna en rond, à la recherche d'un bon endroit où paître. Il se campa enfin, dos au vent.

« Hé ! » cria Jack, mais le cheval ne leva même pas la tête.

Vingt-six

Le lendemain matin, il fut tiré du sommeil par le sifflement fluet du chien qui ronflait. Il avait réussi à ouvrir la porte d'un coup d'épaule et à se faufiler à l'intérieur.

Le garçon était roulé en posture fœtale, la couverture remontée sur la tête, les mains plaquées contre les oreilles dans l'espoir de parer les ronflements. Il était frigorifié et aux prises avec une furieuse envie de pisser.

Il compta jusqu'à trois, repoussa les couvertures et sentit aussitôt sur sa peau le picotement des cristaux de glace. Il porta la main à sa joue, où il détecta de l'humidité. Dans la fenêtre givrée, l'aube se profilait dans un scintillement diamantin.

Il descendit du lit en frissonnant, ferma la porte du bout du pied et souffla dans ses mains aux jointures rougies par le froid. Le chien souleva la tête sans quitter le lit. Sur la table était posée une lanterne, et Jack gratta une allumette et tourna la mèche jusqu'à ce qu'il entende le sifflement de la flamme. La lueur illumina le dessus de la table et révéla le mur de la cabane. Jack sautillait sur place et, tel le Christ, posait le bout de son pied droit sur le gauche, puis le contraire.

Dans le temps, un de ses parents se serait levé au milieu de la nuit pour attiser le feu dans le poêle : c'était le prix à payer pour vivre dans une cabane. Mais lui-même ne se réveillait pas. Et voilà que, au sortir du sommeil, il faisait face à une aube glaciale. Le poêle était froid. Dans le vain espoir de découvrir des braises, il retira le couvercle et en remua le contenu, qui se défit en poussière, sauf une bûche à moitié calcinée qui heurta la coque en métal avec un bruit sonore. Le chien s'était enfin levé et arpentait la cabane, examinant les traces de bottes que Jack avait laissées la veille avant que le souvenir de la voix de sa mère lui ordonne, comme souvent, de bien vouloir faire demi-tour et de laisser celles-ci dehors, sous le porche.

Il enfila un chandail, un autre et enfin son manteau, puis, les jambes raides, il sortit pour se rendre aux latrines. La clairière, qui baignait dans une lumière glacée, était criblée de traces de bottes et de pattes boueuses, transformées en artefacts durcis. La patte de cerf avait disparu.

Son menton tremblait, mais il avait connu de pires froids.

Il se pencha pour prendre ses bottes et se redressa aussitôt. Elles étaient collées. Il fit une nouvelle tentative en tirant fort, mais elles refusèrent obstinément de bouger. La nuit précédente, il y avait un petit lagon vaseux au pied des marches. Ses deux bottes étaient soudées au sol. Il eut beau multiplier les astuces, rien n'y fit. Il les tordit d'un côté et de l'autre, les martela à coups de poing, y inséra les pieds, noua les lacets et essaya de marcher, se pencha vers l'avant, tel un skieur. Elles ne bougèrent pas.

« Bon Dieu », dit-il, debout comme un idiot dans le carcan de ses bottes.

Avec force sautillements et grimaces, il traversa donc, en chaussettes, la cour au sol accidenté. C'est en revenant des chiottes – grelottant et encore émerveillé par la chaleur de son urine en cette journée glaciale et par le fait qu'il avait moins froid depuis qu'il s'était vidé la vessie – qu'il vit le Morgan. Dans l'enclos, le cheval était tout blanc, immobile, la tête affaissée, les yeux mi-clos. Cheval fantôme à la robe de givre.

Jack fut tenté de s'approcher pour réchauffer l'animal. Mais comment accomplir un tel exploit en chaussettes ?

Dans la petite remise construite par son père, Jack prit les objets qui traînaient par terre et les jeta dehors, un par un, tel un pompier lançant des seaux d'eau. Des écheveaux de fil de fer, des pelles et un pic, un rouleau de papier goudronné qui se déroula en dévalant la pente jusqu'à ce qu'un arbre interrompe sa course.

Ensuite, il entraîna le cheval jusqu'à la remise et le poussa vers l'intérieur. Il apporta deux lampes à huile et obligea le chien à entrer à son tour, malgré ses réticences. Lorsque Jack parvint enfin à fermer la porte branlante, il y avait deux couvertures sur le cheval et une sur ses propres épaules. La présence de trois créatures et de deux lanternes suffirait à réchauffer l'espace exigu, se disait-il, assez en tout cas pour raviver un cheval gelé. Le chien sauta sur une tablette fixée au mur et posa un regard dubitatif sur toute l'entreprise. Le garçon avait juste assez de place pour se tenir debout, mais le contact de la terre froide était intolérable, et il se hissa donc à côté du chien sur la tablette, où il lui tapota les flancs.

« Là », fit Jack avec satisfaction. Tout le monde était à l'abri, désormais.

Il plongea la main dans son manteau, en sortit un bout de chocolat de la taille d'un pain de savon et se mit à le ronger. À cause du froid, le chocolat était couvert d'une lèpre blanche, mais il en fit tout de même un déjeuner plus que passable. Le cheval tourna la tête dans l'espoir d'en avoir un peu, mais Jack lui repoussa le nez. Il remonta les genoux sur sa poitrine et mangea bruyamment. À côté de lui, la lampe-tempête diffusait une faible chaleur. Il mit ses mains en coupe au-dessus de la cheminée jusqu'à ce que ses paumes lui fassent mal, puis les plaqua sur son visage. Ses joues étaient comme des steaks gelés. Jack sentait le vent s'infiltrer par les fentes et les fissures, voyait la lueur incolore du ciel par le toit de bardeaux miteux. Des flocons de neige tombaient sur son visage. Sur la robe du cheval, le givre refusait obstinément de fondre.

Le chien finit par se secouer, sauter par terre et gratter la porte.

« Reviens ici, ordonna le garçon du haut de son perchoir inconfortable. Allez. Ça va marcher. »

Le chien, immobile comme une statue, attendait.

« Arrête, gros bêta », fit Jack.

Le chien lui jeta un long regard morne puis le dirigea vers la porte, comme pour la trouer.

« Reviens », fit le garçon en tapotant la tablette à côté de lui.

L'animal resta là, dans son épaisse fourrure de loup, et refusa de bouger.

Au bout de quarante minutes, les dents du garçon claquaient, ses pieds en chaussettes avaient cessé de hurler et étaient désormais complètement engourdis, son souffle visible. Pis, le Morgan semblait dangereusement endormi. En cet instant, Jack ressentit pleinement l'absence de ses parents, car il ignorait quel degré de froid l'animal pouvait supporter, et il n'y avait personne à qui poser la question. Sampson se trouvait à quarante minutes à dos de cheval, et Jack n'avait pas de bottes. Il était seul pour affronter le problème.

Peut-être le Morgan était-il parfaitement à son aise, sans trop souffrir du froid et sur le point de sombrer une fois de plus dans la somnolence. À moins qu'il ne soit à l'article de la mort ? Jack passa sa main sur la croupe velue, repoussa la neige granuleuse. Elle tomba comme du sable. Dans la remise, l'air ne se réchauffait pas, et Jack commençait à souffrir. À ce stade, le chien avait déjà sauté sur la tablette à quatre reprises pour faire valoir ses doléances, en piétinant le garçon pour ensuite redescendre et regarder la porte. Il était ridicule, ce plan.

« Bon, bon, d'accord ! » s'écria Jack en ouvrant la porte d'un coup de talon. L'animal bondit et ne fut bientôt qu'une ombre pâle au milieu des arbres. Jack soupira, se frappa les cuisses et laissa entendre un cri strident : « Merde, merde ! »

À ce moment, le cheval, au sortir d'un rêve agréable, secoua la tête. Car c'était un animal robuste et velu, parfaitement adapté aux rigueurs du climat. À l'insu du garçon, il avait dormi paisiblement. Comme Jack, le cheval avait connu des froids bien plus terribles.

De retour dans la cabane, Jack Boulton faisait les cent pas devant le poêle rugissant en tapant des pieds. En dégelant, ils lui piquaient horriblement. Le Morgan, son licou attaché à l'échelle du grenier, se trouvait au fond de la cabane, son poids mettant le plancher à rude épreuve. L'air empestait le crin mouillé.

Jack avait débarrassé le cheval des couvertures et les avait secouées dans la clairière. Il avait éteint les deux lanternes et attisé le feu dans le poêle. Il faisait chaud à présent et le pelage du cheval luisait sous la neige fondue. Jack sifflait un air pour lui-même en arpentant la cabane en tous sens, ses doigts glissés sous ses aisselles. Il était plutôt fier de sa solution. Il se demanda ce que Sampson en penserait.

Cette idée le coupa net dans ses pas et dans ses sifflotements, car il était presque convaincu que Sampson n'approuverait pas.

Jack n'était pas sûr de ce qu'il aurait dû faire, mais il avait la désagréable intuition d'avoir fait exactement le contraire. Sondant sa mémoire, il se demanda s'il avait déjà vu un cheval dans cette maison ou dans une autre. La queue du Morgan était drapée sur le coffre en cèdre, ses sabots crottés reposaient sur une catalogne servant de carpette. Vision absurde.

Et puis, merde, se dit-il. *Qu'est-ce que ça peut bien faire ?*

En guise de réponse, peut-être, le Morgan remua en traînant les sabots et adopta la position, reconnaissable entre toutes, du cheval qui s'apprête à pisser.

« Non ! cria le garçon. Surtout pas ça ! » En proie à la panique, il se mit en quête d'un seau, d'une bassine ou d'une couverture pour recevoir le liquide, n'importe quoi pour empêcher ce qui s'annonçait comme un torrent d'urine de se répandre sur le sol de son foyer. La bassine était dans le grenier.

« Attends ! » cria-t-il au cheval, qui n'avait clairement pas l'intention d'obtempérer. Jack se décida pour la précieuse marmite de sa mère, qu'il eut tout juste le temps de placer sous le pénis du cheval. Le jet éclaboussa bruyamment les parois en métal.

Le garçon se laissa tomber sur le coffre à linge et appuya ses jointures sur sa bouche pour réprimer un fou rire. Puis il constata avec alarme que le récipient était en voie de se remplir. Déjà, quelques pouces de liquide tournoyaient doucement, et le jet ne donnait aucun signe de tarissement. Jack bondit et balaya de nouveau la cabane des yeux, à la recherche d'un autre expédient. Il se souvint de ce qu'avait dit Sampson : « Pas d'autres bêtises, surtout. »

Vingt-sept

En secouant le liquide dans la fiole verte qu'elle tenait à la main, la religieuse percevait la pulsation, le bourdonnement intolérable de ses nerfs. C'était la potion qu'elle surnommait Pax. Mixture trouble, puissante, qui sentait le gazon, extraordinairement efficace. La religieuse déboucha la fiole, mais s'empressa d'enfoncer de nouveau le bouchon de liège. Si le garçon rentrait ce jour-là et qu'il la trouvait sous l'empire de la drogue, il aurait honte d'elle.

Elle s'empara plutôt d'un flacon plus grand contenant une concoction si élémentaire et si utile en médecine que l'expression « tonique calmant » suffisait. Pendant la maladie du garçon, elle lui avait administré une dose de cette teinture sans nom le jour où, à l'hôpital, il avait entendu des gens dire que sa mère était morte et s'était mis à pleurer, à gigoter dans son lit, à comprendre la dure réalité. Elle lui en avait donné pour l'apaiser et, à l'époque, les résultats avaient été concluants.

Eschscholzia californica, pavot ; *Scutellaria lateriflora,* scutellaire casquée ; *Leonurus cardiaca,* agripaume, substance qui parvenait toujours à ralentir son cœur affolé. Tant d'autres ingrédients… Mais elle connaissait la recette par cœur.

Une goutte sous la langue. Deux. Puis, n'y tenant plus, elle appuya sur la poire en caoutchouc jusqu'à ce que le compte-gouttes fût vide.

La nuit tombait déjà lorsqu'elle sortit jeter un coup d'œil dans la rue déserte. Elle s'ordonna de guetter le signe, le présage que le monde lui enverrait : un passant, un animal dans la cour du voisin, un oiseau dans le ciel. Le moindre mouvement, décida-t-elle, lui prouverait qu'il était en route, qu'il revenait vers elle. Mais aucune créature ne se manifesta ; elle était seule devant sa porte, seule dans cette ville. Elle se dirigea vers l'escalier, le gravit péniblement jusqu'à la chambre du garçon, constata que rien n'avait changé ; se retourna, tout engourdie, et alla dans la sienne, où elle s'allongea, essaya de se détendre et ferma les yeux. Et c'est à ce moment que, grâce à la teinture, Emelia Cload sombra dans le sommeil pour la première fois depuis que le garçon l'avait quittée. État bénin et sans rêve qui, détermina-t-elle après coup, n'avait duré que quatre minutes.

Au début, elle s'était enfoncée dans un monde caverneux et sombre, puis une chose lui avait touché le visage, s'était mise à la pousser vers le bas, dans une chute vertigineuse. Haletante, elle s'était redressée, adossée à la tête du lit, la teinture calmante dans ses veines livrant bataille aux signaux de détresse qui la traversaient de toutes parts. Et un sentiment, peut-être la rage, imprégna l'atmosphère, s'installa dans la chambre avec elle.

Elle tendit la main dans l'air bleu et froid, puis la ramena près d'elle, des picotements dans les doigts. Comme si des flocons de neige fondaient sur sa peau. Une chose était là, absolument, dans la chambre, mais elle refusait de se montrer.

« Non, dit-elle fermement, ce n'est rien. » Elle regarda ce rien qui n'était pas là. « Tu en as trop pris, c'est tout. »

Vingt-huit

Au fil des jours, le temps se réchauffa légèrement, et la vie de Jack Boulton se concentra sur son foyer. Il balayait beaucoup et, à force de frotter à gauche et à droite, il réduisit un chiffon en charpie. Peu à peu, son corps se fit à l'obligation de se lever la nuit pour alimenter le feu dans le poêle. Un matin, il s'aventura sur le toit avec un petit pot de goudron chaud et barbouilla les fentes et les fissures jusqu'à ce que le toit soit de nouveau à peu près étanche. Ayant trouvé de la corde, il mit sa lessive à sécher entre les arbres. Maintenant que le froid n'était plus aussi cruel, le petit ruisseau en crue gargouillait dans les bois. À l'heure où les élèves franchissaient la porte de l'école, Jack s'asseyait au bord du précipice derrière sa cabane et, une tasse de café à la main, regardait l'eau dessiner un éventail en débordant de la falaise, heurter le sol en contrebas puis bouillonner jusqu'à la rivière où, au loin, des animaux se réunissaient pour boire. Il n'y avait plus beaucoup de linge à laver, maintenant qu'il ne sortait pas de chez lui. Quelques chemises et un pantalon de toile. Le premier jour de lessive, il avait travaillé tout nu, à l'exception de ses chaussettes et de ses bottes. Personne ne voyait ses chaussettes, alors elles n'avaient qu'à se débrouiller toutes seules, avait-il raisonné. Presque tous les jours, Sampson arrivait de bonne heure avec le déjeuner. À l'aube, ils s'asseyaient côte à côte au bord du cercle de pierres, où flambait bientôt un bon feu, et mangeaient. Sampson proposait infailliblement au garçon de venir vivre avec lui, toujours sans succès.

Avant de partir, le vieil homme tendait à Jack des provisions, embouteillées ou emballées avec soin dans du tissu, lui expliquait ce qu'il devait manger d'abord, ce qui pouvait attendre. Il s'efforçait de faire comprendre à Jack qu'il ne devait pas se jeter sur les vivres à l'instant où lui-même tournait le dos. La plupart du temps, Jack lui obéissait. Puis Sampson réintégrait sa propre vie, et le garçon disposait du reste de la journée, parfois du lendemain aussi. Assis sous le porche, il passait des heures à lire au soleil. Il répara une des charnières de la porte, qui avait tendance à frotter contre le plancher. Il mangeait avec modération, du moins c'est ce qu'il lui semblait, car il était perpétuellement affamé. Il fouilla partout dans l'espoir de trouver du tabac, mais en vain, et de toute façon il n'y avait plus de papier à cigarettes. Il sortit la pierre à aiguiser, affûta son couteau et tailla le dernier bout de crayon jusqu'à ce qu'il fût parfait. Il courut vers la falaise et fit voler des cailloux dans le vide jusqu'à en avoir mal au coude. Il s'exerça à danser le *hornpipe* et la gigue, même s'il avait oublié pratiquement tous les pas ; la vérité, c'est qu'il sautillait dans la clairière, s'étourdissait à force de lancer ses jambes en tous sens. Il grimpait à l'épinette la plus proche, s'y accrochait, tel un marin dans son nid-de-pie, et balayait des yeux les paysages immenses, à la recherche d'un ours, d'un troupeau de wapitis ou de cerfs. Souvent, des aigles flottaient à l'affût au-dessus de la rivière. Certaines journées étaient si claires qu'il voyait de la fumée monter de la cabane de Sampson, tel un doigt surgissant de la végétation.

Jack avait toujours aimé grimper. Sur ses parents d'abord, puis à l'échelle qui conduisait au grenier, aux arbres et enfin à la cabane elle-même. Sa mère le surveillait de si près qu'il devait le faire en douce, se hisser dans un arbre à la force de ses bras, se figer tel un singe à douze pieds du sol, les mains et les pieds sur des branches différentes, parfaitement silencieux, tandis que Mary l'appelait, l'appelait encore. Puis elle levait les yeux et retenait son souffle en l'apercevant. « Descends de là tout de suite ! » s'écriait-elle. Pendant leurs parties de cache-cache, son père tournait à pas de loup autour de la cabane, alors que Jack, perché sur le toit et donc invisible, tournait à pas de loup en sens inverse. La partie prenait fin lorsque Jack lançait une pomme de pin sur la tête de son père. « Veux-tu bien descendre de là ! » hurlait alors Moreland.

Dans les branches qui entouraient Jack, des babioles pendouillaient toujours, des objets qu'il avait lui-même ficelés là, un siècle plus tôt, à l'époque où il était encore un enfant : des os de petits animaux et des jouets maison, par exemple, des chutes de tissu de couleur qu'il avait supplié sa mère de lui céder et qu'il avait fixées à l'aide de nœuds complexes de son invention, comme autant de signaux, de talismans et d'amis. Il avait cru un ou deux de ces objets dotés de pouvoirs magiques, et peut-être l'étaient-ils. À l'époque, ces colifichets lui avaient semblé beaux ; désormais, ils prenaient un air de fête. Héritier de toutes ces merveilles, Jack Boulton, couvert de résine de pin et aussi gluant que du papier à mouches, s'asseyait dans son arbre et contemplait son versant de la montagne.

Ce fut d'ailleurs du haut de ce perchoir qu'il aperçut la foule, près de la rivière en contrebas, tache sombre en mouvement qui, en se rapprochant, se changea en un groupe d'hommes considérable. Au premier coup d'œil, il comprit qu'il s'agissait d'une bande de condamnés, de prisonniers de guerre. Comme ceux qu'il avait vus se sauver à toutes jambes.

Il descendit de son arbre et courut jusqu'au Morgan, de crainte que ces visiteurs s'éclipsent et qu'il les perde de vue. Il se dirigea vers le nord-est et suivit une crête haute et fine jusqu'à un promontoire dominant le chantier. Les hommes étaient là, agglutinés au bord d'un coude de la rivière, tel un minuscule diorama vivant. Ils s'échinaient sur les arbres et les fossés qui longeaient l'ancienne route. Depuis la sécurité de sa position, Jack observait les prisonniers se répandre partout aux alentours. Il y avait un lourd chariot, et deux chevaux écartaient péniblement de la route les billots les plus lourds. Jack Boulton mourait d'envie d'examiner les visages de ces hommes et de leur parler. Mais il n'avait pas du tout envie de se rapprocher. Garçon facile à vivre, il aimait bien les gens en général. Il devait toutefois s'avouer que, dernièrement, la proximité de ses semblables lui avait pesé. À plusieurs reprises, le cheval, qui passait et tournait en rond, passa sa tête au-dessus de l'épaule du garçon, curieux de voir ce qui l'attirait.

Jack comprit qu'ils s'employaient à élargir la route avant qu'elle soit nivelée. Autre projet lié au parc. Mais comment tout ce grouillant essaim d'hommes était-il parvenu jusque-là, à une demi-journée de marche de la ville la plus proche ?

Jack eut sa réponse quand, au crépuscule, un train remonta la vallée en rugissant, s'arrêta juste en deçà du chantier et fit sonner sa cloche. Déjà, les prisonniers attendaient dans les broussailles en rangs de quatre plus ou moins droits ou hissaient leurs outils à bord en se couvrant le visage pour se protéger de la clameur et de la fumée du charbon. Sortant la tête par sa fenêtre, le conducteur vit deux hommes déployer une rampe et obliger les chevaux récalcitrants à monter dans un wagon de marchandises. Longtemps après que la porte fut refermée, on entendait le tonnerre de leurs sabots dansant à l'intérieur d'une boîte en métal ; un des animaux frappait le mur à la façon d'un immense tambour, et les gardiens eux-mêmes avaient pris le parti de s'éloigner du vacarme. « Bandez-leur les yeux d'abord, bon Dieu ! » siffla Jack. Seuls ou deux par deux, les prisonniers sautèrent dans les autres wagons, les plus jeunes aidant les plus vieux, et ils firent passer des lanternes de main en main jusqu'à ce que les trois wagons brillent comme de petites cabanes dans la nuit. La plupart étaient assis par terre en tailleur, sans doute pour des raisons de sécurité. Deux prisonniers restaient campés de chaque côté des portes pour aider les gardiens à monter. Fusil en joue, prêts à tirer, un groupe de gardiens regardaient leurs camarades se hisser parmi la multitude des hommes assis, puis montaient à leur tour, à raison de deux par wagon, jusqu'à ce qu'enfin, avec un long grincement, toutes les portes coulissantes se referment en même temps. Le train s'ébranla avec une lenteur de spectre, se déplia comme un accordéon en faisant claquer les attelages métalliques puis s'éloigna dans le crépuscule en direction de Banff et d'un quelconque baraquement. La longue journée de travail était terminée. Seul le lourd chariot resta sur place, sa langue posée sur le sol et les traits en cuir des chevaux jetés sur la plateforme. Jack Boulton assista au départ du train, puis, le cœur gros, il rentra lentement avec le Morgan.

Plusieurs jours de suite, Jack se rendit à l'endroit d'où il dominait la nouvelle route à laquelle travaillaient les forçats ; il prit l'habitude d'y manger à midi et d'y attendre l'arrivée du train à la tombée du jour. Seulement alors rentrait-il pour abreuver et nourrir le cheval, chauffer la cabane et préparer son repas. Trop souvent, il se surprenait à fendre du bois dans la quasi-obscurité, à transporter de l'eau au milieu des arbres à l'aveuglette ou presque, tout en expliquant silencieusement à sa mère, à son père ou à la religieuse qu'il n'était pas responsable de son retard.

Tous les jours, il y avait entre quinze et trente détenus. Jack avait beau arriver très tôt, ils étaient déjà au travail. Sans doute faisait-il encore nuit lorsque leurs geôliers les tiraient du lit et les forçaient à monter dans le train de manière à arriver au chantier dès les premières lueurs de l'aube. Question de tirer le meilleur parti des courtes journées de travail en ce début du printemps.

Jack connaissait assez bien la vieille route. De loin, on eût dit une ligne claire tracée à la main, si pâle qu'elle disparaissait par endroits, envahie par la végétation. La route ne s'étirait même pas jusqu'à Laggan. Elle se terminait à peu près à mi-parcours, où un sentier lui succédait. Un cheval pouvait l'emprunter sans problème, mais toute automobile faisant le trajet entre Banff et Laggan devait contourner de jeunes arbres et, sur la chaussée accidentée et creusée d'ornières, subir une infernale quantité de secousses ; et bien avant Laggan, il lui fallait s'arrêter au beau milieu de nulle part, là où la route prenait fin. En revanche, la nouvelle route débutait abruptement et s'arrêtait de même, dans un sursaut d'ordre : en effet, on avait droit à une ligne de terre nivelée, parfaitement droite, au bout de laquelle se trouvait un fouillis de silhouettes humaines, de feu, d'arbres abattus et de débris fumants. Moins qu'une preuve de progrès, on aurait dit un désastre survenu au bout d'une piste d'atterrissage. Les hommes écartaient des pierres de l'emprise de la route, élargissaient les fossés, déracinaient des arbrisseaux qu'ils brûlaient en tas, abattaient les arbres plus grands et empilaient les billes de bois sur l'accotement tout neuf. Les prisonniers arboraient tous les mêmes casquettes et les mêmes affreux manteaux brun-gris. Exactement comme les deux fugitifs que Jack avait surpris en train de courir. Vêtus d'uniformes noirs, les gardiens étaient si raides et si vigilants qu'on les aurait dits pétrifiés. À intervalles réguliers, l'un d'eux tirait en l'air et on rassemblait les prisonniers pour les dénombrer. Jack voyait le canon de l'arme cracher de la fumée grise, suivie, une demi-seconde plus tard, par la détonation. Du haut de son perchoir, le garçon, mieux que les gardiens peut-être, voyait les rares prisonniers qui hantaient le périmètre irrégulier du chantier, à demi cachés dans la végétation, traînassaient, feignaient de s'affairer, tardaient à rejoindre le rassemblement. Il se demanda dans quelles conditions un homme jugerait possible de se détacher du groupe et de fuir.

Jack lui-même avait pris la décision de s'évader. Mais il n'avait eu qu'à sortir par la fenêtre de sa chambre et à filer, rien de bien compliqué. Il avait une maison qui l'attendait, il avait un cheval, du matériel, la carte de son père sur le mur. Il savait où trouver de l'eau, savait où se cachait le gibier selon la saison ; il connaissait les meilleurs coins de pêche, il était armé, plus ou moins, et il avait passé en ce lieu une bonne partie de sa vie. Quels atouts ces hommes avaient-ils ?

Deux silhouettes penchées faisaient la cuisine sur le hayon du chariot, et les détenus, serrés les uns contre les autres sur les arbres qu'ils avaient abattus, buvaient du café. Jack, sortant les victuailles qu'il avait apportées, les accompagnait. Quand le vent était favorable, il sentait la fumée de leurs feux. Il regardait les hommes se pencher l'un vers l'autre, s'interpeller d'un geste. Il avait remarqué que les gardiens ne s'asseyaient jamais.

Qu'un tel fouillis d'humains était quelque chose de grotesque ! Et tellement moins ordonné qu'un troupeau de wapitis comptant le même nombre d'individus. Jack observait deux détenus qui travaillaient toujours ensemble ; quand l'un s'éloignait, l'autre le suivait en gesticulant. Il décida que c'étaient des frères, l'un un peu plus vieux que l'autre, qui se protégeaient réciproquement. Eux aussi projetaient de s'évader. *Ne faites pas ça,* murmura quelque chose en lui.

Jack se leva, alla chercher le Morgan et se hissa sur son dos tiède. Il ne pourrait pas répéter le même manège tous les jours, planer au-dessus du chantier, observer ces hommes qui resteraient prisonniers jusqu'à la fin des temps. Car la guerre était sans fin, du moins aux yeux de Jack. Ainsi serait la vie, dorénavant.

En jetant un dernier coup d'œil, il vit un détenu se lever et reprendre le travail avant les autres, balancer sa hache en rythme, avec aisance, et chaque fois que l'homme lointain s'arrêtait pour rectifier sa prise, on entendait un claquement fantôme.

Vingt-neuf

William Moreland se réveilla au moment où il allait tomber d'un arbre. Il tendit la main et agrippa la délicate branche à laquelle il se cramponnait depuis plus de deux jours. Une brise matinale ridait les cimes, et ses mains, ses vêtements et son visage sentaient la résine de pin. Sous cette odeur, la puanteur animale habituelle. Son cœur cognait horriblement. Il appuya sa joue contre le tronc devant lui.

Le grizzli était toujours là, en bas. Assis sur son gros cul, il regardait fixement l'ouest. Sa posture était celle d'un bébé énorme et terrifiant. Il semblait contempler les lointains nuages de pluie qui bouillonnaient avant de s'évaporer. Pendant un long moment, Moreland détailla le fusil au pied de l'arbre. À cette distance, impossible de déterminer s'il pouvait encore servir après qu'un ours de plus de cinq cents livres l'eut piétiné et mordillé avant de s'asseoir dessus. Le havresac et son contenu, y compris l'argent, étaient éparpillés un peu partout, nom de Dieu, et les billets de banque voletaient à gauche et à droite depuis si longtemps que Moreland n'avait aucun espoir de les récupérer tous.

L'animal portait une invraisemblable quantité de balafres. Sa fourrure était traversée de longues bandes de peau dénudée, vestiges de rencontres avec d'autres ours plus gros, et son corps était criblé de cicatrices mal guéries laissées par des coups de feu. William Moreland contempla les griffes de couleur terreuse, d'une somptueuse longueur. Tôt ou tard, tous les ours finissent par renoncer et s'éloigner, mais celui-ci était particulièrement tenace. En revanche, si la plupart des grizzlis sont parfaitement capables de grimper aux arbres, ce spécimen semblait trop mal en point pour risquer la manœuvre. Dans cette aventure, c'était l'unique et maigre bonne nouvelle que Moreland eût à se mettre sous la dent.

Reste alerte, se dit-il. *Prive-le de son repas. Tôt ou tard, la faim va l'éloigner.* Il secoua la tête et souffla, rectifia sa position sur la branche pour soulager sa jambe engourdie. L'ours leva la tête vers l'homme qui s'agitait là-haut. Il plongea dans ceux de Moreland ses yeux d'un brun terne et froid, d'une intelligence indiscutable. Le cœur de l'homme s'affola de nouveau et il fut rempli de haine pour la créature qui le gardait éveillé – terrifié et éveillé – depuis deux jours. « Fous le camp, gros tas de merde ! hurla-t-il, en proie à une rage puérile. Va-t'en ! »

Flegmatique, l'ours évalua la situation, et Moreland devina la suite. L'animal se leva lourdement, secoua son épaisse fourrure et s'approcha une fois de plus du tronc. Il se dressa sur ses pattes de derrière et, du haut de ses huit pieds, il se mit à secouer l'arbre en rythme pour la cinquième fois ce jour-là. Le conifère, malgré son diamètre impressionnant, gémissait et tremblait comme une baguette de saule. William Moreland se cramponnait à sa branche.

Trente

Il n'y avait plus rien à manger dans la cabane, et Jack avait dévoré tout ce que Sampson avait sous la main. Bref, ils étaient à sec. Le vieil homme avait forcé Jack à enfourcher son cheval et, ensemble, ils avaient pris la route de Laggan, à dix-sept milles, dans la direction opposée à Banff. Le chien sortit en courant de la cabine et se joignit à la petite équipée. Prévenu de la présence des forçats, Sampson leur fit faire un long détour. Lorsque le chantier fut derrière eux, la route se changea en sentier à la terre meuble, et ils le suivirent, à la queue leu leu, jusqu'à ce qu'apparaisse au loin le premier immeuble de Laggan. C'était la petite gare.

Trois ans plus tôt, on avait arraché du mur de ce bâtiment le long panneau en bois sur lequel était peint LAGGAN en lettres blanches et on l'avait déposé par terre, sous le panneau neuf et encore plus long proclamant LAKE LOUISE. Le lac lui-même portait ce nom depuis toujours. Après des débats enflammés, on avait officiellement renommé la ville en l'honneur d'une princesse étrangère dont on ne savait pas grand-chose. Jack se souvenait, les journaux en avaient fait tout un plat : photos des célébrations, portraits de la vieille dame en question. On avait publié des lettres de lecteurs contrariés dénonçant l'imposition d'un nouveau nom alors que l'ancien convenait parfaitement, et les réponses du rédacteur en chef non moins contrarié qui, par la force des choses, avait le dernier mot. Il avait répliqué que la ville avait déjà connu quelques changements de nom avant d'ajouter, en sautant du coq à l'âne, que les ennemis du progrès manquaient d'esprit patriotique et de respect envers nos braves soldats qui se battaient en Europe. La ville s'appelait donc désormais Lake Louise, mais les gens du coin, souvent lents à adopter un nouveau nom, en particulier quand il avait été imposé par le gouvernement, étaient nombreux à faire fi des décrets officiels. Il en allait de même des reclus qui passaient devant le panneau en cet instant ; pour Jack, cette ville s'était toujours appelée Laggan et rien n'avait changé.

À vrai dire, ce n'était encore ni une ville ni même un village. Il s'agissait plutôt d'un simple assemblage hétéroclite de constructions en bois rond, de maisons en planches à peine habitables, d'une poignée de tentes destinées aux travailleurs migrants et de deux hôtels dénués de charme où descendaient les touristes ayant raté le chariot qui montait au célèbre lac et au palace qui se dressait sur son rivage. Il y avait des épiceries, un bureau de poste miteux et une ou deux écuries, tous agglutinés autour de la gare et de la rotonde. Le secteur avait été si sauvagement déboisé pour répondre aux besoins de l'industrie ferroviaire, en particulier l'aménagement de la ligne qui traversait le col du Cheval-qui-Rue, que la ville ressemblait à une sinistre mer de souches.

Jack et Sampson s'arrêtèrent chez Carr, la plus grande des deux épiceries, l'autre ayant pour nom Fines.

En entrant, Jack heurta de plein fouet Wilson, qui rôdait au milieu des tablettes. « Regarde où tu vas, nom de Dieu ! s'écria l'homme en posant une main autoritaire sur le chapeau du garçon. Tiens, tiens. Regardez qui est là. Le petit fugitif.

— Bonjour, monsieur Wilson.

— Arrête de sautiller, tu veux ? »

Sampson s'encadra dans la porte.

« Qu'est-ce que tu viens faire à Laggan ? » demanda-t-il.

Le pourvoyeur leva les yeux au ciel. « Ils réclament du chocolat hollandais. Et ça se trouve pas sous les pas d'un cheval, c'est moi qui te le dis. »

Sampson grogna.

« Et du pudding au tapioca. » Wilson brandit une pile de petites boîtes de conserve. Visiblement, il préparait une expédition de chasse et s'efforçait de satisfaire aux exigences des clients, sans doute des Américains, des Suisses ou des ressortissants d'un autre pays encore neutre. En tout cas, ils payaient bien.

« Ça va, petit ? Pas de soucis ?

— Non », répondit Jack.

Wilson se tourna vers Sampson. « Le gamin s'en sort ?

— Il a l'air en vie, non ? »

Les pisteurs parcouraient ensemble les allées, Wilson pestant contre la vocation qu'il avait choisie, les barmen, le clergé, la guerre. Bien qu'amusé, Sampson n'offrait rien en retour. Pendant ce temps, le garçon faisait ses courses. Un à un, il posait les articles sur le comptoir, où ils formèrent une pyramide. Après chaque ajout, il s'arrêtait le temps de calculer mentalement le nouveau sous-total. Trois sacs de farine. De la levure chimique et du bicarbonate de soude. Dix livres de flocons d'avoine. De la semoule de maïs et du lard. Du sucre et du sel. Du chocolat, des raisins de Corinthe, des boîtes de lait condensé, de pêches et de haricots blancs. Des saucisses fumées, des marinades.

Près de la porte, Wilson et Sampson conféraient à voix basse. À les voir, Jack comprit qu'ils parlaient de la religieuse. Il se glissa derrière une tablette pour épier les deux hommes. Lentement, Sampson hocha la tête, puis Wilson, en proie à la déprime qui s'emparait de lui chaque fois qu'il s'apprêtait à mener une nouvelle expédition, descendit lourdement les marches de l'épicerie et se dirigea vers son cheval magnifique et redoutable.

S'approchant de la vitrine, le garçon regarda s'éloigner le Colonel et Wilson, puis il revint à sa liste. Cinq livres d'oignons. De la poudre pour crème à la vanille, des pommes séchées, du bacon fumé, du papier et un nouveau crayon, huit livres de café. Il choisit le plus petit des deux formats d'huile à lanterne. Des allumettes hydrofuges. Sampson devait sans cesse l'éloigner des bonbons. Ils examinèrent l'armoire vitrée contenant les boîtes de munitions et débattirent du calibre probable du fusil de Jack. Dans un accès d'inquiétude et de prudence, celui-ci avait caché l'arme ; elle se balançait à un chevron, hors de vue. Sampson n'avait pas encore posé les yeux sur Pearl, et le garçon était incapable d'en fournir une description fiable. « La prochaine fois », trancha le vieil homme.

Pendant que Jack rôdait dans les allées, Carr, debout avec Sampson devant l'armoire où étaient entreposées les armes à feu, discutait des réparations qu'il envisageait et de leur coût. Carr, qui avait exercé son métier un peu partout dans l'Ouest et le long de la côte du Pacifique, employait parfois le pidgin mâtiné de chinook, de nootka, d'anglais et de français propre aux vieux négociants. Pour parler de ce genre de tractations, il disait « faire un *wawa* ». Il prit dans l'armoire un revolver militaire Webley, à son avis irréparable. Il le fit quand même voir à Sampson, car l'armurier avait déjà accompli des miracles.

« Il est bon pour la poubelle, Sam.

— Hm. » Sampson soupesa l'arme, puis il mit en joue, tel un tireur dans un spectacle western. Il prit un air admiratif. « Le canon est neuf, dit-il. L'équilibre est parfait. »

Carr grimaça. « Bon, d'accord, mais regarde. La crosse vaut pas un clou. L'anneau de suspension a été arraché. Et il y a des signes d'usure ici, et encore là. Quelqu'un a scié le pontet avant de le ressouder, va savoir pourquoi. Pourquoi, hein ? *Mamook pilton.*

— Je sais pourquoi on l'a enlevé, dit Sampson.

— En tout cas, j'ai l'impression qu'il est foutu, ce revolver. »

Sampson accepta de prendre avec lui la relique de la guerre des Boers pour voir s'il réussirait à en tirer quelque chose.

« Tu es un optimiste », dit Carr. Et Sampson sembla sincèrement amusé par cette idée.

Le garçon posa ses derniers achats sur le comptoir, réorganisa le tout et prit un pas de recul, ses lèvres remuant muettement pendant qu'il calculait le total. Puis il tira de sa poche la petite boîte de tabac à priser sur laquelle le chow-chow souriait et en sortit un seul billet et quatre pièces, compta l'argent deux fois avant de le tendre, puis, ayant reçu ses dix-sept cents de monnaie, vérifia aussi deux fois le compte. Les hommes échangèrent des regards amusés.

Jack et Sampson sortirent sous le soleil de midi. De vieux drapeaux usés par les éléments et montrant le Red Ensign pendaient à des cordes tendues au-dessus de la rue principale, et au balcon de l'hôtel on voyait une guirlande de fanions défraîchis et d'autres rappels de la guerre. Leurs chevaux et quelques autres semblaient craintifs au milieu des grosses automobiles noires qui empestaient le caoutchouc et l'essence. Le chien, répondant à sa façon au bon mot d'un congénère passé là avant lui, pissait sur un pneu. Pendant que Jack et Sampson remplissaient les sacoches, Carr sortit avec une poignée de sucres d'orge de couleurs différentes, une vingtaine en tout, et les tendit à Jack.

« Pour vous remercier de votre clientèle, messieurs, et aussi pour vous remercier de ne pas faire vos achats chez Fines. Je sais que les prix chez cette femme sont parfois plus bas, mais ma marchandise est de meilleure qualité.

— Merci, monsieur Carr ! » s'écria Jack, qui n'en revenait pas.

Lui-même n'avait jamais mis les pieds chez Fines parce que, au dire de sa mère, il y régnait une odeur malsaine, celle d'une bouteille de vinaigre. Mme Fines s'adonnait à la taxidermie en dilettante, et son établissement empestait les produits chimiques.

Pour sa part, Sampson évitait l'endroit parce que la propriétaire avait un petit faible pour lui et se moquait bien de savoir qu'il était marié. Par deux fois, elle lui avait fait des avances circonstanciées. Aussitôt revenu de son ébahissement, Sampson avait pris ses jambes à son cou.

Les mains dans les poches, Carr hésita sur le trottoir de bois. « Content de te revoir, petit, dit-il avec un sourire aimable. Désolé de ce qui t'est arrivé. J'aurais voulu faire quelque chose.

— Merci », répéta Jack d'une voix fuyante.

Carr, qui faisait tinter des objets dans sa poche, semblait vouloir poursuivre.

Jack s'attendait à ce que l'homme lui demande s'il savait où était son père.

Finalement, Carr, préférant se taire, gravit les trois marches grinçantes qui conduisaient à son établissement. Jack voyait la chemise claire de l'homme dans la pénombre, et les ventilateurs en rotin immobiles au-dessus de sa tête.

En silence, Jack et Sampson s'engagèrent à cheval dans la rue principale. Ce fut seulement aux limites de la ville que Jack, en soupirant, dit : « C'était gentil de sa part. »

En milieu d'après-midi, ils étaient de retour sur la bande de terre en calamiteux état qu'était la vieille route. C'était une journée chaude et brumeuse, et les chevaux devaient contourner les mauvaises herbes qui poussaient au milieu de la voie. Jack sentit un courant d'air chaud descendu du nord. Un instant plus tard, l'air chaud venait de l'est. C'était un système localisé, une masse d'air en convection qui parcourait la vallée de la rivière, voletait autour d'eux comme des draperies.

Levant les yeux, le garçon vit non pas le soleil, mais plutôt un voile brillant et doré, des rayons filtrés par le brouillard. « Regardez, fit-il.

— *Mazaru,* répliqua Sampson.

— Vous croyez ? » Le garçon plissa les yeux, à la recherche de signes de pluie.

La surface de la rivière dégageait de la vapeur, comme une casserole d'eau sur le point d'entrer en ébullition. Vint ensuite le crépitement audible des innombrables gouttelettes, haut dans les arbres. Le garçon vit danser sur la voie des ronds de terre de la taille d'une pièce de monnaie, sentit un martèlement sur le feutre de son chapeau.

Sampson retira son manteau et l'étendit comme une nappe sur la croupe de son cheval, couvrit son fusil et le sac de couchage rempli de provisions, releva son cul et s'assit sur le col du manteau pour le retenir. *« Hûji »,* lança-t-il en faisant signe à Jack. Comme le garçon ne venait pas vers lui, Sampson obligea Willow à quitter la route et à se ranger sous la canopée des trembles, puis, les mains croisées sur la corne de la selle, il se blinda. Le chien explorait une odeur dans les crevasses du sol au bord de la route.

Ce fut une chose toute simple, cette pluie, cette pluie inattendue. Devant la première averse en plein soleil de sa vie, semblable à une grêle de cailloux, le visage du garçon irradiait une joie sans mélange.

« Houuu ! » croassa-t-il, la tête renversée pour mieux s'offrir au déluge. Son chapeau tomba, retenu à son cou par le cordon. Le cheval sidéré commença à tourner sur lui-même.

Moins d'une minute plus tard, la pluie cessa, comme si quelqu'un avait plié un tuyau. De l'averse, il ne resta bientôt plus qu'un gargouillis dans les fossés et, au milieu des arbres, un sifflement intermittent lorsque de l'eau tombait des frondaisons les plus hautes. Le chien se secoua du museau au bout de la queue et trotta jusqu'à Willow.

Le cheval de Jack était lisse, son pelage luisant ; le cuir de la sellerie dégageait une forte odeur et collait à ses mains. Il remonta son chapeau et décocha au vieil homme un sourire idiot.

« Vous aviez raison », dit-il en riant. Comme s'il était surpris. Comme s'il avait déjà vu Sampson se tromper à propos de quoi que ce soit. Glacé, son pantalon de toile se plaquait sur ses cuisses. Il était réveillé à présent, vivement, follement réveillé. De l'eau sucrée rose, bleu et vert s'écoulait des bonbons dans les poches de son manteau.

Sampson et Willow, complètement secs, partirent au trot au milieu de la route, et le garçon, après un coup de talon, les suivit dans la boue.

Au-dessus du sommet le plus à l'est s'était formé un arc-en-ciel géant, diaphane et fractionné, dont les pieds se perdaient dans la forêt. Jack se souvint de la blague que sa mère prêtait aux habitants de la plaine : *Les montagnes, c'est bien joli, mais elles bloquent la vue.* Il énuméra les couleurs qu'il reconnaissait jusqu'à ce que l'arc-en-ciel s'évanouisse et que seul le ciel subsiste. Jusqu'à plus soif, il répéta à Sampson que c'était la chose la plus belle qu'il eût jamais vue.

Plus tard, dans la blanche distance, ils aperçurent des silhouettes sombres, des dizaines de silhouettes qui s'activaient sur la route. Jack jeta un coup d'œil anxieux au vieil homme. Sampson se rendit compte qu'il avait oublié de prendre le détour. Pendant un moment, ils retinrent leurs montures en songeant aux ennuis qui s'annonçaient. Et puis ils laissèrent leurs chevaux s'avancer lentement dans l'odeur du bois fraîchement coupé.

Il avait plu ici aussi, et le brouillard qui montait de la rivière était si dense qu'il flottait entre les arbres et enveloppait les forçats en fantôme bienveillant. Pataugeant dans les fossés, des prisonniers débroussaillaient tandis que d'autres abattaient des arbres sous le regard des gardiens en uniforme. D'autres encore, équipés de pelles et de brouettes, travaillaient sur la route. Deux énormes chevaux y tiraient une niveleuse rudimentaire, faite de longues billes de bois retenues ensemble par des chaînes et hérissées, à intervalles réguliers, de tranchants crochets métalliques. Monstrueux peigne fin qui ratissait le sol rocailleux, soulevait des pierres et des débris. On voyait partout, posés sur des buissons et des monceaux de pierres, des manteaux et des casquettes. Quelques hommes n'avaient conservé que leur salopette tachée, et la plupart étaient en sueur ; les gardiens les interpellaient et ils répondaient. Cela se mit à gronder et à tinter du côté des billes de bois enchaînées.

« Oh non, fit Sampson. J'aime pas ça. »

Le chien non plus, apparemment. Prenant sur la gauche, il grimpa en décrivant de rapides et irréprochables virages en épingle. Il regardait par-dessus son épaule avec les yeux froids et fermes d'un loup qu'on a forcé à dévier de son chemin.

Le garçon pivota sur sa selle. « Sampson ? »

Le vieil homme indiqua une direction au milieu des arbres.

Ils prirent à droite pour éviter la niveleuse, et le Morgan s'engagea dans les épaisses broussailles, où des forçats marquaient un bref arrêt, souriaient et disaient des choses dans une langue inconnue. Quelques-uns flattèrent l'épaule du Morgan à son passage. « Salut. Bonchour ! » Le garçon leur rendait leurs sourires et les saluait de la main. Cinq autres hommes, cinq autres salutations. Les cavaliers étaient encerclés à présent et, Jack, passant à son aise parmi les détenus, tel un petit prince monté sur un poney, et se demandant comment répondre à tant de gens à la fois, fit un salut militaire. Un cri s'éleva parmi les hommes, qui lui adressèrent un salut dégoulinant de sarcasme.

« Ne t'arrête pas », siffla Sampson.

L'enfant, cependant, était fasciné par toute cette vie qu'il avait observée d'une distance trompeuse. Le Morgan passa près de pelles tombées par terre, d'une hache, d'une scie passe-partout abandonnée dans un fossé, d'un panier en osier rempli de tasses et de cuillères en fer-blanc ainsi que d'une cafetière cabossée, grande comme un seau de puits. Et les hommes.

Leurs visages. Jack s'émerveilla de constater que, de près, les prisonniers ne ressemblaient pas du tout à ce qu'il avait imaginé. Le vieil homme voûté était jeune, en réalité, trop jeune pour être brisé à ce point. Il avait l'air malade. Le gros ne l'était pas du tout ; seulement, il avait hérité du blouson d'un homme beaucoup plus corpulent qui pendait sur lui à la façon d'une cloche. Les hommes qu'il avait pris pour des frères planifiant leur évasion n'étaient probablement pas apparentés ; en fait, ils ne se ressemblaient pas du tout. Ils étaient ensemble, certes, mais ils s'adressaient d'incessants reproches d'une voix lasse et monocorde, si absorbés par leur dispute qu'ils ne virent pas les cavaliers passer à quelques pas d'eux. Le papotage fraternel imaginé par Jack avait plutôt des airs de querelle interminable.

À côté de Jack retentit une voix qui le fit sursauter sur sa selle. Un gardien en interpellait un autre. « Des civils, Parker ! »

Les chevaux gravirent le talus en gravier et regagnèrent la route, où ils durent contourner quatre détenus qui dégageaient des rochers à mains nues.

Les membres de ce dernier groupe étaient si misérables qu'ils levèrent à peine les yeux. Dressé telle une statue sur un cairn, le gardien affecté à leur surveillance regardait les cavaliers s'approcher. Ceux-ci s'avancèrent vers lui, leurs yeux cachés par le bord de leur chapeau.

« Plus vite, mon garçon », ordonna Sampson.

Jack était ailleurs, perdu dans ses réflexions sur les effets singuliers de la distance. Il avait un peu honte des récits mensongers qu'il s'était racontés à lui-même, des contes de fées qu'il avait inventés de toutes pièces, faute de bien voir. Quelle horreur que d'être enfermé dans la promiscuité d'inconnus, d'être mis en cage et forcé de travailler comme une bête de somme. Les « frères » en particulier lui causaient du souci. Qu'ils ne soient pas les jeunes héros qu'il avait imaginés importait peu. La vérité était bien pire. Comment la haine que dénotaient leurs attitudes et leurs gestes avait-elle pu lui échapper ? Pourquoi ne s'était-il douté de rien ? Jack savait très bien ce qu'était la haine. Il l'avait appris au contact d'autres enfants.

« Duki na ?! » La voix de Sampson, tranchante, sévère.

Jack tressauta sur sa selle. Il se rendit compte que le Morgan s'était arrêté à la hauteur du gardien. La route était envahie par des prisonniers. Seul un étroit couloir s'ouvrait entre eux.

À coups de talon, Sampson fit avancer Willow jusqu'à ce que la jument soit presque grimpée sur la croupe du Morgan. Contraint de se frayer au trot un chemin parmi les derniers hommes, le garçon dépassa le gardien menaçant et atteignit la route libre, où il put enfin détaler au petit galop, le matériel s'entrechoquant dans les sacoches. Trois cents pas plus loin, la route nouvellement nivelée s'interrompait brusquement au milieu d'un amas de détritus. Les chevaux l'enjambèrent et se laissèrent glisser sur l'ancienne route creusée d'ornières, où ils poursuivirent au trot, leurs sabots presque inaudibles sur la terre meuble.

Sur sa selle, Sampson se retournait sans cesse vers la foule des hommes qui rapetissait. Déjà, tout un catalogue de détails se formait dans son esprit, résultat d'habitudes acquises des années plus tôt, dans la police. Le gardien appelé Parker avait vingt-cinq ans tout au plus. Il avait un problème avec ses hanches. Même s'il n'était pas descendu de son cairn et qu'il n'avait pas marché, Sampson était relativement certain que l'homme souffrait d'une blessure au dos ou d'une anomalie congénitale qui le faisait boiter. Il avait les cheveux foncés, mais on y voyait deux taches blanches, semblables à l'empreinte d'un pouce, le genre de marques causées par des coups à la tête encaissés durant l'enfance. La peau de sa mâchoire avait la teinte grisâtre qu'on observe chez les ivrognes. La courroie qui retenait le fusil sur son dos était usée. Comme les prisonniers et les autres gardiens, Parker portait un uniforme en loques et délavé par le soleil, aux poignets effilochés. Ses boutons étaient cousus à l'aide de fils de couleurs différentes, et ses bottes faisaient pitié à voir. Si les autres gardiens avaient triste mine, celui-ci semblait parfaitement habitué aux privations, insensible aux rigueurs du climat, capable de tout affronter. Un chasseur du coin, sans doute, un jeune infirme que la guerre avait contraint à jouer les gardiens. Il se dégageait de lui une impression de force, d'ennui et de méchanceté. Ce qui préoccupait surtout Sampson, c'est que, pendant leur lent passage devant lui, le gardien avait dévisagé Jack Boulton, presque comme s'il le connaissait.

Sampson sombra dans une méditation morose sur les présages. La pluie sous le soleil, Jack Boulton sur la route, son chapeau renversé, le cordon sur son cou délicat, à la façon d'un garrot.

Les cavaliers poursuivirent leur route, chacun contemplant un problème différent, chacun suivant son ornière dans la chaussée, sourd au sifflement de la rivière et aux cris des geais qui se disputaient les petits fruits dans les broussailles. Le chien réapparut, trottant en silence à côté d'eux, et bientôt les bruits du chantier s'estompèrent, et les silhouettes amalgamées se perdirent dans le brouillard.

Le gardien, pour sa part, abandonna ses protégés à leurs travaux et s'aventura sur la route déserte. Tourner le dos aux hommes était contraire au règlement, mais Parker était franchement fasciné. Il regarda les silhouettes des cavaliers se fondre dans la distance.

Un très vieux prisonnier aux épaules affaissées et à la poitrine de poule plumée regardait le dos du gardien avec une haine manifeste. Il était torse nu, et si âgé qu'il semblait tout droit sorti de l'arche, et dans ses mains il tenait une pierre de la taille et de la forme d'une herminette. Il contempla la nuque exposée de Parker jusqu'à ce qu'un autre prisonnier l'entraîne plus loin.

Parker avait noté l'absence de tentes et d'autre matériel, vu les amples provisions transportées par les cavaliers. Manifestement, ils rentraient chez eux après avoir fait des emplettes. Ils habitaient sans doute non loin de là. Cette idée le laissa perplexe. Quel genre de marginaux choisiraient d'habiter dans un lieu pareil ? Le vieil homme avait suscité en lui un malaise. Âgé, certes, avec les cheveux clairsemés et l'œil laiteux, mais quand même fort, armé et, surtout, irradiant l'hostilité. Mais c'était le garçon qui intéressait Parker.

Il se souvenait de lui. Il avait reconnu son visage. Et il se rappelait le poids exact de son corps fluet, car Parker était l'un des passants qui s'étaient précipités dans la cour d'école pour empêcher ce garçon d'assommer un autre élève. Accès de rage impressionnant. Malgré sa petite taille, se souvenait Parker, il avait été difficile de détacher le garçon de sa proie et plus encore de le maîtriser.

Mais c'était arrivé loin de là. Le garçon avait troqué sa culotte d'écolier contre un commode pantalon de toile et un manteau taillé dans une couverture.

Parker se demanda ce que faisait ce garçon à courir les bois en compagnie du vieil homme. Ou, selon toute apparence, à vivre plus ou moins avec lui. Parker se tourna du côté de Laggan, d'où les cavaliers étaient venus, puis de nouveau vers la nature sauvage. Il jeta un coup d'œil aux montagnes, nota l'heure du jour, calcula la distance jusqu'à Laggan et celle qu'un cheval pouvait parcourir en une heure au pas, puis au trot. Les chevaux lui avaient semblé frais, signe qu'ils avaient sans doute marché. Connaissant bien la région, il s'efforça de déterminer, par triangulation, l'endroit où ces deux-là vivaient. Il se décida pour le chaînon Sawback, région vaste, bien sûr, mais bien pourvue en eau et à l'abri du vent, proche de la route et de la ligne de chemin de fer. Parker se gratta la nuque, comme s'il sentait toutes ces paires d'yeux lui buriner la peau. À la fin de la guerre, il s'établirait peut-être quelque part là-haut, lui aussi. Se retournant, il reprit sa surveillance. Les prisonniers les plus rapprochés frissonnèrent quand son regard se posa sur eux.

Trente et un

Quelques heures après le lever du jour, l'ours leva le camp en se traînant les pattes. En proie à une euphorie mêlée de lassitude, le Coureur des crêtes le regarda s'éloigner, s'efforça de suivre le plus longtemps possible la croupe brune et hirsute, la trajectoire de la bête au milieu des arbres. Il avait un nœud dans la poitrine, mélange douloureux d'exaltation et de terreur à l'idée que l'animal revienne sur ses pas.

Les ours étaient abondants dans le secteur, noirs et grizzlis, mâles et femelles, pour la plupart farouches et, en raison d'une profonde aversion pour les humains, portés à rester dans les hauteurs. Pourquoi, parmi tous les animaux de ce vaste territoire, avait-il fallu qu'il tombe sur un spécimen aussi détestable ?

Pendant près d'une heure, Moreland resta perché sur sa branche, cherchant à déceler du mouvement entre les arbres qui se balançaient. Il grimpa plus haut, redescendit. Rien.

Il s'étira, secoua ses membres raides et endoloris, les éprouva. Les nouvelles n'étaient pas fameuses. Ses genoux étaient dans un état déplorable, à la fois inflexibles et indociles. Sans parler de ses doigts. Si l'animal revenait juste au moment où il touchait terre, rien ne garantissait qu'il aurait la force de remonter. Et il lui était impossible de savoir avec certitude si l'ours – fidèle en cela aux habitudes des grizzlis – se contentait de faire le tour du secteur, tel un veilleur de nuit qui effectue sa ronde, à l'affût d'intrus. Du côté du fusil, pas beaucoup d'espoir non plus : il n'était sans doute pas en état de tirer. Si Moreland se laissait glisser le long du tronc, si l'animal revenait, si le fusil était foutu et si, en tentant de grimper de nouveau, son vieux corps refusait d'obéir aux injonctions de son esprit paniqué…

Moreland retira sa ceinture et la boucla en un lâche tourniquet pour lier sa cheville à la branche, sorte d'attache qui l'empêcherait de tomber, puis il ferma les yeux. Il s'installa le plus confortablement possible, le cœur serré et le ventre creux. C'était un châtiment, sûrement. Quant à savoir pour quel péché il était puni… il n'y avait que l'embarras du choix. Les paroles de la religieuse lui revinrent en mémoire : *Vous avez été une malédiction pour eux deux.* Oui. Ce châtiment, il ne l'avait pas volé.

Vers dix heures, l'ours n'était toujours pas réapparu, et le Coureur des crêtes restait accroché à sa branche. Au nord-ouest, une tempête de neige franchissait les cordillères et s'avançait vers lui.

Le vent ne s'était pas encore levé, mais l'air lui-même paraissait s'assombrir, comme si le mauvais temps s'accompagnait d'une éclipse.

Moreland se défit de la ceinture qui le retenait à la branche, secoua ses jambes et souffla à la manière d'un homme qui se prépare à sauter dans l'eau glacée. À la vue de la tempête rugissante qui s'approchait, il comprit que le temps lui manquait : son corps le lâchait. Ses mains et ses pieds étaient déjà engourdis. Plus moyen de faire autrement : il fallait descendre et risquer le tout pour le tout.

Ce fut comme s'il déboulait des escaliers en se cognant le visage contre chaque marche. Plus rien ne fonctionnait correctement : ses membres étaient faibles et exsangues, et il atterrit sur son fusil. Ses fesses osseuses heurtèrent la crosse et, sous ce nouvel assaut, l'arme se cassa en deux. Moreland resta assis à l'endroit exact où l'ours était demeuré si longtemps sur son séant, au milieu des feuilles et des billets de banque chassés par le vent qui commençait à souffler.

Il se leva, balaya les pins du regard, tourna frénétiquement sur lui-même et rouvrit les yeux, imaginant partout des ombres brunes. Soufflant comme un bœuf, il courait ici et là, pourchassait les billets de banque, qu'il fourrait dans son sac par poignées entières. Puis il détala, le sac pressé contre son ventre, ses longues jambes raides comme celles d'un pantin de bois, les tendons du cou saillant. La direction allait de soi : vers les hauteurs et le mauvais temps, car le grizzli, s'il était dans le sens du vent, risquait de détecter son odeur, mais il ignorerait que sa proie avait repris sa course. Dans ce cas, Moreland avait peut-être une chance de lui échapper. L'ours était en piteux état, mais tout grizzli peut prendre un homme de vitesse. Si, en revanche, l'animal était contre le vent, il ne flairerait pas Moreland tout de suite. Étant donné l'odeur infecte de la bête, Moreland la repérerait peut-être d'abord. Il poursuivit donc, défaillant à moitié, slaloma entre des arbres clairsemés vers les montagnes que les nuages enveloppaient d'un linceul, puis il entra dans un vaste champ à l'extrémité duquel se trouvait la longue et pâle digue surélevée d'une ligne de chemin de fer. Moreland fonça vers elle. Dans sa tête, il s'adressait au garçon en souriant d'un air dément : *Trois jours dans un arbre... Trois jours dans un arbre. Merde alors.* Son rire sec et crépitant, pendant qu'il courait.

Trente-deux

La terrible détonation qui tira Sampson du sommeil n'était pas réelle. Lorsque le vieil homme reprit connaissance, il avait déjà fait quatre pas, les poings levés. Il était devant le poêle, chancelant, son souffle figé dans ses poumons, ses cheveux dressés sur sa tête en vagues horripilées. Il ferma les yeux et soupira. Ce n'était rien, rien du tout ; que son esprit qui aboyait d'anciennes angoisses. Dans la cabane, il faisait chaud et le calme régnait. Puis il entendit Willow hennir. Retirant un bloc de la fenêtre de devant, il jeta un coup d'œil. La jument avançait le menton au-dessus de la clôture et le regardait droit dans les yeux. Avait-il donc crié en dormant ?

Les mères angoissées s'imaginent entendre leurs enfants appeler à l'aide en pleine nuit, les hommes d'affaires au bout du rouleau sont tirés du sommeil par des coups fantômes martelés sur la porte, les alcooliques recroquevillés sous un pont entendent le panier à salade rouler au-dessus de leur tête, et des hommes comme Sampson entendent des coups de feu.

Il plongea la louche dans le seau, la porta à ses lèvres et but. Puis il la remplit de nouveau, mais sans y tremper les lèvres cette fois. Il sortit et s'avança dans la clairière froide et rocailleuse jusqu'à ce que la lune apparaisse au-dessus des pins immobiles, puis, tenant toujours la louche dont le contenu argenté tremblait, il consulta le ciel et détermina l'heure. Minuit au plus tard. Ensuite, comme sa femme le lui avait enseigné, il mesura la brillance des étoiles et en déduisit le temps qu'il ferait.

Sampson était né dans le Territoire indien, dans ce qu'on appelait désormais l'Oklahoma, mais il avait quitté sa famille très tôt. Pour lui, son père n'avait jamais été qu'un tout jeune homme, mais il se souvenait de son grand-père, vieil homme qui faisait de fréquentes siestes et se parlait à voix basse. Le père de Sampson était mvskoke et sa mère britannique. Quand il était sorti de son ventre, il ne ressemblait en rien à la femme qui lui avait donné naissance. Réalité qui avait toujours troublé sa mère et beaucoup amusé les frères et les sœurs de son père. Sampson croyait avoir un peu plus de soixante ans. Il était donc légèrement plus vieux que Pucá quand il était mort. Être plus vieux que son grand-père était une absurdité. Peut-être se mettrait-il un jour à faire des siestes, lui aussi.

L'idée lui plut, et il eut un petit rire, mais, dans cette clairière, sa voix sonnait creux et faux, et il s'arrêta. Il se vit là, jouant le bon et doux vieillard qui se moque gentiment de lui-même. Mari vieillissant. Père de trois enfants, grand-père de sept petits-enfants. Oncle bienveillant du fils de William Moreland. Un tissu de mensonges.

Le premier homme qu'il avait abattu s'était écroulé en pleine course, mort avant même que son genou touche le sol.

Ce gibier-là avait tranché la gorge d'un fonctionnaire municipal. Mais comme le meurtrier était déjà mort quand il avait été ramené, échappant ainsi au courroux de la justice, on avait réduit la prime de moitié. Après, Sampson avait davantage soigné le travail.

À seulement dix-huit ans, il avait été admis dans le service des marshals des États-Unis. Au début, il s'était montré fougueux et indiscipliné. Il ne provoquait jamais la bagarre, mais la cherchait sans cesse et s'immisçait dans la mêlée en balançant à bout de bras un bonnet pour dame rempli de boulons en fer. Il brisait les jointures et confisquait les ceintures et les bretelles, ce qui obligeait les captifs à se traîner les pieds en tenant leur pantalon avec des doigts bleuis et enflés. À l'époque, il se faisait appeler Wówaśté, et ses amis le surnommaient Wash. En sioux, le nom signifiait quelque chose comme « bonté », ironie qui n'échappait pas à son patron, un pisteur noir particulièrement débrouillard qui avait été esclave et parlait au moins trois langues. Plus d'une fois, M. Reeves, en anglais, lui avait dit : « Tu me désespères, fiston. »

Les nouveaux l'évitaient parce qu'il les terrifiait, mais les autres lui faisaient confiance parce qu'il était futé et toujours prêt à foncer le premier. L'homme derrière lequel on se range – laissons Wash ouvrir la porte.

Ses balles avaient pénétré dans des hommes par les chemins suivants : la rotule, au-dessus du mamelon gauche, la pommette, l'œil et jusqu'à l'oreille du côté opposé, le cœur, le haut du poumon, le cœur de nouveau, les fesses. Les couteaux avaient fait ceci : crever une porte en bois et sectionner la colonne vertébrale d'un type, trancher la sous-ventrière d'un cheval, qui avait henni et désarçonné le cavalier, trouer la joue gauche et dévoiler le filon blanc de l'os, s'introduire sous la mâchoire dans un déluge de sang, perforer la partie charnue de la main, la partie charnue de l'avant-bras et le ventre, juste au-dessus du ceinturon. Peu de vacarme, pas de cris, du moins lui avait-il semblé. Il se souvenait seulement du silence et du bruit que faisaient les hommes en respirant.

Quand il avait quitté le service, âgé de dix-neuf ans, il était profondément instable. En un an, il avait ramené vingt types dont la tête était mise à prix : douze vivants, mais mal en point, et huit morts.

Pendant un certain temps, cette existence lui avait procuré une vive satisfaction. Il faisait ce qu'il aimait, il y excellait, on le payait, il servait à quelque chose.

Il avait passé son enfance dans un état de colère impatiente, évitant les adultes, dormant où bon lui semblait, errant en meute avec d'autres garçons et se vautrant avec eux dans la délinquance, couvrant d'une honte cuisante ses parents incrédules, en particulier sa mère, dont les ancêtres étrangers, soutenait-on, étaient sans doute la cause de la folie du garçon. En vain, des gens avaient tenté de le convaincre de rentrer chez lui, en vain des membres de sa famille lui avaient expliqué qu'il n'allait pas bien et qu'il avait besoin de soins. Mais il était déjà perdu.

La vérité, c'est qu'il était lui-même, simplement et indéniablement : dès qu'il avait été capable de ramper, il avait mis le cap sur la porte, loin de sa famille et de la vie du foyer, follement aspiré par l'appel du dehors.

Quand on lui avait proposé de mener l'existence violente et vertueuse d'un marshal des États-Unis, l'homme, le tout jeune homme en lui avait été séduit, et il avait accepté, presque sur un coup de tête. Il fut assermenté par un juge blanc qui le considéra d'un œil torve, même s'il le voyait pour la première fois. On lui remit du matériel, des armes, un insigne, de l'argent. On lui proposa un cheval, mais il refusa. Il avait déjà un poney sioux volé qu'il appelait Hóta parce qu'il était gris. Comme toutes les nouvelles recrues, Cherokees, Mvskokes, Séminoles, Chicachas, il visait juste et parlait plusieurs langues. Et contrairement aux marshals blancs, il pouvait arpenter le Territoire sans se faire remarquer. Presque tous les criminels recherchés étaient des hommes blancs, et ce n'étaient pas des enfants de chœur. Meurtriers, violeurs et voleurs de train, ils s'enfuyaient dans le vaste Territoire indien pour se reposer et faire de nouvelles victimes sans avoir à se soucier des polices locales, comme la Choctaw Light Horse, qui n'avait le droit d'arrêter ni les Blancs ni les Noirs. Que des Choctaws. Les criminels en fuite exploitèrent ces chasses gardées à leur avantage jusqu'au jour où deux cents nouveaux marshals firent leur entrée sur le Territoire, et Wash était parmi eux.

Pour la première fois de sa jeune vie, il eut le sentiment d'être important, apprit à n'avoir qu'un but en tête, à pourchasser une proie, puis une autre, à planifier, patienter, tendre une embuscade. Et, pendant près d'un an, il n'avait pas eu conscience des effets de cette existence sur son cœur déjà racorni et mauvais.

Quand est venu le temps de quitter le service, il n'était plus en colère, mais il ne se sentait plus jeune depuis longtemps. Il était sourd d'une oreille à cause des coups de feu. Une cicatrice sur sa main lui rappelait le jour où il avait traîné un passant innocent sur une quarantaine de pieds pour le mettre en sécurité et s'était coupé sur l'une des côtes fracassées de l'homme. Il ne se souvenait pas d'avoir été atteint par balle, mais les trois blessures imparfaitement guéries qui ponctuaient son torse, à la façon des nœuds dans une planche de pin, en fournissaient la preuve. Il dormait mal. Ses doigts étaient sujets à des épisodes de paralysie. Il avait la langue toujours sèche. Et un jour, en gravissant les marches bondées du palais de justice, où il se rendait comme d'habitude pour présenter son rapport à un juge, il eut la sensation d'avoir cessé d'avancer. Ses jambes allaient et venaient, mais au cours de ces interminables secondes il lui sembla que son progrès sur terre était une illusion. Les multitudes qui sortaient du palais de justice le contournaient, le monde fonçait sans fin vers lui, puis poursuivait son chemin, les portes s'ouvraient et se refermaient à la façon d'une gueule qui claque: c'était un rêve dont le dormeur émergeait en cet instant, en proie à la nausée, désorienté. Le couloir familier se mit à tourner.

Il se laissa tomber lourdement sur un banc, où son couteau et ses deux pistolets engagèrent une violente discussion avec le bois franc. On venait d'évacuer la salle d'audience, les portes maintenues ouvertes par des cals, les sièges vides, les couloirs silencieux. Il arracha son Stetson et remarqua, comme pour la première fois, son caban vert. Criblé de taches et de trous, corrodé par son sang et celui d'autres hommes. Il vit l'état dans lequel il se trouvait, la fine étoile métallique épinglée à son poumon.

À côté de lui sur le banc, une toute petite fille laissée seule leva sur lui des yeux empreints d'une terreur glacée. Elle serrait contre elle le sac à main de sa mère et avait autour de la bouche un cercle de sucre bleu qui lui faisait un sourire de clown. Une créature aux allures de bonhomme allumette attendant que sa maman sorte des toilettes. Il regarda l'enfant avec la même terreur: ces yeux énormes qui se gorgeaient de larmes, cette bouche bleue qui s'ouvrait sur un cri de frayeur, les os fragiles de ces doigts, de ce cou.

Il se leva brusquement et chancela jusqu'à la porte de derrière, où tout serait paisible. Ne plus voir personne. Personne. Il n'eut qu'une idée: quitter cette vie, tout arrêter, partir. Il fonça vers cette porte et, une main sur le mur, resta là, sans respirer, à regarder fixement la carte des États-Unis accrochée au mur dans un cadre doré, objet présent dans tous les palais de justice et devant lequel il était passé un nombre incalculable de fois sans y faire attention. Il prit une seule grande inspiration et vit le vaste pays dans lequel il vivait depuis toujours sans en faire partie et, tout en haut, le Canada, que le cartographe avait laissé en blanc et sans nom. Pendant un long moment, il considéra ce vide immense comme on contemple la mer, vision qui l'apaisa. Non sans déraison, il s'imagina quitter cette ville, cet État, ce pays, laisser sa défroque derrière, mettre le cap sur le nord, ce territoire sûrement paisible et inhabité, où il… cesserait d'exister. S'éteindrait en un clin d'œil.

Quelques semaines plus tard, il franchit avec Hóta la frontière invisible entre le Montana et l'Alberta, et il ne s'éteignit pas en un clin d'œil, ne cessa pas d'exister. Il avait le regard morne, ne pipait mot, et les passants ne lui adressaient pas la parole. Dans ses sacoches de selle, il transportait toutes sortes d'articles utiles, dont quatre bons fusils et un pistolet enroulé dans une couverture et une toile. Il dormait de la même façon, à même le sol, enveloppé dans une toile à côté de ses armes. Toutes chargées, les vieilles habitudes ayant la vie dure. Il abattait du gibier à plumes. Il croquait des pommes cueillies au passage et prélevait son déjeuner dans les champs des fermiers. Lorsque le paysage se transforma et que les fermes se firent moins nombreuses, il se demanda ce qu'il y avait d'autre à se mettre sous la dent dans ces parages. Il mangeait les rares plantes qu'il connaissait et laissait les autres tranquilles.

Un jour, il se rendit compte que les nuages doux et bleus qui se profilaient à l'horizon, du côté ouest, étaient en réalité une imposante chaîne de montagnes. Il poursuivit sa route vers le nord, son cheval décharné peinant au milieu des herbes et de la boue, contournant les bouquets d'arbres. Par une douce et parfaite soirée d'automne, il établit son campement dans une maison de ferme abandonnée, dont la pompe donnait encore de l'eau fraîche. Trois fois, il remplit son chapeau et laissa le cheval boire tout son soûl, puis il se coucha sur la galerie qui s'affaissait, au milieu de la poussière et des mauvaises herbes, et regarda une tempête bouillonner au-dessus des montagnes. Même de loin, il voyait le mauvais temps s'avancer par vastes pans ondulants, le ciel parcouru d'éclairs. On aurait dit la fin du monde. Le lendemain matin, il se dirigea donc de ce côté.

Étonnant, l'effet qu'une seule personne peut avoir sur notre vie. Le jour où il arriva à Laggan et s'engagea lentement dans la rue animée, son image traduisait fidèlement celui qu'il était : un étranger effrayant monté sur un cheval efflanqué qui traînait son ombre derrière lui. Sans mettre pied à terre, il laissa son cheval boire à l'auge placée devant la banque et considéra son propre reflet gris dans les vitres. L'autre côté de la rue s'y reflétait dans les rayons obliques du soleil. POTS, proclamait un écriteau à l'intérieur.

Étirant le cou, il vit :

STOP
BOVRIL EN PROMOTION

À côté de l'enseigne se tenait une grande femme, absolument magnifique. En ce jour de 1876, Lena devait avoir un peu plus de vingt ans. Au centre d'une ribambelle de petits enfants, elle le regardait attentivement. Descendant de cheval, il s'aventura dans la rue d'un pas raide pour mieux l'étudier, les mains sur les hanches. Elle ne broncha pas. Le visage de la femme était figé, et il y lut une mise en garde. Un à un, les enfants se cachèrent derrière ses jambes. Ils avaient des jouets à la main et quelques-uns tenaient une friandise inentamée.

L'étranger tanguait légèrement. En mvskoke, il lui demanda son nom – *« Naket cehocefkvte ? »* –, même si personne ne parlait sa langue à moins de deux mille milles. Puis les genoux de l'homme cédèrent et il s'écroula dans la poussière où, les jambes largement écartées, il pouffa de rire. Des femmes jetèrent un coup d'œil par les fenêtres. Des citadins, des Blancs, des Chinois, sortirent voir ce qui se passait. Un chariot le contourna. Trois hommes très inquiets se plantèrent au milieu de la rue pour freiner la circulation et le protéger ; ils s'adressèrent à lui en nakoda, en siksika et en français, mais il ne comprenait rien. Il se contentait de les regarder, abruti d'épuisement. Pendant ce temps, son cheval, tel un gentleman après un bon repas, faisait du lèche-vitrines en croquant les fleurs qui poussaient dans les paniers suspendus devant les magasins.

Au bout du compte, la grande femme elle-même s'avança et se pencha sur lui. Elle avait les yeux verts. Lena posa la main sur son épaule et lui parla avec douceur. C'est ainsi que le fou se laissa convaincre d'entrer, de se mettre à l'abri du soleil et de s'allonger.

Ce jour-là, il avait dix-neuf ans. Il était plus jeune que Lena. Debout au milieu de la clairière, Sampson leva les yeux.

Il ne s'appelait même pas Sampson Beaver. Du moins pas vraiment. Il avait emprunté le nom d'un autre homme, d'un homme bon, encore vivant, établi dans les basses terres du côté de Morley. Il avait simplement voulu s'extirper de sa peau, de son ancienne vie et de son histoire. Et parce qu'il admirait Sampson Beaver, il avait pris son nom. Vint le jour où sa femme le lui pardonna et l'accepta. Ses enfants ne surent jamais la vérité. Pour eux, il était Sampson Beaver II, le deuxième du nom, l'autre. Il porta la louche à ses lèvres et but, puis il jeta le reste de l'eau dans les herbes qui chuchotaient. Il écouta le monde respirer.

Trente-trois

Chez le marchand de tabac, à Banff, il n'y avait personne, sauf Thom Wilson, qui contemplait un cigare avec convoitise. Avant de partir en expédition, c'était toujours la dernière étape de son cérémonial. Tout était réglé, le matériel réuni, les animaux prêts à charger. « Qui accepterait de payer autant pour un seul damné cigare ? » demanda-t-il en posant un doigt sur la vitrine. Le patron répliqua que la plupart des gens seraient disposés à verser une telle somme, voire davantage, et que c'était l'Australien qui avait des goûts trop communs et poussait la frugalité un peu trop loin. Il n'avait pas tort. Wilson avait les moyens d'acheter le cigare, mais il s'y refusait.

La porte, en tintant, livra passage à la religieuse. Elle fonça vers Wilson. « Où est-il ? lança-t-elle sans préambule.

— Aucune idée, répondit-il sans quitter la vitrine des yeux.

— Menteur. Il a été vu à Laggan. Vous étiez là.

— Qui vous a dit ça ?

— La femme de Carr en a parlé à tout le monde, siffla-t-elle. Son mari l'a laissé partir… Elle n'en revenait pas. Au moins, les femmes se soucient des questions de vie et de mort.

— De mort ? répéta Wilson en grognant. Le garçon est condamné, à moins de vivre avec vous, c'est ça ? »

À ce stade, le marchand de tabac avait commencé à comprendre, avec un peu de retard, de qui il était question.

La religieuse se contenta d'attendre que Wilson se tourne enfin vers elle. « Je l'ai juste entrevu, vous savez ? fit-il d'un ton neutre. Mais il est rentré chez lui, maintenant, et je sais pas où il habite. S'il veut pas qu'on le trouve, laissez-le donc tranquille.

— Vous... » Moins un mot qu'une exhalaison.

Wilson lui fourra son index sous le nez. « Il était pas à vous. Il vous appartenait pas. Vous l'avez traité comme un caniche et vous avez ce que vous méritez. »

Plus tard cet après-midi-là, le marchand raconterait la scène à tous ceux qui pousseraient sa porte. « La femme a perdu son sang-froid, c'est moi qui vous le dis. Une voix à tailler le verre. Elle l'a traité de porc et de je sais plus quoi, sans la moindre gêne. Après, il l'a traitée de quelque chose que je refuse de répéter. Je me préparais à intervenir, vous comprenez ? Des bagarres, des gros mots... C'est mauvais pour les affaires. »

Dans le silence qui s'ensuivit, les belligérants se dévisagèrent, si proches et si absorbés l'un par l'autre qu'on aurait pu les prendre pour des amoureux d'âge mûr. La religieuse finit par reculer d'un pas, son visage envahi par un calme authentique. « Je n'ai pas besoin de vous », dit-elle en sortant de la boutique.

Pendant un long moment, Wilson regarda dans le vide et, peu à peu, se calma. Ensuite, il se racla la gorge et acheta trois cigares parmi les moins chers. Il laissa tomber une pièce de vingt-cinq cents sur le comptoir et sortit.

Tout le reste de la journée, le marchand de tabac répéta l'histoire à tous ceux qui défilèrent chez lui, qu'ils veuillent l'entendre ou non. Et des semaines plus tard, appuyé au comptoir, il confiait à l'un de ses bons clients : « Évidemment, je comprends maintenant ce qu'elle a voulu dire. Pourquoi se contenter d'un homme quand on peut en avoir cent ? Une récompense de deux mille dollars attirera de vrais pisteurs, bien sûr. Mais des rats d'égout et des cinglés vont aussi sortir de leur trou. Elle sait pas de quoi sont capables certains de ces messieurs. Mais bon, au bout du compte, les riches obtiennent toujours ce qu'ils veulent. C'est dans l'ordre des choses. »

Trente-quatre

Dans l'heure suivant l'aube, Jack émergea de rêves où errait sa mère, vivante et exactement comme avant. Il se redressa dans le lit et chercha sa chemise, à demi persuadé que sa mère était dans la pièce avec lui. À la fois présente et non présente, morte et non morte, et tout cela était vrai comme le sont les choses dans les rêves. Le café mit un long moment à bouillir. C'est pendant qu'il contemplait la surface huileuse de l'eau que la réalité s'immisça petit à petit en lui. Il en était venu à la conclusion que Sampson, avec ses rêves et ses présages de vieillard, se trompait : il ne fallait pas les prendre au sérieux, toutes ces choses. Pendant le sommeil, l'esprit s'agite, fait semblant, invente des histoires. Un rêve, c'est le lieu où la vie croise l'absurde, l'impossible, le subtilement dérangé ; l'esprit rumine, comme un cerf. Au réveil, nous ne pouvons nous empêcher de passer les rêves au crible dans l'espoir de cerner la vérité, d'en décrypter le message, car nous ne doutons pas qu'il y en ait un. Mais il n'y a pas de messages, pas plus la nuit qu'à la lumière du jour. « Ce que je vois n'est pas toujours réel, en particulier quand je ferme les yeux », lui avait un jour confié sa mère.

Le garçon se frotta les joues avec colère. Ne t'imagine pas qu'elle est là, qu'elle te surveille, te cajole. Ne converse pas avec elle. Elle ne peut rien t'apporter de plus que ce qu'elle t'a déjà donné.

Il se jeta sur le lit et sirota son café. Il prit *Moonfleet* sur la tablette et feuilleta le livre jusqu'à la page qu'il cherchait, mais il se contenta de rester là, les yeux brûlants.

Après avoir bu du café et mangé du pain grillé à la poêle, Jack s'offrit quelques cuillérées de confiture de prunes à même le pot, puis il prépara son dîner, l'emballa dans un linge et le fourra dans une poche de manteau. Il attrapa sa canne à pêche et sortit de la cabane. Il l'appuya sur la chaise de Sampson, près du cercle de feu, prit le hackamore sur un poteau de l'enclos et, une botte sur une traverse, regarda le cheval immobile. Le petit enclos, en jachère depuis un an, avait été généreusement engraissé par le crottin. À présent, il faisait penser à une plante en pot hérissée de jeunes pousses, masse nourricière au centre de la clairière dénudée qui entourait la cabane. Au-dessus de Jack, une lune ratatinée, des nuages découvrant une journée qui s'annonçait pleine de vent et de soleil. La croupe de l'animal était tournée vers l'ouest. « Pour savoir de quel côté vient le vent, regarde le cul de ton cheval », disait son père. Sampson était encore plus succinct : « Les bisons font face au vent. Pas les chevaux. »

Le cheval, la bouche entrouverte, avait des herbes jusqu'aux genoux. Le garçon fit claquer sa langue, mais n'obtint pas de réaction. Il enjamba la traverse du bas, se glissa sous celle du haut, s'approcha du Morgan. En vérité, le Morgan émergeait d'un profond sommeil. Il secoua la tête, cligna des yeux en direction de Jack et remua les mâchoires.

« Réveille-toi, gros paresseux. » Il lui passa le hackamore en prenant soin de ne pas accrocher ses oreilles dressées. Il balaya de la main les fleurs d'herbes qui parsemaient la robe de l'animal, flatta son poitrail, son cou. Plaquant son oreille contre le flanc chaud, il l'écouta respirer, épia les battements de son cœur.

Le garçon sortit un morceau de sucre de sa poche et le Morgan s'anima considérablement. Il mangea le sucre et explora la main de Jack, à la recherche de grains égarés. Ils marchèrent jusqu'au bout de l'enclos, le cheval reniflait les poches du garçon en grognant. Jack revint sur ses pas et le cheval le suivit en agitant les oreilles. « Stop », ordonna-t-il, et le cheval obéit. C'était un vieux truc qu'ils avaient perfectionné au fil des ans, depuis que le garçon était petit. C'était leur seul truc, et il n'avait rien de particulièrement remarquable. Ce qu'il y avait de bien, c'est que le garçon n'avait plus besoin de regarder l'animal ni même de faire un geste. Le mot *stop* suffisait. Ensuite, il fit « Ho ! », et le cheval le suivit. « Stop », répéta-t-il, et le cheval s'immobilisa. Ils poursuivirent le jeu pendant un moment, alternèrent les arrêts et les départs. De temps à autre, le garçon produisait un nouveau morceau de sucre.

Jack entraîna le Morgan hors de l'enclos, agrippa le garrot et fit passer une jambe mince par-dessus son dos nu. Il donna de petits coups de pied dans les côtes de l'animal, qui fit quelques pas de côté ; Jack se pencha pour saisir sa canne à pêche. Puis ils s'éloignèrent de la maison en suivant la crête. De là, on apercevait la rivière, la voie ferrée et la route à ses divers stades d'avancement ou de décrépitude. Et aussi, à mi-distance, les prisonniers.

Du côté nord, le chantier était si avancé que les hommes s'agglutinaient précisément à l'endroit où le garçon aimait pêcher. Il aurait pu pousser plus en amont, mais c'est là que mordaient les truites.

L'heure du dîner était encore bien loin, mais le garçon, jamais capable d'attendre, avala son repas. Pendant ce temps-là, le cheval allait ici et là, arrachait des herbes, tournait en rond sans se presser. Il revenait sans cesse auprès de Jack, plaçait sa tête à côté de la sienne pour assister, lui aussi, au spectacle qui s'offrait en contrebas.

Enfin, Jack plia le bout de tissu et le rangea dans sa poche. Ils montèrent vers un lac entouré de rochers et un secteur d'éboulis où ils allaient autrefois pique-niquer en famille, pêcher et tremper leurs orteils dans l'eau. Et où, savait Jack, son père avait l'habitude de tendre des pièges.

Dans la vallée, les prisonniers travaillèrent jusqu'à l'heure du thé. Ils laissèrent alors tomber leurs outils et s'approchèrent du chariot du cuistot où, comme chaque jour, ils se regroupèrent, baragouinant dans leurs langues et houspillant les deux cuisiniers. L'un des cuistots déversait une suite ininterrompue d'invectives et de reproches, car il était impossible de satisfaire l'appétit de tant d'hommes quand les meilleurs morceaux disparaissaient comme par enchantement, et ils savaient très bien qui se livrait à ce pillage, nom de Dieu. Un de ces quatre, cet homme aurait droit à un bon coup de poêle à frire sur la tête. Comme cette harangue faisait partie du quotidien, personne n'y prêtait attention, et la journée, pour le reste, était paisible, lassante. Les hommes prenaient leur bol en fer-blanc fumant et leur brique de pain, puis ils s'asseyaient côte à côte sur un pin abattu où ils piaillaient, tels des moineaux sur un fil. Quelques-uns fermaient les yeux et dormaient assis, le menton enfoui dans le col de leur manteau.

Le sergent Buck compta les hommes pour la quatrième fois dans une journée où ils seraient comptés encore et encore, lorsque le coup de feu retentit. Tous sursautèrent à l'unisson et regardèrent autour d'eux d'un air affolé. Comme un seul homme, les gardiens brandirent leurs carabines, tandis que la détonation se répercutait dans la vallée et gagnait les hauteurs. Tous les yeux se tournèrent vers Parker. Il était encore en position de tir, son arme braquée sur une forme pâle qui rua une fois, puis deux, avant de s'immobiliser.

Le sergent Buck se couvrit les yeux de la main. Ce n'était pas un évadé, Dieu merci, ce n'était pas un homme. C'était un cerf mulet, une jeune biche en âge de se reproduire depuis peu, morte au bord de la rivière.

Depuis le temps, les hommes avaient sans doute l'habitude des coups de feu, mais pas les chevaux. Une jument se cabra dans ses traits et entraîna l'autre avec elle ; le chariot, emporté par un frisson rythmique qui faisait tinter les bols et les tasses en fer-blanc, fut entraîné de côté et menaça de se renverser. Les cuistots indignés poussèrent les hauts cris. Les conducteurs s'efforcèrent de calmer les chevaux, et des prisonniers coururent leur prêter main-forte. Cela glapissait de partout.

Une fois le calme rétabli, le sergent Buck se dirigea vers le tireur et le semonça à voix basse. Parker le regardait de ses yeux rougis sans broncher, sans présenter d'excuses. Les conversations s'étaient tues et les prisonniers assistaient à la discrète réprimande avec un plaisir manifeste, car Parker était un gardien haï. Dernièrement, il avait pris l'habitude, par jeu, de provoquer un détenu jusqu'à ce qu'il jure ou crache pour ensuite le jeter par terre et le corriger brutalement.

« Vous deux ! cria Parker. Venez ! » Les prisonniers les plus proches coururent jusqu'au cerf, le soulevèrent par les pattes et le traînèrent jusqu'au chariot. L'animal serait servi au directeur de la prison et aux gardiens. Les hommes se remirent au travail, le cœur battant.

Parker s'approcha du traîneau pour admirer son exploit. La bouche de la biche était restée ouverte sur son dernier souffle, et sa langue pendait. Il corrigea la position d'une des fines pattes, chaude et musclée dans son poing. La carcasse, souple, ne saignait presque pas. Qu'un petit écoulement à la hauteur de l'épaule. Il posa une main sur le flanc immobile.

Jack Boulton mena le cheval par la bride jusqu'au bord du lac, mais l'animal fit demi-tour à la recherche d'herbe. Jack gravit le talus et, en fouinant à gauche et à droite, réussit à dénicher quelques vieux collets. En tirant dessus, il se rendit compte qu'ils avaient été plus ou moins détruits par les éléments. Dans le dernier, il découvrit un pika mort, immatériel et momifié par le froid. Il tint un instant l'horrible poupée par le garrot qui l'avait étranglée avant de l'envoyer valser, avec le collet, au fond d'une crevasse.

Autour de lui, dans l'éboulis, des pikas vivants poussaient de petits cris indignés, et Jack répliqua. Le refrain fut bêtement repris en chœur encore et encore, jusqu'à ce que Jack fonce vers eux au milieu des rochers, en rugissant et en battant des bras. En un clin d'œil, les créatures disparurent dans les anfractuosités du terrain. Jack s'immobilisa en riant, dans le silence rétabli. Le concert était terminé. Il redescendit, les pans de son manteau battant ses cuisses. Il ne restait plus rien des efforts de son père. Étant donné les souvenirs qu'il gardait des petits pikas, du travail qu'il fallait pour parer ne fût-ce qu'un seul spécimen – et il en fallait plusieurs pour faire un ragoût –, Jack décida que le piégeage était terminé.

Il fit ricocher des cailloux sur la surface du lac et roucoula pour lui-même ; les parois rocheuses lui renvoyèrent sa voix, assourdie et étrangère. Il n'attrapa pas un seul poisson, mais le sifflement de la ligne avait sur lui un effet apaisant. Après avoir utilisé toutes sortes d'appâts, il tenta sa chance avec une sardine prélevée dans une boîte de conserve. Il en découpa quelques autres et jeta les morceaux à l'eau. Avec du tabac pris dans la blague qu'il gardait dans sa poche, il se roula une cigarette, puis il chercha des allumettes, sans succès, et finit par tout ranger.

Le moment n'était pas idéal pour pêcher – dans l'eau, rien ne bougeait, aucun signe de vie. Au bout d'une heure, il s'allongea au soleil sur la rive, dos aux rochers, une pierre chaude en guise d'oreiller, puis il sortit de sa poche le cahier d'examen des rangers des États-Unis, qu'il lut jusqu'à midi.

Comment et à quelles fins les forêts nationales furent-elles créées ?

La notion même de terres fédérales était étrangère au garçon, qui ne savait pas très bien ce qu'était un gouvernement. Il se demanda donc si c'était une question piège. En plus, il butait sur cette idée de « création ». Pourquoi avait-on créé la forêt ? C'était peut-être une question concernant Dieu. Il n'en était pas sûr.

Certaines questions étaient si faciles qu'on aurait tout aussi bien pu lui demander son nom.

Question 6(b). Combien de livres le cheval moyen peut-il transporter pendant six jours consécutifs, à raison de quinze milles par jour ? Combien de livres l'homme moyen peut-il transporter dans les mêmes conditions ?

D'autres lui faisaient regretter l'absence d'un corrigé.

Question 4. Au moyen d'une boussole et, compte tenu de la variation définie par l'examinateur, indiquez N 25° O et, à partir de ce point, S 50° E.

Jack s'imagina faire face au nord et pivoter ensuite sur lui-même. S'il y a quatre-vingt-dix degrés dans chaque quart, alors… Il feuilleta le cahier pour voir si Wilson l'avait annoté. Perte de temps, évidemment, la seule contribution de l'homme ayant consisté à écrire *Foutaises* sur la couverture.

Un soleil ardent brillait dans le ciel sans nuages et picotait la peau de Jack. Impossible de lire dans une clarté aussi vive. Il ferma les yeux à demi et, les paupières tremblantes, laissa des zigzags de lumière liquide danser dans son champ de vision. Il posa le livre ouvert sur son visage et il poussa un soupir sous la consolatrice tente de papier. Ses oreilles suivaient les errances du cheval dans le paysage rocailleux, le sifflement du vent dans les genévriers. Il somnola dans cette position pendant une heure. Il geignit d'inconfort en se tournant sur sa couche rocailleuse, puis il se mit sur le dos afin de contempler le bleu pur du vaste ciel. Il se leva enfin, étira le cou et secoua le sable de son manteau. Comme d'habitude, le cheval se laissa facilement attraper : il n'essaya pas de s'enfuir, mais regarda sans bouger Jack qui s'approchait. Celui-ci saisit la bride et ramassa les reliefs de son repas ; ils firent quelques pas vers le sentier qui les ramènerait à la maison.

Le monticule de pierres auquel il s'était adossé, comprit-il alors, n'était pas un phénomène naturel. Unique en son genre, il s'élevait, fin seul, sur une légère élévation. Ce n'était ni un dépôt glaciaire ni le résultat d'un éboulis printanier. En fait, le monticule se dressait dans un endroit protégé, largement au-dessus de la limite des crues du lac. Et chacune des lourdes pierres était placée selon un angle parfait, exactement au bon endroit, comme si c'était une main qui l'avait disposée. L'enfant y reconnut une forme d'intelligence. Le site avait été choisi après mûre réflexion. Il s'approcha donc de nouveau de l'ovale de pierres et remarqua ce qu'il aurait dû voir d'emblée : une large plaque de roche sédimentaire posée sur le dessus. Avec un soin infini, on y avait gravé deux initiales.

L'esprit de Jack Boulton poussa un cri déchirant avant de sombrer. Pendant plusieurs minutes, il ne vit rien, ne sentit rien, n'entendit plus que les battements de son cœur, immenses. Aveuglé, il continua de regarder fixement l'endroit où il s'était allongé sous le soleil en cet après-midi de paresse, à lire et à somnoler, la tête posée sur l'épaule de sa mère.

Trente-cinq

Il n'y avait pas eu de coucher de soleil, ce jour-là, aucune lumière dans le ciel. Le jour où il l'avait trouvée. C'est du moins ce qu'il semblait au garçon, attablé dans la cuisine. Il avait sans doute nourri, étrillé et abreuvé le cheval. Il avait sans doute allumé des lanternes et tisonné le feu dans le poêle avant, tout simplement, de s'immobiliser. Il ne se souvenait pas d'avoir accompli ces corvées. Il était assis à la table, la poitrine et le visage illuminés par une lanterne, le reste du corps enfoui dans l'ombre. Il posa la main à plat sur le bois, comme pour se lever, mais ne bougea pas.

Par la porte ouverte, il jetait de loin en loin un coup d'œil dans la clairière, où le vent nocturne s'était mis à souffler en tous sens, et dans l'intervalle séparant deux regards, sans qu'il sache comment, les heures s'écoulaient. De petites créatures trottaient sur l'avant-toit, mais il ne les entendait pas. Des brindilles et des pommes de pin tombaient des plus hautes branches et mitraillaient gaiement le toit de la cabane ou traversaient la clairière, mais le garçon était trop perdu en lui-même pour lever les yeux. Sa mère était morte. À présent, il savait exactement où gisait son corps. Cette connaissance ne lui apportait aucune consolation. Fruits de l'ignorance, le dernier lambeau de rêve, la dernière lueur d'espoir, le dernier simulacre d'enfance s'étaient évanouis. Il flottait sur une mer ombreuse dont il cherchait, en vain, le fond.

Il contempla sa main sur la table, ses longs doigts lisses. Cette main était à lui, mais aussi, par son aspect, à elle. Hybride, allongée et à peine formée, encore en formation, sans caractère et sans relief ; il la voyait à travers des yeux furieux, gonflés de larmes.

« Je n'ai jamais pleuré mon père, je n'ai jamais versé une larme pour lui. Je ne sais pas pourquoi. C'est pourtant triste quand quelqu'un meurt », avait un jour dit la religieuse. Elle avait parlé en infirmière. Le deuil comme une chose naturelle.

Jack regarda ce qui subsistait autour de lui. Sa table bien rangée, ses murs, son toit, ses livres sur l'étagère, sa carte sur le mur, son cheval, son fusil, sa fenêtre, ses bottes inconfortables, ses nombreuses couvertures superposées, son lit. Tout cela, cette grande solitude, constituait son héritage. Tout cela lui appartenait, à lui et à personne d'autre ; il n'y avait personne d'autre.

La porte était ouverte et il sentit la pluie, portée par le vent du nord-ouest qui se levait. Il entendait le cheval arpenter l'enclos, s'ébrouer, se préparer à affronter le mauvais temps. En s'appuyant avec les paumes sur ses genoux, le garçon se souleva, ressemblant davantage à Sampson qu'à lui-même, puis il sortit. Il n'avait toujours pas réparé les traverses de l'enclos et il n'avait pas non plus calé la porte de la remise pour l'empêcher de battre au vent. Il fallait qu'il déplace le seau resté sous l'avant-toit pour recueillir l'eau de pluie.

Jack prit ses chemises sur la corde et les rentra dans la cabane. Il ferma la porte au moment où les premières trombes d'eau s'abattaient sur son versant de la montagne.

Trente-six

Au milieu du long escalier, elle s'arrêta, les jambes tremblantes. Son souffle déchaîné agitait sa poitrine fluette, lessivait son cœur. Le Pax commençait à agir, et elle prit un moment pour apprécier son effet. Un bienheureux engourdissement se posa comme une main sur sa nuque et chatouilla la racine de ses cheveux.

De l'air humide, entré par les fenêtres ouvertes, ruisselait depuis l'étage. Il bondissait par-dessus ses chaussures, provoquait des remous dans le couloir du rez-de-chaussée, glaçait les tapis persans puis s'engouffrait en tire-bouchonnant dans l'escalier de service menant à la cave. Elle reprit son ascension, balançant sur chacune des marches son être vidé et sans espoir, se retrouva de nouveau devant la chambre du garçon. Pour la quatorzième fois ce jour-là. Le bocal en verre qui maintenait la fenêtre ouverte n'avait pas bougé. Les couvertures étaient retournées, l'oreiller dodu et invitant. Elle se pencha sur le bocal, une petite marque à l'encre sur le napperon en coton et une autre sur le montant de la fenêtre, astuce qui lui indiquerait qu'il était entré et ressorti en douce. Cependant, les deux traits étaient parfaitement alignés, telles les aiguilles d'une boussole, exactement comme avant.

Se relevant, elle regarda le lit et abaissa les paupières sur ses yeux brûlants. En cet instant précis, elle vit avec une grande clarté la farce qui se jouait, l'artifice avorté, la chambre semblable à la salle d'un musée fermé d'où on aurait retiré le mannequin de cire. Elle se vit telle qu'elle était ou telle qu'elle croyait être : une femme dupée qui se berce d'illusions, une femme trompée par son esprit et par le garçon lui-même. Elle retira le bocal, laissa la fenêtre tomber dans sa rainure, tira les couvertures sous l'oreiller, puis s'assit sur le lit étroit. « Je ne sais plus », dit-elle à voix haute, bien qu'il n'y eût personne, les paumes sur les genoux.

Elle regardait par la fenêtre, les bras dans une pose réfléchie, un coude dans la paume opposée, mais sans penser. Elle était diminuée par la fureur et le manque de sommeil. Pendant que s'égrenaient les minutes, puis les heures, des gens passèrent dans la rue, des chevaux, des chariots et des automobiles aussi. Au crépuscule, une bande de prisonniers en formation de marche irrégulière, de retour d'un quelconque chantier, défila sous ses yeux, en route vers les baraquements en périphérie de la ville. Assise sur le lit du garçon, elle vit le soleil se coucher ; pendant sa vigie, elle sentit monter en elle une insoutenable camaraderie avec le petit, le petit tel qu'il avait été quand il était encore à elle. Son grand amour, son unique confident.

« Je souffre, lui avait-elle dit, parce que j'ai quitté l'Ordre. Parce que j'ai renoncé à la compagnie de bonnes âmes. »

C'est là qu'elle avait raconté son histoire au garçon pour la première fois, à son chevet, à l'époque où il délirait encore un peu. Il somnolait, hallucinait, tenait des propos sans queue ni tête à des personnes absentes, mais elle avait le sentiment qu'il l'entendait parfaitement. Alors, en lui tenant la main, de la voix murmurante qu'on utilise au confessionnal, elle lui avait tout raconté.

Petit à petit, lui avait-elle dit, elle pardonnait à son père, oubliait les devoirs familiaux qu'on lui avait imposés, la maladie, les corvées ingrates et la terreur qui pesait sur la maison comme si elle était en quarantaine. Emelia Cload, unique héritière d'une dynastie bancaire, avait accueilli l'âge adulte en se jetant à corps perdu au service de Dieu. Ce choix avait dégoûté son père. Dans l'esprit de cet homme, être au service des autres n'avait de sens que dans une perspective mercantile. Et si elle refusait de contracter un mariage avantageux, à quoi servait-elle, au juste ? Il ne lui avait de nouveau adressé la parole que des années plus tard, à la veille de mourir. Et même alors, la voix paternelle lui était parvenue en pleine nuit par le truchement des lignes haletantes d'un télégramme, et c'était pour lui ordonner de rentrer, elle le savait avant même de le lire. De religieuse à infirmière en l'espace d'une semaine. Comme elle avait été l'apothicaire de l'abbaye, la différence n'était pas si grande, en réalité. Le train qui l'avait ramenée, le seuil qu'elle avait franchi, tous les employés de maison qui avaient disparu, la cuisine dans un état déplorable, son ancienne chambre transformée en vestiaire, envahie par les robes de la seconde épouse.

À sa façon, l'épouse replète avait tenté de s'occuper du malade, mais quand Emelia était arrivée, telle une infirmière itinérante, cette femme, visiblement soulagée, s'était réfugiée dans sa chambre, où elle jouait aux cartes avec elle-même, gagnant à tous les coups, ou bien perdant, c'était sans importance. L'homme ne voulait voir que sa fille unique, et ses yeux apprirent à Emelia que c'était pour la punir. *Tu voulais être au service des autres? Eh bien, te voilà exaucée.*

Elle donnait le bain à son père, lui faisait prendre ses médicaments à la cuillère, brossait ses cheveux clairsemés. Le jeune médecin qui passait à la maison était un garçon du coin qui connaissait la famille depuis l'enfance. Il ne se défaisait jamais de son sourire aimable, même quand le patient rageait contre lui, lui ordonnait de sortir, le suppliait de revenir, le traitait de sale catho, d'ignorant, de fumiste. Penché sur le patient, il écoutait le cœur spongieux, les poumons obstrués, tenait des propos rassurants. Mais avec Emelia Cload, le docteur n'avait pas mis de gants.

« Cet homme a toujours eu un cigare au bec et un verre à la main. Il a toujours fait à sa tête. Jusqu'à maintenant, il avait refusé de s'offrir des consultations médicales. Mais son déclin est inhabituellement rapide, et je ne comprends pas pourquoi. Il ne tient même plus debout. Vous savez ce qu'on dit : il vaut mieux appeler les pompiers *avant* que la maison ait été rasée par les flammes. »

Elle était arrivée à ce même diagnostic, mais de l'entendre venant de quelqu'un d'autre lui conférait un surcroît de réalité. C'était donc sans espoir. Emelia Cload observait la terne routine, les heures marquées par le rythme circadien de son père :

éveil, tête chauve au-dessus d'un bol de bouillon intouché, yeux aux paupières tombantes qui suivaient son va-et-vient dans la chambre, respiration sifflante, déclin, sommeil. Quand il dormait, elle accomplissait certaines tâches ; quand il était réveillé, elle en abattait d'autres. La lessive sans fin. Le jour où il avait appelé Emelia par le nom de sa mère. La nuit où il lui avait dit : « Je t'aimais, mais tu m'as quitté. » La surprise qu'elle avait ressentie. Elle avait laissé tomber le flacon de médicaments qu'elle tenait à la main, et il s'était fracassé sur les belles chaussures de l'avocat. S'était-il adressé à elle, sa fille, ou à sa femme depuis longtemps disparue ? Comment savoir ?

Elle ne se souvenait pas du jour précis où elle avait aperçu son épais cahier noir à elle, posé sur une table dans la chambre de la jeune épouse, du moment où elle était entrée dans cette pièce, avait feuilleté le cahier et y avait découvert des annotations d'une autre main. Mais elle se rappelait avec une clarté absolue l'onde de choc qui avait suivi la révélation, le moment où elle avait vu l'inscription faite d'une main puérile : *Frotter tous les soirs la colonne avec de l'onguent à base de thal. Mais combien ?*

Sels de thallium. Produit inodore, insipide, principal ingrédient de la mort-aux-rats. Moyen plutôt efficace de précipiter le passage de vie à trépas d'un vieux mari. En feuilletant le cahier, Emelia découvrit des endroits où la femme avait souligné quelques-unes de ses propres notes, où elle avait inscrit dans les marges les définitions du dictionnaire de mots comme *isotope* et *soluble.* Elle reconnut bientôt en cette femme une élève obtuse mais motivée. Depuis combien de temps ce manège durait-il ?

Ce qui était moins clair dans sa mémoire, c'est le moment où elle-même, armée d'une plume et d'un buvard, avait écrit : *Si vous voulez le tuer, faites-le comme il faut.* Puis, dans le style télégraphique des infirmières, elle avait inscrit la recette.

20 mg Tl, dans l'eau, q8h, P.O., administrer s̄ docteur.

Sels de thallium, toutes les huit heures, sans médecin. Elle avait fermé le cahier avant de le remettre sur la table de chevet de la petite crétine.

Se rendait-elle complice ? Non. La note avait eu pour but de faire honte à la femme pour qu'elle arrête. Et de fait, les visites nocturnes de l'épouse, avec un chocolat chaud et un emplâtre pour le dos, prirent fin abruptement.

Emelia se tourna donc vers l'étude, comme l'aurait fait tout médecin. Elle écuma la bibliothèque à la recherche d'informations utiles. Rien au sujet d'un antidote dans ses vieilles revues médicales ; rien non plus dans le dictionnaire, l'encyclopédie, ses livres à elles. Pas de bibliothèque médicale à moins de cent cinquante milles, et elle ne pouvait pas abandonner son père, surtout en ce moment, ne fût-ce que pour un après-midi. Elle écrivit donc à une ancienne collègue à l'abbaye, une femme qui savait tout, en ayant soin d'envelopper la question concernant le thallium dans de nombreuses autres questions d'intérêt scientifique. La lettre prenait la forme du bavardage d'une femme intelligente réduite à l'asservissement et craignant de périr d'ennui. La réponse ne se fit pas attendre. Oui, un débat opposait apothicaires et profanes à propos des propriétés antidotiques du bleu de Prusse, pigment utilisé en peinture qui absorbe le poison et l'évacue par la voie des excrétions. Quelques preuves anecdotiques, rien de plus. La vénérable femme de l'abbaye promettait d'envoyer à Beatrice un échantillon de la poudre bleue et terminait sa lettre dégoulinante de tendresse par ces mots : *Tu as remarqué, Bea ? La Vierge Marie est toujours de bleu vêtue.*

Emelia lut la lettre puis la brûla dans le poêle.

Une semaine s'écoula, puis une autre. Le paquet n'arriva pas, mais c'était sans importance, car le poison avait déjà fait son œuvre.

Le dernier jour, elle tint compagnie à son père, cadavérique dans son lit. Elle prit sa main frêle dans la sienne et, en portant sa main libre à sa bouche pour s'imposer le silence, elle sentit la respiration de l'homme devenir laborieuse, puis ralentir, vit sa peau prendre une teinte qu'elle n'avait jamais oubliée, comprit que la personne était disparue, même si les poumons continuaient d'aspirer et d'expirer de l'air, une cuillérée à la fois ; elle fut témoin de l'affreuse, de l'haletante ténacité du corps du vieil homme, puis, à la fin, contempla en silence la forme immobile, tandis qu'au rez-de-chaussée la veuve tenait salon, sirotait du thé en chuchotant, entourée de parasites, de flagorneurs et de flatteurs. Au bout d'un moment, Emelia déposa la main de son père et laissa dans son lit la poupée grise et émaciée, la bouche ouverte.

L'avocat n'avait encore jamais vu la mort ; bien que visiblement terrifié, il était resté assis près de la porte et n'avait rien perdu des derniers instants. En vertu du testament, il devait confirmer qu'il s'agissait bel et bien d'une mort naturelle. Personne ne songea à demander pourquoi, et Emelia ne dit jamais rien à ce sujet.

Deux jours plus tard, Emelia vit la jeune veuve lire le journal au salon funéraire en fredonnant pour elle-même, incapable de cacher sa joie, maintenant que les dispositions du testament s'appliquaient. Elle n'avait manifesté aucun intérêt pour le choix de l'urne, des fleurs, de la musique. « C'est sans importance, pépiait-elle. J'ai mes souvenirs. » Avec un sourire ouvertement sarcastique.

Mais pendant les funérailles, devant une salle comble, la veuve joyeuse avait offert une prestation théâtrale inattendue : les bras drapés sur le cercueil, elle étouffa de bruyants sanglots dans un mouchoir, les yeux parfaitement secs, une main pressant sa poitrine, affectant le courage éploré.

« Les plus belles années de ma vie », répéta-t-elle à chacun des proches du défunt.

La formule avait un air de citation archiconnue, lue ou entendue quelque part. Meilleures années ou pas, le compte bancaire fut vidé en un clin d'œil, la veuve prit un train à destination de New York un peu avant minuit, et la vieille demeure fut enfin déserte.

Emelia Cload, dernière de sa lignée, se souvenait de s'être tenue dans la salle à manger avec, à la main, une cuillère de service en argent gravée sur laquelle les initiales de son père étaient emmêlées à celles de sa seconde épouse, cette femme qui avait fini par le tuer. Elle se souvenait d'avoir récuré les sols de la grande maison, d'avoir tout nettoyé et lavé deux fois. Des longues heures et des longues journées qui suivirent. Des nuits étranges passées dans son lit de petite fille, où elle devait se défendre contre la sensation de n'avoir jamais grandi, de n'être jamais partie. De l'après-midi où elle avait descendu dans la cour toutes les robes abandonnées par l'épouse et y avait mis le feu. Du jour où le facteur lui avait remis un paquet bien ficelé, emballé dans du papier kraft ; en l'ouvrant, elle avait trouvé l'antidote. De la poudre bleu foncé contenue dans une petite boîte en fer-blanc accompagnée d'une minuscule cuillère à mesurer. D'une carte indiquant la quantité approximative recommandée pour dix livres de masse corporelle. Emelia avait tout rangé dans une des hautes armoires de la cuisine, avec ses herbes et ses minéraux.

Voilà l'histoire qu'elle avait racontée au garçon. « Mais j'ai oublié, murmura-t-elle, parce que tu es là. Tout va mieux. Je me sens revivre. » Puis elle reprit la nomenclature des blessures qu'elle avait oubliées. Elle lui parla de son cœur, de ses espoirs, elle lui parla de ses craintes.

Il était couché là, dans ce lit, tandis qu'elle, en lui agrippant la main, s'était confessée. Car c'était bien une confession dans la mesure où elle avait avoué sept meurtres par empoisonnement, sans s'excuser, mais sans en tirer d'orgueil ; elle avait prononcé les mots une seule fois, le plus clairement possible. Le garçon, ange attentif, était si malade et son esprit était si dérangé qu'il était incapable de porter un jugement.

Quand elle était entrée à l'abbaye, sa vie s'était fusionnée à celles d'une centaine de femmes, y compris une camarade de cellule aimable mais – selon Emelia – simplette, ainsi qu'une mère supérieure si vieille et si imposante que personne n'osait même la regarder. Emelia reçut son nom en religion, sœur Beatrice. Pendant les repas, elle était assise à quatre chaises seulement de la mère supérieure, qui s'amusait à poser aux novices des questions d'exégèse biblique auxquelles les plus chevronnées auraient été en peine de répondre. Durant certains repas, les filles étaient si nerveuses qu'elles avaient peine à avaler.

L'abbaye, située à Colorado Springs, était associée à un sanatorium spécialisé dans le traitement de la tuberculose, des insuffisances veineuses, des affections nerveuses et des « maladies honteuses ». Les occasions d'apprendre et de s'initier à la profession d'infirmière étaient donc légion. Les sœurs entretenaient un jardin médicinal ; elles disposaient d'un laboratoire de chimie bien équipé ; elles s'occupaient d'une bonne part des traitements à base de produits chimiques et d'herbes. Parfois, c'était même une sœur infirmière qui administrait les médicaments.

Comme les autres sœurs, Emelia avait été attirée par l'abbaye, voire poussée vers elle, par le besoin de cesser d'être une anomalie dans le monde. Certaines sœurs étaient tenaillées par le doute quant à la sincérité de leur foi, mais elles étaient là parce qu'elles n'avaient aucune envie d'être courtisées par des hommes, retournées dans tous les sens sur un sommier grinçant et condamnées à l'incessant labeur de la vie matrimoniale. Quelques-unes avaient pris le voile pour étudier, car, pour une fille, il n'y avait pas d'autre moyen de recevoir une formation digne de ce nom. On avait déposé d'autres filles sur le seuil de l'abbaye comme des chatons égarés, parce qu'il n'y avait pas assez à manger à la maison, alors qu'un fils peut facilement trouver du travail et ne risque pas de tomber enceinte. Pour sa part, Emelia Cload avait senti le besoin de comprendre la mère dont elle ne gardait aucun souvenir, de s'en rapprocher peut-être. Elle avait également voulu échapper à son père, le répudier complètement. Elle le connaissait assez pour savoir que la décision qu'elle avait prise l'avait blessé, et elle avait passé de trop nombreuses années à l'abbaye à s'en féliciter.

Les sœurs infirmières avaient accès à tous les services du sanatorium, y compris la bibliothèque médicale, et sœur Beatrice y passait ses temps libres. Et toutes les sœurs avaient la clé de l'armoire où étaient gardés les poisons. C'est ainsi que, un soir, une dose de digitale, plante connue également sous le nom de Notre-Dame, avait abouti dans la soupe de la mère supérieure. Comme elle aimait les plats épicés, elle ne détecta rien. En la trouvant sans vie le lendemain matin, on conclut qu'elle était morte de vieillesse. Par la suite, les repas furent plus agréables pour toutes.

Solution simple, nette et étonnamment facile.

Dans le courant de cette année-là, une sœur, un beau matin, trouva un homme atteint de syphilis au stade tertiaire – et donc condamné à l'une des pires fins qui soient – mort paisiblement dans son lit.

La tuberculeuse exténuée dont chaque halètement donnait l'impression d'être le dernier, le jardinier mordu par un chien atteint de la rage… Assise dans la bibliothèque, elle étudiait avec une attention féroce le dossier des patients promis à une mort certaine et, en soignant doses et détails, abrégeait leur agonie.

Ce fut à peu près à cette époque que sœur Beatrice cessa de prier.

Elle passa la deuxième année de sa résidence dans une sorte de deuil de son âme. À la chapelle, elle s'agenouillait avec les autres pour prier, mais se révélait incapable de fermer les yeux. À l'heure des repas, pendant la prière, elle baissait la tête, mais se contentait de regarder fixement la nappe. Le soir venu, elle posait ses mains jointes sur le couvre-lit, y appuyait le front et… ne disait rien. Prier, c'était comme dormir, comme rêver d'un monde meilleur, mais elle s'était réveillée en sursaut. Maintenant qu'elle avait laissé tomber la main de Dieu, savait-elle, il n'y avait pas de retour en arrière possible.

Elle avait tout noté dans son cahier noir. Les dates, les doses, les maladies, les observations, la plupart du temps en langage codé.

Dans la chambre déserte du garçon, elle se rendit compte que ses lèvres remuaient, que sa main gesticulait, et elle se calma. Elle vit la commode dans laquelle étaient rangés tous les vêtements qu'elle lui avait achetés. Le tiroir du bas était fermé, mais elle le savait vide. Il avait pris ce qu'il voulait, laissé le reste derrière. Dehors, les branches des arbres frottaient contre les bardeaux et il y avait promesse de pluie.

Elle se leva et s'engagea dans le couloir. Ses jambes menaçaient de céder sous son poids et elle se rendit compte qu'elle avait abusé de la teinture. La porte de la bibliothèque s'ouvrit en grinçant. Sans trop savoir pourquoi, elle s'approcha du bureau où, des mois plus tôt, elle avait caché le couteau du garçon. Un instrument dangereux dont la lame se repliait dans le manche, le genre d'article qui fascinait les jeunes. Elle ne se donna pas la peine d'ouvrir le tiroir. Il l'avait pris, bien sûr.

Elle se mit plutôt à inspecter la pièce, à aller de tablette en bibliothèque, de bibliothèque en cabinet, à observer les espaces entre les livres, les rectangles propres au milieu de la poussière. Elle dressa ainsi un inventaire de tout ce qu'il lui avait volé. S'approchant de la tablette réservée aux ouvrages médicaux, elle constata que son cahier noir, son fameux cahier noir, avait disparu. Sous l'effet de la surprise, son cœur se serra.

Elle resta là un long moment, la respiration inégale, son esprit drogué creusant comme un ver fouit la terre. Il l'avait volé. Il le lirait. Il comprendrait. Il risquait de parler. Au moment où les premières gouttes de pluie crépitaient sur l'avant-toit, elle plongea son visage dans ses mains et hurla.

Trente-sept

Sampson cherchait à comprendre pourquoi Jack avait besoin de retourner à Laggan refaire le plein de provisions. Le garçon avait réussi à épuiser toutes ses réserves et évoquait avec convoitise les raisins secs. Et le chocolat: il admirait le chocolat. Les flocons d'avoine n'étaient pas mal non plus. Dommage qu'il n'y eût pas de lait; pendant qu'il était en ville, il avait apprécié le lait. Sampson l'écoutait, incrédule. Il avait oublié l'appétit vorace des garçons. William Moreland commençait à lui manquer pour de vrai.

Ayant flairé quelque créature, le chien reniflait dans tous les coins de la cabane. Il leva la tête, réfléchit un moment, puis trotta jusqu'aux arbres, déjà à l'affût, forme pâle slalomant parmi les troncs avant de disparaître.

« T'as trouvé les pièges de ton père ? »

Cette question inattendue fut pour Jack un rappel douloureux. Quatre jours s'étaient écoulés depuis qu'il était monté là-haut. « Ouais, répondit-il après un moment. Tous les six. J'aurais dû les rapporter, mais je les ai laissés là-haut.

— T'en as trouvé six ?

— Merde, fit le garçon, dont les épaules s'affaissèrent. Papa en avait plus que ça.

— Aucune importance, dit Sampson.

— Je peux remonter. Chercher les autres.

— Non, dit Sampson avec douceur. Si tu sais pas où ils sont, personne d'autre pourra les trouver. »

Sampson ne voyait pas d'un bon œil les pièges et les collets, et il n'approuvait pas les piégeurs qui trimballent un flacon de strychnine pour garnir les pièges et accélérer le travail. Sans pouvoir fournir de preuves, il était d'avis que cette méthode gâche les peaux. Moreland ne recourait pas au poison parce qu'il mangeait la viande de ses proies et craignait qu'elle s'en imprègne. Allez savoir pourquoi, cet homme avait un faible pour les petits lièvres qu'on trouve au milieu des rochers. Il était inutile de leur tirer dessus, car ils se laisseraient tomber, morts ou vivants, dans une fissure pour ne jamais refaire surface. D'où la nécessité des collets.

Le garçon brandit devant le feu ses mains qui, avec leur liséré de lumière, faisaient comme un théâtre d'ombres. Jack les contempla. L'éclat rouge du sang irriguant sa chair. « C'est mon anniversaire, dit-il. J'ai treize ans. »

Sampson se tortilla sur sa chaise en le regardant fixement.

Jack Boulton se fendit d'un large sourire, le feu illuminant sa joue lisse. Déjà, il se sentait étonnamment différent. Malgré ce qu'il avait dit à la religieuse, il connaissait l'heure et le jour exacts de sa naissance. Il lui avait caché cette information parce que cette date lui appartenait et que c'était l'une des rares choses qui lui restaient.

Treize ans.

Il n'y avait pas d'horloge dans la cabane. La nuit précédente, il était sorti plusieurs fois jeter un coup d'œil à la lune pour deviner l'heure. Chaque fois, il rentrait et se laissait tomber sur le lit pour attendre l'heure suivante, puis l'autre, écouter le vent se lever dans les arbres. Lorsque l'instant de son anniversaire arriva enfin, il bavait sur son oreiller. Une nuit, il se rappela que son père avait promis d'être de retour pour son anniversaire. Il n'avait pas tenu parole.

« T'es encore jeune, mais, bon, c'est d'accord, je vais te trouver du travail. »

Le garçon accueillit cette déclaration avec un désarroi digne d'un personnage de vaudeville.

« Pour quoi faire ?

— T'as besoin d'argent.

— Pas du tout. »

Le vieil homme brandit un index accusateur. « Tu dors trop. Et tu fais rien de tes dix doigts, ici.

— C'est faux.

— Ah bon ? Parle-moi un peu de ce que t'as fait hier. »

Du défi, le visage du garçon passa à la bouderie.

Après le départ de Sampson, venu lui préparer son déjeuner, Jack avait allumé une cigarette roulée à la main, qui tirait mal. Il fut étouffé par une quinte de toux. Après avoir mangé une boîte complète de pêches dans le sirop, il s'était exercé à marcher sur les mains. Tel un artiste de cirque, il pouvait se déplacer sur ses paumes pendant quelques minutes et déambuler au milieu des arbres jusqu'à l'instant où, à bout de souffle, il tombait sur la mousse et suivait des yeux les hauts pins balancés par le vent. À midi, il avait ouvert la porte de la remise dans l'espoir de trouver de la térébenthine pour se débarrasser de la résine de pin qui le recouvrait désormais comme une peste. Là, à la vue du désordre, il s'était dit à contrecœur qu'il devrait tout ranger, mais il avait refermé sans faire un brin de ménage. Sa solution avait consisté à frotter avec de la terre les parties collantes de son anatomie.

Au lieu de s'acquitter des corvées du soir, il avait relu *L'Île au trésor* à la lueur de la lampe. Il n'avait ni préparé de pain ni lavé ses vêtements. Il n'avait même pas coupé du petit bois pour le poêle. Le cheval avait fière allure, mais son maître dégageait un fumet nauséabond. *Seigneur, il sent déjà.* Sampson avait peut-être raison.

« T'as besoin d'argent parce que tu manges comme deux. »

Le garçon posa sur lui un regard mauvais. « Bon.

— Aujourd'hui, on va aller voir ma femme à Laggan. Demain, on ira à Pipestone. Wilson a des chasseurs américains, là-bas. Tu lui donneras un coup de main.

— On ne pourrait pas attendre la semaine prochaine ? »

Sampson ignora cette remarque.

« Hîn, Tada ? » fit le garçon, cajoleur.

Au mot *grand-père,* le visage de Sampson s'assombrit, mais il ne daigna pas réagir.

Jack Boulton se rassit et, en contemplant le feu, se dit : *Comment peut-on accuser quelqu'un de trop dormir quand on débarque chez lui avant l'aube ?*

C'est à ce moment que le chien surgit d'entre les arbres. Ils ne l'avaient pas entendu venir, car il était rapide et furtif.

Traversant la clairière comme une flèche, il se positionna à côté du feu, sous le vent, le museau tourné comme une boussole vers les arbres d'où il avait surgi. L'animal irradiait la peur. Ils le regardèrent. Puis ils scrutèrent l'obscurité entre les arbres.

« Tu vois quelque chose ? demanda Sampson.

— Non. »

Ils n'entendaient que le crépitement des flammes.

« Moi non plus, dit Sampson. Ce chien n'arrête pas de remuer. »

Sur ces mots, l'animal détala. Ayant entendu un bruit inaudible pour les autres, il tressaillit, tourna sur lui-même et bondit dans les bois derrière eux.

« Merde », fit le garçon.

Sampson brandit devant le visage de Jack une main qui voulait dire « Reste où tu es », puis il se leva péniblement de sa chaise. Ses genoux craquèrent. Il resta un moment dans cette position, semblable à un ours, son souffle visible dans la clarté des flammes. « Bon, fit-il. J'ai pas pris mon fusil. Va chercher le tien. »

Sans un mot, Jack Boulton s'éloigna, aussi silencieux et gracieux que le chien. Bientôt, il fut évident, à entendre, venant de la cabane, les bruits d'objets qu'on traîne sur le sol interrompus par des silences, que le garçon avait du mal à trouver l'arme. Aux yeux de Sampson, il apparut clairement que celui à qui on n'avait pas appris à ranger son fusil à sa place habituelle avait été privé d'une leçon cruciale. Mais bon, lui-même était désarmé. Il retira son chapeau et, le tenant par la calotte pour bloquer le reflet du feu, il balaya du regard les arbres nocturnes.

Loin d'être effrayé, Sampson, en proie à l'avidité propre au chasseur, passait mentalement en revue le catalogue des possibilités. Loup, cerf, couguar, ours. Chacun proposait quelque chose d'utile, de vendable ou de succulent : peau, bois, viande. Les wapitis ne montaient pas jusqu'à cette altitude, ne s'aventuraient pas dans la forêt dense. Sampson s'efforça de déterminer de quelle bête il s'agissait en se fiant à la réaction de terreur du chien. Hélas, cet animal était imprévisible, voire inconstant, peut-être en raison de ses origines mixtes – il était à moitié loup. Le vieil homme l'avait vu contourner respectueusement une petite martre. Il l'avait également vu se hérisser, se transformer en un grognant cauchemar, tenir tête à un ours noir jusqu'à ce que la pauvre bête tourmentée se résigne à grimper à un arbre pour se mettre hors de danger. Et un jour que Sampson chassait le mouton sauvage, il aurait presque juré que l'animal avait encerclé le troupeau, à la manière d'un loup, afin de le pousser vers le fusil en attente. Ce jour-là, Sampson avait eu si peur d'atteindre le chien qu'il n'avait pas abattu un seul mâle.

Comment deviner ce qui pourrait effaroucher un animal pareil ? Le loup en lui refusait de se laisser dresser. Il semblait considérer tout ce qu'on lui demandait, peser le pour et le contre avant de prendre sa décision. L'objet d'une telle terreur pouvait donc être n'importe quoi, d'un couguar de quatre-vingt-dix kilos à un bébé moufette égaré. Le vieil homme se laissa lentement retomber sur sa chaise et croisa les genoux.

S'étant enfin matérialisé près de son coude, le garçon lui tendit Pearl. Perplexe, Sampson considéra le fourreau rembourré, puis le fit tomber sur le sol en secouant l'arme, qu'il examina à la lumière des flammes. Il n'en croyait pas ses yeux. C'était un vieux fusil à répétition à chargement latéral. Rien n'indiquait qu'il s'agissait d'un Henry, mais Sampson le reconnut sans mal. Au départ, ces fusils étaient munis d'un très long canon ayant pour effet d'accroître leur précision, mais le canon de celui-ci avait été raccourci et le magasin modifié en conséquence. Lui-même avait possédé une telle arme au temps de sa jeunesse. Il s'en était servi contre des gens. Le fusil accueillait seize cartouches et était si facile à recharger qu'on pouvait le faire dans le noir.

« Ton père t'a laissé ça ? »

Le garçon hocha la tête.

« Et Wilson l'a gardé ? »

Même réaction.

« Incroyable. »

D'un coup de jointures, Sampson actionna le levier de sous-garde. La première cartouche fut éjectée, aussitôt remplacée par une autre. Les mécanismes semblaient répondre normalement.

« Voyons s'il fonctionne, dit-il.

— Ne tirez pas dans les arbres », murmura le garçon en pensant au fuyard, en pensant au chien.

Sampson fit signe au garçon de se ranger derrière lui, tint le fusil à bout de bras, plissa les yeux au cas où des éclats de douille en jailliraient. La détonation fut retentissante. Willow sursauta sans plus, mais le Morgan hennit, tandis que, dans le lointain tout noir, des échos syncopés résonnaient.

« Jésus-Christ ! s'exclama le garçon, les mains plaquées sur les oreilles. Il tire, et pas qu'un peu ! »

Sampson actionna de nouveau le levier et fit feu une deuxième, puis une troisième fois, chaque détonation servant un avertissement aux animaux se trouvant à un demi-mille à la ronde. *Allez-vous-en.*

Le long du canon, de la poussière calcinée s'élevait en fines volutes. Dans les arbres environnants, silence. Aucun mouvement, hormis ceux de deux chevaux nerveux.

Le garçon comptait sur Sampson pour lui dire quel animal se trouvait là, si le bruit l'avait fait fuir et même s'il y en avait bel et bien eu un. Or il vit le désarroi fleurir doucement sur le visage du vieil homme. Ses yeux aux paupières tombantes ne cillaient pas ; son visage aimable et buriné était maintenant gris et spectral.

« Qu'est-ce qu'il y a ? » demanda le garçon.

Sampson ne dit rien.

« Tada ? »

Comme les chevaux, le vieil homme était en état de choc – secoué par le souvenir, la mémoire de l'arme. Il avait seize ans et c'était la nuit, et les fusils s'étaient tus, et il était allongé avec d'autres jeunes hommes à côté du feu, ses mains, meurtries par le recul de son arme, encore tremblantes, et il contemplait les nuages dans la nuit bleue, le vacarme de la mitraille électrisant ses nerfs pendant des heures. Il vit sa vie défiler en brûlant jusqu'à l'instant présent : la crosse familière dans sa vieille paume calleuse et moite.

C'est pourquoi il n'avait pas entendu les questions insistantes de Jack. Qu'il n'avait pas vu que le garçon avait écarté le fourreau du feu et l'avait secoué doucement pour le débarrasser de la poussière avant de le cacher derrière son dos. Il ne sentit pas non plus la main légère du garçon sur son épaule.

Trente-huit

Ce matin-là, ils se préparèrent à faire le trajet jusqu'à Laggan. Ils projetaient de partir tout de suite après le déjeuner. Comme s'il avait la faculté de lire dans les esprits, le chien gravit la pente de l'enclos et bondit entre deux traverses. Déjà, il faisait les cent pas dans la clairière, prêt à se mettre en route. De la grande frayeur qu'il avait eue, quelle qu'en fût la cause, il se moquait éperdument.

Jack revêtit le chapeau et le manteau de sa mère, puis il ferma la porte de la cabane et transporta Pearl jusqu'au Morgan. Après avoir sellé, il accrocha le vieux et ridicule fusil sous le quartier en copiant avec soin ce qu'avait fait Sampson avec son antique Winchester. Sorti de l'enclos, il se hissa sur la selle.

Les chevaux choisirent un ordre de marche et s'engagèrent dans le sentier. Jack serra son mollet contre le flanc du cheval, et il sentit, pour la première fois de sa vie, une arme sous sa jambe. Situation légèrement inconfortable pour lui, mais qui ne semblait pas perturber le Morgan le moins du monde.

Au-dessus d'eux s'étirait un ciel d'un bleu surnaturel et d'une beauté absurde, spectacle si commun sous ces latitudes que les cavaliers ne remarquèrent rien. Après avoir grimpé pendant une heure, ils franchissaient une longue crête rocheuse entre deux petits sommets. L'aube rougeoyait parmi les arbres, et les cavaliers progressaient, flanqués de leurs ombres sur le sol comme les espars d'un navire. Jack bâilla en frissonnant et, de sa bouche grotesque de marionnette, son ombre bâilla aussi.

Le chien trottait à côté des cavaliers, du pas élastique d'un loup, toujours un peu plus rapide qu'eux. Parfois, il partait en éclaireur. Parfois, sans crier gare, il s'enfonçait dans les arbres après avoir aperçu quelque chose de caché. Peu après, il réapparaissait et les accompagnait pendant un moment avant de leur fausser compagnie de nouveau.

Sampson s'était remis à parler. Cette fois, il était question de ses rêves récents. Il les raconta en détail, mais Jack ne retint qu'un aspect : pour le vieil homme, ces songes étaient troublants, de mauvais augure. Jack contemplait le cheval noir devant lui, le dos large et volontaire de Sampson et, sanglé sous la selle, le Winchester dont le canon pointait droit vers l'ombre du vieil homme.

Jack passa une main sur son visage. Il était distrait. Malgré l'agitation du vieil homme, son cheval imposant, apaisé par la voix monocorde du cavalier, marchait d'un pas content.

Sampson évoquait un rêve dans lequel un vent froid lui avait claqué une porte au nez. La pièce invisible derrière. Le fracas. La bouffée d'air nauséabond, une odeur de charogne qui l'avait heurté de plein fouet. Ce qui l'avait alarmé, c'était d'avoir senti la mort dans un rêve. « T'as déjà senti une odeur en rêve ? demanda-t-il.

— Non, répondit Jack. Mais il m'arrive de voir des couleurs vives.

— Bon, fit Sampson. Des couleurs. Mais je te parle pas de ça. »

Le garçon, les yeux plissés, regarda le levant parmi les arbres. « Ce n'est pas réel. Vous avez rêvé, c'est tout. Vous faites tout le temps des mauvais rêves.

— Mais pas comme celui-là.

— Et le rêve de l'eau empoisonnée ?

— Hm…

— Et le rêve des serpents ? »

Sampson ne dit rien.

« Les rêves sont des rêves, dit Jack. Ils n'ont rien à voir avec la réalité. »

La mère de Jack, qui ne dormait jamais que d'une oreille, et encore, rêvait rarement. Mais, une nuit, elle s'était redressée en riant et, une main sur le front, avait dit : « Tu traversais une rivière à dos de cheval », ce qui n'avait eu aucun sens, ni pour elle ni pour lui. « D'accord », avait-il répondu en soupirant avant de l'envelopper dans la chaleur de ses bras, et ils s'étaient rendormis ensemble.

Pendant une descente, Jack et Sampson, penchés sur leur selle, écartaient les basses branches qui menaçaient leur chapeau. Lorsqu'ils furent sur la route, en terrain plat, les chevaux avancèrent au pas. Le temps se réchauffait. Le chien flaira un objet fascinant à l'ouest, trotta jusqu'au bout du pré. À destination, il inspecta un objet que les cavaliers ne distinguaient pas. Il se renversa, se vautra dans sa mystérieuse découverte, les pattes en l'air. Puis il se releva, secoua son épaisse fourrure avec satisfaction et revint vers eux en apportant la nouvelle avec lui.

On entendait le ventre de Jack gronder. Sampson avait beau lui répéter d'arrêter, il parlait sans cesse de manger. Il aimait les confitures, le beurre de pommes, la crème au citron, les gâteaux à la cannelle. La religieuse, dit-il, préparait une gelée de pommes translucide, absolument délicieuse sur les petits pains. Elle préparait des bols de chocolat chaud et parfois un genre de crème glacée parfumée d'une liqueur violette.

« Violette ? répéta Sampson d'un air dégoûté. Quel genre de liqueur est violette ?

— Une liqueur de cerises noires. Ou de mûres, peut-être.

— Beurk. »

Ils avaient atteint l'endroit où la route des diligences se désintégrait, se perdait dans les broussailles. En fait, de là jusqu'à Laggan, il n'y avait qu'un sentier bien battu, et quiconque souhaitait se rendre au lac Louise devait faire le trajet à cheval ou prendre le train, d'où les urgents travaux routiers en cours. Sampson contourna un jeune buisson de genévrier et Jack l'imita.

« Ça m'a toujours dérangé.

— Quoi ?

— Elle.

— Qui ça, elle ?

— Elle entre à l'hôpital et te réclame.

— Où auriez-vous voulu que j'aille, autrement ? »

À l'instant où le garçon prononçait ces mots, son esprit répondit : *À la maison.* Où il avait abouti, d'ailleurs. Jack se tortilla sur la selle en essayant de songer à une défense de la religieuse qui, en cet instant, aurait le moindre sens.

« Y a chez elle quelque chose qui tourne pas rond, déclara Sampson.

— Bah, elle n'est pas si mal.

— Non. Elle a peur de tout. Qui a peur des chevaux ?

— J'étais malade et elle s'est occupée de moi. Ce n'est pas à cause d'elle que j'ai levé le camp. »

Sampson remonta son chapeau et dit : *« Mnâ zan. »*

Sur le visage du garçon, le sourire se fractura. Il dut réfléchir longuement avant de trouver le mot dans sa mémoire. Après, abasourdi, il observa le silence. *Carcajou.*

Jack porta son cheval vers l'avant et, discrètement, s'efforça de lire le profil de Sampson. Le vieil homme avait juste l'air contrarié, exactement comme depuis l'aube.

Ils obliquèrent en direction de la rivière et de sa berge graveleuse. Là, ils laissèrent les chevaux s'abreuver dans les hauts-fonds glacés. Ils burent eux aussi, les mains en coupe, puis ils ouvrirent et fermèrent les poings pour chasser le froid de leurs doigts. Ils épiaient la surface à la recherche de poissons ou d'autres objets d'intérêt. Le garçon lança des cailloux de toutes ses forces, mais ils sombraient toujours bien avant d'atteindre l'autre rive.

Sampson montra le mont Temple. « Pourquoi ton père appelle cette montagne l'Oignon ?

— Il ne me l'a jamais dit.

— Elle ressemble pas à un oignon. »

Jack pencha la tête de côté et réfléchit. « On dirait plutôt une locomotive, dit-il.

— Non.

— Les montagnes sont peut-être comme les nuages. Chacun y voit ce qu'il veut. »

Sampson lui fit les gros yeux. « Et pourquoi t'as jamais donné un nom à ton cheval ? »

Jack regarda le Morgan. « Pour quoi faire ? Quand je lui parle, il le sait. »

C'était si vrai que le vieil homme en resta coi. Il remonta son pantalon, sa façon de reconnaître sans le dire que c'était une bonne réponse.

« M. Wilson l'appelle Bouton d'or, si vous préférez », dit Jack.

À propos des noms, Wilson était bizarre, lui aussi, et ses animaux s'appelaient Deux Bouchées, Tonneau, Grillon, et Fais ce que je te dis. Quand il ne parvenait pas à se souvenir du nom d'un homme, il avait recours à des formules désobligeantes, « Seigneur Pot de Chambre » ou « Machin Couilles », par exemple.

Sampson n'approuvait pas davantage. Il contempla la rivière d'un air furibond. « Le chien a pas de nom. Le cheval a pas de nom. Et *ça,* c'est l'Oignon. » Il irradiait le mécontentement, et le garçon en conclut qu'il avait ruminé ses griefs envers William Moreland. Pour la première fois, Jack se demanda ce que ressentait Sampson, forcé d'intervenir, de réparer les pots cassés après une tragédie qui ne le concernait pas, de veiller sur l'enfant d'un autre, de lui rendre visite dans une cabane située à des milles de la sienne. Et voilà que, à la façon d'un préfet de discipline ayant surpris un élève en train de faire l'école buissonnière, il allait confier le garçon à Wilson, se délester du fardeau sur quelqu'un d'autre.

Jack Boulton triturait les rênes. « Je suis désolé. Je fais de mon mieux. Je tiens bien la cabane. »

Sampson posa sur lui un regard montrant clairement qu'il était à bout de patience.

Jack tenta de se défendre, sa voix à peine audible dans le tumulte des eaux. « Je m'occupe du cheval, au moins. Et je laisse toujours le fusil sur la table, comme vous m'avez dit de le faire. Je garde le poêle allumé toute la nuit, la plupart du temps. Et je préparerais du pain plus souvent si… Bon, d'accord, je vais préparer du pain plus souvent. »

Ignorant cette litanie, Sampson observait la rivière, le duvet soyeux de l'eau sur les pierres et les rochers. « T'es jeune, dit-il, mais tu saurais bien t'occuper des chevaux. » C'était le premier éloge qu'il faisait du garçon. Jack se souvint de la folle erreur qu'il avait commise en faisant entrer le cheval dans la cabane et ne releva pas le compliment.

« Ton père a jamais apprécié le travail de guide. En particulier les mules. Il s'est jamais habitué aux mules.

— Et vous, vous ne vous êtes jamais habitué aux clients », répliqua Jack en souriant largement.

Sampson grogna et sembla se détendre.

Jack regardait le ruisselet de brume qui, de l'autre côté de la rivière, s'élevait d'entre les arbres en s'enroulant comme les cheveux d'une fille.

« C'était comment, là-bas ?

— Où ça ?

— Dans l'Oklahoma. »

Sampson réfléchit longuement. Il semblait chercher le moyen de résumer une expérience si vaste qu'elle ne se laissait pas enfermer. « Terrible. Pour moi, c'était terrible.

— Mais le paysage, c'était comme ici ?

— Y a rien comme ici.

— Je n'arrive pas à croire que vous étiez dans la police, dit Jack en secouant la tête.

— Ma femme non plus. Chez elle, je te montrerai mon chapeau de marshal avec trois trous dedans.

— Quelqu'un vous a tiré dessus ?

— Ils m'ont tous tiré dessus.

— Vous avez été blessé ?

— Oui, répondit Sampson en riant. Mais cette fois-là, un dénommé Reeves m'a enlevé mon chapeau, l'a posé par terre et a tiré dessus trois fois. »

Le garçon éclata de rire, et sa voix, malgré lui, se cassa.

« Pourquoi tirer sur un chapeau ?

— Je vais te trouver un meilleur fusil. Le tien est ridicule. »

Sampson avait l'habitude des coq-à-l'âne et, au fil des ans, le garçon avait fini par s'y habituer. Mais à présent, conscient de ne pas pouvoir se séparer de Pearl, il secoua la tête.

« Petit garçon. » Sampson se dirigea vers le Morgan et s'empara de Pearl. Malgré les protestations de Jack, il prit le fusil à répétition, éjecta ses nombreuses cartouches et les mit dans son ample poche de manteau. Ensuite, il en sortit une et la brandit pour fins de démonstration. « Du quarante-quatre. C'est beaucoup trop pour toi. Tu serais capable de dépecer un wapiti tout seul ? »

Le garçon soutint le regard du vieil homme avec une détermination qui lui rappela Mary.

« Regarde bien. » Il inséra la cartouche dans la culasse et actionna le levier de sous-garde. Il fit voir le mécanisme au garçon et posa son index sur le petit chien. « Dans ce fusil, le percuteur est toujours en contact avec la cartouche. S'il te glisse des mains, le coup de feu risque de partir. » Il se dirigea vers le tremble le plus proche et cogna la crosse contre le tronc. Le fusil fit feu et les chevaux exécutèrent quelques pas de danse à claquettes.

De la fumée s'échappait du canon tourné vers le sol. « Là-bas, on disait *laisser le fusil tiré.* Tu comprends ?

— Je pense que oui.

— Laisse la douille à l'intérieur. Recharge seulement quand t'es prêt à tirer.

— C'est bon », dit le garçon en réclamant déjà d'un geste les autres cartouches.

Sampson fit alors quelque chose d'extraordinaire, du moins aux yeux de Jack. En tenant le levier de sous-garde, il laissa tomber le fusil, le fit passer derrière lui, *clac clac,* et dans un seul et même geste, le ramena en position de tir. La douille avait été éjectée, et le magasin vidé. Manœuvre complètement inconsciente, produit d'une mémoire musculaire vieille de plusieurs décennies, mouvement si fluide et si gracieux que le garçon en resta ébahi.

Sampson considéra l'arme dans sa main. Puis il vit le visage admiratif de Jack. « Fais jamais ça, dit-il.

— Fantastique.

— Non.

— C'était fantastique.

— Si je te surprends à…

— Pas de danger. »

Sampson dévisagea le garçon longuement, froidement, mécontent de sa propension à mentir. « Je suis sérieux, petit. »

Jack tendit la main. « Elles sont à moi, ces cartouches. »

Sampson secoua la tête.

« Allez !

— Pas question. Tu vas te tirer une balle dans le pied. »

Le vieil homme remit le fusil à sa place. Puis il se dirigea vers la plage de galets, tourna le dos à Jack et pissa longuement dans la rivière.

Incrédule, Jack lui lançait des regards furieux. « Qu'est-ce que je vais faire avec ce maudit fusil, moi, maintenant ? » Il n'obtint pas de réponse. Derrière lui, les chevaux affectueux penchèrent leurs têtes et, aux prises avec des démangeaisons, frottèrent leurs joues l'une contre l'autre. Jack tenait dans ses mains son arme inutile et deux paires de rênes. On eût dit un garçon que le génie de la lampe aurait, par la ruse, convaincu de faire le mauvais vœu.

Trente-neuf

Laggan s'annonça par le bruit lointain d'un train qui s'apprêtait à quitter la gare. La petite musique de la cloche de la locomotive, son joyeux destiné aux touristes, bien différent des rugissements semblables à des signaux en morse qui servaient à communiquer avec le personnel ferroviaire. Jack et Sampson, encore à un mille, affrontaient un vent à décorner les bœufs. Le bord du chapeau mou de Jack se rabattait sur ses yeux ou se plaquait contre la calotte et laissait le soleil lui darder les rétines. Il finit par serrer le bord du couvre-chef entre ses doigts, gentleman perpétuellement occupé à saluer les arbres. L'énorme chien, trottant à proximité, leva sur Jack ses yeux pâles. Jack lui souffla un baiser et susurra : « Ça va, en bas, mon petit chou ? » Le chien éternua de plaisir, feignit une attaque contre les sabots du Morgan et s'élança.

Le garçon rit, et sa voix, en montant, prit des sonorités flûtées de soprano. Il avala sa salive. Ils étaient de plus en plus fréquents, ces couinements ridicules, et il lui arrivait aussi de pousser des coassements de crapaud. Bref, il ne pouvait plus se fier à sa gorge.

À bonne distance, un homme était assis au beau milieu de la route, sa carabine pointée vers le ciel. Perplexes, les cavaliers s'approchèrent. Et alors une douzaine de canards survolèrent la cime des pins, traversèrent la route en se dirigeant vers la rivière. Un plumet de fumée fleurit avant que la détonation se fasse entendre. Un canard battit de l'aile mais poursuivit son vol. Une seconde plus tard, des plombs fusèrent d'entre les arbres qui entouraient Jack et Sampson. Le vieil homme grogna d'un air dégoûté à la vue de l'idiot de chasseur qui se lança à la poursuite de sa proie.

Aux abords de la ville, ils durent retenir leurs chevaux pour laisser passer une petite ourse noire et deux oursons. Les bébés trottinaient derrière leur maman. Les chevaux et les ours se dévisagèrent d'un air méfiant et poursuivirent leur chemin, mais c'en était trop pour le chien, qui se lança à leurs trousses. Voyant ce qui avait l'apparence d'un loup foncer vers eux, les ours se mirent à courir en agitant les fesses. Après quelques foulées, les oursons progressaient à une vitesse étonnante. Ayant aperçu l'arbre dans lequel ses proies comptaient se réfugier, le chien tenta de leur couper le chemin, mais, une à la fois, les bêtes sautèrent sur le tronc et montèrent jusqu'à mi-hauteur, aussi facilement que s'il y avait eu un escalier.

« Dieu merci, souffla le garçon. C'est lui qui en aurait pris pour son rhume. »

Le chien tournait autour de l'arbre en couinant, et l'un des oursons, terrifié, urina. Des gouttelettes soulevées par le vent éclaboussèrent les feuilles mortes.

« Il aime pas les ours, ce chien, déclara Sampson.

— Disons qu'il a ses opinions. »

Plus tard, les cavaliers passèrent devant une cahute en bois qui servait de poste d'aiguillage pour le CP Railway. La cour était encombrée de bois récemment livré, et la bâche qui le recouvrait était violemment secouée par les rafales. Sous les yeux des cavaliers, les tendeurs qui la retenaient cédèrent l'un après l'autre jusqu'à ce qu'il n'en reste qu'un seul. La toile se gonfla et claqua dans le vent ; quelques secondes plus tard, elle était complètement emmêlée à un arbre. Sous la pression, l'attache solitaire sifflait et bourdonnait.

Une femme blonde d'âge moyen, incroyablement petite, sortit d'un pas décidé de la cahute en laissant échapper un flot ininterrompu de jurons. Elle gratifia les cavaliers d'un regard méprisant et se dirigea vers la bâche ballottée par le vent, ses jupes plaquées contre ses jambes maigres. Elle était chef de circulation, sans doute. Elle sauta, agrippa la bâche et réussit à la ramener un peu. Ayant saisi deux bonnes poignées de tissu au milieu d'un torrent d'obscénités, elle coinça l'excédent sous son bras et recommença à tirer.

« Et merci de votre aide, beaux messieurs, pas foutus de lever le petit doigt », lança-t-elle.

Sampson lâcha les rênes et tenta de la convaincre de laisser tomber en gesticulant. « Lâche, Lydia, dit-il. Arrête.

— T'occupe pas de moi, Sam, répliqua-t-elle. Fais ce que t'as à faire. »

Il y eut une accalmie, et la bâche glissa de l'arbre dénudé dans les bras de la femme. Elle avait presque tout récupéré lorsque souffla une nouvelle rafale. La toile s'échappa de ses bras en claquant aussi fort qu'une grand-voile. La femme fut emportée, ses talons ne touchant plus le sol. Elle poussa un petit cri. Sampson, descendu de cheval, avait déjà parcouru la moitié de la distance qui le séparait d'elle. Le corps de la femme, qui tenait toujours la bâche dans une main, pivota vers l'ouest, puis vers le sud. Le dernier tendeur céda. La bâche, aussi libre qu'un parachute, entraîna la femme vers la cahute. « Au secours ! » criait-elle, tandis que le vieil homme, courant derrière, hurlait : « Lâche tout, merde ! »

Le garçon n'en croyait pas ses yeux. Se pouvait-il qu'un bout de toile ait raison d'un être humain ? Faisant passer sa botte au-dessus de l'encolure du Morgan, il mit pied à terre et courut à la rescousse.

Les deux hommes désempêtrèrent la femme, plièrent la bâche et la rangèrent sous l'avant-toit du poste de triage. Elle avait le visage couvert de poussière et les jupes crottées, et un peigne pendouillait du nid renversé qui, quelques instants plus tôt, lui faisait encore office de chignon. C'était le genre de personne qui n'hésiterait pas à vous en vouloir de l'avoir vue dans cet état.

Sampson lui tapota le bras. « Je t'avais pourtant dit de lâcher », fit-il.

Elle se tenait droite comme un piquet. Le mot *merci* ne franchit pas ses lèvres, mais elle les invita à boire un « bon thé ».

« Non, répondit Sampson. Il faut qu'on y aille. »

La femme sembla remarquer Jack Boulton pour la première fois.

« Oh ! C'est toi, le garçon, fit-elle. Un sourire envahit son visage. Entre donc prendre du thé. Reste un peu avec moi. » Cette fois, elle s'était adressée à Jack.

Sampson secoua la tête. « On nous attend.

— C'est normal. Va voir ta femme, toi. Mais pourquoi tu laisserais pas le garçon passer un moment avec moi ? Vas-y tout seul. »

Sampson se retourna et se dirigea vers les chevaux. Malgré les cris et les claquements de la toile, ils n'avaient presque pas bougé, les rênes ballant à leur cou.

« Laisse-le poursuivre son chemin, murmura la femme à l'intention de Jack. Reste avec moi.

— Merci quand même... » Jack allait s'éloigner, mais il se souvint d'ajouter « madame ».

Quand ils se mirent en route, Lydia, devant la porte de la cahute, semblait au bord des larmes.

Sous le porche de Lena, à l'ombre, un vieux chien de la taille et de la couleur d'un raton laveur gisait sur le flanc, comme mort. En entendant les cavaliers, il se leva avec effort et descendit les marches en boitant. Dans la cour détrempée, il se mit à aboyer. Ou plutôt, fébrile, il fit le geste de japper, mais aucun son ne s'échappa de sa gueule.

Sampson et Jack Boulton mirent pied à terre et attachèrent leurs chevaux, tandis que le petit chien se faufilait amicalement entre les nouveaux venus, se mettait en travers de leurs longues jambes. Le grand chien renifla le petit et le renversa sur le dos. Sampson se pencha pour le cueillir sous son bras où il resta accroché, dessinant un C tout raide, et lui lécha le poignet. Le vieil homme regarda la porte de sa femme et attendit. Elle était à la maison. Ils la voyaient aller et venir à l'intérieur. Après trois ou quatre minutes, il ne s'était encore rien produit. Elle ne sortait pas. Peut-être ne les avait-elle pas entendus, peut-être faisait-elle comme s'ils n'étaient pas là. L'expression du vieil homme indiquait clairement qu'il ne savait pas laquelle de ces hypothèses était la bonne.

« Pourquoi on n'entre pas ? demanda Jack.

— Il y a deux ou trois semaines, elle s'est un peu énervée contre moi.

— Merde.

— J'imagine que ça va. J'imagine. »

Le petit chien se mit à gigoter et à grogner. Il voulait descendre.

« Il est aveugle, en plus ? » demanda Jack.

Sampson brandit l'animal devant lui, et celui-ci, frétillant de la queue, se recroquevilla ; ils étaient face à face. « Je pense pas. Il me regarde.

— Je peux le prendre ? » Jack saisit le petit animal et lui chuchota des mots doux à l'oreille. Il aurait juré qu'il était aveugle.

À ce moment, Lena sortit, vêtue d'une robe vert foncé passée sur son pantalon, ses cheveux retenus par un foulard. Elle était encore plus antique que Sampson. Elle s'apprêtait à secouer un petit tapis lorsqu'elle les aperçut. « Sam ! » cria-t-elle en laissant tomber l'objet. Elle descendit les marches en vitesse et se blottit dans les bras de son mari. Sampson affectait une expression neutre, mais il était visiblement soulagé. Elle jeta un coup d'œil à l'enfant.

« Ne duwe ? » demanda-t-elle à son mari.

Sampson se fendit d'un large sourire. « Tu le reconnais pas ? »

La tête penchée de côté, elle considéra le garçon dégingandé. Des années plus tôt, elle avait tenu Jack sur ses genoux, l'avait nourri à la cuillère, lui avait essuyé le visage et l'avait couché dans son propre lit. Mary et elle avaient papoté à voix basse ; à l'occasion, l'une des femmes hochait la tête et touchait la main de l'autre. Jack avait rampé des genoux de l'une à ceux de l'autre. À six ans, il avait couru sans fin dans la maison en compagnie d'autres enfants jusqu'à ce qu'il pleure de fatigue. À huit ans, il était entré dans la maison et en était sorti, libre comme un chien, et il avait passé dans un arbre la plus grande partie de la visite de sa mère. Ce que Lena voyait à présent, c'était un homme, ou presque, avec un chapeau avachi et son petit chien dans les bras.

Pour sa part, Jack se souvenait de Lena comme d'une tante lointaine. Sa voix, sa taille sidérante quand elle le prenait dans ses bras, ses nappes à motif floral. Il se souvenait d'avoir rampé dans les armoires basses de sa cuisine et d'avoir fait tourner le tamis à farine comme si c'était un instrument magique. Il se souvenait du chien d'avant, un animal énorme qui l'avait fait tomber, écrasé sous sa masse et fait pleurer. Il se souvenait des pattes affreuses de cet animal, rêches comme de la pierre ponce.

« Nîhû ze duwe ? » demanda-t-elle au garçon. Il reconnut la question, *qui es-tu ?*, et savait y répondre poliment. Il dit donc le nom de sa mère.

Elle rit aux éclats et plaqua la main contre sa bouche. Mais alors quelque chose s'immisça dans ses yeux, un pressentiment funeste. Aussitôt, elle lui enleva le chien et le posa par terre, où il se dirigea vers la maison en chancelant sur ses pattes raides comme des quilles. Prenant Jack par l'épaule, elle le fit entrer en vitesse et, à la surprise du garçon, referma derrière lui. Puis elle l'entraîna dans la grande pièce, le fit asseoir à table et alla lui préparer à manger.

Le garçon resta seul, entouré de chaises vides. Se retournant, il jeta un coup d'œil vers la porte. Sampson était toujours du mauvais côté du seuil, dans la cour, en compagnie des chiens. Il entendait Lena s'affairer dans la cuisine, tirer les rideaux, pomper de l'eau dans une casserole. Quelque part, le tic-tac d'une horloge.

Puis la porte s'ouvrit, l'homme de la maison fit son entrée hésitante dans la grande pièce. Il ferma la porte et s'avança vers la table, où il s'assit sur l'une des dix chaises qui s'offraient à lui.

« Je t'avais prévenu, dit-il sans conviction. Elle est bavarde comme une pie. »

Inquiet, le garçon lui jeta un regard en coin, mais tint sa langue.

La pièce était grande et meublée simplement. La longue table où ils étaient assis, une sorte de malle dans le coin, bon nombre de chaises en bois dur alignées contre un mur, une cheminée avec un manteau en bois brut et, sous la fenêtre, une petite banquette-lit où plusieurs enfants et bébés pouvaient dormir côte à côte et qui, certains soirs, quand il y avait de la visite, était peut-être encore utilisée à cette fin. On aurait dit cette femme toujours prête à tenir une assemblée communautaire, à servir un repas familial, à accueillir une flopée de voisins.

Sampson trônait à l'un des bouts de la table, à la place du patriarche, et Jack et lui patientaient dans la pièce silencieuse en écoutant tous deux gronder le ventre de l'autre. Le mari posa ses mains à plat sur la table et laissa courir ses doigts en suivant les fibres du bois. À la fois geste exploratoire et affirmation de son droit de propriété, celui du mari absent de retour chez lui. Lena était sa femme, et pourtant ils ne vivaient pas ensemble.

Elle arriva enfin avec une tasse de thé noir sucré et une seule assiette remplie à ras bord de pain grillé et beurré, de poulet rôti et de sauce, festin rarissime pour des hommes vivant dans les bois. Elle posa l'assiette devant Jack et lui tendit une fourchette. « Merci, dit-il, la bouche déjà pleine. *Îsnîyesh.* »

Lena retira le chapeau de Jack et lissa ses cheveux. Puis elle alla accrocher l'objet près de la porte. La sensation familière d'une main de femme sur sa tête.

Pendant ce temps, Sampson, incrédule, regardait l'endroit où aurait dû se trouver son assiette. Ses yeux allaient de sa femme à la cuisine avant de revenir à son repas inexistant. Mais Lena, dans un état de grande agitation, ouvrit la porte et dévisagea Sampson d'un air entendu. Ses yeux vrillaient ceux de son mari. Après un moment d'hésitation, il se leva et la suivit sans un mot.

Jack Boulton les regarda sortir, ses mâchoires s'acharnant sur le poulet. Son assiette terminée, il se dirigea d'un pas nonchalant vers la cuisine dans l'espoir de se resservir, mais il fut déçu. Il prit sur la planche à découper la croûte d'une miche, la replia et l'enfourna tout entière, sa joue gonflée comme celle d'un rongeur, et mâcha jusqu'à ce qu'il n'en reste plus rien. Il sortit deux carottes du pot de faïence posé par terre, en glissa une dans sa poche et mangea l'autre avec la pelure, puis, pour se distraire, il fit le tour de la maison, jcta un coup d'œil indiscret dans les pièces familières. Près de la porte, elle avait laissé une paire de bottes. Des chaussures à lacets toutes simples reposaient à côté. Il y avait un porche fermé par des moustiquaires, occupé seulement par plusieurs lits au matelas nu et propre. Il trouva la chambre de Lena avec son vieux lit au cadre en fer. Au bout était posé un coffre surmonté de quelques paniers à couvercle en osier, une brosse à cheveux et quelques foulards pliés. Le sol était recouvert d'un fouillis de tapis multicolores posés les uns sur les autres. Pas d'armoire, pas de commode, pas de livres. Les rares vêtements qu'elle possédait étaient de couleur foncée. Les robes étaient accrochées à des cintres derrière la porte, et deux pantalons étroits pendaient par la taille à un crochet. Près du lit, une chemise de nuit pour homme, propre, repassée et pliée et, par-dessus, une paire de chaussettes tricotées et roulées en boule : la tenue de nuit de Sampson. Le garçon avait du mal à imaginer Sampson en chemise de nuit avec ses mollets nus qui dépassaient, mais c'était clairement ainsi qu'il s'habillait pour dormir chez Lena.

Dans la grande pièce, un vieux chapeau avec trois trous dans la calotte était accroché au-dessus de la cheminée, à l'endroit où, chez d'autres, il y aurait eu une bête naturalisée, un panache, une arme favorite. S'approchant, Jack vit, glissée sous le galon, une petite étoile en métal d'environ trois pouces de diamètre. Comme elle était tournée vers l'intérieur, le nom gravé dessus faisait face au chapeau, invisible, concavité étoilée. Dans le vieux feutre, les trous laissés par les projectiles, de forme ovale à présent, étaient émoussés, usés. Jack en toucha un du bout du doigt.

Tout était propre et simple. C'est seulement en retournant dans la cuisine, où il espérait trouver des biscuits salés, du chocolat ou du lait, que Jack découvrit le capharnaüm. Derrière l'évier et le comptoir impeccable se trouvait une porte étroite s'ouvrant sur une minuscule antichambre qu'une machine à coudre en métal noir remplissait presque en entier. Accrochées à de la ficelle de boucher, des bobines de fil de multiples couleurs pendaient du plafond, telles des guirlandes. Sur une table en bois était étendue une élégante chemise pour homme de couleur blanche, le col amidonné épinglé aux poignets. Le sol était jonché de petits bouts de fil et de chutes de tissu. Il y avait des rouleaux d'étoffe, des carrés pliés et un panier rempli de retailles et de bandelettes de toutes les couleurs. Lui vint le souvenir viscéral d'avoir tiré sur ces bouts de tissu comme sur des serpentins et de s'en être coiffé, tandis que les femmes riaient et le grondaient en même temps. Il vit des pots de confiture pleins de perles de verre et une boîte contenant des lambeaux de peau animale. S'avançant un peu plus loin dans la pièce, il jeta un coup d'œil derrière la porte. Accrochés au mur, une coiffe et un gilet perlé pour femme en cours de confection. Un motif bleu et blanc étincelant, d'une grande complexité. Il fit courir son doigt sur les lignes de couleur lisses, parfaites. Ces articles étaient-ils destinés à Lena elle-même ? Les vendrait-elle ? À des Nakodas ou à des touristes ? Aux deux, peut-être.

Les bobines de fils multicolores – jaune, blanc, bleu, brun – se balançaient devant le visage de Jack. Sa mère gardait les siennes dans un tiroir, emballées dans du papier. Les femmes et leurs méthodes pour presque tout, leurs chutes de tissu, leurs bobines de fil, leurs épingles et leurs ciseaux, les lourdes casseroles et les poêles à frire, les couteaux et leurs mains fatiguées, ravagées, toujours plus ou moins propres.

La dernière fois qu'il l'avait vue, sa mère était couchée à son côté, brûlante de fièvre, à demi consciente. Sa vie de labeur était enfin terminée, même s'ils l'ignoraient l'un comme l'autre. Le père de Jack était parti, comme d'habitude, mais quand le garçon avait compris la gravité de la maladie de sa mère, il était déjà trop tard, lui-même ayant commencé à succomber. Elle lui avait parlé de ce qu'elle voyait ; elle avait avoué l'avoir nommé d'après un certain John. « Pour demander pardon. Une vie pour une vie. Qu'est-ce que j'aurais pu faire d'autre ? » Rien de tout cela n'avait le moindre sens, et les délires de sa mère le bouleversaient. Elle n'avait pas réclamé à boire, mais quand il lui avait donné de l'eau, elle l'avait avalée avidement. Il avait tenté de la secouer. Puis, en voulant sortir de la cabane pour aller chercher le cheval, il avait aussitôt été pris de haut-le-cœur, et des frissons convulsifs l'avaient forcé à rentrer. Il n'avait eu d'autre choix que de se blottir dans les bras de sa mère, où il avait soupiré et rêvé qu'il mourait.

La fin absolue de la douleur. Voilà ce que la mort faisait miroiter aux yeux de Jack. Il la sentit venir, planer juste devant eux. Il l'avait suivie dans un long sentier sinueux jusqu'à l'instant où il s'était réveillé dans les bras de son père, emporté au galop. Enveloppé dans une couverture, son visage pressé contre le corps de l'homme, ses longues jambes exposées, ses mollets piqués par le froid, les poumons du Morgan pompant à se rompre. Il se souvenait de la respiration torturée du cheval.

Le garçon revint dans la cuisine et ferma les yeux. Il repoussa une image de cette maison vidée de ses habitants, l'aimable vieille épouse de Sampson disparue, sa cuisine froide, la porte restée ouverte, la pluie et la neige s'y engouffrant, le sol jonché de feuilles mortes charriées par le vent.

Il s'y trouvait encore lorsque des bottes gravirent rapidement les marches. La porte s'ouvrit. Puis ils apparurent devant lui, l'homme et la femme, leurs visages figés et graves. Comme s'il avait été pris en flagrant délit, Jack tendit innocemment la carotte. « Je n'ai touché à rien. »

Sampson montra l'ouest à travers le mur. Sa voix était tranchante et sonore. « Dans le bureau du télégraphe, il y a une affiche avec ton visage dessus, dit-il.

— Mon visage ? » L'idée lui semblait saugrenue. Comme si Sampson avait dit : *Dehors, il y a un oiseau avec ton nez.*

« Deux mille dollars de récompense. » Les joues du vieil homme avaient pris une teinte cendrée. « C'est elle.

— De quoi voulez-vous parler ? »

Sampson secoua la tête. « Je me demandais quelle mouche avait piqué Lydia. Elle t'a jeté un coup d'œil et a vu un enfant que sa mère veut récupérer. Avec, en prime, de l'argent. »

Jack Boulton mit un certain temps à comprendre. Puis la lumière se fit d'un coup dans son esprit. La photo prise chez Leeton, l'odeur des produits chimiques, la tremblante toile de fond. Sa main sur l'épaule de la religieuse. Maintenant, son visage sur une affiche dans le bureau du télégraphe. Ni un croquis au crayon ni un approximatif portrait à l'huile, mais une photo, aussi nette et irréfutable que le visage de Jack lui-même. Dans sa tête, un irritant mouvement d'horlogerie égrena les secondes jusqu'à ce qu'il comprenne exactement ce qu'elle avait fait et pourquoi, puis en mesure les conséquences.

« Elle offre une récompense, dit Jack. Pour me ravoir.

— Oui.

— Et la femme au poste de triage était au courant.

— Tout le monde va être au courant, dit Sampson. Tous les habitants de la ville, et même les gens d'ailleurs, si l'avis est publié dans les journaux. »

L'homme se dirigea à pas mesurés vers la chambre et en ressortit avec une robe verte toute simple. Il la tenait par les manches, comme un objet noyé. « Mets ça. »

Le garçon le dévisagea.

« D'après ma femme, y a pas de meilleur moyen. Tu peux pas sortir d'ici comme si de rien n'était.

— Non.

— Mon garçon, je peux pas te laisser sortir à la lumière du jour sans…

— Pas question que j'enfile cette robe.

— Mets-la. Et plus vite que ça. »

La femme de Sampson se faufila entre eux et alla jeter un coup d'œil par la fenêtre. Ensuite, elle se retourna et secoua la tête. Personne devant la maison. Du moins pas encore. Que les chevaux et les chiens. Elle prit la robe des mains de son mari et la rapporta dans la chambre.

Sampson et Jack restèrent près de la table dans un silence stupéfait.

Le vieil homme laissa entendre un long soupir. « Allons-y », dit-il.

TROISIÈME PARTIE

L'autre côté de la rivière

Quarante

Tout le long de la route sinueuse qui monte jusqu'à Pipestone, Jack n'osa proférer un mot. Dans sa frénésie de quitter Laggan et de disparaître, le vieil homme avait imposé aux chevaux un trot soutenu, tout en évitant le galop, qui aurait risqué d'attirer l'attention. Le chien bondissait dans leur sillage, la gueule ouverte. Lorsqu'ils furent loin de la civilisation, Sampson modéra légèrement le train, mais il maintint une allure efficace. S'approchant malgré la vapeur froide que dégageaient la fureur et l'état de confusion du vieil homme, Jack risqua enfin une question : « À quoi elle ressemble ? La photo ?

— À toi.

— Oui, mais on la voit aussi, elle ? On est tous les deux sur l'affiche ? »

Pour Jack Boulton, la réponse était importante. S'était-elle rendue chez un photographe pour faire retoucher l'image ? S'était-elle arrangée pour s'en faire effacer ? Était-ce l'image d'une mère et de son fils brûlant de l'espoir d'être réunis, ou celle d'une tête mise à prix ?

« Seulement toi », dit Sampson.

Après une bonne demi-heure, le vieil homme se retourna sur sa selle. « Pourquoi tu l'as laissée changer ton nom ? demanda-t-il sèchement.

— Je n'ai jamais fait ça ! » répliqua le garçon sur le même ton. Mais il réalisa du coup qu'il avait bel et bien répondu à cet autre nom, Charles.

Après trois heures de trot impitoyable, les chevaux avaient l'écume à la bouche, et la sueur dessinait sur leur pelage des lignes de marée luisant dans la lumière déclinante. Jack commit l'erreur de se plaindre. « Pourquoi aller si vite ? Comment voulez-vous que quelqu'un me trouve, ici ? »

Sampson ralentit Willow et attendit que Jack se porte à sa hauteur. « Je sais, lança Jack à la vue des yeux du vieil homme. Je vous demande pardon.

— Petit garçon, fit Sampson qui, avec deux doigts, agrippa les rênes du Morgan. Tu sais rien du tout. »

Le garçon eut assez de jugeote pour tenir sa langue.

« Je t'aurais retrouvé, moi. Pour un dixième de la récompense. C'est pas sorcier. » Sampson lâcha les rênes et le Morgan essoufflé se déporta sur la droite. « Une semaine, et je t'aurais retrouvé. T'as de la chance qu'elle veuille pas te faire abattre. »

Le vieil homme ne se détendit pas, même lorsqu'il aperçut le halo d'un feu de camp dans l'air nocturne, même lorsque, quarante minutes plus tard, il repéra l'expédition de chasse de Wilson.

Devant le feu, l'Australien, assis sur un tabouret pliant, arborait son expression habituelle d'irritation et d'ennui, mais, en reconnaissant Sampson, il se leva. Les cavaliers s'arrêtèrent devant le campement, sans descendre de leurs montures. Jack ne put se retenir d'adresser subrepticement à Wilson un petit salut de la main.

« C'est toi, p'tit gars ? Nom de Dieu, t'en fais, du chemin. »

Déjà, le chien s'enroulait autour des jambes de Wilson, reniflait le sol, happait les vestiges de son repas.

Le bord du chapeau de Wilson était toujours remonté du côté droit, et la lueur des flammes embrasait son visage. Pour le bénéfice de Sampson, il se fendit d'un rare sourire. « J'espère que vous avez apporté de quoi manger. On est perdus depuis des semaines, et on crève la dalle. »

Loin de mourir de faim, les clients étaient, comme d'habitude, bien nourris, chouchoutés et déjà allongés dans leurs tentes. Les animaux qu'ils avaient abattus jusque-là, futurs trophées enroulés dans des bâches, étaient bien ficelés. Il faisait assez froid pour que rien ne sente mauvais.

Un des clients jeta un coup d'œil par l'ouverture de sa tente, sortit à croupetons et en combinaison pour venir saluer les inconnus, mais, au contact de l'air froid, il battit aussitôt en retraite. Jack détecta un mouvement au fond de la clairière. Les chevaux et une unique mule, alignés comme des élèves à l'école, chacun entravé par une jambe de devant, leurs licols fixés à un haut cordage tendu entre deux arbres.

« Venez », fit Wilson, mais Sampson ne mit pas pied à terre, ne dirigea pas son cheval plus près du feu, se contenta d'attendre.

Le sourire de Wilson vacilla et l'inquiétude envahit ses yeux. Il prit une profonde inspiration et laissa l'air s'échapper – tel un homme rempli de terreur avant d'ouvrir un télégramme –, puis il s'avança vers les cavaliers, silhouette opaque se découpant contre la lueur du feu. Il laissa les deux chevaux lui renifler les mains, passa sa paume sur le nez de Willow. « Bon, je t'écoute, fit-il. Il est encore vivant ?

— Je pense que oui, répondit Sampson.

— Qu'est-ce qu'il a encore fait ? »

Jack se rendit alors compte que le pourvoyeur se faisait du souci non pas pour sa personne, mais pour William Moreland. Wilson craignait que Sampson et Jack soient montés jusque-là pour lui apporter de mauvaises nouvelles.

« Tu y es pas. C'est à propos de lui, fit Sampson en montrant Jack du pouce.

— Quoi ? Le gamin ?

— Oui.

— Lui ?

— Oui, je te dis.

— Mais qu'est-ce qu'il a pu faire, au nom du ciel ? »

Sampson tendit les rênes à Jack, descendit de cheval et s'éloigna, Wilson sur les talons. Laissant derrière eux les tentes, le matériel de chasse et le feu, les deux hommes se retirèrent sous le couvert des arbres où ils conférèrent à voix basse. Une fois ou deux, Wilson jeta un coup d'œil au garçon. « Nom de Dieu ! » aboya-t-il enfin.

En entendant ce juron, Jack se recroquevilla dans son manteau. Au bout d'un moment, il descendit à son tour, les deux paires de rênes encore à la main. Il se fit tout petit entre les parois tièdes formées par les corps des chevaux, risquant de temps en temps, sous l'encolure de Willow, un regard en direction des deux hommes. Sampson passait sans cesse la main dans ses cheveux poivre et sel, geste que Jack interpréta comme un signe de contrariété et de grande fatigue.

Wilson regardait fixement le sol en secouant la tête, puis il sembla se réveiller. Il donna une tape sur l'épaule de Sampson, se retourna et, se rapprochant du feu, lança à Jack: « Cet homme a faim. Occupe-toi des chevaux. Le fourrage est dans la boîte brune. Tu trouveras le piquet par toi-même. »

La nuit venue, le repas terminé, Sampson prit congé. Après avoir jeté un dernier coup d'œil à Jack par-dessus son épaule, il entraîna Willow parmi les arbres, repartit vers Laggan et sa femme. Le chien eut un moment d'hésitation, puis se mit à trotter derrière lui.

Jack les suivit machinalement dans le sentier rocailleux, jusqu'à ce que leurs trois formes mouvantes disparaissent. Seulement après revint-il auprès du feu.

Quarante et un

Les clients semblèrent ravis par l'apparition soudaine d'un garçon en pleine nature sauvage. Vêtu comme il l'était d'un manteau taillé dans une couverture et d'un chapeau trop grand pour lui, Jack Boulton aurait pu figurer sur une carte postale proclamant : *Visitez les Rocheuses.* Ils s'empressèrent autour de lui, lui demandèrent son nom, lui tapant l'épaule, le jetant presque à terre dans leur enthousiasme. « Bon, fit l'un d'eux, il sait une chose ou deux sur la chasse, ce garçon, ou pas ? »

Wilson se tourna vers Jack. « Et alors ? Tu sais chasser ?

— Ouais.

— Eh bien, voilà. »

Les hommes hurlèrent de rire et le bousculèrent de plus belle. « En tout cas, c'est pas la modestie qui l'étouffe. » Puis ils retournèrent à leurs occupations.

Il fallut à Jack quatre journées de travail acharné pour cesser de penser à Emelia Cload, la religieuse, *elle.* À l'énigme de sa personne. À la question insoluble de savoir ce qu'elle attendait de lui. Il était tiré d'affaire. Sur ce plan, elle était rassurée. Il n'était plus malade, il n'avait plus besoin de son aide. Maintenant que, grâce à elle, il était remis sur pied, elle n'avait plus rien à lui offrir, sinon l'église, les petites brutes de la cour d'école, les commérages des voisins et le catéchisme. Non, il était resté auprès d'elle aussi longtemps qu'il avait pu. À ce stade, elle avait sûrement compris que, si on le ramenait par la peau du cou, il finirait tôt ou tard par s'enfuir de nouveau. La récompense, en définitive, serait versée en pure perte.

À la fin de la quatrième journée, les clients, assis sur des tabourets pliants dans la tente, profitaient du calme pour faire une partie de euchre. Ils étaient en route vers le territoire de chasse préféré de Wilson, un coin que les gens du cru appelaient Pipestone. C'étaient des hommes d'âge mûr venus du Minnesota, des types corpulents, joyeux et riches qui passaient leur temps à se jouer des tours et à se mettre dans des situations impossibles.

L'un avait laissé échapper son fusil chargé la crosse la première et fait un trou dans le bord de son chapeau. Un autre était descendu de cheval et s'était enfoncé dans les bois pour un « moment d'intimité », mais comme il n'avait pas attaché l'animal et que celui-ci ne l'aimait pas, il l'avait laissé là et avait rejoint le convoi, les étriers vides. On avait mis vingt minutes à remarquer l'absence du cavalier. Pendant ce temps, le riche client errait, seul, au milieu d'un territoire infesté d'ours. Heureusement pour lui, un équipage de huit chevaux laisse des traces que même un enfant pourrait suivre. Quand il avait enfin rattrapé le reste de l'expédition, à bout de souffle et de mauvais poil, ses compagnons avaient hurlé de rire. Ils passèrent le reste du voyage à lui demander s'il avait besoin d'une autre pause.

Jack se plaisait bien en compagnie de ces hommes, et le travail l'empêchait de trop ruminer, mais plus l'expédition avançait, plus Wilson se faisait taciturne. De toute évidence, il regrettait d'avoir accepté ces clients. À vrai dire, il finissait toujours par regretter d'avoir accepté tous ses clients. Manifestement, il passait son temps à penser à la religieuse. Ce soir-là, il avait refusé de se joindre aux autres après le repas pour jouer aux cartes. Il avait préféré poser son cul et ses longues jambes sur un de ces minuscules tabourets pliants et donner libre cours à sa mauvaise humeur en pestant contre les diverses pièces d'équipement endommagées ou usées prématurément. En ce moment, il épissait des cordages en tressant les fils comme s'il nattait les cheveux d'une fille. Ses lèvres sans cesse en mouvement, l'homme était engagé dans une dispute constante avec lui-même.

Jack Boulton se tenait loin des hommes, loin de Wilson. Il venait de réparer un licol effiloché à l'aide d'un bout de fil ciré brun. Il fit passer le licol sous son pied et vérifia la solidité de la couture en tirant dessus de toutes ses forces – car un cheval peut exercer un poids considérable sur sa sellerie. La couture tint bon. Le vieux cuir desséché lâcherait avant elle.

Jack remua les épaules et se rendit compte que ses muscles lui faisaient mal. Il n'avait pas l'habitude de travailler dix-huit heures par jour. Et il lui restait à entraver les chevaux, à allumer le feu, à moudre un peu de café pour le lendemain matin et à couper le petit bois dont Wilson aurait besoin pour préparer le déjeuner. Mais il n'avait pas envie de s'y mettre tout de suite : il préféra regarder le soleil baigner les crêtes à l'approche de la nuit. Le sommet le plus rapproché se dématérialisa peu à peu, le ciel immense entra en ébullition, puis il ne resta plus, posé au sommet de la cordillère du sud-ouest, qu'un filament incandescent qui flamboya pendant quelques secondes avant de s'estomper et de se fondre dans la nuit. Le licol à la main, le garçon ne perdit pas une seconde du spectacle.

Quelqu'un alluma une lanterne et raccourcit la mèche. La grande tente s'illumina puis pâlit. Wilson se tenait là, son chapeau pointait en direction de Jack, qui comprit qu'il évaluait son ardeur au travail. Faisant mine de s'affairer, Jack sortit l'aiguille de sa bouche et se mit à recueillir les bouts de fil abandonnés çà et là, sourd au claquement des cartes derrière lui. Il se serait attendu à ce que ces hommes riches risquent de grosses sommes, mais ils jouaient pour des cigarettes, une portion de dessert ou le droit d'appeler le perdant « mademoiselle » ou « chérie ». Rien de tout cela n'avait de sens aux yeux de Jack. Les hommes l'avaient même invité à jouer avec eux, et ils lui avaient laissé le choix des enjeux. Mais Jack Boulton avait gagné toutes les mains, et les hommes, éberlués, avaient fini par l'expulser de la tente. Poker, euchre, whist, bridge, le garçon connaissait tous les jeux et excellait dans la plupart.

Surprise désagréable pour Wilson, selon qui un employé chanceux aux cartes humiliait les clients et nuisait aux affaires. Pendant près d'une décennie, William Moreland avait travaillé par intermittence pour Thom Wilson. C'était un compagnon agréable qui connaissait son affaire. Atout supplémentaire, c'était un joueur de cartes déplorable qui finissait par verser aux clients la moitié de ses gages, sans jamais se plaindre de son insuccès. Il lui était indifférent de perdre ou de gagner, car il avait toujours la tête ailleurs. Le garçon, en revanche, n'aimait pas particulièrement les cartes, mais, une fois la partie commencée, il se révélait d'un sérieux mortel et se faisait un devoir d'humilier ses adversaires. Indigné, un des types du Minnesota s'était levé en hurlant : « Où es-tu allé pêcher ce petit merdeux, Thom ? » Le garçon était retourné à ses corvées, mais pas avant que les perdants lui aient versé plus de dix-huit dollars et un briquet de poche en laiton venu de New York. Quand il y repensait, le garçon regrettait de ne pas avoir misé plus gros.

À ce moment, on entendit une commotion du côté des *cayuses,* entre les arbres. Des sabots grattaient et martelaient la terre. Jack tendit l'oreille. Ce sont la plupart du temps des animaux dignes de confiance, mais les chevaux se font parfois des idées, notamment à propos des serpents. Ces créatures inspirent à la race équine une horreur viscérale, inscrite dans leur code génétique. Un poulain n'ayant jamais vu un seul serpent risque de sursauter à la vue d'un bâton suspect qui donne l'impression de prendre le soleil. Dans les montagnes, où les serpents sont quasi inexistants, une tasse en fer-blanc dans une sacoche tintant comme les anneaux d'un crotale risque d'alarmer le cheval qui la transporte et de semer la panique dans tout le convoi. Laissés seuls dans le noir, avec leur mauvaise vue, les chevaux croient parfois entendre ou sentir des choses et prennent peur.

« Qu'est-ce qu'ils ont ? aboya Wilson. Va voir et arrange-moi ça. »

Jack cracha le bout de ficelle qu'il avait dans la bouche et chercha un endroit où mettre l'aiguille.

« Et que ça saute.

— Oui, monsieur. »

Jack s'avança dans les ténèbres, puis s'arrêta brusquement. Il huma l'air comme un chien et la peur déferla sur lui. Il y avait quelque chose dans le vent, une puanteur grasse que lui-même détectait sans mal. Rien à voir avec les steaks bien salés et les oignons sauvages qu'ils avaient fait griller pour le repas du soir. Les petits pains au maïs et la confiture. Le café avec du sucre et du lait condensé. Le chocolat suisse emballé dans du fort papier d'aluminium. Ils avaient des goûts de luxe, ces hommes équipés de fusils coûteux et de bottes imperméabilisées à la graisse Dubbin, ces types grands, costauds et bavards comme des enfants. Le poids total de leur expédition exubérante était si élevé que Wilson avait dû mobiliser deux chevaux de bât supplémentaires pour tout transporter.

À présent, Jack savait quel animal se tapissait dans le noir. Qu'il sente son odeur voulait dire que l'animal était sous le vent et tout près. Pourvu qu'il ne bouge pas, mon Dieu.

« Monsieur Wilson ? » lança-t-il par-dessus son épaule.

La question fut accueillie par un silence. Mais les chevaux sentaient exactement la même chose que Jack et, inévitablement, l'un commença à s'agiter. Jack entendit la corde attachée au piquet grincer sous la pression, et les chevaux piaffèrent. L'équipage tout entier commençait à s'énerver pour de bon.

« Thom ! cria-t-il. On a un... »

Sa voix se perdit dans une série de couinements, tandis que la panique s'emparait des bêtes. Au milieu de la cohue, les huit chevaux se libérèrent. Après trois enjambées, ils filaient déjà au grand galop entre les arbres, se ruant vers le campement dans un bruit de tonnerre. Jack Boulton s'appuya contre le tronc le plus proche pour les laisser passer, tandis que le sol meuble bondissait sous ses pieds comme un matelas. Malgré lui, il scruta les ténèbres, terrifié, pour voir ce qui venait vers eux. Pour toute arme, il tenait une aiguille de deux pouces. Aucun prédateur n'était visible, ce qui n'empêcha pas les chevaux de fondre sur les tentes comme des lévriers sur un lièvre. Jack se lança à leurs trousses.

Dans la lumière de la tente, les chasseurs du Minnesota s'étaient retournés, figés, les cartes à la main. L'un d'eux brandissait même devant son visage ses bras en X.

Quand, plus tard, il se rappellerait la scène, Jack s'étonnerait que les chevaux affolés n'aient pas tout simplement écrasé la tente et piétiné les clients à mort avant de disparaître dans la forêt. Obéissant plutôt à quelque instinct primitif, ils cherchèrent tous les huit à se rassurer en exécutant une sorte de chorégraphie autour de Wilson. Ils poussaient de stridents hennissements, se cabraient, grimpaient les uns sur les autres, trébuchaient sur les sacs à dos et les cordes qui arrimaient les tentes au sol, sur des piles de selles retournées, faisaient résonner les poêles et les casseroles. L'un d'eux envoya valser une boîte de lait Carnation, laquelle sema un voile blanc dans les airs. Les yeux des chevaux roulaient dans leurs orbites. Leurs oreilles étaient rabattues sur leur crâne comme celles d'un chat mouillé.

Le garçon s'immobilisa en voyant les clients dans leur tente, quatre visages exsangues qui observaient, tétanisés, ce méli-mélo de jambes dansantes et de poussière. On aurait dit que tous, les humains comme les animaux, hurlaient en chœur. En proie à une terreur aveugle, l'unique mule rua dans le vide jusqu'à ce que Jack lui tape le cou avec le licol qu'il tenait toujours à la main. La pauvre bête s'immobilisa, toute tremblante, comme un somnambule déboussolé.

Wilson enlevait son manteau en même temps qu'il courait au milieu du bouillonnement des corps et se plaquait contre l'épaule du cheval le plus affolé, le Colonel Petch, bien entendu. Le hackamore à la main, il drapa délicatement son manteau sur le visage du Colonel pour l'aveugler. Le cheval se cabra, dansa sur place et finit par se calmer. Le garçon courut vers le Morgan et fit de même. Ainsi débuta le long processus d'apaisement de la furieuse assemblée. Jack et Wilson voilèrent les yeux de quelques-uns des chevaux, jumelèrent ceux susceptibles de se pacifier réciproquement, isolèrent ceux qui restaient nerveux.

Lorsque tout fut terminé, le campement était sens dessus dessous, tous les hommes étaient en bras de chemise et deux chevaux manquaient à l'appel. On les découvrirait le lendemain, indemnes, paissant côte à côte parmi les rochers dans une large vallée ensoleillée. Quand Wilson les sifflerait, ils se dirigeraient vers le convoi, tels des chiens apprivoisés.

Mais ce soir-là, lorsque l'ordre fut rétabli, l'un des Américains s'avança, les poings serrés. Il semblait écartelé entre l'envie de se battre et celle de pleurer. « Oh mon Dieu, fit-il entre ses dents. Qu'est-ce que c'était ?

— Probablement un loup », répondit Wilson avec désinvolture.

Wilson et le garçon savaient que ce n'était pas un loup qui avait rôdé dans les environs, mais cette réponse ravit les clients.

Ils passèrent le reste de la soirée à caresser le projet de chasser et d'écorcher des loups, convaincus que les armes qu'ils avaient apportées pour la chasse aux mouflons et aux chèvres des montagnes feraient l'affaire.

Lorsqu'ils furent seuls, le garçon demanda à Wilson : « Vous l'avez apporté ? »

Il voulait parler de l'énorme et antique fusil qu'ils surnommaient Esther. À cause de son poids, Wilson avait pris l'habitude de le laisser à la maison. Il était démontable – on pouvait retirer la crosse, dévisser le canon – et c'est dans cet état qu'il l'entreposait dans l'attente d'un client qui réclamerait du gros gibier : bison, grizzli. C'était aussi dans cet état que l'arme voyageait, emballée comme des piquets de tente. Car qui a besoin d'une telle arme toujours prête à tirer ? En général, ce sont les chasseurs qui poursuivent le gibier, et non l'inverse.

« Je l'ai apporté, dit Wilson d'un ton acerbe. Merci de poser la question.

— Quoi ?

— J'ai oublié les cartouches.

— Vous voulez rire ?

— Commence pas. »

Le garçon ne se donna même pas la peine d'aller chercher Pearl. À quoi bon ? Les clients, eux, chargeaient toutes les armes qu'ils avaient à portée de main. C'était un début. Pendant un moment, Jack contempla le visage buriné de l'homme devant lui. Les yeux d'un bleu impossible.

« C'était lequel ? demanda-t-il.

— Comment savoir ? » Wilson jeta un coup d'œil aux hommes réunis dans la tente et baissa la voix. « Probablement la femelle. Elle a été vue dans les parages.

— Et si on tombe sur l'autre ? Le plus jeune, Rudy ?

— Pas de danger, dit Wilson avec un sourire faux. Maintenant, p'tit gars, va chercher ton sac de couchage et mets-le dans ma tente. Pas question que tu dormes à la belle étoile. Grouille-toi. »

Cette nuit-là, le garçon ne ferma pas l'œil. Assis en tailleur, tel un garde du corps, il resta près du lit de camp de Wilson, dont les ronflements intermittents lui vrillaient les nerfs. Le matin venu, quand il se risqua dehors, il trouva ce que Wilson et lui escomptaient : des empreintes d'ours au bout du pré, profondément incrustées dans la terre humide, entre les herbes piétinées. Des traces énormes, pour une femelle. L'animal avait contourné le campement. Une bête massive, manifestement farouche. Preuve que c'était la femelle, comme Wilson l'avait espéré. Cette ourse, aperçue de Golden au nord à Kananaskis au sud, était sans cesse en mouvement.

L'autre animal, le jeune mâle que tous les habitants de la région avaient pris l'habitude d'appeler Rudy, manquait totalement de tact et de prudence. Petit pour un grizzli, affichant un goût marqué pour la chair de cheval, il était dangereusement attiré par le voisinage des humains, et il était toujours affamé. Ne craignant ni les gens, ni les villes, ni même les automobiles, Rudy errait entre Banff et Laggan. Récemment, il avait éventré et dévoré un cheval de selle sur la pelouse du luxueux Banff Springs Hotel après que les valets d'écurie se furent éparpillés comme une volée d'oies, sanglant divertissement pour les touristes qui déjeunaient près des fenêtres. Ruby était jeune et en bonne santé, mais il ne survivrait pas longtemps. La femelle, en revanche, était méfiante et raisonnable. Elle avait eu plusieurs portées d'oursons tout aussi raisonnables et, malgré son âge et sa grande taille – ou grâce à eux –, elle était bien nourrie. Elle n'aurait eu que faire d'une expédition de chasse qui puait les hommes, le feu et les fusils.

Le garçon posa sa botte étroite dans l'une des empreintes. Il resta là un long moment, les yeux fermés, arpenta en esprit le pré au fond du canyon, sous les étoiles, revit les longues herbes humides lui frôlant le ventre, le scintillement de la rivière où il étancha sa soif. Et tout autour de lui les fleurs jaune vif, ces fleurs-là, qui distillaient leur parfum.

Quarante-deux

Le soleil se couchait sur Banff lorsque Sampson Beaver, monté sur Willow, s'engagea au trot le long de la rivière, avec à ses trousses un remuant public formé par les chiens du coin. Le vieil homme parlait à voix haute pour lui-même et pour les animaux en s'efforçant de se rappeler l'endroit où, pendant des mois, Jack avait habité avec la religieuse. De quel côté de la rue principale ? Celui-ci ou l'autre ? Près du pont ou plus loin ? Comment avait-il pu oublier une chose qu'il avait apprise seulement quelques mois plus tôt ?

Avec le murmure de l'eau sur sa droite, le vieil homme jeta un coup d'œil à une rue transversale bordée d'immeubles qui lui tournaient le dos, des commerces qui s'étiraient le long de la rue principale, embrasée par le couchant. Il avait mis deux jours à faire le trajet jusque-là. Laissant sa femme à Laggan peu après midi, il avait chevauché toute la nuit en suivant la ligne pâle de la route déserte et poursuivi toute la journée du lendemain, sans même prendre le temps de faire une escale chez lui.

Sampson se rendit compte qu'il était au pied de Caribou Street, à une cinquantaine de pas du haut portail de Wilson & Co. Puisque le pourvoyeur était encore en expédition, les écuries seraient désertes. Côté stalles, Sampson n'aurait que l'embarras du choix, et il y aurait du fourrage pour Willow. Il laisserait quelques pièces sur le bureau de Wilson et passerait une nuit inconfortable couché par terre. Ce ne serait pas la première fois, tant s'en fallait.

Il dirigea la jument de l'autre côté de Caribou Street. Un mouvement brusque de Willow, conjugué à sa grande force, effaroucha les chiens, qui se dispersèrent puis revinrent aussitôt s'agglutiner autour d'elle, attirés comme des éphémères.

Sampson se souvenait de colonnes peintes en blanc, d'une galerie avec sa balustrade. D'un toit orné de dentelle de bois dont la peinture s'écaillait, d'une pelouse desséchée où grouillaient moineaux et pies, et aussi, à peine visible depuis la route, d'une écurie inutilisée, portes fermées, pouvant accueillir quatre chevaux.

Sampson avait mal partout, mais Willow se portait comme un charme. Ils trottèrent donc jusqu'au bout de la route qui longeait la rivière et remontèrent par Buffalo Street jusqu'à la rue principale, très fréquentée. Là, on voyait des touristes qui sortaient du restaurant après un souper tardif, d'autres qui, sur le pont de pierres aux lanternes ornementales, regardaient la rivière couler sous leurs pieds. Un garçon d'une dizaine d'années passa sous le menton de Willow, puis s'arrêta brusquement et se retourna d'un bond, affichant le sourire des enfants qui sont en retard pour se mettre à table. « Salut, monsieur Sampson ! s'écria-t-il. Alors, la chasse est bonne ? » Sans attendre de réponse, il détala. Les cabots se lancèrent à ses trousses, se fourrant dans les jambes du garçon, glapissant comme des chiots.

Le vieil homme guida Willow de l'autre côté de la rue principale et continua de remonter Buffalo Street, rue résidentielle sinueuse, à la recherche de la maison de la religieuse. Les maisons se changèrent en pavillons, puis en cabanes de plus en plus espacées. Bientôt, il ne resta plus que la vue sur la rivière. Sampson rebroussa chemin en passant par Otter Street, qu'il suivit aussi jusqu'au bout.

La jument s'immobilisa d'elle-même au coin d'une ruelle, puis elle hennit. Dix maisons plus loin, un autre animal hennit à son tour. Un cheval ou une mule rendait un salut équin, posait une question ou manifestait simplement de la curiosité. Sampson retira son chapeau et leva les yeux sur les nuages que le couchant peignait en rouge. Il se fit la réflexion que c'était la première fois qu'il errait sans but dans des rues et des ruelles, passait devant des maisons, des cabanes, des remises, des églises, des terrains vagues et un petit cimetière, sans but plus précis que de retrouver un bout de dentelle de bois ornant une galerie vaguement familière. Il remit son chapeau et poursuivit son exploration avec méthode, montant et descendant les rues, suivant une bouffée de mémoire. Pendant ce temps, la lumière fléchissait.

Ce n'est qu'en regagnant Buffalo Street dans l'intention de reprendre ses recherches depuis le début qu'il reconnut, dans la lumière du crépuscule, la dentelle de bois dont il gardait le souvenir. Ce n'était pas la demeure la plus imposante de la ville, mais il s'en fallait de peu. Malgré sa longue expérience de pisteur, malgré la lumière d'une douce soirée, il était passé devant sans la voir, peut-être angoissé par le chaos et la proximité de la ville, les touristes et les enfants courant en tous sens.

Sampson gravit les marches de l'entrée et martela la porte en chêne, faisant fi des usages de la société polie et des préférences des riches : les colporteurs, les femmes de ménage, les pauvres, les instituteurs et les inconnus comme lui devaient en principe passer par la porte de la cuisine. Il n'avait que faire de ces règles. Il dut frapper longtemps avant que la porte s'ouvre enfin et qu'un petit visage apparaisse dans l'entrebâillement. Pas de voile pour cacher ses cheveux, et elle se contenta de le dévisager sans dire un mot.

Il n'aurait su dire si la femme l'avait reconnu en raison des incursions qu'il avait faites à Banff au fil des décennies ou de son association avec Wilson. En tout cas, la méfiance dans ses yeux était palpable. Derrière elle, le vestibule était plongé dans l'obscurité, et aucune des fenêtres du rez-de-chaussée n'était éclairée.

À l'époque lointaine où il était un jeune marshal de dix-huit ans, Sampson avait reçu l'ordre de suivre les marshals plus vieux pour s'initier à l'art de mener des interrogatoires, notamment de témoins et de simples passants. Il avait appris alors qu'il existe trois moyens d'obtenir qu'on vous ouvre : offrir à la personne une chose qu'elle veut, la menacer d'une chose qu'elle ne veut pas ou, en cas d'échec, défoncer la porte d'un coup de pied.

Il se surprit à retrouver l'élocution artificielle d'un marshal, façon de s'exprimer qui remontait aux années 1860. Formules auxquelles il renonçait vite quand ses interlocuteurs étaient pris de panique, se muraient dans un silence terrifié ou lui tiraient dessus. Ce soir-là, le ton lui revint aussi facilement que s'il l'avait emprunté pour la dernière fois la veille, et non quarante ans plus tôt. « Madame, un mot, je vous prie. »

Derrière la porte, elle se balançait sur ses jambes, ses yeux dardant de tous les côtés. Elle examina les bottes de l'homme et, derrière son bras, aperçut Willow, restée sur la pelouse. Il nota qu'elle avait remarqué la présence du Winchester dans son étui en cuir, attaché à la selle. Semblant se résigner à parler à cet importun, elle soupira. « C'est à quel sujet ?

— Vous pouvez ouvrir ?

— Certainement pas », répondit-elle. Et elle n'en fit rien. Mais elle ne referma pas non plus.

Ils se dévisagèrent pendant un moment.

« C'est à propos de Jack Boulton », dit Sampson.

L'effet de ces paroles fut immédiat, presque comique. « Oh ! » fit-elle, comme si on l'avait frappée. Elle ouvrit grand la porte et sortit si précipitamment qu'elle frôla le manteau de Sampson. Les mots se bousculaient dans sa bouche. « Où est-il ? Avec vous ? Vous l'avez trouvé ? »

Tout, chez le vieil homme, voulait battre en retraite, et les mains tremblantes de la femme ne lui disaient rien qui vaille, mais il tint bon. « Laissez-moi entrer », dit-il.

Elle hésita quelques secondes de plus, la bouche ouverte, haletante, tout le portrait du désespoir. Puis, se ressaisissant, elle dit : « Je vous en prie. »

Plus par habitude que par respect, Sampson retira son chapeau avant d'entrer.

Elle était pieds nus, constat qui préoccupa Sampson plus que tout ce qu'il avait observé jusque-là. Étalage d'intimité d'autant plus troublant que la température ne s'y prêtait pas, pas plus à l'intérieur qu'à l'extérieur de la maison. Les orteils de la femme avaient l'air bleus. Il la suivit dans un long couloir qui sentait l'encaustique défraîchie, passa devant de hautes piles de livres posées sur des chaises au pied desquelles d'autres livres étaient tombés, vit une brosse à cheveux pour homme sur le sol et, au mur, un miroir convexe au cadre doré où le reflet de la femme passa en vitesse, suivi du sien, massif.

Il aperçut aussi la photo – l'image originale, non altérée. En passant devant, il se rendit compte que la femme figurait sur le cliché : reposant sur une chaise longue, la main du garçon sur son épaule. Si son visage à elle irradiait le contentement et la fierté, les yeux de Jack dénotaient une poignante détresse. Le regard affligé du garçon avait d'abord considéré le monde depuis le mur de ce couloir, et il le considérait désormais depuis les murs des bureaux de poste et de télégraphe, des halls d'hôtel et des petites gares campagnardes. L'enfant disparu – et seul Sampson savait exactement où il se trouvait.

La grille incandescente et la porte disjointe d'un vieux poêle en émail jaune chauffaient fort mal la cuisine. Sur un mur était aménagé un foyer à l'ancienne, nettoyé de ses cendres et si grand que Sampson aurait pu s'y accroupir. Il donnait l'impression de ne pas avoir servi depuis longtemps. Des armoires aux portes vitrées tapissaient les murs. Les comptoirs étaient jonchés de boîtes, de fioles et d'instruments à l'aspect bizarre que Sampson reconnut pour en avoir vu dans des pharmacies. Au centre de la pièce était posée une table pouvant accueillir dix convives, et il supposa que c'était là que le garçon avait pris son déjeuner tous les matins. Une glacière d'une taille inhabituelle, assez grande pour accueillir un mouton équarri, flanquait une porte. Par cette porte, il distingua les tablettes d'un vaste garde-manger, vides à présent. Comme la maison, cette cuisine surdimensionnée évoquait un mode de vie fastueux, révolu depuis des lustres, l'armée de domestiques qui s'y affairaient autrefois. La vieille était seule désormais, dernière survivante d'un navire à la dérive.

« Vous savez où il est ? Vous savez où le trouver ? » demanda-t-elle en se retournant brusquement vers lui.

Sampson s'installa sur une chaise sans attendre d'y être invité, croisa les jambes et posa son chapeau sur son genou. « Je suis pas venu pour ça. »

Après un moment d'indécision, elle prit place en face de lui.

« Je veux que vous retiriez la récompense », dit-il.

Elle sembla incrédule. « C'est hors de question. »

Il posa la main sur la calotte de son chapeau et se mit à taper du bout du doigt, l'air de réfléchir, la tête légèrement inclinée.

Détail curieux, elle ne lui avait toujours pas demandé son nom. « Je vais vous dire pourquoi vous allez le faire. »

Elle attendit, le visage fermé et dur, les mains jointes posées sur ses genoux.

« Premièrement, c'est trop d'argent. La compétition est dangereuse.

— C'est seulement de l'argent, pour l'amour du ciel. Le premier qui le trouve l'empoche, c'est tout.

— Vous ne comprenez pas le monde. Vous vous en êtes retirée il y a trop longtemps.

— Je le comprends parfaitement.

— Dans ce cas, vous savez que tout le monde n'a pas vos moyens. Les gens avaient du mal à joindre les deux bouts, même avant la guerre. Il y a des hommes violents, par ici, et souvent ils ne sont pas très futés. Ils savent chasser, mais c'est à peu près tout.

— Oui, oui. Je sais tout ça.

— Et c'est sans parler de la guerre. Je connais un homme à Laggan. Intelligent, drôle. Il a donné des cours d'italien à mon fils. Ils allaient chasser ensemble. Il est revenu du front brisé et malade. Il n'a plus toute sa tête. Sa femme a peur de lui.

— Pourquoi me racontez-vous tout ça ? » demanda-t-elle, plus pour le faire taire que par curiosité.

Sampson remua et, dans le silence de la cuisine, le dossier de la vieille chaise craqua avec force. « On renonce difficilement à l'habitude de tuer. » Il vit cette idée s'immiscer dans l'esprit de la femme, constata les efforts qu'elle déployait pour la rejeter. « Vous avez lancé une meute de chiens aux trousses d'un petit garçon sans penser qu'il risquait de se faire mordre.

— Oh, je vous en prie. Je n'en crois pas un mot. Je ne suis pas le genre de femme qui se laisse facilement effrayer. »

Malgré cette fanfaronnade, Sampson comprit qu'il avait réussi à semer le doute dans la tête de la religieuse.

« Deuxièmement, Jack, si vous le récupérez, va s'enfuir de nouveau.

— Mais non, répondit-elle d'un ton d'absolue certitude. Il conclura lui-même que rester avec moi est la seule option qui s'offre à lui. La meilleure. »

Comme si la femme était dure d'oreille, Sampson répéta : « Ce garçon vous quittera aussitôt que vous l'aurez fait revenir.

— Dans ce cas, j'offrirai une nouvelle récompense, dit-elle. Puis une autre, et encore une autre, jusqu'à ce qu'il voie la lumière. »

Cette réaction prit Sampson au dépourvu, tant qu'il faillit faire tomber son chapeau de son genou. Il ne sut que dire, puis il finit par soupirer. « Mais que diable... »

Une main à plat sur la table, la religieuse se pencha vers lui afin de bien se faire comprendre. « Pour avoir une chance de devenir des hommes honnêtes et dignes de confiance, les garçons doivent être éduqués. Un garçon qu'on laisse agir à sa guise deviendra une de ces créatures brutales et sans valeur que vous avez évoquées. Je ne le laisserai pas en arriver là. Je ne le permettrai pas.

— Il y a quelque chose qui ne tourne pas rond chez vous, déclara Sampson.

— De plus, enchaîna-t-elle comme si elle n'avait pas entendu, ce garçon m'a volé quelque chose. Quelque chose que je tiens à récupérer. »

Elle donnait l'impression d'être sérieuse. Et pourtant, aux yeux du vieil homme, l'idée était absurde. Jack Boulton ressemblait à son père à bien des égards, mais pas à celui-là.

— Qu'est-ce qu'il vous a volé, au juste ?

— Ça ne vous regarde pas.

— Un objet de valeur ?

— Pour moi, oui, absolument. » Le sourire qu'elle affecta prit plutôt la forme d'un rictus doucereux et faux. Lorsqu'il s'effaça de son visage, Sampson vit clairement qu'elle allait pleurer.

Il avait justement espéré qu'un tel changement s'opérerait en elle, que ses défenses s'effondreraient. Quatre décennies plus tôt, il avait vu des marshals aguerris interroger des témoins, faire parler des épouses récalcitrantes, amadouer des enfants qui finissaient par indiquer en riant où se cachait le fugitif qui leur tenait lieu de père, convaincre des voisins terrifiés que, en cas de refus, leur vie serait un enfer. En général, les marshals avaient recours aux menaces. Mais son patron lui avait un jour dit : « Vas-y fort, flanque-leur une peur bleue. Puis change de ton, sois gentil. Ça les déstabilise. »

« Il n'aurait pas dû vous faire ça, déclara donc Sampson.

— À qui le dites-vous », répondit-elle d'une voix plaintive, presque un chuchotement. Elle baissa les yeux, et des larmes tombèrent sur l'étoffe foncée de ses jupes. « Le seul mal que je lui ai fait, c'est m'occuper de lui. Je l'ai aimé, vraiment aimé. C'est moi qui lui ai sauvé la vie. Sans moi, il serait mort. Moi, et non ces docteurs. Mais lui, au fond, il ne vaut pas mieux que son père. Ce garçon m'a enlevé beaucoup de choses. Vous voyez, j'en suis sûre, dans quel état je suis.

— Je vois. » Il attendit qu'elle lève les yeux et qu'elle le regarde de nouveau en face en mobilisant le peu de courage qui lui restait. Puis il posa la question qui avait motivé sa visite. « Mais s'il vous a fait du mal et qu'il vous a volée, pourquoi tenez-vous tant à ce qu'il revienne ? »

La réponse, immédiate, prit le rythme d'une incantation. « Il me le doit. Il faut qu'il revienne dans cette maison qui est la sienne. Qu'il me présente ses excuses. Qu'il paie sa dette. »

La vérité, enfin, celle à laquelle il avait réfléchi, celle qui l'avait tracassé pendant des jours. Qu'attendait-elle du garçon ? Sans se faire beaucoup prier, elle avait avoué ses motivations, et c'était pire qu'il l'avait craint. La vengeance. Jack l'avait blessée et elle voulait lui rendre la pareille, le forcer à revenir et à reconnaître le tort qu'il lui avait fait. Et pour parvenir à ses fins, elle utiliserait comme armes son argent et le monde entier.

Sampson passa une main sur son visage buriné et soupira. Il avait déjà passé trop de temps dans cette maison en compagnie d'une femme troublée dont la maladie était si grave, lui sembla-t-il, qu'elle risquait d'être contagieuse. Depuis qu'il avait réussi à déchiffrer l'expression de la religieuse, Sampson sentait sa poitrine bourdonner comme un nid de guêpes. Grâce au marshal en lui, il avait tenu jusque-là, mais il n'avait désormais qu'une envie : fuir cette femme. Il mit son chapeau, posa les mains sur ses genoux et se leva. Sans un mot d'adieu, il sortit de la cuisine et suivit le long couloir jusqu'à la porte de la rue.

Comme Jack Boulton, le vieil homme évita de regarder les miroirs et la sinistre photographie ; comme le garçon, il s'évada. Il sortit dans l'ombre de la galerie, descendit les marches, gagna l'embrasement du clair de lune et du monde libre et emprunta l'allée, le gravier crissant sous ses bottes. Il tendit la main vers le licol de Willow, comme le nageur cherche le quai à tâtons. Sans même prendre le temps de se hisser sur la selle, il entraîna l'animal loin de la vieille demeure, quitta la pelouse sèche pour la route sèche, sans se soucier de la destination, sans se soucier du nom de la rue, sans se soucier de la direction à prendre. Tout ce qu'il voulait, c'était s'éloigner.

Elle ne regarda même pas l'homme s'en aller. Elle se leva, monta à sa chambre et prit la seringue dans le tiroir de sa table de chevet. Les larmes lui étaient venues beaucoup trop facilement. Un accès soudain de chagrin irrépressible qui, à moins d'être endigué immédiatement, risquait de ne jamais s'arrêter. De se traduire par des pleurnichements en permanence.

Devant la porte de sa chambre, elle fut arrêtée par un craquement au rez-de-chaussée. Un pied sur la première marche. Elle suivit des yeux la rampe et le trou noir de la cage d'escalier. Mais elle connaissait bien sa maison et ses bruits. Ce n'était rien. L'homme n'était pas revenu. Personne n'était en bas.

Elle s'assit sur le lit et contempla le couloir désert. Parfois, les craquements de l'escalier la réveillaient, mais c'était seulement un écho de ses propres pas, quand elle était montée, des heures plus tôt; la maison refroidissait, les lattes du sol se contractaient, se rajustaient l'une après l'autre dans une succession de bruits sinistres qui rappelaient à s'y méprendre des bruits de pas hésitants.

Petite fille, elle avait gravi bruyamment ces marches, couru dans le couloir jusqu'à la chambre de sa jeune gouvernante. Et après, elles avaient entendu le plancher grincer sans raison. « Tiens, te revoici », avait dit la gouvernante avec son adorable accent écossais, et elles avaient ri.

Chaque fois que son père était absent, Emelia traînait dans la chambre de la gouvernante et dormait avec elle parce qu'elle avait sept ans et que la gouvernante en avait seulement quatorze, et beaucoup de tendresse pour les enfants. Elles n'avaient personne d'autre au monde.

Comme la plupart des maisons, celle-ci avait connu son âge d'or. Avant la naissance d'Emelia, on y avait donné des cocktails, des bals bruyants, ne réunissant que la meilleure société, pour fêter le solstice d'hiver et au terme desquels on devait souvent réaliser des réparations, des repas d'affaires auxquels participaient des banquiers à la mine renfrognée qui discutaient finance et empuantissaient la maison avec leurs cigares. Mais l'accouchement s'était révélé difficile, et la mère d'Emelia était tombée malade. Pendant qu'elle sombrait lentement dans la mort, elle avait renoué avec son ancienne religion, attitude qui avait profondément dégoûté son mari. À grands cris, les époux se disputaient à propos de Dieu. La mère d'Emelia avait été remplacée, aussitôt après sa mort, par une succession de femmes payées pour faire le travail à sa place. La petite avait rarement eu droit aux célébrations qui ponctuent l'enfance : en raison du caractère religieux de la majorité d'entre elles, son père les interdisait.

À Noël, la gouvernante avait posé l'index sur sa bouche et avait remis à Emelia un petit paquet contenant un col écharpe tricoté et piqué de rubans, adorable objet parfaitement ajusté à son cou délicat. N'ayant pas d'argent de poche et donc rien à offrir en retour, Emelia était allée à la cuisine prendre une pomme bien mûre qu'elle avait emballée dans un napperon de dentelle. Émue, la gouvernante déclara avoir rêvé d'une telle surprise. Elles étaient des enfants, l'une et l'autre, des filles pleines d'ardeur et de sentiment, et elles s'aimaient. Mais l'idylle n'avait duré que jusqu'au dixième anniversaire d'Emelia. On l'expédia alors dans un pensionnat pour filles, et la gouvernante, la seule mère qu'Emelia eût connue, fut remerciée de ses services.

Il n'y avait plus eu d'enfants dans la maison, du moins jusqu'à l'arrivée du garçon.

De retour dans le présent, Emelia Cload ouvrit le tiroir de sa table de chevet. La seringue était posée dans une fine boîte au couvercle laqué pourvue d'une gaine en soie correspondant à la forme exacte de la seringue avec son bouchon. L'intérieur de cet étui tenait un peu du cercueil. La fiole verte de Pax reposait à côté. Elle n'aurait qu'à s'en injecter dans le sang une infime quantité, cinq milligrammes, pour être parcourue tout entière d'une voluptueuse lassitude et libérée de ce bourdonnement, de cette angoisse, de ce chagrin constants. En doublant la dose, elle dormirait toute la journée. Elle referma le tiroir. *Reste éveillée,* se dit-elle.

Quarante-trois

Cette nuit-là, les clients américains campaient au bord de l'eau, avec vue sur un lac et une paroi rocheuse à pic. Après leur repas, couchés dans leurs tentes, ils s'étaient interpellés, puis s'étaient vite endormis, les lanternes encore allumées. Sur son lit de camp, Wilson dormait comme une souche, lui aussi, sa bouche grande ouverte rappelant celle d'un cadavre.

Les chasseurs du Minnesota étaient dans les montagnes depuis quinze jours, et Jack avait passé la dernière semaine avec eux. Sans se presser, ils avaient gagné la zone à l'air raréfié des hautes terres, criblées de petits lacs glacés semblables à des chaudrons entourés de rochers. Wilson avait promis à ses clients des chèvres des montagnes en abondance, et ils en avaient effectivement trouvé qui gravissaient les parois escarpées d'un canyon, blanches, vulnérables, sautant avec lenteur d'une saillie à l'autre. C'étaient des animaux magnifiques : toison blanche d'une invraisemblable épaisseur, sabots noirs, cornes noires très pointues. Se bousculant au passage, les chasseurs avaient couru autour du lac en tirant sur les bêtes en fuite, puis les avaient regardées tomber. Au bout de dix minutes, huit chèvres étaient mortes. L'une d'elles avait ricoché contre un rocher et terminé sa chute dans les eaux glaciales du lac, glissant lentement dans les profondeurs. Seules quelques misérables bêtes solitaires avaient réussi à atteindre le sommet de la falaise, où elles ne risquaient plus rien. Ces chèvres avaient trouvé un bon endroit pour échapper aux couguars, mais elles étaient impuissantes face aux armes à feu.

Les hommes avaient éviscéré les animaux sur place, le garçon effectuant presque tout le travail, ses bras rouges de sang jusqu'aux coudes, comme une sage-femme. Il savait rouler les toisons pour éviter de trop les souiller. À présent, toutes les têtes étaient tournées du même côté, alignées près des tentes, joue contre joue, derrière un tas de sabots empilés pêle-mêle. Quant aux carcasses rouges, à vif, on les laisserait pourrir sous un buisson de genévriers.

Le garçon n'avait aucune expérience d'un tel comportement. Pour lui, gâcher la viande, ne conserver que les têtes et, comble de l'absurde, les sabots, c'était comme jeter la mélasse et ne garder que la boîte en métal. Il avait lancé un coup d'œil incrédule à Wilson, mais l'expression de l'homme était impénétrable.

Maintenant qu'ils dormaient tous, Jack alla sans bruit d'une tente à l'autre éteindre les lanternes. Puis il resta là dans le noir, dans le froid, une couverture sur sa frêle charpente, le feu réduit à l'état de braises. Au-dessus de lui, les sommets, que la neige ancienne colorait de blanc et de bleu, luisaient sous la lune. Il décida que le mont Pipestone était le plus haut, mais il n'en savait rien, au fond. En fait, il n'était pas du tout sûr de savoir où il était. Pipestone était peut-être seulement un territoire. Peut-être le mot désignait-il une forme géographique, un réseau de canyons. Pour ce qu'il en sût, le nom s'expliquait parce qu'on avait découvert la pipe d'un homme des cavernes dans les environs.

La couverture serrée autour de ses épaules, il s'approcha de la rive du lac alpin, remua du bout des orteils quelques cailloux gros comme des œufs et écouta le son creux du roc frottant contre le roc dans cet amphithéâtre vide. Il songea aux Vikings et à leurs géants de givre. Dans son livre volé, il avait lu qu'ils sortaient la nuit ou dans le brouillard, se cachaient des humains et se déplaçaient enveloppés dans un manteau fait d'un blizzard ou d'un nuage bas. Dès que la lumière du soleil les touchait, ils se changeaient en pierre. Avisant une haute saillie sur la paroi du canyon, Jack imagina une créature de la même taille, debout à cet endroit, camouflée par le roc et les ténèbres. La présence d'une créature consciente et colossale baissant les yeux sur lui avait quelque chose de troublant. Elle avait une ride au sommet du crâne et un long visage hideux, décida-t-il ; en colère, elle ouvrait sa gueule jaune et caverneuse et poussait un rugissement. Cette évocation lui procura une joyeuse terreur. Serrant la couverture encore plus fort autour de lui, il sentit son cœur s'emballer. Il s'imagina que la terre tremblait sous les pas du monstre. Les géants pouvaient-ils courir ? Oui, selon le livre. *Il vient – il vient, porté par le vent déchaîné, et les arbres s'inclinent au passage de son terrible souffle.* On disait des géants de givre qu'ils avaient construit les montagnes, maçons titanesques qui travaillaient dans un but inconnu. Au bout de leurs ans, au lieu de mourir, ils s'affaiblissaient et se changeaient eux-mêmes en montagnes. Les avalanches étaient causées par un vieux géant qui, en se réveillant, secouait la neige et la pierre de son visage. Race haïe des dieux et haïssant les dieux. Le garçon admirait beaucoup ces récits. Les Vikings venaient sûrement d'un lieu comme celui-ci, et il se dit qu'ils ne devaient jamais s'ennuyer.

Jack espérait de tout cœur que les Vikings avaient existé, qu'il ne s'agissait pas que d'un mensonge, comme pour les lutins et les fées. La seule preuve qu'il en eût se trouvait dans ce livre. Il ne croyait pas aux fées, mais la religieuse lui avait donné l'assurance que bien des gens y croyaient, allant même parfois jusqu'à soutenir en avoir vu voleter dans leur jardin. Interrogée à ce sujet, elle avait dit que les fées étaient des femmes nues grandes comme une pièce de dix cents et dotées d'ailes. À cette idée, il avait pouffé de rire, et elle aussi. Par contre, elle croyait fermement aux anges et aux fantômes. Lorsqu'il lui avait demandé si elle en avait déjà vu, elle avait répondu : « Quand je crois en quelque chose, je n'ai pas besoin de preuve. C'est ça, la foi. »

Non, en somme.

Jack songea à la notion de preuve. Dans un de ses livres, un vieux pirate agonisant renonçait au confort d'une foi paresseuse en déclarant : *Facile pour un homme de montrer une corde et de dire : « Je crois qu'elle peut supporter mon poids. » S'accrocher à cette corde pour franchir un précipice, c'est une autre paire de manches.*

La confiance. Nous naissons sans la moindre idée de ce qu'est la trahison, mais aussi sûrement que la terre tourne, la trahison s'impose à nous, tôt ou tard. Qu'en conclure ?

En serrant ses frêles épaules, Jack contempla les eaux noires et froides au fond desquelles, quelque part, reposait une chèvre morte. Qui sait ce qui, outre la chèvre, gisait submergé et momifié par le froid dans l'obscurité absolue de ce lac alpin ? Des troncs d'arbres, des animaux morts, peut-être même des humains, des hommes des bois égarés, des sépultures préhistoriques. C'est du moins ce qu'il s'imagina. Mais il n'aurait jamais de certitude à ce sujet. Une chose qu'on ne voit pas, qu'on ne verra jamais, sans preuve autre que ce que vous dit votre cœur… Est-ce une forme de connaissance ?

Et si on voit une chose la nuit, si on la voit vraiment, si on n'a qu'à tendre la main pour y toucher, mais que, à la clarté du jour, on ne peut se résoudre à croire qu'elle est réelle ? Dans sa courte vie, Jack avait par trois fois fait de la fièvre et, chaque fois, il avait déliré, ses mains s'étaient tendues au-dessus des draps vers un jouet inexistant. De folles apparitions se projetaient contre les parois de son crâne après avoir traversé les murs et le plafond de la cabane. Elles le suivaient jusque sous les draps, où il faisait noir et où il transpirait, pleurait, gémissait. Parfois, il avait conscience de la présence de sa mère, sentait ses mains le frictionner avec du camphre, le changer de vêtements, lui faire boire de l'eau sucrée, pendant qu'il gisait, souffrant, sous d'épaisses couvertures. La nuit, il se redressait avec peine, incapable de supporter la température de son corps, et il repoussait les couvertures, des gouttelettes de sueur se frayant un chemin sur sa poitrine et le long de son échine. Il baissait sa tête moite et, soulagé par la fraîcheur, somnolait en position assise, la main de sa mère sur son front. Il s'imaginait l'avoir appelée et lui avoir dit sur un ton raisonnable qu'ils devaient évacuer les lieux. Le feu s'approchait. En imagination, il vit les murs s'écrouler, les livres et les tablettes du garde-manger tomber, réduits à l'état de cendres. Mais quand il se réveilla, il était au sec, vêtu d'une chemise et d'un caleçon propres, blotti sous de multiples couvertures, et sa mère était assise en tailleur à côté de lui, une main sur sa poitrine. Les yeux effrayés de

Mary ne se détournaient jamais de lui, semblaient ne jamais ciller. Pendant ce temps, son père attendait dans la clairière glaciale, emmitouflé dans son manteau, retenant le cheval déjà sellé, prêt à descendre en ville. Au cas où, juste au cas.

Et quelques mois avant cette expédition, seul, à l'hôpital où la maladie qui avait tué sa mère menaçait de l'emporter à son tour, il avait vu le toit se soulever tout bonnement de la salle où il gisait sur des draps glacés et avait assisté, impuissant, à la pluie de lances tombées du ciel noir, portées par le lointain grondement des nuages, et il avait brandi les mains pour se protéger, avait crié. Le lendemain soir, c'était la forme blanche qui s'était matérialisée devant ses yeux comme si l'étoffe même de l'air s'était imbibée de lait, errant çà et là, égarée, et il vit des lassos de feu bleu tourbillonner autour de sa tête, et la forme brûlait sans se consumer. C'était, croyait-il, sa mère embrasée, qui le cherchait. Parce que, entre-temps, on lui avait dit qu'elle était morte.

Jack savait, à la manière des hallucinés, qu'elle voulait désespérément le revoir, mais qu'elle était incapable de trouver son chemin ; elle s'était égarée du mauvais côté des choses. Il l'avait appelée, avait crié dans le vaste golfe qui les séparait, et la silhouette avait semblé se retourner. Sa voix s'était faite de plus en plus stridente, tant qu'une infirmière s'était précipitée à son chevet et avait tenté de le calmer. Mais il s'était débattu de toutes ses forces, avait repoussé la femme en montrant la silhouette du doigt, jurant comme un démon jusqu'à ce que l'infirmière lève la main et le gifle, le plaque contre le mince oreiller, le replonge dans l'effroyable vide de la réalité. C'était la première fois qu'un adulte le frappait.

Il tourna la tête et aperçut les autres prisonniers de la salle, leurs visages saisis d'horreur, réveillés en pleine nuit. La femme couchée dans le lit voisin avait tendu la main dans l'espoir de l'apaiser, comme s'il était son propre fils, son bras frêle franchissant la distance entre leurs lits. Il avait fermé les yeux.

Que ce soit en rêve ou non, on sait ce qu'on a vu.

Mary l'avait souvent prévenu : « Ce que je vois n'est pas toujours réel, Jack. Le monde est compliqué, pour moi. Fais bien attention à ce que tu crois. »

Sur la rive du lac, dans le silence absolu, Jack Boulton prit brusquement conscience de son corps, ses doigts comprimant la chair de son épaule à travers la couverture. Il expira. *Arrête,* s'ordonna-t-il. *Arrête d'imaginer. Tu n'es plus un petit enfant.* L'idée le réconforta ; le refuge sûr de son âge avancé, ses treize ans.

Un bruit, un petit grognement derrière lui. Pivotant sur lui-même, Jack balaya les ténèbres du regard. Pendant un moment, il ne vit rien, puis, à une certaine distance, il discerna une forme voûtée dans les broussailles, occupée à déchiqueter une des carcasses. La créature imposante se trouvait entre le campement et lui. Pas d'issue, sauf l'eau glacée. Autant dire qu'il était coincé. Se penchant, il saisit une pierre et la lança à la forme, entendit le bruit sourd quand elle frappa ses côtes. La créature poussa un cri, fit quelques pas de côté et, tête baissée, regarda fixement le garçon.

C'était le chien, et il s'avançait dans les broussailles en frétillant de la queue et en léchant son museau sanguinolent. Jack Boulton se plia en deux et pressa une main contre son cœur affolé. D'un pas tranquille, le chien vint se frotter contre ses genoux. « Jésus-Christ, fit-il en tapotant le flanc crotté de l'animal. D'où tu sors, toi, crétin ? »

Ce fut la question que posa Wilson le lendemain matin. « D'où diable sort-il, celui-là ?

— Aucune idée.

— Il est parti avec Sampson la semaine dernière. Tu l'as vu. » Wilson considéra l'énorme bête. Il enfonça les doigts dans l'épaisse fourrure du cou et vit une des pattes de derrière ruer dans le vide. « Il nous a suivis pendant tout ce temps-là ?

— Qui sait ? » répondit le garçon en riant. Il se souvint des paroles de Sampson. *Il va et vient comme il veut, ce chien.*

Les membres de l'expédition de chasse quittèrent Pipestone à la queue leu leu. Wilson allait devant, suivi des quatre clients que séparaient les chevaux de bât, et Jack Boulton fermait la marche. Fidèle à son habitude, le chien trottait parfois devant, parfois derrière. Les clients se réjouirent de voir un chien surgir de nulle part. D'abord un gamin, puis un chien. Ils sifflaient, se tapaient la cuisse : *Ici, bon chien.* L'animal les ignorait superbement. Ils se renseignèrent sur son nom, ils se renseignèrent sur sa race. Ils sortaient de leurs poches des friandises auxquelles l'animal ne daignait même pas jeter un coup d'œil. Ils eurent tôt fait de renoncer.

« C'est un sacré beau chien, dit l'un des hommes, tristement. Où l'as-tu trouvé ?

— Nulle part, lança Jack, sans quitter sa position. Un matin, il est apparu à la maison. »

Ils n'étaient plus qu'à deux courtes journées de Laggan. Et donc, dans deux jours, Jack dormirait dans son lit. Les hommes du Minnesota étaient plus calmes et plus silencieux, à présent, plus à l'aise sur la selle. À la grande stupéfaction de Wilson, deux ou trois d'entre eux avaient pris l'habitude d'aider à la préparation des repas et de faire un brin de ménage après. Ils avaient dévoré presque toutes leurs lourdes provisions, mais deux des chevaux transportaient désormais les trophées de chasse. On avait donc réparti les boîtes de matériel entre la mule et les autres chevaux. Wilson avait prévenu le garçon : s'ils abattaient ne fût-ce qu'un seul autre bélier, il devrait renoncer à monter son cheval et courir à côté. Jack s'était dit que Wilson plaisantait, mais peut-être pas.

Jack jeta un coup d'œil au long convoi de chevaux devant lui, aux têtes coupées et aux peaux roulées habilement fixées aux bâts-selles, et il tenta de se représenter les clients dans la peau de Vikings après un raid. Des hommes qui s'étaient aventurés dans la nature sauvage rentraient à la maison avec un riche butin. Puis il vit l'homme devant lui monté sur Grillon, jument ainsi nommée en raison de son allure étrangement saccadée, vit la tête du cavalier ballottée d'un côté et de l'autre, comme celle d'une poupée. Et il se souvint de toute la bonne viande qu'on avait laissée derrière, la chair de chèvre beaucoup moins appétissante pour ces types que les conserves qu'ils avaient apportées, et il modifia sa perception. Ces hommes avaient un faible pour le tapioca. Des Vikings, non. Mais des pillards, oui, en quelque sorte.

Ce soir-là, ils s'arrêtèrent de bonne heure, car les clients étaient épuisés, et le garçon, peu habitué au travail, était fatigué, lui aussi. Contre l'avis de Wilson, ils établirent leur campement dans un lieu peu propice, balayé par le vent. Ils se réunirent devant le feu qui soufflait et sifflait au milieu du cercle de pierres. Le garçon avait toujours un livre dans sa poche, et l'un des hommes l'interrogea à ce sujet. Wilson, qui avait déjà lu *Moonfleet,* repoussa dédaigneusement le livre, mais les clients, amusés, voulurent savoir ce que Jack en pensait. Il convint qu'il y était question « de trafic et d'une fille ». Les hommes firent circuler le livre et en lurent des passages en cabotinant tout leur soûl, comme sur la scène d'un théâtre, au grand amusement de tous, sauf du garçon. Les hommes, qui apprenaient peu à peu à se rendre utiles, étaient assis épaule contre épaule pour protéger le feu du vent. Malgré l'obscurité, ils s'aventurèrent même à tour de rôle parmi les rochers dans l'espoir de trouver du bois sec. À la nuit tombée, ce fut au tour de Jack, et il s'enfonça sans bruit dans les ténèbres. Il fut absent assez longtemps pour que les hommes étirent le cou et s'interrogent à son sujet. *« Coo-ee ! »* appela Wilson, qui eut droit en contrepartie à un *coo-ee* venu de loin.

« Où est-il passé ? » demanda l'un des hommes en riant.

Ils entendirent le garçon avant de l'apercevoir. Il leur tournait le dos et tirait quelque chose.

« Dieu du ciel, il a trouvé un cadavre.

— Qu'est-ce que c'est, p'tit gars ? demanda Wilson.

— Vous allez adorer, monsieur Wilson. »

Quelque chose dans le ton du garçon, quelque chose de William Moreland, força Wilson à esquisser un demi-sourire pour la première fois depuis le début du voyage. « Ça reste à voir », dit-il.

Jack laissa tomber sa charge. Un conifère desséché de huit pieds de long et les vestiges de ses racines. La rangée de visages mal rasés observait le spectacle. Jack Boulton enjamba l'arbre, le souleva et l'approcha du feu, où il provoqua une pluie d'étincelles, puis il le laissa tomber dans les flammes avec un *zoum.* Les hommes, fuyant les flammèches et la fumée, bondirent. Ils riaient, toussaient, tandis que le garçon les regardait avec un grand sourire. L'arbre resta perché en l'air, à la façon d'une araignée géante, maintenu au-dessus du sol par ses racines noueuses.

« Magnifique, fit Wilson. T'as réussi à étouffer le feu. »

Les hommes du Minnesota, fatigués et sonnés, pouffèrent de rire. Et quand les flammes s'aplatirent et crachotèrent, comme Wilson l'avait prédit, leur amusement ne se démentit pas. Mais lorsque le feu se raviva d'un coup et que la boule formée par les racines s'embrasa avec un autre *zoum*, ils se mirent à hurler en se frottant les yeux. Le garçon trépignait d'un air de triomphe en montrant les flammes. Fier de son travail, il considérait ses compagnons. Avec leurs visages éclairés par la folle danse de la lumière, entourés d'abeilles infernales voletant à gauche et à droite, ils ressemblaient à des lutins maléfiques.

Wilson se dirigea vers la pile de selles, de paniers et de bâts. Après y avoir farfouillé pendant un moment, il revint avec un objet enveloppé dans un vieux caleçon long. En tenant le sous-vêtement par les chevilles, il déroula lentement une bouteille de Bratty's Special Old. Il la brandit cérémonieusement dans la lumière du feu pour laisser les clients l'admirer.

« Messieurs, fit l'un, il essaie de nous tuer. » Mais il exultait.

« Peu importe, je suis preneur ! » lança un autre.

Le garçon étudia l'étiquette en fin connaisseur. « Je peux y goûter ? »

Les hommes dirent non d'une seule voix.

Ils sortirent les tasses en fer-blanc et les essuyèrent avec leur chemise, puis chacun se servit ce qui représentait une goutte à ses yeux. Pendant qu'ils trinquaient, le garçon promena son regard d'un visage négligé à l'autre.

« Horrible, dit l'un en déglutissant avec difficulté.

— Oh mon Dieu. »

Ils prirent une seconde gorgée qui, peut-être en raison des propriétés anesthésiques du breuvage, sembla moins pénible.

« Il a un certain je-ne-sais-quoi, ce tord-boyaux, dit l'un des hommes en hochant la tête. Je vous l'accorde.

— Soixante pour cent d'alcool, voilà ce qu'il a », répliqua Wilson.

Les hommes étaient crevés, crasseux, heureux et souriants. Ils portèrent un toast au Minnesota, à leur santé, à celle du chien, à celle des femmes aux longues jambes, à celle de Wilson, aux bons moments passés entre amis, de nouveau à la santé du chien et enfin à celle des enfants de putes qui avaient récemment inventé les impôts, puissent-ils crever et pourrir en enfer. Ils rirent en aspirant les gouttelettes d'alcool emprisonnées dans leurs moustaches, et le garçon imita machinalement le geste.

Il faisait encore nuit noire et les hommes ronflaient lorsque le pourvoyeur secoua Jack par l'épaule pour lui apprendre qu'il devrait lever le camp sans lui. Il expliqua ses raisons, puis il alla sortir le Colonel du piquet et mit le cap sur Laggan.

Suivant les instructions de Wilson, le garçon réveilla les hommes à l'aube. Les chasseurs du Minnesota s'assirent devant le feu, la mine grise. Jack leur tendit des assiettes : bacon et viande en boîte, pain frit à la poêle, confiture et chocolat. Après avoir bien nourri les hommes et les chevaux, il fit la vaisselle et nettoya la cuisine du campement.

L'un des clients regarda enfin autour de lui. « Où est donc ce bon Wilson ? »

Jack broda du mieux qu'il put. « Il est allé s'assurer que le train était là et qu'il n'allait pas partir avant l'heure prévue. Ça s'est vu.

— Bien aimable de sa part, dit un autre. Un chic type, ce Wilson. Toi aussi, mon gars. »

Après avoir fini de manger, ils sirotèrent leur café et, à tour de rôle, allèrent « faire un tour dans les bois », roulèrent leur tente et chargèrent convenablement leur matériel. Deux ou trois d'entre eux voulurent aider Jack, mais il les chassa aussitôt. Ils étaient incapables de réaliser un nœud correct, et une charge mal équilibrée risquait de faire boiter un cheval, le soir venu. Il leur servit du café et mit plus d'une heure à s'occuper des préparatifs.

À l'avant du convoi pour la première fois, Jack Boulton guida les hommes jusqu'aux abords de Laggan. Les Américains, avec force claques dans le dos, lui souhaitèrent bonne chance. Deux d'entre eux voulurent acheter le chien. Et ils firent aux chevaux des adieux éplorés d'amoureux transis, *adieu, Tonneau, adieu, Grillon.* Les hommes, crottés mais heureux, avaient l'air de barbares. En entendant le sifflet, signe que le luxueux train qui les ramènerait à Banff était sur le point de partir, ils détalèrent au milieu des cris de joie, laissant là le garçon avec le matériel, les animaux morts et vivants, tout ce qu'ils avaient tué en un peu plus de deux semaines.

« Adieu, petit tricheur ! » lança un des chasseurs en courant.

Les chevaux du convoi étaient lourdement lestés et attachés l'un derrière l'autre. Pour assurer leur confort, Jack passa une bonne heure à charger, à recharger et à rééquilibrer, puis Wilson revint enfin.

Le pourvoyeur était entré dans Laggan avant même que ses clients se réveillent dans leurs tentes. Il avait martelé la porte de Carr et, à force de gueuler, avait tiré l'épicier d'un profond sommeil. L'ayant houspillé pour qu'il ouvre son magasin, il avait dépensé les gages du garçon pour acheter des provisions. À la fin, le Colonel le haïssait, Carr le haïssait, les clients se questionnaient sur son absence, et seul Jack savait ce qui se tramait. Mais, au moins, le petit fugitif disposait désormais d'un mois de réserves. En fait, Jack comprenait très bien la manœuvre : grâce à Wilson, il disparaîtrait dans les collines avant que les clients aient pu parler de lui à quiconque ou, pire, voir l'affiche et se faire des idées.

« C'est tout ce que j'ai pu acheter avec l'argent, dit Wilson.

— Et ma monnaie ? »

L'homme fit passer son cigare d'un coin de sa bouche à l'autre. Au bout d'un long moment, il sortit de sa poche deux pièces de vingt-cinq cents et une de cinq. Puis, devant le regard insistant du garçon, il récupéra une autre pièce de vingt-cinq cents. « Tu fais un sacré comptable.

— Non. C'est mon argent. Je l'ai gagné.

— Ton argent ? fit Wilson en se fendant d'un large sourire autour de son cigare. En tout cas, c'est pas de ton père que tu tiens ça. »

Les yeux de Jack voletèrent à gauche et à droite, et il secoua la tête.

« L'argent lui glissait entre les doigts, p'tit gars. Mais bon, il m'a toujours semblé heureux. Puis un jour, il t'a bien regardé, et il a arrêté de s'en foutre. » Wilson soupira. « Et nous voici, nom de Dieu », fit-il.

Chacun resta sur son cheval, le Morgan exécrant le Colonel en silence. Pendant ce temps, le chien pataugeait dans les fossés et errait le long de la rive, puis il partit au trot vers la ville. En le suivant du regard, le garçon constata qu'il se dirigeait vers la maison de Lena. Le vieil homme était peut-être encore chez elle. Ou pas.

Le pourvoyeur et les animaux fatigués avaient devant eux cinq longues heures de marche sur la route de Banff. Après des semaines de travail dans la compagnie constante d'autres hommes, Wilson donnait l'impression d'attendre avec impatience la tranquillité à venir. « Surtout, évite la route, dit-il à Jack.

— Vous pouvez compter sur moi.

— Et mange pas tout d'un seul coup, petit glouton.

— Merci, monsieur Wilson. Merci pour tout.

— File.

— Attendez. Je… Je vous ai volé.

— Qu'est-ce que tu racontes ?

— L'examen des rangers. Je l'ai pris sur votre bureau. »

Wilson le regardait sans comprendre.

« Un livret. Il était sur votre bureau.

— Ah, ça, fit Wilson en grattant sa barbe crasseuse. Autre chose ?

— Une couverture pour mon cheval.

— Oublie ça.

— J'ai aussi pris des choses à la religieuse. Surtout des livres. Et des cahiers dans lesquels elle avait écrit.

— Pour quoi faire ? »

Jack ouvrit la bouche, mais toutes les raisons qu'il aurait pu invoquer pour expliquer le larcin – l'admiration qu'il vouait à la calligraphie de la religieuse, par exemple – lui semblèrent à la fois frivoles et non fondées.

Wilson flatta le cou du Colonel. « Qu'est-ce que tu comptes faire, p'tit gars ? À propos de cette femme ? T'as un plan ?

— Me cacher, c'est un plan, non ?

— Pas fameux, non. Tu peux rester là-haut, où que vous vous cachiez, vous les ermites. Mais tu es comme ton père, maintenant. Tu ne peux ni travailler, ni faire des courses, ni te montrer en ville. La nourriture est pas gratuite. Qu'est-ce que tu vas faire dans un mois ? Dans un an ?

— Je ne sais pas.

— Pour moi, en tout cas, c'est terminé. J'espère que tu comprends.

— Je comprends.

— Ils vont se jeter sur moi, exiger que je leur dise où tu es. Je vais être couvert de puces humaines. Impossible de me rapprocher de toi. » Wilson s'essuya le front avec sa manche, rajusta son chapeau de brousse. Il avait l'air exténué. « Qu'est-ce que tu vas faire pour l'argent ? »

Le garçon garda le silence. Il y avait quatorze mille dollars cachés dans les chevrons de sa cabane. Il essaya de deviner ce que savait Wilson, mais ne lut sur son visage que le même désir d'y voir clair. « Ne me dites pas que je devrais retourner auprès d'elle.

— Surtout pas, pour l'amour du Christ, fit Wilson, consterné. Elle est folle à lier. Elle me hait à mort. Mais c'est toi qui lui as faussé compagnie, pas moi. » Wilson hocha la tête. « Elle t'a dans sa mire, c'est le moins qu'on puisse dire. »

Le garçon triturait les rênes en repensant aux paroles de Wilson. *Tu es comme ton père, maintenant.* Sentant ses yeux se gonfler de larmes pitoyables, il abrita son regard sous son chapeau. « Je ne voulais pas faire d'histoires. Mais il fallait que je me tire de là, c'était insupportable.

— T'as rien fait de mal. Ta mère est morte, c'est tout. Et tout indique que ton père a perdu la tête. Je l'aime bien, mais je le comprends pas.

— Moi non plus, avoua le garçon.

— Sois pas ingrat. Ce qu'il fait, il le fait pour toi.

— Pour moi, répéta Jack en se frottant le visage. Il ne m'a jamais rien demandé à ce sujet, bon Dieu.

— Personne a jamais rien fait de tel pour moi, dit Wilson. Et c'est ton père. Alors croise les doigts pour lui.

— Et puis merde », fit Jack en s'essuyant les yeux. Le regard rivé sur la corne de la selle, il dit : « Vous auriez pu me dénoncer. C'est beaucoup d'argent. »

Il y eut un silence, si long que Jack fut contraint de lever le regard sur le visage de pierre du pourvoyeur. « Tu me connais pas très bien, dit Wilson.

— Oui, monsieur. Non, je veux dire. Mais si les choses étaient différentes… Si j'étais un inconnu…

— On peut pas mettre une vie à prix. Rentre bien ça dans ta tête de pioche. Pose la question à Sampson. Non, cette femme a beau se raconter tous les pieux mensonges qu'elle veut, ce qui est mal est mal.

— Et voler ? Faire sauter des immeubles ? »

Le visage de l'homme se radoucit. « Pardonne à ton père, p'tit gars. Il faut en passer par là, tôt ou tard.

— Hm.

— Tu me crois pas ?

— Non. »

Wilson jeta un coup d'œil aux montagnes dans lesquelles Jack allait s'aventurer seul, emporté par son cheval vers les hauteurs, traversant les dernières ombres de la nuit jusqu'à la clarté qui illuminait déjà les sommets, à la fourrure de pins qui couvrait leurs flancs, à la brume qu'elles exsudaient. Wilson se tourna et entraîna le convoi le long du sentier de la rivière. « Rentre chez toi et lâche pas Sampson d'une semelle. Donne un coup de main au vieil homme, au moins jusqu'au retour de ton père. Fais ce que je te dis, compris ? »

Le garçon fit pivoter son cheval et entreprit son ascension.

La voix de Wilson rugit derrière lui. « Et surtout, t'approche pas de cette maudite route ! »

Quarante-quatre

Avançant prudemment dans la chiche lumière du matin, le garçon évitait effectivement la route. Lorsque le soleil fut levé pour de bon, il tomba sur un petit ruisseau et un champ incliné tapissé de jeunes herbes, où il s'assit pendant une heure et laissa paître le cheval. Il en profita pour ouvrir un à un les paquets de denrées enveloppées dans de vieux journaux et lire les nouvelles sur son père.

William Moreland avait écumé tout le nord-ouest, d'abord au sud de la frontière et désormais au nord. Il avait passé des mois dans le Montana et l'Idaho, où il avait becqueté les propriétaires de mines, allant jusqu'à voler deux fois certains d'entre eux. Trop souvent, les journalistes citaient en exemple les patrons de St. Croy, qui avaient déjoué les projets du criminel au moyen d'un coffre-fort moderne. Un bref répit dans ses activités avait donné lieu à des spéculations. En effet, on laissait entendre que le Coureur des crêtes avait trouvé la mort – seul Jack savait que c'était parce qu'il était passé par Banff pour laisser à son fils le fruit de ses méfaits –, puis, refaisant surface à Lethbridge, qu'il avait dévalisé un parc à bétail.

L'incident le plus récent, du moins selon les pages que le garçon avait sous les yeux, dont certaines ne dataient que d'une semaine, s'était produit à New Michel, ville minière en plein essor du col du Nid-de-Corbeau. Là, Moreland avait volé la recette hebdomadaire d'un cinéma, « histoire qui devrait servir de mise en garde aux entrepreneurs qui font plus confiance à leurs coffres-forts qu'aux banques ». Deux semaines s'étaient écoulées depuis. Jack ne savait pas très bien où se situait New Michel, mais il avait vu la ville sur la carte murale de la cabane. Selon un témoin oculaire, « Moreland n'est pas un voyou comme les autres. C'est au contraire un homme plutôt grand, qui a fière allure ». À mesure qu'il lisait, le visage du garçon se rembrunissait sous l'effet de la colère. Il remballa ses affaires, monta à cheval et poursuivit sa route. Il fulmina pendant encore une heure. Quelle tragédie, tout de même, que d'avoir un père qui détruit volontairement sa vie et qui, du même coup, ruine aussi la vôtre, au nom d'un plan que vous désapprouvez.

Jack expira profondément dans l'espoir de se calmer, puis il ferma les yeux. « Stop », fit-il. Le cheval s'arrêta.

Il sentit l'animal s'ébrouer, tourner la tête pour le regarder en rongeant le mors. Au-dessus d'eux, le vent sifflait dans les arbres.

« Ho », dit-il, et l'animal se remit en marche. Jack ouvrit les yeux et sourit, caressa le cou musclé du cheval. Cette communion, ce minimum d'emprise sur sa vie, c'était tout de même quelque chose. Peu, mais quelque chose.

Une volée de corneilles amicales passa en rase-mottes et le suivit, ses croassements répercutés par la vallée. En tenant bien son chapeau, Jack leva les yeux vers leurs poitrines noires, leurs têtes inclinées qui l'espionnaient. Il brandit la main et l'une d'elles flotta au-dessus de ses doigts à la façon d'un cerf-volant, le bout de ses ailes ondulant dans le vent. Un aigle à tête blanche surgit de nulle part, et les corneilles virèrent de l'aile dans une explosion de cris outrés, puis l'aigle, se méfiant de Jack, regagna les hauteurs. Un vieux chasseur solitaire, usé et sans éclat.

Dans l'étroite vallée en dessous, une fine colonne de fumée montait dans le ciel en s'égaillant comme du lait répandu. Le garçon arrêta son cheval. Tout en bas, dans la vallée, à deux milles de là, les Suédois se penchaient sur une petite forme sombre qui gisait sur le sol, sans doute la carcasse d'un cerf. Ils allaient et venaient entre un four en pierres ou un fumoir rudimentaire, y glissaient la viande, recommençaient. Réchauffés par le soleil, ils s'étaient dépouillés de leurs lourds et familiers manteaux bordés de fourrure. Malgré la distance, Jack distinguait la maigreur et l'agilité des hommes à moitié nus, d'une pâleur saisissante, qui s'affairaient en contrebas. Leur singulière concentration. Jack vit l'un d'eux se diriger vers le feu, puis se retourner et s'adresser aux deux autres.

« Seigneur Jésus », fit Jack.

Les deux Suédois étaient trois, à présent. Ou il avait la berlue.

Faisant passer sa botte au-dessus du garrot du Morgan, Jack mit pied à terre et, les mains sur les hanches, sourit largement.

Quarante minutes plus tard, au terme de la descente la plus douce qu'il eût réussi à trouver pour le cheval, Jack Boulton traversa un pré et déboucha près du même bosquet de pins. Bien sûr, les hommes l'avaient vu venir de loin et s'étaient agglutinés près du fumoir. Ils portaient tous les mêmes leggings en cuir et des mukluks faits main. Exactement comme Mary Boulton avec Jack, les deux Suédois s'étaient plantés devant le prisonnier évadé, faisant rempart de leurs corps. À côté du Morgan, Jack resta à distance respectueuse, leur laissa le temps de déterminer à qui ils avaient affaire.

Les hommes s'approchèrent, laissant le prisonnier à sa place. Jack nota leur démarche tendue. Ils s'arrêtèrent à une dizaine de pieds, leurs yeux pâles formant un contraste étonnant dans leurs visages brûlés par le soleil. Jack se rendit compte qu'ils étaient plutôt jeunes et visiblement apparentés, frères ou cousins, car leurs traits se répondaient en écho : la mâchoire volontaire, les yeux aux coins relevés, le front haut. Des variations sur le même thème, en somme.

« Salut », fit Jack en levant sa main libre.

Il n'attendait pas de réponse, et il n'en obtint pas. Ils restèrent silencieux un long moment avec, entre eux, seulement le vent. Le Morgan, que la présence de ces hommes était loin d'enchanter, dressa la tête, renâcla avec un bruit de ferraille. L'un des Suédois regardait fixement l'animal, comme s'il le croyait dangereux.

« Ça va », fit Jack. Il entraîna le cheval vers un arbre à une vingtaine de pas du côté ouest et enroula les rênes autour d'une branche. Les hommes ne semblèrent pas rassurés pour autant.

Jack porta la main à sa poitrine – *moi.* Puis il montra le fumoir – *je vais aller là-bas.*

Les deux hommes semblèrent conférer sans dire un mot. Jack n'attendit pas d'invitation. Constatant qu'ils s'étaient mis d'accord, il s'avança d'un bon pas vers le prisonnier qui se tordait les mains avec angoisse, aussi près qu'il l'osait de la bouche du four. À ses pieds étaient posés un vieux ciré et ce qui, selon les estimations de Jack, correspondait à une réserve d'au moins une semaine de bonne viande de cerf fumée. Le prisonnier n'était pas beaucoup plus vieux que Jack. Seize ans, peut-être. Émacié, gris, les yeux creux.

« Tu t'es évadé du camp ? » Jack balaya des yeux les trois visages qui le regardaient avec intensité. S'ils le comprenaient, ils n'en laissèrent rien voir. Pas de langue commune, ici. Tout le monde savait que les Suédois se moquaient éperdument de leur incapacité à communiquer et ne laissaient personne s'approcher. La présence du prisonnier était donc stupéfiante. Jack alla se camper devant le fugitif. Un des Suédois voulut s'interposer, mais son frère le retint par le bras.

De toute évidence, l'un redoutait cette interaction, et l'autre était simplement curieux.

« Tu étais prisonnier ? » demanda Jack. Il sonda les yeux sombres du jeune homme et y surprit un changement. Ce garçon connaissait le mot *prisonnier.* Il était grand, plus de six pieds, et maigre comme un jeune arbre. Ses cheveux noirs avaient été coupés aux cisailles. Ses lèvres étaient desséchées et craquelées, et il donnait l'impression de crever de faim.

« Ça va ? » lui demanda Jack en se palpant le ventre et les jambes, pantomime invitant l'autre à lui faire part d'éventuelles blessures. D'un coup, la méfiance s'effaça des yeux du garçon, qui secoua la tête – non, il n'était pas blessé, il se portait bien.

« C'était ton père ? » demanda Jack.

Le garçon se contenta de le regarder fixement, tandis que les deux Suédois se balançaient nerveusement sur leurs jambes. Ou bien ils connaissaient le mot, ou bien ils avaient deviné de quoi il s'agissait.

« Daddy ? » La nouvelle tentative de Jack ne donna pas davantage de résultats. « Papa ? » fit-il en se tournant vers les Suédois.

Le mot ne voulait rien dire pour le prisonnier, mais l'un des Suédois hocha tristement la tête. *« Ja. Det var hans pappa »*, dit-il en montrant la direction précise où se trouvait l'homme mort, qui avait reposé et reposait peut-être toujours dans l'une de leurs cabanes, avec un amas de débris devant la porte. Après avoir trouvé le père, étaient-ils partis à la recherche du fils, comme Jack l'avait fait ? Impossible de poser une question aussi complexe au moyen de gestes, et le langage, dans ce cas-ci, était pratiquement inutile.

Quel morne trio ils formaient, ces types. De jeunes hommes sans père. Les Suédois étaient débrouillards, aucun doute à ce sujet, et ils semblaient très bien se tirer d'affaire, malgré l'absence d'un cheval. Jack brûlait de savoir comment ils avaient abouti dans les Rocheuses, dans un endroit aussi isolé. Qui leur avait appris à vivre ainsi ?

« Bon, fit-il. Heureux de savoir qu'il va bien. Vous allez veiller sur lui, je suppose. » Il retourna vers le Morgan prélever dans ses affaires un peu de chocolat, un petit paquet d'avoine et une poignée de sel. Il transporta le tout jusqu'au feu et l'offrit aux hommes. Il versa le sel dans les mains en coupe du prisonnier en veillant à ne pas en perdre, les grains s'écoulant comme du sable dans un sablier.

« Emmenez-le de l'autre côté de la frontière. Au Montana, en Idaho ou dans un autre État, il ne sera pas en situation d'irrégularité. Les Américains ne sont pas en guerre. Vous comprenez ? » Les Suédois n'avaient pas saisi un traître mot – pour eux, la voix de Jack était comme un pépiement d'oiseau. À la mention des États, aucune lueur de reconnaissance dans leurs yeux. Ces hommes ne parlaient jamais à personne. Jack se demanda s'ils étaient même au courant de la guerre qui faisait rage. Même s'ils lisaient un peu d'anglais ou de français, ils n'avaient pas accès aux journaux, ne s'intéressaient pas à ce que faisait leur prochain. Peut-être changeraient-ils d'attitude, maintenant qu'ils avaient découvert un prisonnier mort dans une de leurs cabanes, puis son fils, avant que celui-ci eût réussi à crever de faim.

Ces hommes vivaient en dehors du temps, dans un paysage inchangé depuis la préhistoire, tous trois vêtus de fourrures et de peaux, alimentant un feu, le X grêle et allongé de leur travois à plat sur le sol. Sans les deux carabines appuyées côte à côte contre un tremble, le canon tourné vers le haut, on aurait pu se croire dans le diorama d'un musée.

Jack ne leur dit pas au revoir, mais, après avoir franchi la colline et retrouvé le sentier qui le ramènerait chez lui, il jeta un coup d'œil par-dessus son épaule. Les trois hommes avaient les yeux levés vers lui.

Lorsqu'il arriva chez lui, le soleil s'était couché, et Jack transporta ses provisions sous l'avant-toit et conduisit le Morgan dans son enclos dans la semi-obscurité. Il l'étrilla, lui apporta de l'eau, décrotta ses sabots, brossa son dos couvert de sueur et peigna sa crinière.

Le Morgan contemplait la cabane avec intensité. À côté de la porte était posé un sac d'avoine. Jack alla donc lui en chercher, mais seulement la quantité qu'il avait réussi à faire tenir dans ses mains en coupe. Petit à petit, il avait déshabitué l'animal à sa diète urbaine et l'avait laissé renouer avec les broussailles et les herbes qui constituent l'ordinaire des chevaux. Mais l'avoine était toujours la bienvenue. Au lieu de manger les grains posés à ses pieds, le cheval continua de regarder fixement la porte.

« Regarde, dit Jack d'une voix cajoleuse. Là, par terre. » Le Morgan ne fit qu'y toucher des lèvres avant de recommencer à regarder la porte.

« Bon, comme tu veux », fit le garçon. Puis, glissant le fusil sous son bras, il s'empara des paniers de provisions et entra dans la cabane.

Il détecta d'emblée l'odeur. Celle qu'avait flairée le cheval : tout près, immédiate, vivante, celle de l'eau des fossés, des herbes pourries, de la crasse et de la sueur. *Ours.* Telle fut la première idée qui lui vint en tête.

La pensée d'un prédateur qui rôdait dans les parages était effrayante, mais celle d'un ours emprisonné à l'intérieur, encore davantage. Aussi agile qu'un singe, Jack laissa tomber la nourriture, s'empara du fusil et emprunta l'échelle jusqu'au grenier. Tenir le fusil était devenu pour lui une seconde nature, mais il était déchargé, bon sang. À quatre pattes, il s'efforçait de scruter la pièce en se livrant à de rapides calculs : les couguars et les ours sont parfaitement capables de grimper, et vite, mais il n'aurait su dire si ces animaux savaient gravir une échelle. Il chercha donc du regard un endroit sûr où sauter au cas où l'un d'eux fondrait sur lui. Il se posa une question absurde : pourquoi je n'ai jamais sauté sur le lit ?

Il faisait noir dans la cabane, mais il constata que des boîtes de conserve avaient été déplacées sur les tablettes de la cuisine. La demi-miche de pain qu'il avait fait cuire une semaine plus tôt avait disparu. Quelque créature l'avait mangée. Se levant, Jack Boulton tapa des pieds sur le sol du grenier et martela les poutres à coups de poing. « Va-t'en, maudit ours paresseux ! » hurla-t-il.

Sur son perchoir, il attendit, Pearl en travers des genoux. Dans la cabane, aucun bruit, aucun mouvement. Un animal normal – chien, loup, ours ou rongeur – aurait couru partout, pris de panique. La créature, quelle qu'elle soit, était déjà repartie.

Son père était-il revenu à la maison ? Non. Si un homme rentre chez lui pour repartir tout de suite, il laisse derrière lui un désordre d'un genre différent. Son père aurait dormi ou changé de vêtements, inspecté certaines des petites améliorations apportées par son fils en son absence, y aurait touché. Il aurait peut-être laissé quelque chose par terre, un sac à dos, un fardeau qu'il n'avait plus envie de trimballer. Un homme qui rentre chez lui abandonne un fatras de manteaux, de sacs et de pièces d'équipement. Là, Jack ne voyait rien d'autre que les quelques denrées manquantes.

Ces réflexions traversèrent en vitesse l'esprit du garçon. Du haut de l'échelle, il nota les miettes de pain avec contrariété. Bon, des écureuils, peut-être, ou encore une martre.

Il descendit et se livra à une minutieuse inspection de la cabane, jeta un coup d'œil dans les moindres recoins, les moindres cachettes. Il ne trouva rien de plus. Il s'employa donc à ranger les provisions, à tout nettoyer et, de façon générale, à remettre la cabane dans l'état où elle était avant son départ. Il oublia que, en rentrant, il avait détecté l'odeur de la transpiration.

Quarante-cinq

Selon l'horloge posée sur son bureau, il passait minuit lorsque Wilson sortit dans le paddock désert, les mains sur les hanches. Au loin, un petit orage bleu couvait au-dessus du chaînon Sawback. Des tentes, des couvertures et un nombre infini de cordes de toutes les tailles qu'on avait mises à sécher sur la clôture longeant Caribou Street ondulaient dans le vent. Les dépouilles de la chasse des clients du Minnesota se trouvaient à présent dans l'arrière-boutique du taxidermiste du coin, et les chasseurs, depuis longtemps descendus du train, s'étaient lavés, rasés et mis sur leur trente et un avant d'aller se soûler dans l'un des bars de Banff. À présent, ils ronflaient comme des bienheureux dans le palace où ils avaient décidé de célébrer la fin de leur voyage.

De retour à l'intérieur, le pourvoyeur s'assit sur une boîte de sel renversée, les coudes sur les genoux. L'expédition était terminée et la prochaine ne s'amorcerait pas avant deux semaines. Dûment nourris et décrottés, les animaux se reposaient dans leurs stalles. Cette tâche lui avait pris des heures, et Jack lui avait beaucoup manqué. C'était un garçon futé, presque aussi capable que William Moreland, mais pas encore aussi fort, et la présence d'un enfant – et de toute créature jeune et vulnérable dont vous avez la charge – engage votre responsabilité en permanence. Ils n'ont pas encore beaucoup vécu, et c'est ce qui vous pousse à vous demander s'ils pourront tenir le coup. Sans parler de leur impulsivité parfois désastreuse.

Dix ans plus tôt, Sean Macklin, l'ancien associé de Wilson, avait emmené deux paysagistes britanniques dans une expédition facile au canyon Johnston, où il y avait un pré envahi par une flore pittoresque et des étangs alimentés par des sources appelés « encriers », qui attiraient une faune abondante. La grande taille de Macklin, ses cheveux clairs et son accent de Belfast plaisaient beaucoup aux femmes. Pour cette expédition, la cliente était cette chose extraordinaire et rarissime, une femme ayant fait des études universitaires, et elle était accompagnée de sa nièce, blondinette aux cheveux filasse de dix-huit ans, tout en jambes, une fille sournoise et rancunière à qui ses parents, jugeant leur héritière peu dégourdie et peu aventureuse, avaient intimé l'ordre de visiter les Rocheuses. Constatant que Macklin, guide extrêmement fiable, avait un jour de retard, Wilson était monté à son tour au canyon. Malgré l'altitude, le temps était doux, presque chaud, et une brise parfumée balayait les champs. Vers l'heure du souper, il découvrit leur campement désert. Les chevaux étaient en sécurité au piquet, mais la faim les faisait piaffer. Dans la lumière déclinante, Wilson suivit d'alarmantes traces laissées par des humains : des vêtements, une lanterne renversée et, sur la mousse, les traînées criardes laissées par une boîte de couleurs fracassée. Enfin, à un demi-mille du campement, il avait aperçu les deux adultes, Macklin une dent en moins et la marque d'un coup sur la joue, la tante blême de terreur et en sanglots. Ils cherchaient la nièce. Ils se tenaient par la main et ressemblaient à s'y méprendre à des parents effrayés.

Wilson prit aussitôt la mesure de la situation, et sa crainte que quelqu'un ait pu être tué par un animal s'éteignit comme une lampe. Les deux femmes s'étaient amourachées de leur guide, et la nièce avait perdu. Victime du rejet et vaincue par une femme plus vieille, la fille leur avait lancé tout ce qui lui était tombé sous la main, y compris – apprit plus tard Wilson – la poêle en fonte, qui avait frappé Macklin en plein visage. Puis elle s'était enfuie en hurlant son intention de se tuer. Elle manquait à l'appel depuis le matin.

Moins d'une heure plus tard, Wilson la découvrit, en parfaite santé et, grâce au temps doux, à peine transie. S'il avait fait plus frais, elle aurait dû rentrer auprès de sa tante et mettre un terme à sa crise de nerfs. Elle avait su échapper à ses deux poursuivants, mais, devant l'arrivée imprévue d'un troisième, elle n'avait eu d'autre choix que de s'accroupir comme une grenouille dans l'étang glacé, en espérant qu'il passerait devant elle sans la voir. Wilson fondit sur la fille et l'extirpa de l'eau en la tirant par un de ses bras tremblants. « C'est donc là que tu te cachais », dit-il. Après à peine quelques instants dans l'eau, la fille avait les lèvres bleuies. Il l'enveloppa donc dans son manteau.

Ce fut un groupe éminemment misérable qui, le lendemain, entreprit le trajet du retour, les deux pourvoyeurs conscients de la tournure beaucoup plus tragique que les événements auraient pu prendre. Lorsqu'ils furent en ville, Macklin dut se rendre à l'évidence : son partenariat avec Wilson était *de facto* dissous, et il était au chômage. Il n'osa même pas réclamer la restitution de son cheval.

De retour dans le présent, Wilson se dirigea vers la stalle du Colonel. Il appuya ses bras sur la barrière. La croupe mouchetée frémit légèrement et le cheval tourna la tête vers lui.

« Comment ça va, vieil enfant de salaud ? » fit-il.

L'animal darda sur lui ses singuliers yeux bleus. Wilson lui flatta la croupe. Le Colonel hennit doucement et détourna le regard, tranquille, patient.

C'est alors qu'elle se matérialisa, surgie de l'obscurité qui régnait au-delà des portes de l'écurie. À peine le temps de discerner le mouvement du coin de l'œil et elle était là. La religieuse, qui s'avançait vers lui dans l'allée.

« Nom de Dieu, jura-t-il. Quoi encore ? »

Au passage, elle jetait des regards de côté dans les stalles. Quelques-unes étaient vides, d'autres abritaient des animaux énormes et, pour elle, terrifiants. « Je peux vous dire un mot dans votre bureau ? » Elle avait revêtu sa grande tenue de religieuse et tenait un sac en tissu muni d'un cordon qu'elle enroulait autour de son index.

Wilson prit un long et glacial moment de réflexion. Il ouvrit la bouche dans l'intention d'envoyer promener la femme, mais il la referma aussitôt. Sans un geste ni un mot de bienvenue, il se détacha de la barrière et se dirigea vers son bureau, où il prit place sur la seule chaise. Une seconde plus tard, la femme entra à son tour, ses bottes silencieuses traînant sur le sol recouvert de sciure. Ses pupilles étaient immenses, et elle irradiait une sorte d'effroi, à la façon d'une élève forcée de prendre la parole devant la classe. Elle chercha des yeux un endroit où s'asseoir et, n'en trouvant pas, hésita, le sac en tissu serré contre son ventre.

« Je vous écoute », dit-il.

Sous ses jupes volumineuses et son voile, son tablier blanc ceint sur sa taille considérablement amincie, elle semblait sur le point d'éclater en sanglots. « Je ne sais pas. J'ai du mal à me décider. J'en suis venue à une conclusion, voyez-vous. »

Wilson laissa entendre un long soupir théâtral. « Accouchez ou je vous fous à la porte, cul par-dessus tête. »

Elle se tétanisa. Plissant ses yeux mouillés, terrifiés, elle sourit. « Vous avez raison, dit-elle. Autant en finir.

— Bien », fit Wilson, que le visage ravagé de la femme plongeait dans un malaise grandissant. Il se demanda si elle était ivre. Il agita la main, comme pour chasser des pigeons. « Alors ?

— Il paraît que vous l'avez eu avec vous pendant une semaine. Jusqu'à aujourd'hui, en fait. C'est vrai ? Il travaillait pour vous ? »

Wilson esquissa un sourire amer. « Les nouvelles voyagent vite quand il y a de grosses sommes en jeu.

— Il est vrai que l'argent facilite les choses.

— Je sais pas où il est en ce moment. Pas la peine de me poser la question.

— Bien sûr que non, fit-elle. Et même si vous le saviez, vous ne me le diriez pas. »

Elle fouilla dans son sac et, à la grande surprise de Wilson, en sortit une bouteille et un lourd gobelet en verre taillé, qu'elle posa avec soin sur le bureau. Ensuite, elle lui en servit un doigt – fort habilement, sembla-t-il à Wilson – et poussa la boisson vers lui.

Il étudia la bouteille presque pleine. C'était un whisky de Charles Hyndman, un nectar de trente-cinq ans d'âge comme seul un banquier pouvait s'en payer. Une bouteille trapue et finement ciselée telle qu'on n'en voyait que dans les publicités, faite d'un verre si foncé qu'il semblait noir et ne laissait pas filtrer la lumière. La grandeur du geste amusa Wilson.

Elle le vit inspecter la bouteille. « C'est bien, comme marque ? Je ne m'y connais pas.

— Très bien », dit Wilson avant de vider son verre d'un trait. Elle tendit le bras pour le resservir. À force de fouiller, il dénicha une tasse à café en fer-blanc sur sa table de travail, derrière une pile de papiers. Il la posa à côté du gobelet. « C'est une offrande de paix ? Vous allez trinquer avec moi ?

— Non.

— Ce n'est pas une offrande de paix, alors. Donc, qu'est-ce qui vous amène ? » Il fit tourner le liquide, qui tapissa le verre comme de l'huile avant de retomber en larmes sur les parois. Ce n'était pas le genre de boisson qu'on descendait d'un coup, mais il ne se laissa pas arrêter pour si peu.

Quelque part dans l'écurie, une mule, s'étant réveillée fatiguée et déboussolée, brayait sa solitude à l'intention des humains et des animaux, réclamait du réconfort. Les autres animaux commencèrent à s'agiter. Wilson devrait bientôt planter la religieuse là pour s'en occuper.

Elle se lança dans un préambule manifestement répété d'avance. « Je suis lasse de l'animosité entre nous et je souhaite y mettre un terme. Je ne vous ai jamais rien fait, je ne vous ai jamais nui, et pourtant vous persistez à…

— Cela ne m'intéresse pas, madame.

— Vous voyez ? Vous venez de fournir une illustration parfaite du problème.

— Quel problème ? J'ai pas de problème.

— C'est ce que vous croyez. »

Wilson toisa la bouteille et se demanda sans trop y croire si elle entendait la lui laisser. Elle ne buvait pas, après tout ; elle ne risquait donc pas de regretter le whisky. Occupé par ces réflexions, il leva les yeux et la vit qui l'examinait intensément, comme pour lire dans ses pensées.

Il croisa ses bottes sur le bureau, à côté de la bouteille, et se cala sur sa chaise. « En tout cas, on s'est bien amusés.

— C'est tout ce que vous avez à offrir ? fit-elle. Du sarcasme et de la laideur ? Un répugnant étalage d'orgueil ? »

Il eut un geste de bienvenue, façon conservateur de musée. *L'exposition est ouverte. Que les masses s'instruisent.*

« Vous êtes impossible », lança-t-elle sèchement. Elle renversa la bouteille au-dessus de la tasse en fer-blanc jusqu'à ce que celle-ci déborde au milieu d'une mare de whisky.

Il posa les pieds par terre. « Stop ! aboya-t-il. Avez-vous une idée de ce que coûte ce whisky, sale crétine ? »

Du plat de la main, aussi expéditive qu'un barman, elle remit en place le bouchon qui couina, rangea la bouteille dans son sac. Bientôt, le gobelet de cristal alla l'y rejoindre. Elle regardait Wilson dans les yeux, son visage tout contre le sien, à la façon d'une institutrice réclamant l'attention d'un élève.

« Il vous voit comme un modèle. Il vous admire. Votre mode de vie a de quoi séduire un jeune garçon. Ce que vous ne comprenez pas, c'est que vous avez quelque chose, vous. Vous avez ceci. » D'un geste, elle désigna la bâtisse qui les abritait, les connaissements, les factures et les lettres venues de l'étranger, l'écurie pleine d'animaux en bonne santé. « Qu'est-ce qu'il a, lui ? »

L'orteil de Wilson se mit à taper par terre. « Son idée est faite.

— Il est trop jeune pour avoir les idées claires.

— Où avez-vous été pêcher cette notion ridicule ? »

Sans relever, elle poursuivit : « En me dénigrant devant lui, vous avez amoindri mon influence. Vous m'avez mis des bâtons dans les roues, vous vous êtes donné le beau rôle et vous l'avez incité à croire à un mensonge : qu'il était mieux dans la nature à vivre comme un singe. Il est démuni, maintenant, et moi je ne l'ai plus. Par votre faute.

— Le petit va bien. Je sais pas quelle idée vous vous faites de la "nature", mais c'est son chez-lui. Laissez-le tranquille.

— Non. Je vais le récupérer.

— Écoutez, fit Wilson en soufflant. Laissez tomber, voulez-vous ? Jack erre pas dans les bois comme un chaton égaré. Il a un toit sur la tête et de quoi manger, et il est pas seul. Il a toujours quelqu'un avec lui. »

La femme ne le quittait pas des yeux, mais elle ne le voyait pas. La nouvelle l'avait stupéfiée. « Son père ? demanda-t-elle après un long silence.

— Bien sûr que non. »

Pour se stabiliser, elle posa la main sur la surface en bois du bureau. Wilson vit son air de vertueuse résolution se décomposer, tourner au vinaigre. Se changer d'abord en désarroi puis en pure angoisse. « Une femme ? » fit-elle.

Le ménisque de whisky dans la tasse en fer-blanc tremblait au rythme du bras de la religieuse, et du whisky de Charles Hyndman, plusieurs dollars de whisky, s'écoulait du bureau du pourvoyeur pour se perdre dans le sable et la paille à ses pieds.

« J'ai rien à ajouter. Je vous ai déjà dit tout ce que vous méritiez de savoir. » Une fois de plus, Wilson fit le geste de chasser des pigeons. À son grand soulagement, la manœuvre sembla cette fois couronnée de succès. Lui tournant brusquement le dos, elle se dirigea vers l'écurie.

Wilson prit la tasse en fer-blanc remplie de whisky et sortit du bureau sur les traces de la femme, puis, campé dans l'allée, la regarda s'éloigner en faisant une embardée bizarre devant chacune des stalles occupées. Puis il la vit s'éclipser dans la nuit.

Lorsqu'elle fut sortie, il contempla le rectangle d'obscurité découpé par les hautes portes de l'écurie et les traces semblables à celles d'un écureuil qui y conduisaient. Il attendit quelques minutes, mais elle ne revint pas. Les épaules de Wilson se détendirent. Inquiétante, voilà ce qu'elle était. De plus en plus dérangée. L'idée de ce pauvre garçon à nouveau pris au collet et emmuré, soumis à cet esprit, à cette sidérante volonté… Quelle horreur.

Il alla jeter un coup d'œil à la mule, qui s'était rendormie. Appuyé sur la barrière, il considéra la grande tasse en fer-blanc au creux de ses mains. Une bouteille de Hyndman valait plus qu'une selle neuve, et cette femme ne le savait même pas. Sales riches. Les gens bien. Ils s'inquiétaient de tout sans être conscients de la vie douillette qu'ils menaient. Ils regardaient de haut tout le monde, y compris les autres riches, et aucun d'entre eux, du moins d'après ses observations personnelles, n'était heureux. Ce qui leur manquait, c'était le respect de la vie.

Wilson fit demi-tour et lança sur le sol crotté de l'écurie le meilleur whisky qu'il eût goûté de toute sa vie.

Quarante-six

Se hâtant dans le noir, ployant sous le poids de la douleur qui l'aveuglait, la religieuse se glissa enfin dans l'ombre d'un bosquet masquant le clair de lune, où elle se figea tel un lapin. Comme elle avait réussi à se faufiler jusque dans la cour de l'école, il n'y avait plus que la rue principale brillant de mille feux qui la séparait de sa maison, et elle frémissait à l'idée de la traverser, de s'offrir en pâture à la vue d'autrui. Elle porta à sa bouche une main tremblante. Cet homme avait le don de l'affliger, de la décontenancer, au point où elle avait failli oublier le gobelet. Erreur qui aurait pu se révéler gravissime dans la mesure où les gens auraient demandé ce qu'un objet en verre taillé faisait dans l'écurie d'un pourvoyeur.

Selon ses calculs minutieux, fondés sur une évaluation du poids de l'homme et de sa tolérance à l'alcool, Thom Wilson sentait en ce moment un grand soulagement déferler sur lui. Mais ce n'était pas du soulagement. C'était tout autre chose. Car au whisky elle avait ajouté un puissant sédatif, question de le ralentir, au cas où il s'aviserait de chercher de l'aide, et assez de sels de thallium pour le tuer. Quatre fois plus que la quantité qu'elle avait administrée à Mary Boulton.

Dans une boisson aussi transparente que le whisky, le poison aurait été visible au fond du flacon, comme la lie dans le vinaigre, mais la bouteille était pratiquement opaque, et elle était sûre de l'avoir agitée avant de la tourner à l'envers. Presque sûre.

Dans cette obscurité et ce calme apaisants, elle attendit un long moment. *Le méchant prend la fuite sans qu'on le poursuive.*

Elle s'admonesta elle-même à voix basse et finit par se sentir assez maîtresse d'elle-même pour relever le menton et marcher d'un pas assuré jusqu'à la rue illuminée, emprunter les trottoirs de bois et saluer avec une politesse froide les voisins qu'elle croisait. En chemin, elle élabora dans sa tête une mixture assez puissante pour calmer son cœur emballé, faire taire les pleurnicheries de sa conscience, étouffer ses remords.

Après avoir franchi le seuil de sa demeure chérie, elle ferma sa porte au reste du monde, laissa tomber le sac par terre, où son contenu se fracassa, remonta ses jupes et courut jusqu'aux armoires de la cuisine, où résidait son salut, tandis que, par la gueule du sac, le breuvage empoisonné se déversait et imbibait le tapis persan.

Des heures plus tard, allongée sur son lit, les yeux grands ouverts. Au lieu de la faire dormir, les herbes l'avaient plongée dans une angoisse lente, paresseuse, qui refusait de la quitter. Elle passa donc sur son édredon des heures sans bouger, fascinée par le plafond. Il ne ressemblait pas au ciel, mais il ne ressemblait pas à un plafond non plus. On aurait plutôt dit un trou. Une grande chute à linge d'où surgirait… quoi ?

« Lui en ai-je assez donné ? » demanda-t-elle au plafond.

Combien de temps ? Des minutes, des heures, puis elle s'était retrouvée dans le couloir, devant la chambre du garçon, attirée là par la sensation, presque un changement de la pression de l'air, qu'il était revenu auprès d'elle. En chemise de nuit, elle sentait l'air froid glisser sur ses pieds nus. Quel jour était-ce ? Elle croyait pourtant avoir fermé la fenêtre. Son imagination, peut-être ?

Levant les yeux, elle découvrit William Moreland devant la fenêtre qu'il avait forcée. Émacié, crasseux, brûlé par le soleil. La bouche de la religieuse s'ouvrit d'un coup.

« Ne vous en faites pas, ma sœur, fit-il en esquissant un geste d'apaisement. Pas de quoi vous inquiéter. C'est juste moi. »

Elle sentit ses pieds adhérer aux lattes du sol comme de la cire fondue. Le père de l'enfant, venu réclamer son fils. Jamais elle n'avait eu une vision plus inopportune.

« Vous », dit-elle. Le mot, en soi une accusation.

« Selon notre entente.

— Oh non, souffla-t-elle. Il n'y a jamais eu d'entente entre nous.

— Vous avez oublié ? Vous aviez promis de…

— Je n'ai rien promis. Vous vous imaginez des choses. »

Pendant un moment, Moreland, perplexe, promena ses yeux de la religieuse à la fenêtre en se disant qu'il s'était peut-être trompé de maison, était tombé sur la mauvaise femme. Disparus, les habits de son ordre, le voile, les bottines. Elle était blême, la tête et les pieds nus, en chemise de nuit. Mais c'était bien elle, aucun doute possible.

« Assez joué, maintenant, dit-il.

— Au nom de quoi aurais-je accepté un contrat pareil ? Après avoir tiré un enfant des griffes d'un type comme vous, lui avoir donné une vie de rêve ? Et maintenant que vous êtes un criminel, un… » Elle chercha l'expression. « … Un *voleur de grand chemin,* un sale impénitent, je devrais vous le rendre ? »

Moreland balaya du regard la pièce inoccupée. Plus rien n'indiquait que quelqu'un y dormait, sauf les habits d'écolier pliés sur le lit. Pendant une seconde d'affolement, il eut le sentiment que son fils était mort et que cette femme avait simplement rangé la chambre après son décès. Montrant les vêtements, il demanda : « Qu'est-ce qui s'est passé ?

— Pourquoi ne pas me le dire, vous qui savez tout ?

— Où est Jack, ma sœur ?

— Il ne s'appelle pas Jack. »

Moreland lâcha son sac à dos, qui heurta le plancher avec un son mat, et se précipita vers elle. Elle voulut reculer, mais il la rattrapa aussitôt. « Écoutez-moi, dit-il. Je ne sais rien du tout.

— Je ne vous le fais pas dire, répliqua-t-elle.

— Alors… » Moreland chercha ses mots. « Dites-moi ce qui se passe, ma sœur. S'il vous plaît…

— Il a disparu, dit-elle. Comme tout le reste. *Pfft.* » Elle avait prononcé les mots d'une voix chantante, comme s'il s'agissait d'une bonne blague, mais le subterfuge avait déjà trop duré, et elle éprouva dans sa poitrine une sensation de brûlure, l'amorce d'un effritement. Une cascade de souffrance et de rage qui se déversa en elle et qu'elle retourna contre l'homme.

« Regardez-vous. Regardez ce que vous avez fait de votre vie. Oh… les hommes ! cria-t-elle. Vous gâchez tout. Vous détruisez le monde, vous vous détruisez, et vous avez… »

Sa tirade s'éteignit d'un coup, comme un poste de radio, lorsque la main de Moreland se posa sur son avant-bras et que ses doigts se refermèrent. Elle essaya de se dégager, mais il était étonnamment fort.

« Vous êtes malade, dit-il en la scrutant de ses yeux clairs.

— Non. » Elle énonça avec netteté les mots suivants. « Je me porte à merveille.

— Y a quelque chose qui va pas, bon Dieu.

— Oui, quelque chose ne va pas, bien sûr. Ce que vous pouvez être intelligent. » Elle vacilla et, pendant un instant profondément humiliant, seule la poigne glacée de Moreland sur son bras lui évita de tomber. Se redressant, elle lança sur un ton de grande autorité : « Vous allez me lâcher. »

Moreland obéit. Ils restèrent là, dans la porte de la chambre du garçon, tout près l'un de l'autre, parents déboussolés, abandonnés. Elle vit disparaître les marques blanches que les doigts de l'homme avaient laissées sur son bras, où le sang irriguait lentement la peau à la façon d'un présage.

« J'ai été naïve, dit-elle. J'ai cru à des choses qui n'étaient pas vraies. »

Moreland n'osait pas bouger. « Je vois », risqua-t-il.

Elle avait l'air calme, à présent, mais les propos qu'elle tint ensuite se révélèrent encore plus insensés. « Que voyez-vous, au juste ? Vous, les hommes, êtes complètement aveugles. Tous autant que vous êtes. Simplets, sans exception, au point d'être idiots, du premier jusqu'au dernier. »

Il garda le silence et cligna des yeux.

« La vérité, poursuivit-elle, c'est que, après un certain temps, les garçons sont perdus. Ils vivent comme ils l'entendent, vont où bon leur semble. Ils volent. » Elle le foudroya du regard. « Tôt ou tard, ils deviennent des brutes comme vous. Ils causent du tort aux honnêtes gens. Ils perdent leur âme à jamais. Même les meilleurs d'entre eux. Même lui. » Elle secoua la tête à la manière d'une maîtresse d'école qui s'apprête à administrer le fouet à un élève. « Certains d'entre vous sont irrécupérables. Je voulais sauver cet enfant. Vous comprenez ?

— Vous lui avez sauvé la vie.

— Mais je ne me comprends plus moi-même. J'aurais dû l'achever, comme un chien malade. »

Pendant un bref instant, Moreland fut paralysé, puis il s'écarta d'elle, comme si la porte d'une fournaise s'était ouverte devant son visage.

L'ayant contournée, il courut dans le couloir, fit irruption dans les pièces désertes en appelant son fils, puis il descendit l'escalier, trois marches à la fois, et le bruit de ses bottes retentit dans le couloir du rez-de-chaussée, le salon, la salle à manger, la cuisine. Malgré sa détresse, Emelia Cload remarqua l'aisance avec laquelle l'homme se déplaçait dans l'obscurité d'une maison inconnue.

Elle revint dans sa chambre, s'assit au bord du lit et ferma les paupières, tandis que l'intrus parcourait son rez-de-chaussée, puis elle l'entendit remonter les marches, deux à la fois, fouiller les tiroirs de son fils, tirer les draps et, enfin, s'immobiliser dans un silence contrarié au milieu de la chambre abandonnée.

Elle lança : « Il ne vous a pas attendu », et elle entendit l'aigre triomphe qui résonnait dans sa voix. « Il vous a quitté, vous aussi. »

William Moreland sortit par la fenêtre qu'avait empruntée son fils. Se laissa glisser le long du même toit, retomba sur la même pelouse, disparut dans la même pénombre. Le père pistant le fils, coureurs des crêtes l'un et l'autre.

Moreland forçait le pas au milieu des arbres clairsemés, le sac remonté sur son dos, ses jointures blanches sur les courroies, son ombre bossue à côté de lui calquant sa foulée sur la sienne. Il se dirigeait vers le sentier qui longeait la rivière. Quatre minutes plus tard, il avait presque atteint la rue principale. Il descendit donc sur la berge rocailleuse où il effraya une femelle wapiti et son petit, qui bondirent hors de l'eau et traversèrent sur leurs longues pattes, la tête dressée en signe d'alarme, la pelouse d'une salle de réception fermée. Il s'arrêta quand il se rendit compte de l'endroit où il était, baigné par la lueur des nombreuses lampes à gaz du pont ornemental qui enjambait la rivière Bow. Tandis que, à l'intérieur, une voix féminine et solitaire chantait « Ever Thine », Moreland se glissa dans l'ombre de la culée sous le pont, caché à la perfection dans le petit *v* de noirceur lové entre les éventails de lumière qui tombaient de part et d'autre de l'ouvrage. Il entendit des cris avinés en provenance de l'hôtel mal famé situé plus loin, dans la rue principale, détecta l'odeur de la fumée de cigares. Un jeune couple rieur déboucha du sentier par lequel il était lui-même venu, courant à toutes jambes comme pour échapper à un chaperon. En entendant la voix qui chantait, la fille tira sur le bras du garçon pour l'obliger à s'arrêter. « Écoute, c'est magnifique ! » s'écria-t-elle. Ils s'immobilisèrent auprès de la culée, où, la bouche ouverte sur un sourire angélique, ils surprirent Moreland, tapi dans l'ombre, spectral. « Bou ! » fit le garçon, et les tourtereaux gravirent le talus pour regagner la rue principale. Ils s'engagèrent sur le pont, direction nord, et leurs rires s'estompèrent peu à peu.

Sans trop savoir comment, Moreland avait abouti à l'endroit le plus passant de Banff, s'était caché sous les seuls réverbères allumés dans une ville qui en principe pleurait la guerre, une ville qui économisait, rationnait et tamisait les lumières en signe de vaine solidarité avec les villes européennes détruites. Ce soir-là, le deuil et la joie étaient engagés dans un bras de fer, et pour l'instant, la lumière l'emportait.

La voix lointaine et superbe reprit un refrain *(« you and me and we »)* qui s'éleva au-dessus du bouillonnement de la rivière. La voix d'une jeune femme. Sans doute, à cette heure, une femme de ménage. Seule dans l'immeuble, elle profitait de l'acoustique.

La femelle wapiti et son veau redescendirent sur la rive et entrèrent dans la rivière jusqu'à ce que le petit ait de l'eau glacée jusqu'aux genoux, et ils burent. Puis ils levèrent la tête, comme intrigués par la chanson. Idée absurde, bien sûr. Car qu'auraient pu signifier ces sons pour eux ? Moreland, lui, tendait l'oreille. Une jolie voix, un vendredi soir. Lorsque la chanson fut terminée, la voix marqua une pause, reprit deux vers au hasard, comme pour les retravailler, mais elle s'arrêta avant d'arriver au bout. Puis ce fut le silence.

William Moreland se surprit plié en deux, des larmes coulant de chaque côté de son nez buriné, tombant goutte à goutte sur le gravier. Mary Boulton avait dix-neuf ans quand il l'avait connue. Cette façon qu'elle avait de le regarder quand elle croyait qu'il ne la voyait pas. Cette façon qu'elle avait eue, un jour, de courir vers lui et de se jeter dans ses bras, en proie à une joie irrépressible.

Brusquement, inexplicablement, il se révéla incapable de se souvenir du jour de la semaine, du mois. Après avoir suivi son plan pendant si longtemps, il ne savait plus que faire ensuite.

Ce soir-là, il était entré en ville en arborant un large sourire, tel le coureur qui franchit le fil d'arrivée. Prêt à recueillir son fils et à se reposer enfin. Mais Jack manquait à l'appel et la religieuse était complètement transformée. Son haleine ne sentait pas l'alcool, mais il était évident que la femme autrefois brillante et résolue, cette créature féroce qui avait veillé sur son fils, l'avait défendu presque comme une mère, s'était désintégrée. Elle savait où était Jack, mais elle refusait de le lui dire. William Moreland, qui, ce mois-là, avait allumé quatre bâtons de dynamite sans trop se soucier du résultat, s'était trouvé démuni durant ces quelques instants de conversation avec elle, parce que Jack, la seule chose qui lui restait dans ce monde, était l'enjeu de leur échange. Il se redressa et sécha ses larmes, laissant une tache propre sur sa joue. Ayant trouvé ses repères, il se remit à courir.

Les hautes portes de l'écurie de Wilson étaient déjà ouvertes, et une lanterne était allumée dans le bureau. Bizarre, à une heure pareille. Moreland se glissa à l'intérieur et, d'une douce voix de hibou, fit : « Thom ? » Rien.

Après avoir parcouru l'écurie trois fois, Moreland, enfin sûr que le Morgan n'y était pas, s'aventura dans le dépôt et leva les yeux sur l'endroit où Wilson et lui avaient accroché le petit fusil dans son fourreau rose.

Il avait disparu.

Moreland sentit un grand élan de joie, car c'était la preuve que Jack avait quitté la ville par ses propres moyens : il avait récupéré le cheval et pris son cadeau de Noël avant de rentrer à la maison. Treize ans ou pas, le garçon savait exactement où se trouvait la cabane. Son visage crasseux fendu d'un large sourire, Moreland s'empara de la meilleure selle de Wilson et trotta le long des stalles jusqu'à trouver ce qu'il cherchait.

Kub était un puissant poney gallois à poils longs, placide de nature. Moreland entra dans la stalle de la jument. Comme la bride était réglée pour un cheval de taille normale, il dut ajuster les courroies en jetant des coups d'œil nerveux au-dessus du mur grossier de la stalle. Wilson n'était pas du genre à laisser les portes ouvertes la nuit, et Moreland craignait que le pourvoyeur attende quelqu'un, un client ou un camarade de beuverie.

Quiconque entrerait dans l'écurie se demanderait pourquoi un homme dans l'état de Moreland – un vagabond, de toute évidence – sellait un bon cheval en l'absence du propriétaire. Pire, un habitant de la ville risquait de reconnaître Moreland et de courir raconter à la police qu'il avait aperçu le Coureur des crêtes.

Devant cette perspective alarmante, Moreland se dépêcha, lutta pour faire passer le satané licol par-dessus les oreilles de Kub, qui secouait la tête, frottait son nez contre lui et, de mille façons, lui compliquait la vie au maximum. Lorsqu'il eut enfin terminé, il fit sortir la jument de sa stalle et l'entraîna jusqu'à la bande de lumière qui tombait de la porte du bureau. Une lampe était allumée, mais la chaise de Wilson était inoccupée.

Détail absurde, la chaise donna à Moreland l'impression d'être neuve. Un nouveau baromètre était accroché à un clou à ferrer planté dans le mur. Le vieux calendrier de la Baie d'Hudson avait été remplacé par un neuf indiquant la bonne année et le bon mois. Légèrement sonné, Moreland nota les changements tout simples qui s'étaient produits depuis son dernier passage.

Devant la porte du bureau, il hésita. Il s'apprêtait à appeler de nouveau lorsqu'il entendit les râles âpres d'une personne qui vomissait derrière le bâtiment. Quelques instants plus tard,

Wilson s'encadra dans la porte, pâle comme un spectre, l'air furieux. Moreland poussa un petit sifflement sec entre ses dents et le pourvoyeur se figea.

Il s'ensuivit une série de gestes silencieux de la part de Wilson, qui montrait sa tête et battait les bras, pantomime qui signifiait :

De quel droit tu te montres ici ?

Non, pas question que tu partes avec ce cheval... Bon, c'est d'accord : prends-le.

Es-tu devenu fou ? Ferme les portes de l'écurie.

Abandonnant le poney, Moreland sprinta sur le sable et la paille, puis, en s'aidant de son épaule, il poussa la haute porte sur son rail. Pendant ce temps, Wilson se traîna jusqu'à son bureau, où il réduisit la mèche de la lanterne jusqu'à ce qu'elle ne brille pas davantage qu'une allumette.

Laissée à elle-même, la jument errait dans l'obscurité, et les hommes se mirent à deux pour l'arrêter. Ils se dévisagèrent de part et d'autre de la selle, chacun consterné par l'état déplorable de son vis-à-vis, sans se douter qu'il était aussi mal en point. Le pourvoyeur était faible et bizarrement abattu, comme si les deux gorgées d'excellent whisky qu'il venait de restituer lui avaient appris sur la vie des choses qu'il aurait préféré ignorer. Et Moreland était si sale, si desséché et si usé qu'il aurait pu passer pour une créature primitive, longtemps prisonnière des glaces.

« Dis-moi que c'est fini, fit Wilson. T'as arrêté ? »

Moreland hocha la tête.

« Dieu merci.

— J'ai tout ce que je comptais...

— Pas un mot. Je veux rien savoir.

— Jack est passé ?

— Le petit a quitté la ville il y a environ trois semaines. Il va bien. Tu le trouveras chez toi. Sampson joue les nounous. T'as intérêt à remercier le vieux quand tu le verras. »

Lentement, la main du Coureur des crêtes, sous l'effet du soulagement, se posa sur la selle.

« T'es complètement cinglé, tu sais ? fit Wilson. Promets-moi que c'est terminé, tout ça.

— Promis, fit Moreland en flattant l'épaule de Kub. Je peux te l'emprunter ? »

Wilson hocha la tête d'un air résigné. D'un geste inconscient de propriétaire, il serra un peu la sangle de la sous-ventrière et flatta doucement le nez de la jument. « Tu me la ramènes ?

— Si je peux, oui. Tu le sais bien. »

Wilson secoua la tête. Ses joues avaient pris une teinte verdâtre dans la pénombre. « C'est le milieu de la nuit et tout le monde passe me faire un petit coucou. Le Coureur des crêtes lui-même me fait l'honneur d'une apparition. Avant toi, c'était la religieuse, venue déblatérer à propos de Dieu sait quoi et m'imbiber de whisky. »

Moreland plissa les yeux. « Qu'est-ce qu'elle voulait ? »

Wilson gloussa, savourant d'avance la réponse. « Me convaincre que je suis un enfant de chienne.

— Je viens de la voir, Thom. Je cherchais Jack. Elle était pas elle-même. »

Le sourire de Wilson s'estompa. « Elle a changé.

— Qu'est-ce qu'elle a ?

— Aucune idée. Mais le petit a rien arrangé. Il l'a plantée là sans crier gare.

— Pourquoi ? Il était bien, avec elle. En sécurité. »

Wilson, qui allait répondre, baissa la voix à l'approche d'un lourd chariot dans Caribou Street. Ils entendirent les encouragements que le conducteur prodiguait aux chevaux et le grincement discordant des roues. Ils attendirent de voir si le chariot entrerait dans la cour poussiéreuse du pourvoyeur ; l'esprit de Moreland, fidèle à son habitude, était déjà occupé à repérer l'issue la plus proche. Mais la voiture traversa lentement la rue principale sans s'arrêter. Même Kub suivit le bruit avec ses oreilles.

Wilson se caressa le menton. « T'as été longtemps parti, William. Elle se paradait en ville en répétant à tout le monde qu'il était son fils. Elle a même changé son nom. Elle m'a apporté l'équipement que tu avais laissé pour lui, comme si tout ça valait pas un clou, y compris le cheval. Elle a fait comme si t'étais mort. »

Moreland ne dit rien, mais, quand il entendit cela, son corps épuisé trembla, son échine fut parcourue d'un seul frisson massif.

« J'ai fait mon possible pour le petit, soupira Wilson, mais elle me déteste. Pour elle, t'existais plus, elle avait Jack, et voilà. Il a enduré la situation le plus longtemps possible, je suppose. »

Les deux hommes se regardèrent de part et d'autre de la selle. « Désolé, dit Moreland. J'ai jamais voulu que tout cela te retombe sur les bras. »

Loin dans Caribou Street, ils entendirent des chiens aboyer depuis leurs porches respectifs. C'étaient des jappements sans conviction, le genre de fanfare accordé à un voisin qui passe, un wapiti ou un cerf, à la rigueur. Rien à voir avec le concert de hurlements effrénés auquel on avait droit quand des chiens domestiques flairaient un loup ou un grizzli.

« T'as l'air malade, Thom.

— Tu t'es vu ? Quatre brindilles attachées ensemble. »

Ils ne trouvèrent plus rien à se dire dans l'obscurité de l'écurie.

Moreland comprit que Wilson se demandait s'il reverrait un jour son vieil ami ou son cheval ; il s'efforçait de cacher sa tristesse. Moreland entraîna Kub vers le paddock, derrière l'écurie.

« Attends. C'est pas tout. Elle a offert une récompense. Deux mille dollars. »

Le Coureur des crêtes prit le temps de digérer la nouvelle, qui sembla l'amuser. « Je leur souhaite bonne chance », dit-il en empoignant les rênes. Il guida le poney vers la porte de derrière. « Bonne chance pour me trouver, ajouta-t-il.

— William ? » fit Wilson. Moreland se retourna. « Elle est pas pour toi, la récompense. Elle est pour Jack. »

Quarante-sept

Dès son réveil, Jack Boulton sentit l'odeur de la fumée de cigarette. Engourdi de sommeil, encore dans ses vêtements de la veille, il avait l'impression de n'avoir été au lit que pendant quelques minutes. Il enfila ses bottes. Aussitôt prêt à sortir, il ouvrit la porte et découvrit un clair de lune gris. Pas de feu. Devant la drôle d'inclinaison de la lumière de la lune, il comprit que minuit était encore loin.

Assis à la place habituelle de Sampson, près du feu éteint, se trouvait une silhouette. « T'es seul ? » demanda-t-elle.

Le garçon se figea. Le bout incandescent d'une cigarette s'embrasa près de la bouche de l'homme. Les yeux de Jack se portèrent sur l'autre main, où pendait un pistolet de service noir, lourd et pointant vers le sol à la façon d'un long doigt, comme si le métal faisait partie de l'homme.

« Tu vis pas ici tout seul. Ça, je le sais. Où est le vieux ? »

Une onde de choc le parcourut et Jack prit aussitôt la mesure de sa situation. Ce n'était ni Sampson ni son père, enfin de retour. C'était sa photo sur une affiche qui lui rendait visite. Deux mille dollars. Cet inconnu expliquait le long regard que le Morgan avait dirigé vers la cabane, l'odeur de transpiration que Jack y avait détectée, la disparition du pain rassis. Cet homme avait découvert la cabane et reconnu à l'intérieur des signes de la présence de multiples occupants, puis il s'était retiré, le temps de s'assurer que Jack était seul. Il avait probablement assisté au retour de Jack, l'avait vu s'occuper du cheval et entrer seul. Puis, pendant que

Jack dormait, il avait attendu de voir si quelqu'un d'autre viendrait.

Le bout rouge de la cigarette s'embrasa, puis, sous l'effet d'une vigoureuse pichenette, rebondit dans le cercle de feu.

Dans son esprit privé de sommeil, Jack se livra à des calculs désespérés. Il pouvait reculer et claquer la porte. Mais comment ferait-il pour la maintenir fermée ? Aurait-il seulement le temps d'y arriver avant que l'inconnu bondisse jusqu'à lui ? Comme il n'y avait pas de verrou, il faudrait la bloquer avec son corps. Serait-il capable de résister à la force de l'autre ? Comment se défendrait-il une fois que l'homme aurait franchi le seuil ? Et il y avait le Morgan qui, dans son enclos, scrutait l'intrus avec son joli visage. Jack avait un cheval vulnérable et aucun moyen de le protéger, pas plus qu'il ne pouvait se protéger lui-même. Il tiendrait peut-être un moment. Mais si l'homme était décidé à entrer, il y réussirait, tôt ou tard.

« T'as quel âge ? demanda l'homme. Je le sais même pas. » Sur ces mots, il se leva.

Jack Boulton se contenta de le regarder venir vers lui.

L'homme le saisit par le col et, sans effort, le souleva. « Y a quelqu'un ? » lança-t-il en direction de la porte restée ouverte. Puis il patienta en tendant l'oreille, tandis que le garçon, en suspension, se débattait. L'inconnu entra en brandissant son otage comme un chat qu'il aurait tenu par la peau du cou. Jack dansait sur la pointe des pieds, effleurant à peine les lattes du plancher, grimaçant, s'efforçant de desserrer le col de sa chemise, qui comprimait sa trachée. Puis il se sentit projeté sur le lit, où il boula et se redressa vite dans le désordre des couvertures.

D'un coup de pied, l'homme referma la porte, et il y eut un long silence pendant lequel Jack n'osa même pas respirer. Seul dans l'obscurité, en compagnie d'un inconnu dont ses cinq sens épiaient les moindres mouvements. Dans l'air noir de la pièce se mouvait une forme encore plus noire.

L'homme boitait, et Jack suivait ses pas inégaux, son étrange respiration mouillée. Le raclement d'une chaise sur laquelle il s'assit. Puis un clic, sans doute celui de la poignée de la lampe-tempête. Dans l'air, la puanteur doucereuse de l'alcool ; cet homme sentait le tonneau plein de fruits défraîchis. Le bruit de Pearl, qu'il déplaça doucement sur la table, les froissements mats produits par un homme qui fouille dans ses poches.

Jack jeta un coup d'œil à la porte. Puis il se tourna vers la forme attablée en se demandant s'il réussirait à sortir avant que l'homme le rattrape. Et là, dans l'embrasement fugace d'une allumette, le gardien nommé Parker apparut.

D'autres hommes le poursuivaient sans doute, mais Jack lui-même avait conféré au gardien un avantage inattendu lorsque, sur la route, Sampson et lui étaient passés devant ses yeux. Penché sur la lanterne, Parker remonta la mèche pour donner plus de lumière, puis remit le verre en place. Le garçon aperçut le pistolet sur la table, terne objet posé à côté du feutre doux de Pearl. Parker regarda l'allumette se consumer avant de souffler dessus.

« Tu sais ce qui m'amène ?

— Non.

— Il dit non. Tu veux ressayer ? Pourquoi je suis là, à ton avis ? »

Jack garda le silence.

« Ta mère veut te récupérer.

— Ma mère ? » En cet instant, Jack eut la certitude que l'homme avait perdu la raison.

« Tu lui manques.

— Je ne comprends pas...

— Qui est avec toi dans le lit ? »

Le garçon se contenta de cligner des yeux.

« Toi, fit Parker. Comment tu t'appelles ? »

La voix de Jack n'était plus que couinements impuissants. « Il n'y a personne d'autre, ici ! » Il regretta aussitôt ces mots, car c'était l'horrible vérité, et il eut le sentiment de s'être porté malheur en les prononçant.

Le gardien se passa une main sur le visage, et son long soupir se changea en rire. « Tu veux que je te dise ? Je suis soûl comme un cochon. » Avec un geste du menton, il sortit une bouteille des profondeurs de la poche de son manteau et la posa à l'autre bout de la table, hors d'atteinte. « Bon, l'asperge, laisse-moi te regarder. »

Parker souleva la lanterne et la tourna vers le lit. Le visage malheureux de Jack Boulton apparut. Il était tout habillé et portait autour du cou une marque rouge vif. Il y avait une insolence furieuse dans ses yeux. Jack tenta de soutenir le regard de l'homme plus vieux, mais y arrivait mal à cause de l'éclat aveuglant de la flamme.

« T'as pourtant rien de spécial, déclara Parker en posant la lanterne sur la table.

— Ne me ramenez pas, s'il vous plaît, supplia Jack.

— Je te ramène, que ça te plaise ou non.

— Je vais me sauver de nouveau.

— Ça, c'est son problème à elle. Dès que ton petit postérieur franchit sa porte, je touche mon argent.

— Je peux vous payer ! s'écria Jack. Je vais vous payer.

— Ben voyons.

— La même somme qu'elle. Deux mille dollars.

— Ah bon ?

— Oui, nom de Dieu. J'ai de l'argent.

— Tu m'en diras tant. » Le ton de Parker était neutre, mais son visage s'était fendu d'un sourire dément, presque niais. Le garçon était trop jeune pour se douter de la suite, pour interpréter un tel changement d'attitude chez un homme. C'était le sourire fourbe du pilier de bar qui s'apprête à déclencher une bagarre. Un sourire empreint d'une sorte de joie fêlée.

Sans crier gare, le gardien se leva et, d'une solide droite en plein visage, assomma Jack, qui s'écroula sur le matelas. Se dressant au-dessus du garçon à demi inconscient, vautré sur le dos, ses longs membres s'agitant dans les couvertures comme ceux d'un nageur paresseux, Parker s'écria : « Sale petit menteur ! » Avec sa botte, il se mit à frapper le ventre et l'entrejambe de Jack, qui se recroquevilla en hurlant. Parker cessa de cogner uniquement parce qu'il allait perdre l'équilibre. Il se plia en deux, les mains sur les genoux, haletant.

Pendant un moment, ils restèrent ainsi, le garçon sanglotant si fort qu'il était presque silencieux, le souffle fermenté de l'homme allant et venant. Pas d'autre bruit, sauf le sifflement de la flamme dans la cheminée de la lanterne. Jack Boulton pressa ses poings contre ses yeux dans l'espoir de contenir le déluge. Il avait si mal partout que ses membres lui semblaient engourdis et glacés. Et pourtant, il bouillait intérieurement, ordonnait à son corps de bondir, de repousser le gardien, de le contourner par tous les moyens, de foncer vers la porte et de trouver refuge au milieu des arbres.

Parker renifla une fois, puis il saisit l'enfant par les cheveux et les tira jusqu'à ce que leurs visages soient face à face. De près, l'homme faisait peur. Ces yeux noirs, sans pupilles. Mais quand il prit la parole, ce fut sur un ton raisonnable. « Je te ramène chez toi, dit-il. Je touche mon argent. Toi, tu me fais pas chier. Compris ? »

Le garçon laissa entendre un gémissement inarticulé. Sentant que ses cheveux allaient être arrachés de son crâne, il s'accrocha au poing du gardien.

Parker gifla Jack si fort qu'un mince filet de sang s'écoula de sa narine. « Je te parle, dit l'homme.

— Va te faire foutre », Jack s'entendit-il dire d'une voix grêle.

L'homme grogna et laissa tomber sa victime sur le lit.

Jack Boulton rentra le menton pour cacher son visage barbouillé de larmes. Il roula ses couvertures en boule, les pressa contre son ventre et y enfouit le nez. Ses dents se mirent à claquer.

Revenu près de la table, Parker s'empara de la bouteille et fit sauter le bouchon avec son pouce. Il la garda sur son genou un long moment en contemplant le garçon d'un air morne, puis, après avoir trinqué à la santé de personne en particulier, il but.

Quarante-huit

À minuit, un orage passa silencieusement en direction du nord. Couché en boule sur le côté, Jack regardait par l'unique fenêtre de la cabane, voyait les éclairs briller et s'éteindre contre les troncs des trembles. Chaque carré de lumière affolée l'éblouissait, puis l'image d'une fenêtre envahie par les arbres se dégradait lentement, conférant tour à tour à ceux-ci l'aspect de bâtons, de fétus de paille, de brins d'herbe et enfin de bouts de fil. Lorsque l'obscurité envahissait de nouveau sa vision, il s'imaginait des volutes et des lassos de lumière bleue déferlant sur le monde. Dans son esprit embrouillé, c'était sa mère qui venait le chercher, et il trouvait affligeant que son esprit eût parcouru de telles distances seulement pour s'embraser et disparaître. Le temps se mesurait en pointes de lumière et d'espoir. Il se rappela que la foudre entraînait le tonnerre, mais celui-ci ne venait pas… Peut-être était-ce son ouïe qui était déficiente. Jack ouvrit et referma les mâchoires. Il entendit un grincement, celui de la brique qui frotte contre la brique. Sa langue explora ses dents branlantes.

L'invité faisait les cent pas. En ouvrant les yeux, Jack voyait parfois le long manteau de Parker se balancer devant ses yeux. Contre l'étoffe brun-gris, il apercevait le poing ouvert de l'homme. Quelque part dans l'entendement du garçon, au fond d'un tunnel bourré d'ouate, résonnaient les aboiements d'un homme qui jurait, s'apitoyait sur son sort et cherchait à se réconforter dans un grommellement d'ivrogne. Parker était en grande conversation avec lui-même ou encore avec un double invisible, profondément engagé dans l'examen de sa lâcheté, de sa cupidité et de sa souffrance. *Toi,* ce mot revenait sans cesse, *toi,* mais c'était à lui-même qu'il s'adressait. Le sol répercutait le bruit de ses pas, et chaque fois qu'il s'approchait du lit, Jack Boulton retenait son souffle, le cœur serré. Parker semblait à présent évoquer son père à lui – un bigot doublé d'un menteur, un débauché qui avait ruiné la santé de sa bonne épouse et brisé les os de ses enfants – et se plaindre amèrement de la torture à nulle autre pareille qui, pour un fils, consiste à être lié à un tel homme. Aussi impuissants que du bétail, les enfants étaient livrés en pâture à leurs gardiens.

Pendant un bref moment d'égarement, le garçon comprit parfaitement Parker et sentit une exaspérante boule de pitié se former dans sa gorge, comme s'il risquait de se mettre à chialer pour ce salaud, son nouveau gardien. Mais bientôt celui-ci se tut et se contenta d'aller et venir dans la cabane. Lorsque le rythme de ses déambulations ralentit, Jack comprit que l'homme marchait pour rester éveillé.

Jack scrutait le lieu enténébré qui avait été son chez-lui mais qui était devenu tout autre chose, comptait chacun des passages du manteau couleur de vase devant ses yeux. Une heure s'écoula ainsi, une autre. Puis le gardien s'immobilisa, tel un métronome au bout de son ressort.

Quatre heures plus tard, Parker était assis par terre, adossé à la porte, les jambes croisées et la tête ballante. Avant de sombrer dans le sommeil, il s'était positionné de manière à bloquer la porte de la cabane. On aurait dit un moine en prière.

Sur le plancher, à côté de lui, reposaient les deux armes, couchées sur le flanc, si près que son genou touchait le fusil. L'image du pistolet de service à quelques pouces à peine de la cuisse du gardien s'empara de l'esprit de Jack, assourdissante, terrifiante. C'était la seule arme chargée dans la pièce.

Si Jack parvenait à s'approcher du gardien… à tendre la main et à s'emparer du pistolet…

Mais si le gardien se réveillait ? Parker avait déjà administré une raclée digne d'un adulte à un maigrichon de treize ans. À chacun des coups, la leçon s'était précisée : cet homme serait capable de le tuer, si facilement qu'il risquait de le faire par erreur.

Jack décolla sa joue d'un oreiller croûté de sang et souleva la tête, juste assez pour parcourir la pièce des yeux. Serrant les mâchoires, il se laissa rouler sur le dos. Vaine tentative pour s'étendre et peut-être s'asseoir, mais la brûlure de longues cordes de muscles meurtris irradia dans son ventre et jusque dans ses couilles, et il se recroquevilla de nouveau, tel un écureuil. *Ne halète pas. Ne fais pas un bruit.* Immobile, il observa le dormeur, les cheveux fins de l'homme qui lui tombaient sur le front, ses mains ouvertes dans le creuset formé par ses jambes. Sa paume appuyée au milieu des couvertures, Jack se mit lentement à genoux, fit l'inventaire des muscles qui répondaient encore et de ceux qui ne répondaient plus.

Il mit plusieurs minutes à se lever. Il lui en fallut encore deux pour s'approcher du gardien endormi, en retenant son souffle. Lorsque l'homme fut enfin à sa portée, l'esprit de Jack cessa d'être à lui, et il se tapit comme un chat prêt à bondir, scrutant le visage aux yeux clos, oubliant tout ce qui n'était pas l'adversaire devant lui, jusqu'à ce que le contact froid du métal contre sa paume lui apprenne qu'il avait saisi le pistolet. Il le tenait dans sa main, il était à lui. Il battit en retraite, prenant grand soin de poser ses pieds sur les planches qui ne grinceraient pas, comme un gamin qui traverse à gué un ruisseau.

Tandis qu'il se dirigeait vers l'échelle conduisant au grenier, Jack sentit une froide étincelle lui piquer le dos. C'était une épreuve, le gardien le tourmentait, lui jouait un tour. En se retournant, Jack trouverait l'homme en train de sourire, de se lever. Non, pourtant. Parker reposait toujours contre la porte, flasque, placide et perdu dans ses rêves. Jack Boulton atteignit l'échelle. Il rentra les pans de sa chemise dans son pantalon et laissa tomber le pistolet froid dans le sac formé par ses vêtements, puis, en s'aidant de ses deux mains, il grimpa jusqu'au grenier, où il enjamba douloureusement un coffre et se blottit derrière. Ensuite, il récupéra l'arme en ayant soin de ne pas la cogner contre le bois, de ne faire aucun bruit dans la cabane silencieuse. Malgré la faible clarté, il distinguait les croissants d'un jaune terne des cartouches insérées dans le barillet.

Il pointa le canon vers le sommet de l'échelle, entre deux barreaux, à l'endroit précis où apparaîtrait le visage d'un homme. Il était un garçon dans un stand de tir où on utilisait de vraies balles, le stand de tir du bout du monde.

Quarante-neuf

La tête de Jack se dressa brusquement. Quelques secondes à peine s'étaient écoulées, se dit-il. Sa tête s'était écroulée contre sa poitrine et ses yeux brûlants s'étaient fermés pendant une seconde, une fraction de seconde, puis il avait entendu sa mère le réveiller pour le déjeuner.

À présent, toutefois, une aube bleue envahissait le cadre de la fenêtre. Dans le lieu profond et paisible où il avait sombré – leurre de pêche entraîné par son poids infime, plus bas, toujours plus bas, flottant juste au-dessus du lit rocailleux de la rivière, puis remonté d'un coup sec –, dans ce lieu paisible, donc, il avait senti un coup sourd se réverbérer contre le plancher du grenier.

Le plus silencieusement possible et en ayant soin de ne pas laisser les semelles dures de ses bottes toucher le bois, il se pencha au-dessus du coffre et jeta un coup d'œil dans la cabane en contrebas. Parker était exactement dans l'état où Jack l'avait laissé, au repos. Et il la sentit de nouveau, cette sensation, celle d'un coup sourd dans ses pieds et dans ses jambes, et le corps du gardien, Jack le vit clairement, oscilla un peu, puis oscilla encore.

Parker ouvrit les yeux.

En proie à la peur véritable pour la première fois de sa vie, Jack songea: *Il va me tuer. Il va me battre à mort.* Bien que livide de terreur, il avait posé sur la détente un doigt raide et crochu, et tous les muscles de son corps tremblaient. Son esprit lui parlait à l'oreille: *S'il monte jusqu'ici, je lui tire dessus, s'il pose le pied sur le premier échelon, je lui tire dessus, s'il se lève, je lui tire dessus, s'il me regarde, je lui tire dessus.* Et son esprit s'acharna ainsi, se concentra sur ce noyau dur – tirer sur Parker était la seule issue.

Le gardien, cependant, ne se levait pas. Il ne regardait pas du côté du lit, semblait ne pas savoir où Jack se trouvait. Il donnait plutôt l'impression d'examiner ses jambes en se demandant comment il avait abouti là. Il affichait le calme hébété d'un homme qui s'éveille à peine. À force de cligner, ses paupières retombèrent, et il sombra de nouveau.

Jack extirpa du pontet l'hameçon gelé qu'était devenu son index et le glissa dans sa bouche pour le réchauffer. Lentement, les tendons se relâchèrent comme du fil métallique sous l'action de la chaleur.

Malgré l'ouate qui bourrait ses oreilles, il perçut une voix. Il avait bel et bien entendu une voix. Puis trois coups violents s'abattirent sur la porte. Le premier secoua Parker, le deuxième eut pour effet de rabattre son tronc et sa tête contre ses jambes et le troisième les envoya valser au centre de la pièce, lui, Pearl et la bouteille d'alcool presque vide.

William Moreland entra chez lui pour la première fois depuis des mois. Émacié, méconnaissable, sinon aux yeux de son fils, sous les cheveux et la barbe. Il arborait un grand sourire idiot, et déjà sa bouche articulait une formule qui convenait à ce genre de retrouvailles, une plaisanterie douteuse voulant qu'il se fût absenté pendant un jour ou deux à peine, mais lorsqu'il baissa les yeux sur ce qui avait bloqué la porte, les mots se figèrent dans sa gorge. Ce n'était ni son fils ni une pile de vieilleries. Un inconnu. Un homme en uniforme qui se redressait d'un air de profonde indignation et cherchait à tâtons Pearl, le fusil qui gisait à ses pieds.

Au même instant, Jack enjamba le coffre en hurlant, et les deux hommes, surpris, levèrent les yeux sur lui. Moreland découvrit son fils là-haut, un pistolet à la main. Il vit les lèvres enflées et fendues du garçon, les meurtrissures bigarrées qui irisaient déjà son visage.

« Oh non, fit Parker. J'étais là le premier. » Déjà, il sortait le fusil du fourreau.

« Qu'est-ce qui t'est arrivé, mon grand ?

— File ! » lança Jack.

Parker se fendit d'un large sourire. « Allez. Fais ce qu'on te dit. »

Plutôt que d'obéir, Moreland se délesta du sac à dos et le posa délicatement par terre. Il brandit les paumes, geste qui signifiait *attends,* et voulut contourner l'autre par la droite pour rejoindre l'échelle, au fond.

« Stop, ordonna Parker.

— Bon, d'accord. Il faut juste que…

— Je t'ai déjà assez vu, fit Parker. Fous le camp.

— Écoute, répondit Moreland. Je veux juste jeter un coup d'œil au garçon. Tu permets ? »

Parker avait l'esprit embrouillé et les yeux rougis, mais sa détermination ne faisait aucun doute. « Dehors ! ordonna-t-il.

— Pas la peine de s'énerver, dit Moreland sans s'arrêter. Je vais pas te causer d'ennui.

— T'as raison, mon gars », dit Parker en braquant le double canon du fusil sur le ventre du Coureur des crêtes et en appuyant sur la détente.

On entendit un déclic bien net, mais rien de plus. D'un air consterné, Parker baissa les yeux sur l'arme et se rendit compte que c'était un fusil à levier. Il eut beau l'actionner encore et encore, le chien ne rencontrait que de l'air.

Les deux hommes se dévisagèrent. Parker était seulement en colère ; Moreland, lui, venait de voir un homme décider froidement de l'abattre. Au cours de sa longue carrière de petit voleur minable, policiers, gardiens et inspecteurs confondus n'avaient pointé une arme sur lui que quatre fois. Ces hommes auraient sans doute tiré s'il avait tenté de fuir, mais il s'en était abstenu. Une arme n'est jamais qu'un moyen de convaincre quelqu'un d'obéir, de rentrer dans sa cellule, de rester tranquille pendant qu'un tiers le menotte à un objet inamovible. Entre le représentant de la loi et celui qui l'a enfreinte, l'arme est un mode de communication civilisé. Cet homme n'était donc pas un policier. Il avait tenté de décharger un fusil tronçonné dans le ventre de Moreland. À bout portant.

Pour sa part, Parker se demanda si le fusil avait toujours été vide ou si le garçon l'avait déchargé furtivement pendant qu'il dormait. En même temps, il comprit que le petit, juché là-haut avec son propre pistolet chargé, n'avait rien trouvé de mieux à faire que de se cacher, alors qu'il aurait facilement pu l'éliminer. Parker se retourna et leva vers le grenier un regard furieux. « Lance-moi cette arme.

— Non.

— Donne. Ou je monte la chercher. »

Moreland hocha la tête comme s'il y comprenait quelque chose, lui qui était complètement perdu. Il se trouvait encore dans l'espace irréel et bourdonnant qui suit un choc violent. Il se contentait de regarder fixement le visage de l'homme qui l'avait tué, car, dans son esprit, il était en deux endroits différents, dans la cabane et déjà disparu.

Il tendit la main dans l'intention de vérifier si cet homme, si cette ombre en uniforme existait pour de vrai. « Qui es-tu ? » demanda-t-il.

Saisissant le canon court de l'arme, Parker frappa Moreland. Du haut de son perchoir, le garçon entendit le son mat que fit la crosse en bois en heurtant la tête de son père.

Jack poussa un cri.

Moreland exécuta quelques pas chancelants vers le seuil, où ses genoux fléchirent sous son poids. L'expression de ses yeux indiquait qu'il avait déjà perdu connaissance. Parker s'avança lourdement vers lui et prit un nouvel élan. Mais sa victime avait réussi à sortir de la cabane, et la crosse rata son visage. Jack vit donc Parker bloquer le cadre de la porte et abattre la crosse à la façon d'une hache. Comme un homme qui fend du bois.

En Jack, quelque chose s'ouvrit, un vide dans lequel il tomba sans pouvoir s'arrêter, et il tira dans le dos de Parker. La détonation fut retentissante. L'arme se cabra, broya les os du bras de Jack jusqu'à son épaule, mais en tirant sur le chien dur à l'aide de ses pouces, il fit feu de nouveau. Il continua de tirer, les yeux mi-clos, au petit bonheur, tira au milieu de la fumée de l'arme, visa la tache brunâtre qui, dans l'embrasure de la porte, avait la forme d'un homme. Une balle ricocha contre le poêle, une autre se logea dans le mur au-dessus du lit, où elle détacha un éclat de bois grand comme le pouce d'un homme. Jack entendit des pleurs comme ceux d'un chien, mais c'était sa propre voix. De sa bouche s'échappait une sorte de mélopée funèbre. Au bout de quelques secondes, l'arme était vide. Sans défense désormais, Jack se redressa et lança l'arme dans le dos de Parker, mais la porte était vide et le gardien avait disparu. Le pistolet déchargé rebondit sur le sol, franchit le seuil et atterrit dans la poussière.

Après une descente longue et ardue de l'échelle, suivie d'une traversée boitillante de la cabane, Jack Boulton sortit enfin dans la clairière et vit deux hommes allongés près du billot qui servait à fendre le bois. Ils étaient à deux pieds l'un de l'autre. On aurait dit qu'ils s'étaient couchés pour dormir côte à côte dans la poussière, les aiguilles de pin et la sciure, Parker face contre terre, Moreland face au ciel. Couverts de sang et immobiles.

Avec d'infinies précautions, Jack s'agenouilla à côté de son père et posa son oreille blessée contre sa chemise. Il n'entendit rien, rien du tout, même pas après avoir défait les boutons et plaqué son oreille contre la peau tiède de son père. Pas de bruit, pas de palpitations, rien. Puis Jack vit que la poitrine sur laquelle il avait posé sa tête se soulevait et s'affaissait.

C'était la respiration régulière d'un homme qui dort.

Malgré la pénombre, il distingua une légère pulsation dans la gorge de Moreland, son cœur au travail. Jack Boulton s'étendit sur le côté, auprès de son père. Il posa la tête sur son épaule. N'ayant pas la moindre idée de ce qu'il aurait pu faire d'autre, il ne pensait qu'à une seule chose : serrer son père dans ses bras, lui parler à l'oreille, le ramener à la vie.

Sur la terre froide, ils restèrent emmêlés comme ils l'avaient si souvent été lorsque Jack, voyant Moreland revenu d'une de ses longues errances, se ruait sur lui, dans un mélange parfait d'adoration et de ressentiment, de joie et de peine. Ils se battaient ensuite jusqu'à ce que Mary, qui veillait au grain, leur ordonne d'arrêter, jusqu'à ce que son père, comme toujours, se déclare vaincu par la force supérieure de l'enfant et laisse Jack, triomphant, le renverser dans la poussière.

Cinquante

Gisant sur le sol, les yeux ouverts, le Coureur des crêtes s'interrogeait sur la sensation qu'il éprouvait dans la mâchoire, comme si un couteau ou un long clou était planté dans l'os, juste sous sa canine. De ce côté, quelque chose allait mal, très mal. Il envisagea brièvement de lever la main pour toucher, mais il se contenta de laisser cette idée flotter, puis disparaître.

Ce qui était sûr, c'est que la douleur serait encore plus intense s'il s'asseyait, et donc il fallait éviter cela à tout prix. Laisser le couteau là où il était. Obéissant à cet impératif intérieur, il resta parfaitement immobile, absorbé par les élancements de douleur dans sa mâchoire, le tintement dans ses oreilles et, tout près, un bruit de sanglots.

Des pins, d'innombrables pins meublaient son champ de vision, surtout des pins tordus et, à dix heures, une épinette noire solitaire. Ils semblaient se pencher sur lui, douces cimes vertes hérissées en un cercle presque parfait, comme l'iris entoure la pupille. Il y avait dans leur disposition quelque chose de familier, quelque chose qui lui rappelait son chez-soi. Il connaissait cet endroit. Apparut alors le visage tuméfié de Jack, penché sur lui.

Moreland voulut se relever, mais le mouvement s'accompagna d'un nouvel élan de douleur. Ce fut, ainsi qu'il l'avait prévu, comme si on avait tourné le couteau imaginaire. Doucement, il se recoucha pour ne plus bouger.

Il avait la mâchoire fracturée, aucun doute possible.

Était-il tombé ?

Renonçant à se lever, à rouler sur le côté ou même à sourire, Moreland resta immobile, les yeux rivés sur son fils en larmes. Il dut se contenter de déplacer la tête de Jack pour qu'elle repose sur sa poitrine. Tant de fois, il s'était imaginé cet instant pour calmer ses nerfs ou raffermir sa détermination, mais ce n'était jamais la réalité. À présent, il sentait l'haleine tiède de Jack sur sa gorge, les doigts de l'enfant remonter le long de son cou, la froideur du sol s'insinuer dans son dos. Ces pins amicaux au-dessus de sa tête… Il était devant sa cabane. Mais en tournant son regard vers la droite, il vit une silhouette gisant face contre terre.

À genoux à son côté, le garçon disait : « Lève-toi. On ne peut pas rester ici. »

Du bout des doigts, Moreland toucha le visage de son fils. « Que… Qu'est-ce qui s'est passé ?

— Ce salaud t'a frappé. Et il allait recommencer. » Sous un nouvel afflux de larmes, le visage de Jack se chiffonna. « Alors j'ai tiré sur lui. »

Moreland laissa échapper un jappement d'effroi. Ses membres ruèrent en tous sens. Avec des roulements de tonnerre dans la tête, il lutta et finit par se redresser, ses bottes largement écartées, son grand échalas de fils s'efforçant de le tenir en position verticale, cependant que la terre donnait l'impression de se soulever sous ses pieds.

Là, sur le sol, un homme en uniforme. Un inconnu chez lui, c'était une mauvaise nouvelle ; un inconnu en uniforme, c'était une catastrophe.

Après dix années de tranquillité dans cet endroit, la terreur que les inconnus inspiraient à Mary s'était atténuée sans toutefois disparaître. Moreland avait consacré des années d'efforts à la création d'un lieu dans lequel elle s'était peu à peu sentie plus en sécurité. Devant une scène comme celle-ci, elle aurait pris ses jambes à son cou.

Au milieu des aiguilles de pin, à côté du pied droit de l'inconnu, reposait l'affreux fusil que Moreland lui-même avait volé à Whitefish, dans le Montana. Tout près, un pistolet de fort calibre. À première vue, il s'agissait de l'arme réglementaire d'un officier. Moreland ne se souvenait ni d'avoir été frappé par cet homme ni d'avoir entendu des coups de feu. En fait, il ne se souvenait de rien après la confusion qui s'était abattue sur lui quand il avait tenté de franchir la porte de sa maison. Rien de tout cela n'avait de sens.

Jack essayait de pousser doucement son père vers l'enclos et les chevaux. « Il faut qu'on s'éloigne de lui.

— Attends », dit Moreland, qui doutait de la capacité de ses jambes à le soutenir. Jack obéit, son bras autour de la taille de son père.

Au-dessus d'eux, la lumière bleue de l'aube se répandait dans un ciel haut et désormais sans nuages. Un jour d'un calme surnaturel se levait sur leur désastre. Allongé par terre, Parker donnait l'impression d'être dans son lit, la joue sur la main. Une mèche de ses cheveux voletait dans la brise, ses yeux étaient entrouverts et il respirait encore. Mais il avait le teint gris. Il portait des bandes molletières qui descendaient jusqu'à la moitié de ses bottes usées. Son lourd et long manteau était décoloré, et la couture au milieu du dos avait cédé, laissant voir la bourre. À gauche de cette ligne, juste à gauche de la colonne vertébrale, il y avait un petit trou rond, net et insignifiant, dont le diamètre correspondait à celui du pouce d'un homme.

« Oh mon Dieu, oh mon Dieu, murmura Jack. Et s'il se réveille ? »

Cet homme, cependant, ne se réveillerait plus jamais. Comme tout mineur et bûcheron de son âge, Moreland avait vu sa large part de morts et de mourants, des décès aux causes variées : de la dynamite instable ; des arbres qui ne tombent pas à l'endroit prévu ; des chaînes et des fils de métal qui claquent comme des fouets ; des berlines de mine chargées de rochers qui se renversent ; des barbelés qui se déroulent et se tortillent comme des serpents ébouillantés, déchirent les visages, les poitrines et les gorges de tous ceux qui se trouvent à proximité ; des chevaux qui ruent et se servent de leurs sabots comme d'une arme ; des troupeaux de deux cents bœufs affolés qui chargent des passants. Et une fois, dans une mine, un ascenseur bondé de travailleurs qui, ayant brisé ses chaînes, avait sombré dans le noir. Le long grincement métallique de la chute et, après coup, le crissement rythmique de la corde à l'aide de laquelle des hommes avaient hissé la cage dégoulinante, qui se balança doucement dans le puits jusqu'à ce que son effroyable contenu fût remonté à la lumière.

Et chaque fois les hommes étaient laissés à eux-mêmes pour se prodiguer des soins les uns aux autres, avec peu de médicaments et peu de connaissances, sauf des perles de sagesse populaire et des conseils maternels à moitié oubliés. Le Coureur des crêtes avait donc vu des hommes comme celui-ci s'attarder au seuil de la vie, encore de ce monde mais sur le point de basculer dans l'autre. Les poumons qui pompent encore, les yeux réduits à une fente, aveugles.

Le gardien n'en avait plus pour longtemps, Moreland en était certain. Et il ne fallait pas que son fils le voie rendre l'âme.

Dans l'esprit de Jack, cependant, le gardien était encore viable et continuait de représenter une menace; il risquait à tout moment de sortir de sa torpeur et de se lever. Jack ne songeait qu'à entraîner son père vers l'enclos, l'aider à monter sur un cheval et l'emmener là où ils seraient en sécurité. Ils devaient à tout prix fuir l'homme qui les avait si sauvagement roués de coups – car encaisser des coups donnés par un homme aussi fort que Parker était une expérience riche d'enseignements.

Moreland fit bouger sa mâchoire et éprouva une pénible sensation de grincement, mais, en gros, ses maxillaires fonctionnaient encore. Dans sa vie, il avait subi de multiples blessures, et il avait une idée approximative de ce que voulait dire une mâchoire fracturée. Les choses auraient pu être pires. La terre avait cessé d'onduler sous ses pieds et il se sentait presque stable. Il saisit Jack par les épaules, lui fit gravir les marches en chancelant et l'installa à l'intérieur, loin du seul intrus que la cabane eût connu, au milieu de l'âcre puanteur de la poudre et des effluves persistants de l'alcool, dans cette maison qui leur était désormais étrangère. Regardant autour de lui, Moreland observa un peu partout des marques de projectiles. Le gamin avait canardé tout l'intérieur, et c'est par miracle qu'il avait atteint le gardien et non Moreland.

« Bon, fit-il, qui c'est, ce type ?

— Je ne sais pas. Un gardien de prison.

— Il y a quelqu'un d'autre, ici ?

— Non. Il y avait seulement lui et moi.

— Oh, Jack. Qu'est-ce qu'il t'a fait ?

— Ça va.

— Mon cul, oui. Comment il a fait pour te trouver ?

— Je suis passé juste devant lui. Un jour sur la route, avec Sampson. Les prisonniers y travaillaient. Tu te rappelles l'endroit où on pêchait la truite ? »

Moreland hocha la tête.

Le garçon n'arrivait pas à détacher ses yeux de l'homme qui dormait à l'extérieur. « Il a vu les affiches et tiré ses conclusions, je suppose.

— Il y avait d'autres gardiens ? »

Paniqué, le garçon se retourna. « Oui, papa ! Oui ! Il y en avait beaucoup. Il faut qu'on file.

— Du calme, fit Moreland en soupirant. C'est inutile. Il va pas se réveiller. »

Le garçon tangua et s'appuya contre le mur pour se stabiliser, posant la paume à côté de l'entaille profonde qu'avait causée une balle au-dessus du lit familial. Jack s'y assit, enfouit son visage enflé dans ses mains et murmura : « Je l'ai tué ?

— T'as tué personne. La balle a ricoché sur le poêle avant de l'atteindre.

— C'est du pareil au même.

— Hm, fit Moreland d'une voix douce, si c'est du pareil au même, alors le poêle est un meurtrier. » Sur ces mots, il tendit le bras et referma la porte sur Parker. Puis, pour la première fois depuis des mois, il s'assit sur le lit à côté de Jack, passa son bras autour de lui et mesura la transformation qu'avait subie le corps familier. L'épaule frissonnante qu'il serrait était plus large qu'il s'y attendait, le muscle ferme et arrondi, comme une balle de baseball dans sa main.

Mary qui disait : « Mais pourquoi tu ne resterais pas un enfant un peu plus longtemps, Jack ? »

Assis là, en consultation muette avec lui-même, Moreland imaginait la suite, car, bien que sonné, il savait qu'il fallait décamper, et le plus tôt serait le mieux. Le garçon avait raison. C'était la seule solution.

Il balaya des yeux la cabane qu'il avait bâtie de ses mains, une bille de bois à la fois, un joint à la fois. Mary, avec son gros ventre, avait elle-même ébranché quelques arbres, travaillé courageusement avec un marteau et un coin, enlevé l'écorce d'été. La nuit, ils se lovaient l'un contre l'autre en soupirant dans la petite tente, puis il ronflait et elle le réveillait d'un coup de coude.

Jack se redressa et s'essuya le nez. Il regarda son père avec inquiétude, car les doigts de celui-ci lui broyaient l'épaule. « Quoi ? » fit-il.

Moreland dit quelque chose que le garçon ne saisit pas.

En hurlant à la manière d'un homme atteint de surdité temporaire, Jack lança : « Qu'est-ce que tu… »

Moreland plaqua une main sur la bouche de Jack et, penché sur son oreille, chuchota : « On vient. »

Cinquante et un

La veille, Sampson Beaver s'était mis au lit et, pour la première fois depuis des mois, il avait dormi jusqu'à ce que le soleil fût levé sur les sommets et que Willow, perturbée par cette mise en train tardive, eût commencé à faire les cent pas dans son enclos. Il se redressa, incertain du jour de la semaine, et posa les pieds par terre, ses cheveux dressés en épis. La peau de grizzli qui lui servait de couvre-lit tomba sur le sol, où elle se changea en tapis prêt à lui réchauffer les pieds. Le vieil homme cligna des yeux, bâilla et se gratta en essayant de se souvenir de ses rêves, mais pas un seul ne lui revint en mémoire. Dans l'immédiat, semblait-il, le monde n'avait aucune mise en garde à lui servir.

Vêtu d'un caleçon long, de ses bottes et de son chapeau, il descendit à l'enclos avec un seau d'eau qu'il avait laissé chambrer dans la cabane et une platée d'avoine. En le voyant, la jument se calma considérablement, glissa son nez dans le seau en zinc et aspira l'eau. Ensuite, Sampson lui tendit son avoine et l'écouta la broyer sans se presser avec sa longue mâchoire de cheval. Un pied sur une traverse, les yeux levés vers le ciel bleu clair, il laissa la jument mâcher une plus grande ration de cette friandise qu'à l'accoutumée.

En arrivant à portée de voix de la cabane du garçon, le déjeuner dans ses sacoches comme à son habitude, Sampson, gai et bien reposé, racontait à la jument, avec force détails superfétatoires, l'échec de sa première tentative de séduction. Willow, cependant, se mit à donner des signes de tension. À l'approche de la cabane, elle secoua la tête, fit quelques pas de côté. Et Sampson se tut à la vue d'une silhouette allongée sur le sol, face contre terre, en plein devant la porte.

Bien réveillé à présent, il sortit son long Winchester, le posa en travers de ses cuisses et essaya de comprendre. C'était un homme blanc. Immobile, il semblait n'avoir aucune conscience de la présence d'un nouvel arrivant. Il portait un long manteau kaki et des bandes molletières; les cheveux clairs et le teint cendreux, il donnait l'impression d'être mort. Surpris, Sampson reconnut le gardien que Jack et lui avaient croisé sur la route, des semaines plus tôt. Parker.

Les yeux du vieil homme se tournèrent vers la porte de la cabane, fermée. Il aperçut le petit fusil du garçon qui gisait dans la poussière et, à côté de l'homme, une autre forme noire, qu'il supposa être une arme de service. Sampson posa la main sur son propre fusil pour étouffer le déclic du chien qu'il armait, puis il se laissa glisser de la jument, passa sous le menton de celle-ci et attendit. Il resta là pendant trois longues minutes, immobile, les rênes dans la main gauche, le fusil dans la droite. Des feuilles mortes dansaient dans la large clairière et se plaquaient contre le visage du gardien. Dans l'enclos, le Morgan, apparemment insouciant, paissait. Derrière lui, un autre cheval arpentait le terrain en pente. Ou bien le gardien était monté jusque-là à dos de cheval, ou bien il y avait ici quelqu'un d'autre.

Dans la cabane, il perçut un bruissement de pas et des voix étouffées, signe qu'on se disputait à l'intérieur, et Sampson comprit qu'on avait détecté sa présence. N'ayant pas le temps d'entraîner la jument loin du danger, il lui assena un petit coup avec les rênes. Elle bondit de surprise et repartit au trot dans le sentier par où ils étaient venus. Il ne la regarda même pas s'éloigner. Ses yeux étaient rivés sur la porte de la cabane, qui s'ouvrait.

Jack Boulton sortit en courant et en appelant Sampson. Il montrait le gardien en gesticulant, les larmes aux yeux. Jack avait été battu: son visage était bleu et violet.

« Hûji », lança le vieil homme en faisant signe au garçon de venir s'abriter derrière lui.

Jack, qui semblait ne rien entendre, continuait de regarder fixement l'homme qui gisait par terre. Au même moment, quelqu'un d'autre sortit.

« *Hûji ya îjas !* » rugit Sampson.

Jack porta la main à sa gorge. Il regardait Sampson d'un air hébété, mais il n'arrivait pas à bouger.

Et c'est ainsi que, quand William Moreland s'aventura hors de la cabane, barbu, crasseux, l'air sonné, la main tendue vers Jack, Sampson faillit lui tirer dessus.

Cinquante-deux

Elle se leva du lit où elle s'était simplement allongée, sur l'édredon, dans l'attente de la fin d'une autre nuit, du début d'une autre journée. Le dos en compote et les yeux brûlants, elle se parqua devant la fenêtre pour observer les banales allées et venues de ses voisins, les portes qui s'ouvraient et se refermaient sur la fraîcheur du matin, les enfants qui faisaient semblant de ne pas entendre leurs mères les appeler pour le déjeuner. Un lavis de lumière dans le ciel, des ombres profondes au flanc des maisons. Elle distinguait clairement la rue principale avec son mur d'immeubles bas et les montagnes aux sommets enneigés. Le pharmacien se hâtait sur le trottoir ; elle ignorait l'heure et s'en moquait, mais quelque chose dans la démarche de l'homme lui laissa croire qu'il était en retard pour ouvrir. Trop près du carrefour, une automobile noire était mal garée, son pare-brise un rectangle éblouissant où se reflétaient les rayons du levant. Et là, derrière l'automobile, devant la boutique du marchand de tabac, attendant l'ouverture, les mains sur les hanches, Thom Wilson. Elle en resta bouche bée.

Elle ne s'était pas trompée dans le calcul de la dose, de cela elle était certaine. L'homme n'avait rien d'un bienheureux immortel, immunisé contre le poison. Et pourtant il était là, impatient d'acheter des cigares.

Sauvé.

Le mot lui était venu spontanément. C'était elle qui était *sauvée,* donc. Si la police ne frappait pas à sa porte, c'est que Thom Wilson ne se doutait pas de ce qui lui était arrivé. Il avait survécu, allez savoir comment, et elle avait un meurtre de moins sur la conscience. Bref, elle l'avait échappé belle.

Il y avait quand même une tache sur son âme. Elle le savait. Elle était pourvue d'une conscience en bon état de fonctionnement, laquelle peinait sous le poids de son histoire. Elle avait empoisonné deux prétendants qui s'étaient désintéressés d'elle malgré la fortune de son père, sa mère supérieure et trois malades du sanatorium, dont l'interminable agonie avait plombé le moral de tout le monde jusqu'au jour où sœur Beatrice l'avait discrètement abrégée. Et sans un caprice du destin, Thom Wilson se serait ajouté à la liste. Ces gestes avaient été le résultat d'une froide réflexion, d'une minutieuse planification, d'un examen des conséquences et de l'administration de la bonne quantité d'un médicament bien choisi. Mais dans un autre cas, elle avait frappé dans un accès de douleur, sans préméditation ni réflexion.

Mary Boulton était vivante et assise dans la cuisine, comme d'habitude. L'enfant, assis à côté d'elle, mangeait un dessert. Mary, dans un rare moment d'épanchement, avait déclaré : « J'ai longtemps eu le sentiment d'être emportée par la vie. Impuissante. Nous sommes impuissants, tous autant que nous sommes. »

Emelia Cload, qui n'avait jamais eu le sentiment d'être emportée, avait considéré un instant son invitée et répondu :

« Oui, je suppose.

— Les femmes plus que les hommes, je dirais. Mais les hommes aussi. Il m'arrive de me dire que nous sommes exactement comme eux.

— *Ça,* c'est éminemment discutable. »

Assise toute droite sur sa chaise, affichant son admirable maintien, Mary était vêtue de son pantalon en peau de biche et de sa longue veste brodée. « J'aurais aimé avoir une fille, mais je sais trop bien à quoi aurait ressemblé sa vie. Même si une fille a de l'argent, il ne lui appartient plus dès l'instant où elle se marie, et elle en sera vite dépossédée. Un homme, si ce n'est pas le bon, a le pouvoir de vous mener à la ruine, de vous appauvrir, de vous humilier… » Sa voix se brisa et la religieuse vit un bref éclair de férocité traverser son visage. Mary avala et poursuivit : « Et on n'y peut absolument rien. Je suis certaine que vous comprenez.

— Parfaitement. »

Oh oui, elle comprenait. Emelia Cload, fille unique de James Cload, banquier, millionnaire, coureur de jupons invétéré, vieux pécheur impitoyable, mort des œuvres de sa seconde épouse. À sa fille opiniâtre, il avait légué huit mille dollars, une gifle, des miettes tombées de la grande banque qui portait son nom. De propos délibéré, il lui avait aussi cédé cette vieille demeure, celle qu'elle avait abandonnée, baraque si grande qu'elle était invendable en temps de guerre et pratiquement impossible à entretenir. Ultime et limpide expression du mépris qu'il vouait à sa fille. À sa veuve, il avait légué la propriété d'une banque dont les avoirs s'élevaient à dix millions de dollars. Le gouvernail de l'entreprise se trouvait entre les mains d'une femme qui ignorait tout des finances. Des gestionnaires la soutiendraient, bien sûr, ne fût-ce que pour sauver leur peau, mais, en vérité, toute l'affaire était secrètement au bord de l'insolvabilité et s'écroulerait à la seconde où les administrateurs révéleraient ce fait au grand jour. Tôt ou tard, l'épouse serait ruinée, de retour à la case départ. Mary ne s'y était pas trompée. Cet argent, l'épouse n'en profiterait pas longtemps.

Dans la vie, l'argent n'est que de l'argent – un outil qu'on utilise pour régler des problèmes, et rares sont les problèmes qui résistent quand on y met le paquet. Dans la mort, cependant, l'argent est un message, le dernier mot, celui qui vous indique où était exactement votre place, dans quelle mesure vous comptiez. Parfois, le message est le suivant : *Vois comme je te haïssais.* Telles étaient les réflexions sinistres, aigres, qu'avait rabâchées la religieuse en regardant le garçon dévorer sa croustade aux pommes et boire de la crème. Puis la question lui était montée aux lèvres : « Vous voulez parler de votre mari, Mary, qui qu'il soit ? Vous a-t-il fait du mal ?

— Non, répondit-elle doucement. Un autre. Dans une autre vie. »

L'allusion à un ancien mari était si voilée que le garçon, ne se rendant compte de rien, continua de s'empiffrer. Histoire plutôt banale, à vrai dire, en temps de guerre comme en temps de paix. Des gens connaissaient une mort violente, ils succombaient au travail, ils mouraient de la tuberculose, d'une crise d'apoplexie, du cancer, de vieillesse, d'un accident, d'une simple coupure infectée. Des femmes mouraient en couches. Et avec la guerre, il y avait partout de jeunes veuves. « Ce n'est pas facile, avait soupiré Emelia. Rien n'est facile. »

Mary l'avait regardée un long moment. « Non, c'est vrai. Mais ce n'est pas impossible non plus. J'ai longtemps cru qu'il fallait seulement continuer à me battre. J'avais le sentiment que des choses horribles arrivaient – à moi et à tout le monde. »

La religieuse hocha la tête d'un air distrait.

« Je ne pense plus de cette façon, dit Mary en tendant la main pour caresser le toupet du garçon, toujours occupé à manger. Je me sens mieux à tous points de vue. » Elle sourit. « C'est bizarre, ajouta-t-elle. Je devrais me sentir moins bien.

— Bonté divine ! Pourquoi, Mary ?

— Parce que maintenant j'ai une bonne raison de me faire du souci. Et tout ce que je trouvais important me semble maintenant insignifiant. »

Leurs regards se tournèrent vers Jack, leurs deux esprits suivant des sentiers parallèles, la mère et la femme sans enfant, éperdues d'adoration devant le même magnifique garçon, imaginant l'inimaginable : qu'il puisse un jour disparaître de leur vie.

« En tout cas, vous, Dieu merci, vous n'avez rien à craindre : vous n'avez pas d'enfant et vous n'en aurez jamais.

— On ne sait jamais », répondit la religieuse. Les mots avaient jailli de sa bouche. C'était absurde, à son âge, cinquante-huit ans, mais, en cet instant, en présence du garçon, elle s'était imaginé qu'il était à elle.

« Drôle d'idée. Vous êtes une femme d'Église. » Les yeux de Mary s'attardèrent un instant sur le visage blême et honteux de la religieuse avant de se détourner. « Non, dit-elle posément, la maternité, ce n'est pas pour vous. »

Mary Boulton ne vit pas le spasme de douleur parcourir les traits de la religieuse. Elle ne vit pas ses yeux tomber sur le bois propre de la table, en scruter le grain sans ciller. Pendant le reste de la visite, Mary ne remarqua pas le changement d'attitude de sa bienfaitrice. De toute façon, ce qui arriverait ensuite serait si éloigné de tout ce qu'elle aurait attendu de la part de cette femme bonne et pieuse que, même tous les sens aux aguets, elle n'aurait rien vu venir. Cela avait toujours été le meilleur camouflage d'Emelia Cload : personne ne connaissait son cœur.

La religieuse s'était levée, avait pris la tasse vide de Mary et l'avait posée sur le comptoir. Le garçon avait appuyé ses coudes sur la table, parfaitement conscient de manquer aux règles de la bienséance, et sa mère lui avait fait les gros yeux : *Pas devant elle, s'il te plaît.* La religieuse les observait pendant qu'elle remuait avec une petite cuillère le café dans lequel elle avait versé le poison insipide. Geste presque involontaire, régression vers quelque instinct primal, de la même façon qu'on tue d'une tape la guêpe qui nous pique. Elle posa la tasse près du coude de Mary, le liquide noir et à présent légèrement trouble emporté par un lent vortex. Elle aurait pu reprendre la tasse, la vider dans l'évier. Elle regarda plutôt Mary la porter à ses lèvres et boire. Emelia Cload ressentit alors un vif chagrin.

« Je peux en avoir ? » avait demandé le garçon en tentant déjà de s'emparer de la tasse.

La main de la religieuse la saisit d'un geste vif. « Le café, c'est pour les grandes personnes. » Elle gratifia chacun de ses invités d'un regard qu'elle espérait sévère avant de s'éloigner pour cacher son visage. Elle devait, prétexta-t-elle, aller chercher son sac afin de payer les nouveaux vêtements qu'elle avait commandés à Mary.

Elle se souvenait d'être restée un moment dans le placard, l'argent déjà à la main ; pour se calmer, elle feignit de chercher parmi les manteaux. Puis, tout doucement, l'importun présage d'une solitude descendit sur elle. D'une solitude définitive, sans remède.

Elle avait perdu le garçon de vue pendant une minute, peut-être moins, mais Mary en avait profité pour lui laisser boire une gorgée ou deux de café avant de finir la tasse.

Devant ces chaises désormais vides dans sa cuisine silencieuse, Emelia vit les mains du garçon se tendre vers la tasse, vit Mary lui chuchoter quelques mots à l'oreille. Lesquels ? *Dépêche-toi* ou *Arrange-toi pour qu'elle ne te voie pas* ? Emelia vit qu'on bafouait son autorité, qu'on la trompait.

Était-ce à cause de Mary, la faute de Mary ? Après tout, c'est elle qui avait enfreint la règle de la maison, elle qui avait tout mis en branle.

J'avais le sentiment que des choses horribles arrivaient – à moi et à tout le monde.

Non, Mary n'y était pour rien. Emelia Cload n'était pas folle au point qu'elle pût se convaincre d'une chose pareille. Aucune teinture, aucune poudre, aucun émétique n'aurait pu occulter cette vérité. Emelia aurait beau passer la journée dans la pieuse médiation que lui inspirait le pendule de torsion d'une horloge et, du même souffle, contempler l'écœurante répétition de ses péchés, ainsi que le pardon présumé de Dieu, un fait demeurerait : elle avait assassiné une amie. Par la force de sa volonté, Emelia Cload s'était battue au milieu de toute la désolation qui avait suivi et elle avait obtenu ce qu'elle voulait depuis si longtemps. Le garçon. Pas n'importe quel enfant. Lui.

Les mots lui revenaient maintenant à l'esprit. *La maternité, ce n'est pas pour vous.* Ils l'avaient d'abord choquée, une blessure si profonde qu'elle ne pouvait y répondre que par une autre blessure. En même temps, elle entendait la voix de Mary, sa voix douce, son ton ferme, et elle savait désormais qu'il s'agissait d'une prophétie : dans ta bouche, le festin aura un goût de cendre et de poussière.

Elle se leva de table, de cette table où sans doute plus jamais une famille ne se réunirait pour déjeuner. Elle et cette maison s'approchaient de la fin de toute chose.

Emelia se dirigea vers la fenêtre, d'où elle vit la rivière étinceler sous la lune, et se souvint avec exactitude de la sensation que produisait la large main du garçon dans la sienne. Et ce fut comme s'il était mort après tout. Comme si, malgré tous les efforts qu'elle avait faits pour le sauver, elle l'avait perdu.

Elle monta, entra dans sa chambre, prit dans son étui la seringue pleine de la mixture qu'elle appelait Pax et soupesa l'objet, son esprit se livrant à ses calculs habituels : la seringue contient sept doses de cinq milligrammes, assez pour lui procurer la paix ; si elle en prenait dix milligrammes, elle dormirait tout un après-midi. Mais, bien sûr, elle se réveillerait encore une fois dans cette vie, dans cette maison froide, tel Lazare tiré sans fin de son tombeau. L'effroyable miracle d'être en vie.

Cinquante-trois

Sampson posa le Winchester par terre et s'en éloigna. Il ne se sentait pas solide sur ses jambes et craignait, en marchant dessus, de finir par tuer quelqu'un. À pas inégaux, il se précipita en direction du pistolet. Un homme a beau être en piètre état, on ne doit jamais laisser une arme à portée de sa main. Sampson n'était plus qu'à quelques pas quand Jack se jeta sur lui et se serra contre son ventre.

« Attends, attends, fit Sampson. Lâche-moi.

— Mon Dieu, dit Moreland. Je savais pas qui était là.

— Moi oui, fit Jack d'une voix furieuse assourdie par le blouson du vieil homme, mais tu ne m'écoutes *jamais* ! »

Sampson détacha le garçon de lui et se pencha sans perdre une seconde pour ramasser le revolver et le hideux petit fusil à répétition, puis il les emporta à l'intérieur pour les poser sur la table et s'assurer qu'ils étaient bel et bien vides. Il avait fait huit pas dans la cabane lorsqu'il prit conscience de l'état dans lequel elle se trouvait.

L'air sentait la sueur et la poudre, la cigarette et autre chose, une puanteur suave qu'il ne parvint à identifier qu'en voyant une bouteille vide qui gisait par terre, sur le flanc. Il tira sur le bouchon de liège et renifla. Une mixture maison, râpeuse, un liquide trouble dont il ne restait qu'une cuillère à café. Après s'être assuré que les deux armes étaient déchargées, il resta là à contempler le mur. Le bourdonnement était de retour dans sa poitrine, cet insupportable bouillonnement d'énergie que son corps, lui semblait-il, ne saurait contenir. Il se sentit sur le point de perdre connaissance.

Moreland se matérialisa à côté de lui. « Cet homme est mort, dit-il à voix basse.

— En effet. » Pendant un long moment, ils regardèrent la porte où Jack, assis sur les marches, scrutait le dos de Parker.

« Je le reconnais. C'est un gardien de prison, dit Sampson.

— On doit en attendre d'autres ?

— Aucune idée. Qu'est-ce qui s'est passé, ici ?

— Il a massacré Jack. Voilà ce qui s'est passé. »

Sampson retira son chapeau et le garda à la main.

« Et ensuite ?

— C'est un peu flou dans ma tête, avoua Moreland.

— Bon Dieu, fit le vieil homme. Pourquoi tu l'as tué ? D'une balle dans le dos. »

Dans un premier temps, Moreland fut sidéré. Il trouva invraisemblable que Sampson, qui le connaissait si bien, le croie capable d'une chose pareille, mais alors il se souvint de l'état du visage de son fils et de sa démarche claudicante, et soudain la conclusion lui parut relativement raisonnable. Maintenant qu'il avait pris la décision d'assumer la responsabilité et, du même coup, de protéger son fils, il se demanda comment y arriver sans mentir. Il pianota sur la table, geste qu'il voulait pensif, alors qu'en réalité il cherchait à gagner du temps, à trouver les bons mots. « C'est une longue histoire, je suppose.

— Si j'avais pas la preuve sous les yeux, je t'aurais jamais cru capable d'une chose pareille.

— Moi non plus », fit Moreland.

Sampson se laissa tomber sur une chaise et se frotta les genoux, surtout pour empêcher ses doigts de trembler. « Qu'est-ce qui t'est arrivé au visage ? Il t'a frappé, toi aussi ?

— Je me souviens pas, et c'est peut-être pour ça. D'après Jack, il m'a assommé. La seule chose que je me rappelle, c'est mon réveil. » Moreland s'assit à son tour, posa un coude osseux sur la table, puis se toucha délicatement la mâchoire avec deux doigts. La chair lui sembla pulpeuse. « J'ai l'impression qu'il m'a pété la mâchoire. Qu'est-ce que t'en penses ? » Il avança le menton.

« Dur à dire, avec toute cette barbe. » Le visage de Sampson s'éclaira, et l'ombre d'un sourire le traversa. « T'as l'air d'avoir cent ans. »

Moreland hocha lentement la tête. « Je me suis laissé aller », dit-il en soupirant.

Le garçon entra d'un pas traînant, les yeux exorbités. Il s'assit à l'endroit que lui indiquait son père et serra ses mains entre ses genoux, comme s'il avait froid. « On devrait lui donner de l'eau », dit-il.

Les deux hommes échangèrent un regard. « On s'occupe de lui », dit Sampson.

Ils restèrent là, trois silhouettes silencieuses autour de la table. Dehors, des doigts de lumière filtrés par les arbres se posaient sur le dos du mort, comme pour l'enfoncer dans le sol. Le bruyant chœur matinal des oiseaux explosa d'un coup. Répétant un comportement antique dont on ignorait l'utilité, ils saluèrent le lever du jour en s'égosillant par centaines, exactement comme ils l'avaient fait mille ans plus tôt et comme ils le feraient dans mille ans.

« Je n'ai jamais rien vu d'aussi affreux, dit Jack, comme pour lui-même. Il s'est servi de la crosse comme ça. » Il mima l'élan d'un frappeur avant d'enfouir son visage dans ses mains. « Oh mon Dieu », ajouta-t-il en pleurant sans bruit.

Sampson observa le garçon avec attention. Jack faisait son deuil, il était en état de choc, mais son corps avachi dénotait aussi la honte. Le vieil homme sortit jeter un coup d'œil au trou laissé par la balle dans le manteau de l'homme. Il remarqua au passage les perforations dans le bois des murs et l'encoche pâle creusée par un projectile dans le métal noirci du poêle. Il lut la pièce et ses occupants brutalisés, commença à se représenter la scène. Quelqu'un avait criblé de balles l'intérieur de la cabane, et ce n'était visiblement pas Parker. Sampson avait bien jaugé le gardien : un homme assez violent pour en frapper un autre en plein visage avec la crosse d'un fusil. Le gardien n'avait donc plus son revolver. Autrement, il s'en serait servi. Les yeux de Sampson se posèrent sur la table, où se trouvait la petite bouteille trapue, pratiquement vide. Il jeta un coup d'œil au visage de son vieil ami Moreland. Assommé et probablement inconscient, il n'aurait pas pu se lever et, l'esprit embrouillé, abattre Parker d'une balle dans le dos. Par conséquent, c'était le garçon qui s'était emparé du pistolet et, campé derrière Parker, avait tiré au hasard, jusqu'à ce que l'arme soit vide. Pour protéger son père.

Sampson se passa la main sur le visage, puis, revenu près de la table, il posa la même main sur l'épaule frissonnante de Jack. « T'aurais dû venir vivre avec moi, petit. »

Jack secoua lentement la tête. « Je ne serais pas resté », dit-il d'une voix à peine audible.

Les deux hommes durent cuisiner longuement le garçon pour se faire enfin une idée claire des événements : le gardien n'était pas là à titre officiel ; il était venu dans l'intention de toucher la récompense ; il avait agi seul, sans partenaire et sans attendre de renfort ; il n'avait fait irruption dans la cabane que la veille ; soûl et terrifiant, il avait tempêté avant de tomber sans connaissance. Jack s'expliqua en hoquetant, par bribes et sans suite logique, fit des événements un récit syncopé, tel un enfant qui raconte un rêve. Il leur parla du moment où Parker avait ouvert les yeux, de son corps qui avait basculé quand Moreland avait poussé la porte. Sampson observa l'expression neutre qu'affichait Moreland en découvrant à quoi sa vie ressemblait quelques minutes plus tôt, n'apprenant qu'en cet instant dans quelle situation il était débarqué.

« Comment t'as fait pour lui enlever le pistolet ? » demanda Sampson.

Sans laisser à Moreland le temps d'intervenir, Jack dit : « Il dormait, alors je me suis approché sans bruit, et je l'ai pris. »

Les hommes se dévisagèrent d'un air incrédule. « Tu es courageux », dit Moreland.

Loin d'être fier, Jack, d'un ton désespéré, dit : « Je n'avais pas le choix. J'avais peur qu'il me batte encore en se réveillant. Je me suis dit qu'il risquait de me tuer sans faire exprès. »

Il faisait déjà jour, mais Sampson prit quand même une boîte d'allumettes sur une tablette, tira la mèche de la lanterne et alluma une flamme vive comme un sou neuf. Dans cette faible lueur, il distingua enfin la ligne rouge sur le cou du garçon, celle qu'aurait laissée un garrot, et comprit que le gardien l'avait puni pour un péché inconnu. Le même garçon sous une averse en plein soleil, la tête renversée et le chapeau retenu à son cou frêle par un cordon.

Sampson regarda l'allumette consumée fumer et crépiter, se muer en un objet noir et délicat. Il la laissa tomber dans le poêle, sortit, traversa la clairière sans un regard pour le cadavre et s'engagea dans le sentier à la recherche de Willow. Entraînée par un filon de bonne herbe, la jument, ses étriers et ses rênes ballant, s'était éloignée d'un demi-mille.

Dans la cabane, Moreland approcha doucement sa main du visage de son fils, balaya ses cheveux noirs vers l'arrière et demanda : « Où tu as mal ? »

Les pensées de Jack se tournèrent un instant vers lui-même, et il explora le territoire. Il toucha son cuir chevelu, à l'endroit où le gardien l'avait suspendu dans les airs. Puis sa main descendit jusqu'à son ventre avant d'effleurer furtivement son entrejambe. « Partout », répondit-il.

Le père entreprit alors un examen méticuleux du corps de son fils. Il souleva son chandail, décolla avec une lenteur glaciaire sa chemise aux endroits où le tissu avait adhéré à la peau éraflée et où, sur tout son ventre plat, des taches framboise avaient déjà commencé à enfler. Avec le pouce, Moreland ausculta chacune des ecchymoses en formation. Les pires se concentraient sur l'abdomen. Le gardien avait visé le bas du corps. Autrefois, une vieille cuisinière avait appris à Moreland le truc qui permet de diagnostiquer une crise d'appendicite : on appuie juste au-dessus de l'os iliaque, puis on relâche la pression, et le patient va pousser un cri. Heureusement, dans le cas de Jack, la manœuvre ne provoqua aucune douleur particulière.

« Et ton dos ? »

Jack se retourna et remonta ses vêtements pour exposer la peau immaculée de son long corps, la colonne vertébrale semblable à un beau chapelet de billes de verre qui disparaissait sous la laine usée du chandail. « Ça va, de ce côté ? » demanda-t-il d'une voix étouffée.

Aux yeux du père, c'était la perfection, l'éclatante beauté de la jeunesse. De sa paume calleuse, il caressa le dos tiède de son fils. « T'as encore toutes tes dents ? »

Le garçon se retourna et, après avoir promené sa langue sur chacune, fit signe que oui.

« Tant mieux. Maintenant, baisse ton pantalon, fiston.

— Non. » Le garçon secoua la tête et regarda son père d'un air mauvais, les plaques livides sur son visage virant au rouge vif.

« Il faut que je m'assure que tes parties intimes sont intactes.

— Ça va. » En entendant son père lui ordonner de se déshabiller, Jack Boulton s'était braqué. Devant l'idée qu'il n'avait aucun droit et qu'il devait exposer la moindre parcelle de sa peau chaque fois qu'un adulte l'exigeait. La requête lui avait rappelé le bain chez la religieuse, et c'en était trop.

Tendant la main, le fils examina plutôt le visage crasseux du père, la joue qui déjà se gonflait comme un ballon, la barbe épaisse parsemée de fragments de végétation. Pendant un bref instant, Moreland tira sur sa lèvre inférieure pour exposer une rangée de dents tachées de rose avec un trou noir à l'endroit où il y avait eu une prémolaire. N'ayant encore qu'une compréhension imparfaite de l'enchaînement des événements, Moreland dit : « C'est lui qui a fait ça, je suppose ? »

Jack hocha la tête. Une fois de plus, il mima le geste d'un frappeur au-dessus du marbre.

Le Coureur des crêtes tenta d'hameçonner le souvenir de cet impact, de le ramener à la lumière, mais en vain. Ce n'était pas le moment. D'un mouvement des épaules, il retira son manteau et le drapa sur son fils. Les pulsations rythmiques de son visage, du menton jusqu'aux orbites des yeux, étaient presque intolérables, mais, assis sur la vieille chaise, celle qu'il occupait toujours à la table familiale, il ouvrit une main et la posa sur le poing serré de son fils. Il sentit la peau tiède de son enfant, sentit son propre souffle. Ils étaient magnifiquement vivants, tous les deux. De quoi être reconnaissants.

Il se dirigea vers son sac à dos. Il avait l'impression qu'un longue, très longue distance le séparait du plancher, et il savait que son visage hurlerait de douleur dès qu'il se pencherait. Il poussa le sac du bout du pied. « Si tu as faim, j'ai de la nourriture là-dedans, fiston.

— Arrête, papa. » Jack montra les étagères près du poêle, les sacs de toile posés sur le sol. Le garde-manger était plein. « Je n'ai pas faim. Toi ?

— Pas sûr que je pourrais mastiquer, de toute façon. » Dans l'encadrement de la porte, Moreland pouvait voir la botte de Parker et, plus loin, Sampson, qui emmenait Willow dans l'enclos et l'installait à côté de Kub, enroulant les rênes des deux chevaux à la traverse la plus haute. Le vieil homme desserra la sous-ventrière de Willow et accrocha les sacoches à la clôture, puis il resta là, comme pour inspecter le contenu des sacs qu'il avait apportés, lesquels, comme d'habitude, renfermaient le déjeuner du garçon. Mais ce n'était pas ce qu'il faisait. Sampson réfléchissait.

Moreland se faisait les mêmes réflexions. Si le gardien avait trouvé la cabane, d'autres y réussiraient. Quiconque parviendrait jusque-là découvrirait un garçon valant deux mille dollars. Sans parler d'un fugitif recherché par la police, trente et un mille dollars en argent volé et un gardien de prison assassiné.

Sampson croisa les bras sur un poteau de la clôture et y appuya le menton. Il observait Parker calmement, pensivement, comme on contemple une rivière en s'interrogeant sur le meilleur moyen de la traverser. Moreland vit les yeux de son vieil ami quitter Parker pour se poser droit sur lui. D'un geste de la tête, Sampson indiqua l'ouest – *éloignons-le d'ici* –, et Moreland fit signe que oui. De toute façon, tôt ou tard, il faudrait charger le mort sur un cheval et l'emmener dans un endroit où on ne risquait pas de le trouver.

Sampson prit les rênes de Kub et la fit sortir de l'enclos. À ce moment précis, Moreland se leva et appuya les mains sur les épaules de son fils. « Je serai de retour dans quelques heures. Pas un mot.

— Non, non, non. » Jack sentit la panique monter en lui, mais Moreland le força à se rasseoir et déposa un baiser sur le sommet de sa tête. « Mange quelque chose, fiston. T'en as vu de toutes les couleurs. T'as froid. »

Jack se contenta de lever les yeux et, suivant sa vieille habitude, mémorisa les traits de son père avant que Moreland quitte la cabane en refermant derrière lui. Il entendit des mots assourdis dans la cour, un échange. Jack s'approcha de la porte et, par un interstice, vit deux hommes qui, les yeux baissés, les mains sur les hanches, en regardaient un troisième gisant à leurs pieds. Ils se penchèrent en même temps et l'attrapèrent, l'un par une cheville, l'autre par un poignet, et le corps flasque roula tranquillement sur le dos. C'était plus facile de le transporter ainsi.

Jack recula jusqu'au centre de la pièce, une main sur la bouche.

Des voix étouffées, le couinement indigné de Kub lorsque les hommes drapèrent Parker sur son dos. Le garçon se dirigea vers l'arrière de la cabane et attendit. Longtemps après le départ des hommes, il ouvrit la porte. Il ne restait plus rien, excepté le Morgan. Là où Parker était tombé, ils avaient raclé avec leurs bottes, dessinant sur le sol des demi-cercles, effaçant la moindre trace.

Jack réussissait à se tenir droit en selle, mais son ventre était en si piteux état qu'il chevauchait avec maladresse, comme s'il n'avait jamais maîtrisé l'art de l'équitation. Les moindres mouvements du Morgan lui faisaient l'effet de violentes secousses. Il avait réuni les livres de la religieuse, en avait bourré les sacoches de Sampson, s'était hissé sur la selle et se trouvait à présent en terrain plat, suivant la vieille route de Banff. Dans le trouble de son esprit, il était convaincu que tout était de sa faute, qu'il avait lui-même enclenché cet engrenage de mort et de désastre. Incapable de voir comment réparer ses torts, il avait décidé qu'il pouvait faire au moins une petite chose : rendre les objets volés.

Intrigué par la gaucherie du cavalier, le cheval se retournait sans cesse pour lui jeter un regard lourd de reproches, et ils étaient donc souvent déportés d'un côté ou de l'autre ; à ces moments-là, on aurait dit qu'ils erraient sans but comme des fantômes. Privé de sommeil, encore en proie à l'horreur, Jack laissa pendant deux heures la route l'emporter.

Des objets et des odeurs annoncèrent la petite ville bien avant qu'ils en soient proches. Des bouts de papier et des boîtes de conserve dans les fossés. La puanteur de la décharge. À moitié enfoncée dans la mousse et toute cabossée, une plaque minéralogique de l'Oregon proclamant ORE 976.

Lorsqu'ils s'arrêtèrent au pied de Buffalo Street, il était midi, et un vent chaud lui soufflait au visage. Les narines du Morgan s'évasèrent au contact de l'air familier de la ville, et il laissa voir une certaine fébrilité. Jack apercevait au loin trois automobiles qui franchissaient le pont de la rivière Bow et un petit groupe de touristes qui marchaient sur le trottoir. Des enfants tout juste libérés de l'école se hâtaient de rentrer à la maison, leurs voix pépiantes s'entrechoquant. Six fillettes marchaient bras dessus, bras dessous en chantant à tue-tête une chanson d'amour entendue à la radio, l'harmonie du madrigal si parfaite qu'elles avaient sans doute beaucoup répété. Des enfants couraient par grappes et, pendant un moment, Jack eut le sentiment qu'il rentrait chez la religieuse pour le repas de midi.

Sur le sentier de la rivière, un roquet solitaire leva les yeux sur le nouvel arrivant en agitant vaguement la queue. Il avait le pelage frisé et une barbiche qui lui donnait un air amical. Jack savait que les chiens du coin affectionnaient cet endroit. C'était un lieu de retrouvailles où ils pouvaient traîner à leur guise et s'assembler pour épier les wapitis sur la rive opposée, harceler les automobiles, se battre et s'accoupler. Le garçon et le chien se dévisagèrent un moment, puis l'animal détourna la tête et jappa sans rancœur en direction de quatre garçons qui s'approchaient. Ensuite, à la façon d'un hôte distrait, le chien revint vers Jack.

Ce dernier s'était montré inattentif, lui aussi, car il connaissait ces garçons, et son cœur se serra. De petites brutes qui marchaient épaule contre épaule en se passant une cigarette. Ils étaient si près qu'il n'eut même pas le temps de baisser son chapeau sur ses yeux. Leurs noms lui revinrent en mémoire d'un coup, et d'ailleurs trois d'entre eux étaient de la même famille. Jack savait dans quelle rue ils vivaient. Tout le monde les craignait à cause de leur grande gueule, de leur violence et de leurs sarcasmes, mais Jack Boulton n'eut d'autre choix que d'attendre, pendant qu'ils le regardaient droit dans les yeux.

Bien sûr, ils ne pouvaient plus lui faire grand-chose, lui causer des ennuis plus graves que ceux qu'il avait déjà. Et ce jour-là, personne ne toucherait la récompense promise, car il se dirigeait de lui-même vers la demeure de la religieuse. Mais les garçons passèrent comme s'ils ne l'avaient pas reconnu ; ils donnèrent même l'impression d'avoir un peu peur de lui. L'un d'eux le salua d'un geste de la tête, comme on le fait en croisant un policier, et tendit timidement la main pour flatter l'épaule du Morgan. Puis ils disparurent dans la rue où ils habitaient. Mieux qu'un miroir, ces garçons avaient donné à Jack une idée précise de sa métamorphose. Sous son manteau et son chapeau, camouflé par les marques de coups, il avait l'air d'un simple habitant du cru, d'un rustaud maigrichon monté sur un cheval. Pour eux, il ne présentait aucun intérêt. Il se recroquevilla dans son manteau, réalisant soudain que le froid était à l'intérieur de son corps, et non à l'extérieur, dans l'air plutôt tiède.

Le chien à barbiche avait disparu et les bourrasques menaçaient d'emporter le chapeau de Jack. Il serra les rênes dans son poing pour que le Morgan se mette au pas et remonta Buffalo Street, en proie à la douleur. La cour de Wilson était déserte, signe que les animaux étaient à l'intérieur, peut-être pour le repas du midi. Jack dut attendre plusieurs minutes que la circulation de la rue principale s'apaise. Il leva les yeux vers le lourd écriteau qui proclamait DOMINION CAFÉ CHAMBRES À LOUER – enseigne si mal fixée qu'aucun habitant de la ville ne s'arrêtait en dessous. Jack se souvint d'être entré en ville dans les bras de sa mère, qui avait elle aussi évité de courir ce risque. Ils se dirigeaient vers la maison de la religieuse, comme lui en ce moment.

Jack arpenta lentement la rue principale, passa devant les maisons de trois voisins et traversa la pelouse desséchée jusqu'à l'imposante galerie. La porte en chêne était fermée, comme toujours.

Il mit beaucoup trop de temps à descendre et à détacher la sacoche pleine de livres volés. Il se tourna ensuite vers la maison dans l'intention d'interpréter son humeur. La fenêtre de sa chambre était fermée, les rideaux tirés. En fait, tous les rideaux étaient tirés, bien qu'il fût midi. Il ne se rendait pas compte que ses mains pliaient et dépliaient les rênes, que sa bouche articulait des paroles silencieuses, qu'il répétait mentalement les propos qu'il tiendrait à la religieuse s'il la trouvait dans la maison : *Je vous ai pris ces choses et je vous demande pardon. Je n'en avais pas besoin, mais je les ai quand même prises et je vous demande pardon.*

Dans une cour, un limier aboya, et le hurlement surnaturel déchira l'air. Jack fut saisi d'un frisson de frayeur.

« Bon Dieu », fit-il en se secouant pour chasser la stupeur.

Il emmena le Morgan derrière la maison, où se trouvait l'écurie vide. Mû par un instinct semblable à celui de son père, il jugea plus prudent de le cacher ; les voisins risquaient de remarquer la présence d'un cheval là où il n'y en avait pas depuis des décennies. Il entraîna le Morgan jusqu'au fond de l'écurie et enroula les rênes autour du poteau d'une stalle. Il n'y avait ni eau ni fourrage. Le cheval attendrait.

Dehors, un soleil vif rayonnait sur le mur en briques propres de la maison. Jack était absolument certain d'être le seul à pouvoir raisonner la religieuse, et encore, il avait peu de chances d'y parvenir. Dans la vie de tous les jours, elle s'était montrée encline, en raison de ce que Jack croyait être une sorte d'amour, à l'écouter. Elle n'avait jamais accordé la même attention à qui que ce soit, sauf peut-être à Mary Boulton. Mais Jack avait vécu auprès d'elle assez longtemps pour n'avoir aucun doute sur l'issue de cette conversation. L'échange était condamné d'avance. Les choses dégénéreraient et exploseraient à la façon d'un oreiller de plumes à l'instant où elle comprendrait qu'il ne revenait pas à elle.

Non, il refusait de se prêter à ce jeu. Au diable la discussion. Qu'y avait-il à dire, de toute façon ?

Autre motif d'inquiétude, il n'avait aucun moyen de savoir quand rentrerait son père. Mais s'il revenait bientôt, Moreland constaterait la disparition du garçon, du cheval et des livres. Il comprendrait aussitôt. La vision de son fils chez la religieuse serait pour lui un sinistre cauchemar, et il risquait de foncer immédiatement vers la ville. Jack devait donc agir. Tout de suite. En finir une bonne fois pour toutes.

Il sortit à grands pas de l'écurie et se dirigea vers la maison. Ses bottes résonnèrent sur les marches menant à la cuisine et il ouvrit hardiment la porte, comme s'il faisait encore partie de la maisonnée. À l'intérieur, l'air froid sentait le renfermé. Là, contre le mur, il y avait le vieux poêle jaune, et il n'eut même pas besoin de jeter un coup d'œil pour savoir que cet appareil calamiteux était éteint. À côté de la porte, les bottes de la religieuse, avec leurs innombrables crochets destinés à retenir les lacets. Elle possédait aussi des pantoufles en soie pour la maison et des pantoufles en tissu éponge pour la salle de bains. Ces bottes, cependant, étaient les seules qu'elle portait à l'extérieur, preuve qu'elle était à la maison.

Il s'arrêta devant l'évier pour examiner le méli-mélo de fioles et de sachets, le petit bec Bunsen, sur lequel était posé un bécher en verre à l'extérieur calciné et au fond tapissé d'une croûte brunâtre. Une quelconque mixture maison. Il la renifla, mais le contenu n'était guère plus intéressant que la cendre d'un foyer. Sur les comptoirs, la table et le plancher, des livres étaient empilés au hasard. Elle avait utilisé des cuillères et des serviettes de table comme signets. Au-dessus de l'évier, la pompe à eau laissait couler un filet régulier. Par habitude, il secoua la poignée et réduisit l'appareil au silence.

Dans le couloir, il trouva une chaise renversée sur le long tapis persan. Par expérience, il savait qu'il était facile de la faire tomber. La religieuse l'avait sans doute accrochée au passage. En revanche, il ne s'expliquait pas ce qui l'avait empêchée de la redresser. D'autres livres étaient ouverts par terre. Le garçon s'approcha d'un objet clair sur le tapis. L'une des brosses du père de la religieuse, celle que Jack avait utilisée à chacune des journées de son séjour. Péniblement, à cause de son ventre endolori, il se pencha pour la ramasser et découvrit, accrochés aux soies, quelques-uns de ses propres cheveux. Que faisait cet objet au rez-de-chaussée, sur le sol par-dessus le marché ? Il le remit là où il l'avait pris.

Au pied de l'escalier, il tendit l'oreille, à l'affût du moindre mouvement. Comme toujours, il sentit le doux courant d'air frais en provenance de l'étage. En lui, quelque chose chuchotait qu'Emelia Cload, la sœur, *elle,* n'avait jamais fait la sieste, ne lui avait jamais permis de la faire. Il était donc exclu qu'elle se fût allongée à une heure pareille. Il ne s'expliquait ni le désordre ni le silence qui régnaient dans la maison.

Elle avait changé, elle aussi. Étant donné ce qu'il avait observé jusque-là, Jack redoutait de la trouver dans sa nouvelle incarnation. C'est seulement à ce moment, de retour chez elle, respirant le même air qu'elle, plongé dans le pitoyable gâchis qu'était désormais la vie de cette femme, qu'il prit conscience du coup qu'il lui avait porté.

La voix de Wilson lui revint alors à l'esprit : *Elle me hait à mort. Mais c'est toi qui lui as faussé compagnie, pas moi.*

Le cœur cognant dans sa gorge, Jack s'écarta de l'escalier et revint dans la cuisine, tirant déjà les plus petits livres de la sacoche. Il les empila sur la table devant sa chaise, la grande encyclopédie animalière en dessous, les livres plus petits sur le dessus. Ensuite, il se dirigea du côté de la religieuse et y déposa son cahier, comme s'il lui servait à déjeuner. Puis il fonça vers la porte.

Il y était, la main sur la poignée, lorsqu'un constat s'imposa à lui : s'il franchissait cette porte et quittait cette maison qui avait presque été un foyer pour lui, il serait déraciné, à la dérive. Il n'aurait plus de chez-lui. Plus d'endroit où retourner. Conséquence naturelle des événements survenus jusque-là, ainsi qu'il le savait très bien. Tel un homme au bord d'une rivière tumultueuse, Jack Boulton n'avait qu'à franchir ce seuil pour laisser le courant de la vie l'emporter pour toujours. Il avait peur et ça le rendait malade. Il était obligé, aurait dit son père, de faire quelque chose à ce sujet.

Lentement, sa main se détacha de la poignée. Il posa les sacoches par terre et, pour la deuxième fois en quelques minutes, se dirigea vers l'escalier.

Durant toute leur association, il avait respectueusement mais obstinément refusé de l'appeler Mère. Il avait plutôt pris l'habitude de s'adresser à elle en utilisant simplement le mot *vous,* comme le font des inconnus obligés de vivre dans l'intimité l'un de l'autre. Après tout, quand il parlait, elle savait que c'était à elle qu'il s'adressait. À qui d'autre ?

Là, de façon plutôt cérémonieuse, il fit : « Hou ! hou ! Ma sœur ? »

Sans attendre de réponse et sans se soucier de faire du bruit, il grimpa les marches, la rampe familière froide sous sa main.

Le couloir de l'étage n'avait pas changé. Aucun signe de vie, aucun signe d'anomalie. Il se dirigea vers la chambre de la religieuse, qu'il trouva déserte. L'édredon était légèrement froissé, comme si elle venait de s'asseoir sur le lit fait. Revenant sur ses pas, il alla vers la bibliothèque, également déserte.

Jack foula le tapis, balaya la pièce des yeux, reconnut les espaces qu'il avait laissés sur les tablettes. Bientôt, elle remettrait les livres volés à leur place. Elle éprouverait peut-être un peu de mélancolie, de colère à son égard, ou lui pardonnerait. Les épaules de Jack s'affaissèrent et il soupira à la vue de cette pièce, de ce havre merveilleux, de cette véritable bibliothèque où s'entassaient des centaines de livres. Jack ne regretterait sans doute jamais le vacarme et l'activité de la ville, mais cette pièce lui manquerait jusqu'à la fin de ses jours. Il s'approcha de la petite armoire près du bureau et se pencha pour lire le dos des livres alignés, toucha du bout de l'index les titres qu'il avait lus, ces récits où il était question d'espionnage, de machines de guerre, de sexe et d'intrigues. Il se dirigea ensuite vers la fenêtre devant laquelle il avait lu tant de fois à la lueur de la lune, tandis qu'elle ronflait dans sa chambre. Il n'était encore jamais entré dans cet endroit à la clarté du jour. La banquette baignait dans la lumière de midi, et l'arbre, derrière la vitre, bourgeonnait. Jack n'avait pas habité là assez longtemps pour y voir des feuilles.

Il jeta un coup d'œil à la rue, celle que le Morgan et lui emprunteraient pour regagner la rue principale et, de là, sortir de la ville. À cette heure, les passants se faisaient rares. La plupart des gens, les touristes comme les résidents, rentraient pour le dîner. Pas d'enfants qui couraient puisque ceux qui avaient fini de manger, à l'exception des plus jeunes, s'acquittaient de leurs corvées avant de retourner à l'école. Le moment était donc bien choisi pour filer. Dans un dernier mouvement, il laissa sur le sous-main du bureau la gomme à effacer qu'il avait volée. N'ayant pas servi, elle avait exactement la même taille. Sans adulte pour le pousser à suivre ses leçons, Jack Boulton avait limité son activité intellectuelle à la lecture du cahier d'examen destiné aux rangers.

De retour sur le palier, en haut des marches, il jeta un dernier coup d'œil à son ancienne chambre. C'est alors qu'il la vit. Qu'il vit ses pieds, plus précisément. Elle était allongée sur le lit de Jack et ne bougeait pas.

Plus tard, il ne se souviendrait que de bribes, de menus détails réchappés du vide effroyable qui l'accompagnerait jusqu'à la fin de ses jours. Surtout, il se souviendrait des yeux de la femme.

De ses paupières entrouvertes, du croissant d'iris visible contre le blanc. Croisées sur son ventre, ses mains n'avaient plus l'air de mains véritables, mais de mains artificielles, de la couleur du bois de pin. Elle tenait encore la seringue qui l'avait tuée. Il se souviendrait d'avoir vu ses vêtements à lui pliés et empilés sur le lit, à côté des pieds nus de la religieuse. Il se souviendrait du gargouillis dans son ventre, de la vie qui continuait de vibrer en lui. Des rideaux tirés. Du plancher qu'on avait balayé. De l'horloge au tic-tac indifférent dans le couloir.

Puis il vit la lumière du soleil, une pelouse desséchée, ses pieds qui l'emportaient vers le poste de police, à l'autre bout de la ville. Sur sa gauche, un foisonnement de bruits désagréables, semblables à des cris d'oiseaux, qui n'étaient finalement que les hoquets d'une automobile que quelqu'un s'efforçait en vain de faire démarrer. Il se retrouva en face de la cour d'école, incertain de la conduite à tenir – dans l'immédiat comme en général –, et se rendit compte qu'il pleurait. Il ne saurait jamais si on l'avait vu ou si on avait remarqué son comportement. Il bifurqua dans une ruelle et resta seul jusqu'à ce qu'un instinct profond lui rappelle qu'il n'avait pas de cheval et que c'était une erreur. Mû par rien de plus que l'habitude héritée de sa courte vie, il retourna vers le Morgan.

À mi-chemin, Jack était déjà redevenu lui-même, du moins en partie, car il comprit qu'il ne devait sous aucun prétexte s'approcher d'un policier, décliner son identité, s'attarder en ville. Il devait seulement informer quelqu'un du désastre, trouver de l'aide. Morte ou non, la religieuse était encore de ce monde, coincée parmi les vivants, vulnérable et seule, et personne n'était au courant de la tragédie. Il devait alerter quelqu'un avant de disparaître de nouveau.

L'infirmière de service se leva de son bureau dans le hall de l'hôpital à la vue du garçon qui franchissait les portes sur des jambes flageolantes, le visage couvert de meurtrissures et les lèvres de croûtes, l'œil gauche tuméfié. Il tenait à la main un objet, un cahier noir, et il donnait l'impression d'être sur le point de s'évanouir.

L'infirmière accourut et l'entraîna vers un banc près de la fenêtre. Puis, penchée sur lui, elle lui parla à voix basse.

Elle cherchait à le toucher, à tirer le col de son manteau pour mieux voir la marque rouge autour de son cou, à examiner ses pupilles, mais, à chacune de ses tentatives, les doigts glacés du garçon repoussaient délicatement ses mains. Elle lui demanda son nom, voulut savoir qui l'avait roué de coups. Ses questions restaient sans effet. Il se contentait de secouer la tête et de répéter les mêmes paroles : « Elle a dû se tromper. Elle ne se trompe jamais.

— Qui ça ?

— La religieuse.

— Elle ? Qu'est-ce qu'elle a encore fait, pour l'amour du ciel ? »

Jack braqua ses yeux sur l'infirmière. « Je pense qu'elle est morte », dit-il.

Loin d'être ébranlée, l'infirmière laissa clairement entendre que c'était à elle seule qu'il reviendrait d'en décider. « Ne bouge pas, dit-elle sur le ton pondéré et ferme commun à toutes les infirmières. Je vais aller chercher le docteur. »

Mais quand elle revint avec un homme en blouse blanche qui trottait dans son sillage, Jack Boulton avait disparu. Sur le banc où il s'était assis se trouvait un cahier noir. Le journal intime d'Emelia Cload, le carnet d'études dans lequel elle avait consigné ses pensées, ses projets, ses actions, son histoire. C'était le journal d'une empoisonneuse. Écrit dans le langage codé des infirmières, indéchiffrable pour presque tous les habitants de la ville, mais pas pour la jeune femme qui, s'en étant saisie, l'ouvrit.

Moreland, qui n'était plus qu'à une dizaine de minutes de la ville, cheminait à vive allure. Quand il aperçut Jack, son petit poney était couvert d'écume et soufflait fort contre la sous-ventrière. Quand ils se furent rejoints, ils mirent précautionneusement pied à terre, tels deux vieillards, contournèrent leurs montures en boitillant et se dirigèrent l'un vers l'autre. Puis Jack s'abandonna enfin dans les bras de son père et posa la tête sur son épaule. Il ne distinguait pas les mots. Seule lui parvenait la voix grondante de Moreland.

Cinquante-quatre

Dix-huit mois plus tard, Sampson, assis dehors sur son unique chaise, torse nu, les jambes de sa combinaison roulées, était penché sur le magasin d'une carabine Lee-Enfield. Une fois la guerre terminée, Carr avait recueilli des fusils et des pièces et donné tout le lot à Sampson pour qu'il en tire quelques armes qui pourraient encore servir. Le mécanisme à verrou de la carabine s'était grippé, sans doute sous l'effet de la chaleur et de la secousse causées par une pièce d'artillerie, et Sampson s'employait à le sabler avec soin. Des hommes, des armes, des munitions, du courrier en retard et même des animaux – des chevaux d'ambulance et des chevaux de cavalerie – étaient rentrés d'Europe à bord de bateaux, mais presque tout, les êtres vivants comme le reste, était dans un sale état.

Dans l'enclos, Willow, la tête passée par-dessus la clôture, regardait vers la forêt. Elle hennissait sans cesse et Sampson finit par se rendre compte que ce n'était pas à lui qu'elle parlait. Puis il y eut une commotion dans la cabane. Le chien sortit en vitesse et se mit à décrire des cercles dans la clairière en agitant la queue en signe de bienvenue. Le vieil homme, qui avait oublié que l'animal était là, posa une main sur sa poitrine pour se calmer.

Il se leva, fit le tour de la cabane et vit sa femme sortir nonchalamment des arbres. Que Lena eût emprunté le cheval d'un voisin et parcouru le trajet jusqu'à sa porte pour la première fois en une vingtaine d'années était si inouï que les premiers mots de Sampson furent : « Quelqu'un est mort ? »

Lena laissa entendre un grognement dénotant un amusement sincère, mit pied à terre et serra Sampson dans ses bras. Ensuite, elle entreprit de transporter du matériel dans la cabane, tandis qu'il la suivait. Elle apportait des victuailles à profusion, quelques épices ainsi que des articles de toilette et des ustensiles de cuisine indiquant qu'elle avait l'intention de passer une semaine avec lui. Elle avait revêtu son plus beau blouson. Sampson finit par comprendre ce qui amenait Lena : elle se faisait du souci pour lui, seul là-haut pour la première fois en plus d'une décennie. Jusqu'à récemment, une famille composée de deux adultes débrouillards vivait à proximité. Moreland et l'enfant étaient partis, Mary était morte, la religieuse aussi, la guerre avait pris fin. Tout avait changé, en un clin d'œil et pour toujours. Un jour de décembre qu'il lui rendait visite à Laggan, elle avait pointé vers lui un doigt accusateur, ou presque, et lancé : « Tu as commencé à faire la sieste. » Depuis toujours, Sampson soutenait que c'était le signe qu'on avait atteint la vieillesse. Il en faisait une question d'orgueil : s'offrir un petit somme est une irréfutable preuve de grand âge. Mais elle avait raison : à l'occasion, ayant dérivé vers le lit dans l'intention de s'y asseoir un instant pour mettre de l'ordre dans ses pensées, il se réveillait vingt minutes plus tard, les cheveux en bataille, des marques d'oreiller sur le visage. La vie, se disait-il, est une longue leçon d'humilité.

De toute évidence, Lena avait décidé de faire pour lui ce qu'il avait si souvent fait pour elle et pour le petit garçon : lui rendre visite. Ce soir-là, ils se casèrent du mieux qu'ils purent dans le lit trop étroit et tentèrent de dormir. La lourde peau de grizzli tomba par terre. Ils se disputèrent le couvre-lit à carreaux. En se réveillant peu avant l'aube, Lena trouva son mari assis sur l'unique chaise de la cabane, à côté du lit, qui la regardait. Elle s'appuya sur un coude.

« J'ai quelque chose à te dire. » Il voyait bien qu'elle craignait d'être rejetée, de se faire dire qu'il préférait continuer de vivre tout seul. Le beau vieux visage de Lena disait : *Je l'ai trop poussé. Je nous ai fait honte.* Elle soupira et s'assit sur le lit. Prête au pire.

« Le petit garçon a tué quelqu'un », dit-il.

Elle cligna des yeux. Elle mit un long moment à réagir. « Qui donc ? »

Sampson lui fit un compte rendu circonstancié, du jour où il avait aperçu Parker sur la route pour la première fois jusqu'à la description du lieu de son dernier repos, une ravine aride, à une altitude si élevée que des chasseurs risquaient peu d'y suivre la piste du gibier. Un endroit choisi avec soin. Moreland et lui en avaient discuté. Là-haut depuis de longs mois, à présent, le cadavre était exposé seulement au soleil, au vent et aux charognards ailés.

Il vit sa femme digérer l'information. « Il avait quel âge, cet homme ? » demanda-t-elle enfin.

Sampson n'avait pas prévu la question. Il se représenta de nouveau le visage gris. « Il était jeune. Vingt-cinq ans.

— Il va manquer à quelqu'un ?

— La guerre est finie, on peut se passer des gardiens.

— Je veux dire : il a une femme, des enfants ? »

Sampson aurait pu vivre le reste de sa vie sans se poser ce genre de questions à propos de Parker. Il scruta le visage de la femme qu'il aimait sans partager son quotidien, conscient que certaines relations, vues de l'extérieur, sont inexplicables, et que tout ce qu'on croit savoir sur les autres se révélera probablement mensonger. « J'espère que non, dit-il.

— Pourquoi tu m'en as parlé ? » Se poussant, elle tapota le matelas du plat de la main.

« Je te raconte tout, fit Sampson. Tôt ou tard. »

Épilogue

1928, Terlingua, Texas

Torse nu, Jack se réveilla après l'immense chaleur du jour, affalé sur le canapé décrépit. Il posa ses bottes par terre et ses avant-bras sur ses genoux, passa une main calleuse sur son visage mal rasé. Sa peau était aussi sèche et dure que du papier de verre. Il avait été tiré du sommeil par un bruit qu'il tentait de se rappeler afin d'en cerner l'origine.

Un éclatant miroitement sur le sol carrelé, le clair de lune bleuté qui, sans arbre ni nuage pour l'entraver, entrait par la fenêtre sans vitre de la maison en adobe, conférant à la pièce un aspect aquatique. Parfois, la nuit, cette lumière bleue balayait les lieux, caressait le visage de Jack, rayonnait à travers ses paupières closes, le tirait du sommeil.

Il songea à enfiler sa chemise, mais la laissa sur l'accoudoir du canapé. Le toit était fait de planches, de tiges d'ocotillo, de broussailles et d'argile, et il restait frais à longueur d'année, ou presque. En revanche, le mur de briques, au fond, irradiait la chaleur à la façon d'un gril. Sur la table basse étaient posés des livres empilés avec soin et un atlas neuf, refermé sur le monde. Les murs étaient tapissés de bibliothèques. C'était son bureau. Poussé contre le mur du fond, un modeste pupitre, jonché de papiers. Pas de vitres aux fenêtres, ouvertes sur l'extérieur ; les portes ressemblaient plutôt à des volets. Autant de stratégies visant à laisser sortir la chaleur.

Dehors, l'étalon commençait à s'agiter dans son enclos. Voilà donc ce qui avait tiré Jack du sommeil : la voix d'un cheval en colère. L'animal, nouvellement acquis, n'était pas habitué à son environnement et exprimait clairement son opinion. Dans leurs enclos respectifs, les deux autres étalons gardaient le silence et humaient l'air sans rien offrir en contrepartie. Par la porte à deux battants, Jack, son jean accroché à ses hanches, sortit dans la nuit étincelante, la poussière et la chaleur sur son torse nu.

Le *bong bong* cadencé de la pompe à eau éolienne que le frein empêchait de tourner. Sur le versant de la colline, des tiges printanières d'ocotillo, couronnées de fleurs semblables à des flammes vives, se balançaient en craquant, des touffes d'herbe accrochées à leurs épines. Au-delà, rien que les cieux enténébrés et la splendeur de la Voie lactée. Aucune montagne ne bloquait cette vue-là. Jack se dirigea vers l'étalon et se campa près de la clôture. Il fit *clic-clic* avec sa bouche, mais l'animal se contenta d'aller et venir dans son enclos comme un tigre au zoo, sans cesse à la recherche d'une issue. Il lui parla donc avec douceur pendant longtemps, et l'animal en vint à ralentir le pas et à dodeliner de la tête. De profil, il tendait l'oreille. Jack offrit sa main, sur laquelle se trouvait un bout de sucre d'orge. Le cheval savait que la friandise était là, détectait l'odeur du sucre portée par le vent, mais il finit par tourner le dos à Jack Boulton, montrant son cul à son nouveau propriétaire et au vent, et resta là à agiter sa queue. Plus calme, mais encore d'humeur massacrante.

Cette nuit-là, Jack ne dormirait plus. Après plus de dix ans au Texas, il n'avait toujours pas apprivoisé la chaleur. Il se dirigea donc vers le paddock principal, se pencha pour se glisser entre les traverses de la clôture et se faufila parmi les nombreux corps des chevaux, certains couchés, d'autres debout. Il passa à côté du nouveau poulain, qui se cacha derrière sa mère et lui jeta un timide coup d'œil sous son ventre. Enfin, Jack arriva près du Morgan, assoupi. Il brandit le bonbon sous son nez. Dès que le vieux cheval s'ébroua, Jack le fit sortir du paddock. Une fois dans la cour, il referma le portail. Le cheval remuait ses mâchoires et son haleine sentait la menthe poivrée. Jack saisit l'un des nombreux hackamores accrochés au poteau de la clôture. C'était l'une des règles qu'il avait instituées : un licol pour chacun des chevaux adultes. En cas de chahut dans la horde, c'était pratique de les avoir sous la main, en particulier lorsqu'on n'avait pas le temps de courir jusqu'à l'écurie – il en avait fait la dure expérience. Il se hissa sur le dos nu du cheval et mit le cap sur le large lit à sec du ruisseau de Terlingua.

Au cours des premiers mois qu'il avait passés à cet endroit, jeune garçon de quatorze ans, il avait traité les lits des cours d'eau tels que celui-ci comme des voies naturelles, lisses, dépourvues de broussailles, bref des routes parfaites. S'il n'ignorait pas l'existence des eaux de ruissellement, il ne connaissait pas encore l'ampleur de celles du désert. Il mit peu de temps à comprendre que ces cours d'eau à sec allaient un peu n'importe où, de façon organique, qu'ils changeaient d'aspect selon qu'on les descendait ou qu'on les remontait, se subdivisaient, se démultipliaient et finissaient en cul-de-sac. Et, au premier orage dont il avait été témoin ici, le débit du cours d'eau dans lequel il se trouvait en ce moment s'étant révélé assez puissant pour emporter du bétail, retourner une voiture et secouer un homme à mort, il avait appris à se méfier. Un déluge soudain – bonne façon de se noyer dans le désert. Le lendemain, le monde serait de nouveau sec, baignant dans la chaleur cuisante, et plus rien, hormis quelques nouvelles fleurs sur les cactus et un léger écoulement dans la veine la plus profonde du lit, n'indiquerait que la dernière pluie ne remontait pas à plusieurs mois.

Mais le ruisseau de Terlingua était pour Jack le meilleur moyen de se rendre au canyon, d'autant qu'il n'y avait pas de pluie en vue et qu'il savait exactement où il allait : plein sud.

Il fit lentement descendre le Morgan au fond du ruisseau bordé de cactus et de pins à pignons. Conscient que les berges friables offraient peu de prise à quiconque aurait voulu remonter sur la terre ferme, une dizaine de pieds plus haut, Jack se prit à songer, comme souvent, à la pluie.

À dix-sept ans, le Morgan avait atteint l'âge mûr. Il avait connu des journées à quarante sous zéro, des blizzards, des épisodes de grésil et des vents froids assassins. Au Texas, il avait affronté des chaleurs capables de tuer des êtres moins doués pour l'adaptation qu'un cheval. Jack caressa le cou lisse, depuis longtemps débarrassé de son pelage d'hiver.

Une demi-heure plus tard, l'homme et le cheval, de l'eau jusqu'aux genoux, se tenaient côte à côte dans un coude du fleuve, à l'endroit où il s'engage dans l'Y profond du canyon de Santa Elena. Ils étaient au Texas, et de l'autre côté du fleuve se trouvait le Mexique. Les hautes parois noires de la mesa de calcaire baignaient dans le clair de lune.

L'eau miroitait et ils burent. Puis, se servant de son chapeau comme d'un seau, Jack arrosa le corps du Morgan jusqu'à ce que sa robe luise. L'animal s'ébroua avec satisfaction. Ensuite, Jack se vida sur la tête un plein chapeau de l'eau du Rio Grande et resta là, tout dégoulinant. Ses bottes se remplirent d'eau.

Jack contempla les mesas. Au galop, le trajet entre son ranch et cet endroit ne prenait que huit minutes. Jack l'avait chronométré. Quelques fois l'an, il arpentait le lit desséché du ruisseau de Terlingua afin de vérifier son itinéraire et de s'assurer que rien n'avait changé, qu'il n'y avait pas de nouveaux obstacles infranchissables pour un cheval au galop. Tout cavalier parvenu à ce coude du fleuve n'aurait besoin que de huit minutes de plus pour atteindre l'autre rive. Au besoin, Jack pourrait faire passer son père au Mexique en moins de temps qu'il n'en fallait pour préparer du gruau et du café.

Il avait décidé qu'il monterait le Morgan et mettrait son père sur une forte jument appelée Julieta. Dans la mesure du possible, il emporterait tous ses chevaux, ne fût-ce qu'en raison de leur valeur, et les entraînerait jusqu'au lit du ruisseau, où il les regrouperait. Il savait exactement quelle jument il choisirait pour les guider : les autres, en effet, avaient l'habitude de la suivre. Mais s'ils refusaient de bouger ou que c'était la pagaille, il laisserait tout derrière. Sauf son père. Jack n'aurait pas juré que celui-ci savait nager. C'était sans importance puisque les chevaux savaient, eux. Il suffit de se laisser descendre pour soulager l'animal de son poids et de se cramponner à la corne de la selle ou à la crinière, puis de se laisser flotter à côté. Au printemps, la force du courant les entraînerait à environ six cents pieds en aval, mais, à la saison sèche, des bancs de sable apparaissaient, et on pouvait trouver un passage où l'eau arrivait seulement aux étriers. En hiver, on pouvait gagner le Mexique à gué.

De l'autre côté, il n'y avait rien, sauf les hautes parois du canyon, des arbrisseaux et du sable, des cavernes creusées par le vent, les assises de talus et d'éboulis. Loin à l'est, on trouvait une petite ville du nom de Boquillas. À la *cantina,* Jack aimait bien boire et échanger quelques propos badins en espagnol avec une certaine jeune serveuse. Après avoir fait trempette dans le fleuve, son cheval et lui arrivaient tout mouillés et restaient le temps de se sécher. Le soir, pendant ces heures de détente, il faisait semblant de ne rien avoir de mieux à faire que de siroter une unique bière. La fille semblait trouver Jack amusant, sa mère beaucoup moins. La première fois, dégoulinant devant la *cantina,* il avait contemplé le fleuve depuis l'autre rive, tandis que des chiens pataugeaient dans les eaux peu profondes et que, derrière lui, des voix murmuraient dans une langue qui lui était encore inconnue.

Le rusé renard est arrivé au bout du monde et il est tombé. Et qu'est-ce qu'il a vu ?

De retour dans le présent, Jack fit faire demi-tour au Morgan et jeta un dernier coup d'œil aux parois noires, au roc ancien de cet autre pays, le fleuve une frontière imaginaire à laquelle personne ne faisait vraiment attention.

Lorsque le Morgan franchit au trot le haut portail du ranch sur lequel BOULTON était écrit à l'aide de planches de bois, c'était encore la nuit, les étoiles scintillaient, il faisait chaud, et les vêtements de Jack étaient presque secs. Seul le fond de son pantalon effleurait le pelage mouillé du Morgan, et ses bottes clapotaient.

Les deux jeunes garçons qui travaillaient pour lui se réveilleraient bientôt dans leur dortoir et il devrait les faire manger avant l'aube. Le déjeuner se composait d'œufs, de porc fumé, d'épaisses tranches de pain beurré, de rondelles d'oignon et, s'il en restait, de poisson fumé. Et de café. Ils travailleraient pour lui pendant deux semaines, puis ils seraient remplacés par des frères ou des sœurs, plus vieux ou plus jeunes, c'était sans importance – il y avait beaucoup d'enfants dans cette famille. Les filles pouvaient faire à peu près les mêmes choses que les garçons, et même, à la grande satisfaction de Jack, tailler les sabots, art rarissime.

À moitié nu et mal rasé, Jack Boulton, fondateur et propriétaire à peine plus âgé que ses employés, passa près du paddock où se trouvaient vingt-cinq animaux, tous élevés, entraînés et, le moment venu, vendus par lui pour travailler dans des ranchs du sud-ouest du Texas. Le Morgan trotta vers la maison, pénétra dans la jolie petite cour. Jack baissa la tête pour passer sous la porte cintrée, mit pied à terre et laissa le cheval sur la pelouse desséchée, tel un vieil animal de compagnie. Comme d'habitude, il suivit le cavalier jusqu'à la cuisine et passa la tête par la fenêtre, tandis que Jack, assis, enlevait ses bottes détrempées. La première céda, bientôt suivie de l'autre. Toutes deux firent un bruit de succion plutôt malpoli. Il les lança par la porte et elles roulèrent dans la cour. Au soleil, elles sécheraient en quelques minutes. Jack recroquevilla ses orteils sur les carreaux couverts de sable. Dans le désert, le sable était dans son lit, ses bottes, ses cheveux et parfois, quand il mangeait, entre ses dents.

Il entendit des bruits de pas dans le long couloir et son père apparut dans la cuisine en clignant des yeux. Moreland, connu dans la région sous le nom de Jack Boulton père, gratta ses favoris et dit : « Je t'ai cherché.

— J'étais là.

— J'ai pourtant regardé partout. »

Jack comprit que son père n'avait rien fait de tel. Les yeux encore voilés et les jambes raides de sommeil, il venait visiblement de se réveiller en sursaut. Il lui arrivait parfois d'émerger en panique d'un rêve dans lequel il cherchait désespérément Mary et, parfois, son jeune fils. Trop souvent, ces jours-ci, le rêve avait de tels accents de vérité qu'à son réveil il était persuadé que c'était la réalité. Quelque part dans l'esprit assoupi de Moreland, le temps avait perdu son sens, et tout arrivait au même moment.

« Tu te fais du souci pour rien, papa.

— Je sais.

— Tu veux des œufs pour déjeuner ? »

Au lieu de répondre, Moreland s'appuya au montant de la porte et, la tête penchée, observa son fils. « Où tu vas quand tu disparais comme ça ? » demanda-t-il.

Jack Boulton jeta un coup d'œil à l'unique empreinte de pas mouillée sur le sol carrelé. Puis il se leva, remonta son jean et sourit.

Remerciements

Je suis très reconnaissante à la sénatrice Patti LaBoucane-Benson d'avoir accepté d'être l'une des premières à lire le manuscrit et d'avoir accordé au livre temps et attention. Mille mercis au merveilleux Buddy Wesley, conseiller culturel et historien tribal de la nation Stoney-Nakoda à Morley, en Alberta, pour ses traductions, ses corrections et sa stupéfiante générosité.

Le Fils de la veuve doit son existence à une visite que j'ai faite à un club de lecture, un jour de printemps, après la parution de mon premier roman, *La Veuve.* Au moment où les gens sortaient, une des membres du club, assise près de moi, a demandé, plutôt pour elle-même, quel genre de parents seraient Mary Boulton et William Moreland. Elle semblait un peu soucieuse, et je la comprends. Cette question spontanée m'a poussée à me demander à quoi ressemblerait leur enfant. D'où la création de Jack Boulton. À cette femme dont j'ignore le nom, merci. J'ai eu bien du plaisir en écrivant ce livre.

À l'époque où se déroule l'action du roman, le parc national de Banff s'appelait encore le parc des Montagnes-Rocheuses. La ville de Laggan avait été rebaptisée Lake Louise trois ans plus tôt, mais je me dis que les résidents ont sans doute résisté à un changement imposé par le gouvernement. Le pré incendié ne correspond pas aux brûlages dirigés du chaînon Sawback, réalisés plus tard.

Sans influence, il n'y aurait pas de littérature ; les livres en engendrent d'autres. Celui-ci regorge d'allusions à des romans comme *La Nuit du chasseur, Les Aventures de Huckleberry Finn, L'Île au trésor, Mattie ou Cent dollars pour un shérif, L'Assassinat de Jesse James par le lâche Robert Ford,* sans oublier les films, les chansons et les récits folkloriques westerns et noirs. Les lecteurs ne sont absolument pas tenus de repérer ces références dans le roman. Pour moi, c'était simplement un jeu.

Merci à Gary R. Allan de la Tundra Speaks Society pour les informations sur le comportement des chiens-loups. De nombreux détails concernant le camp d'internement de Castle Mountain proviennent du livre de Bohdan S. Kordan et de Peter Melnycky intitulé *In the Shadow of the Rockies.* Merci à M. Kordan pour ses réponses concernant le travail fait par les prisonniers de guerre sur la route de Laggan. Je suis seule responsable d'éventuelles erreurs. Merci à Bibliothèque et Archives Canada et à Lena Goon, ex-archiviste en chef à Archives and Library, Whyte Museum of the Canadian Rockies.

L'autrice remercie le Conseil des arts de l'Ontario et le Conseil des arts du Canada pour leur soutien.

Merci à Marina pour les grains de café, à Elyse pour le mouton et à Helm pour avoir fait référence aux oreilles raides d'un chien-loup. Mes excuses à Kate Boothman, dont le récit concernant la présence d'un cheval dans la maison apparaît ici sous une forme modifiée. Et tout mon amour à Kelly Hawkins ; désolée de ne pas avoir utilisé ton nom, en fin de compte.

Merci à mon agente Ellen Levine pour son intelligence, son honnêteté et sa perspicacité. À ma correctrice, Janie Yoon, pour sa force de caractère et son grand cœur. À Sarah MacLachlan, dont l'amitié et le soutien ont transformé ma vie d'écrivaine. J'ai contracté une énorme dette de gratitude envers la merveilleuse Maria Golikova. Merci à Alysia Shewchuk pour un texte et un graphisme de couverture absolument remarquables. Et merci à Andrew d'être toujours présent et de passer son temps à calmer sa sœur quand elle monte sur ses grands chevaux. Et enfin merci à Kevin Connolly pour son amour, sa grâce langagière et ses innombrables corrections. Merci aussi de répondre tout de suite quand, depuis l'étage, je crie : « Donne-moi un bon nom pour un cheval ! »

Un extrait de la version originale du livre est paru dans le magazine *Taddle Creek.*

Sources

Page 73 : Suétone, « Vie de Caligula », *Vie des douze Césars,* traduction de M. Cabaret-Dupaty, Paris, Garnier Frères, 1893, adaptée par J. Poucet, Louvain, 2001.

Pages 76 et 208 : Robert Louis Stevenson, *L'Île au trésor,* traduction de Déodat Serval, 1883.

Page 245 : Traduction très librement inspirée de celle qu'on trouve dans A. E. Brehm, *La Vie des animaux illustrée (Les mammifères),* édition française revue par Zéphirin Gerbe, Paris, J. B. Baillière et Fils, [1870].

Cet ouvrage a été mis en pages
par IGS-CP à L'Isle-d'Espagnac (16)
Impression : Normandie Roto Impression s.a.s. à Lonrai
N° Impression : 2201179
Dépôt légal : mai 2022 – N° 2540
Imprimé en France